꿈이
영원

유미의 연애

이서영 소설집

아작

차
례

센서티브

✦ 2017년 〈과학동아〉 9월호 수록

언제부터였는지 이제 와서는 잘 모르겠다. 너는 초음파에 영 잡히지 않아서 한동안 우리를 애태웠거든. 분명 아기집은 잘 생겨 있는데, 네가 보이질 않는다는 거야. 혹시나 몰라서 오줌 검사를 하고 피 검사를 하면 분명 임신이라고 나오는데 말이지. 네 형체가 명확하게 초음파 검사에 잡히기 시작한 건 15주가 지난 다음이었어. 의사 선생님도 이런 경우는 거의 없다며 고개를 갸웃하시더라. 하지만 그때는 그런 게 하나도 중요하지 않았어. 네가 건강하다는 이야기를 듣고 나는 산부인과에 누워서 울음까지 터뜨렸거든.

태동을 처음으로 느낀 건 돼지갈비를 먹고 있을 때였어. 내가 3인분을 혼자 다 해치우는 동안 네 아빠는 고기 두 점을 먹고 우물쭈물하고 있었지. 그때 배 속에서 네가 꿈틀거리더라. 나는 먹던 돼지고기를 떨어뜨리고 눈이 휘둥그레져서 네 아빠에게 얘기했어. 네 아빠는 깜짝 놀라서 무릎으로 기어 내 옆에 와서는 배에 손을 가져다 댔지. 하지만 너는 네 아빠를 위해서 다시 한 번 움직여주진 않았고, 아빠는 그날 내내 배에 손을 대고 있다가 잠들 때까지도 내 배를 끌어안고 잠들었어.

너는 나를 그리 고생시키지 않고 태어났단다. 초음파로는 여전히 잡혔다 안 잡혔다 했지만, 진통이 시작된 지 얼마 되지 않아 머리가 보였고, 자연스럽게 내 몸 밖으로 밀려 나왔어. 무통 주사도 생각했는데, 진통시간이 짧아서 언제 주사를 놓을지 고려할 겨를도 없었어.

네가 막 태어났을 때는 세상이 지금만큼 편리하지 않았지. 네가 태어나던 날은 눈이 많이 내렸단다. 네 외할머니는 병원에서 필요한 물건들을 눈 때문에 사러 나갈 수가 없어서 한참을 발만 구르고 계셨어. 나는 창밖에 쏟아지는 눈을 바라보며 어렴풋하게 신열에 달뜬 상태로 작은 너를 품에 안았다. 너는 내 품에서 작은 손발, 작은 얼굴로 가만히 잠이 들어 있었지. 그때 너는 아무것도 하지 않아도 되었고, 나는 너 대신 모든 것을 할 수 있었어. 그런 시절만 계속되었더라면 괜찮았으려나.

너는 어릴 때부터 조금 노인네 같은 구석이 있었어. 다른 아이들이 유튜브 동영상으로 아동용 애니메이션을 보겠다고 길거리에서 울음을 터뜨리는 나이가 되어도, 한 번도 그런 떼를 쓴 적이 없었지. 너는 내가 보는 옆에서 묵묵히 텔레비전을 함께 보기는 했어도 휴대폰 게임을 하겠다고 나를 졸라대지는 않았잖아.

네가 좀 더 나이가 들어 어린이집에 가게 되었을 때, 휴대폰 게임보다는 찰흙 공작을 더 좋아한다는 걸 알게 되었어. 너는 곧잘 찰흙으로 여러 가지 형상들을 만들어서 내게 보여주곤 했었지. 처음에는 밥그릇이나 책처럼 단순한 것들만 만들더니 조금 더 주물럭거리고 나서는 곧잘 기린이나 말, 사람까지도 제법 그럴싸하게 만들어내곤 했어. 네 아빠와 나는 네가 커서 훌륭한 조각가가 될 모양이라고 얘기했었지. 네가 어릴 적에 만들었던 찰흙조각들을 내가 다 찍어서 클라우드에 앨범으로 만들어났던 거, 너도 기억하지?

사실 너는 찰흙 말고도 손으로 하는 건 대부분 잘했지. 학교에 들어가고 나서는 고무판으로 판화를 만드는 것도 아주 잘했고, 그림도 잘 그렸어. 돈이 없어서 학원 같은 건 제대로 보내준 적도 없는데, 어느 날 너는 방과 후 교실에서 우쿨렐레를 배워왔어. 그다음 날부터 너는 온종일 우쿨렐레를 쳤지. 여름에 어울리는 악기라고들 하던데, 너는 봄여름겨울할 것 없이 늘 그 조그마한 현악기를 끼고 살더라. 처음에는 아주 간단한 동요들만 연주할 수 있었는데, 머지않아 최신 유행하는 가요까지 어떻게든 다 연주해내는 네가 어찌나 신통했던지. 네 아빠도 나도 음악에는 영 재능이 없었던 사람들이라 어쩌다가 우리한테서 저런 아이가 태어난 걸까 신기해한 적도 많았단다.

그래도 네가 좋아하는 것들은 최신 유행 가요보다는 늘 좀 더 예전 것들이었어. 맞지? 네가 클래식 음악을 좋아하는 건 그런 예스러운 성격에 잘 어울렸지. 신시사이저 소리보다는 기타 소리를, 기타 소리보다는 피아노 소리를, 피아노 소리보다는 파이프 오르간 소리를 좋아했지. 네가 그렇게 음악을 좋아하니, 사무실 경리 수정 씨가, 수정 이모 기억하지?, 연주한 소리를 편집할 수 있는 프로그램을 깔아서 너한테 태블릿을 선물하기도 했었잖아. 너는 고맙습니다, 하고 받더니만 잘 쓰지는 않더라. 아니, 솔직히 말하자면 네가 그 태블릿을 건드리는 것도 본 적이 없어. 수정 씨한테는 네가 잘 쓰고 있다고 말했었지만.

그때까지만 해도 나는 운전을 잘했어. 어릴 적에 너는 내 유니폼을 걸치고는 "나도 이다음에 크면 엄마처럼 멋있는 버스 운전사가 될 거야."라고 했었지. 더 멋있는 직업들이 많은데 왜 하필 버스 운전사가 되려고 하느냐고 내가 웃으면, 너는 버스 운전사가 세상에서 제일 멋있다며 눈을 휘둥그렇게 떴어. 나이를 먹으면 아마 그런 생각은 하지 않게 될 거라고 생각했지. 버스 운전사가 멋지긴 뭐가 멋지니.

나는 네가 초등학교 고학년이 되어 내 버스를 타게 되면 고개를 숙이고 뒷자리로 휑하니 도망가진 않을까 생각했는데, 엄마가 창피하다고 소리라도 지르진 않을까 생각했는데, 도리어 네 친구들이 내 버스를 타면 큰 소리로 지연이 어머니 안녕하세요, 인사를 해서 놀랐었지. 너는 친구들에게 내가 버스 운전사라는 걸 숨기지도 않았고, 내 버스를 타면 애들을 죄다 불러 모아서 "우리 엄마"라고 소개했어. 그런 걸 생각해보면 정말 넌 버스 운전사가 멋있다고 생각한 걸지도 모르겠다.

이렇게 얘기하니 네가 아주 좋은 딸이었던 것만 같네. 넌 징

그렇게 내 속도 많이 썩였지. 고집은 또 오죽이나 셌던지. 나도 고집 센 편이긴 하지만 어디 네 고집에 당하겠니. 지금 생각해 보면 우리 엄마가 내게 한 "꼭 너 닮은 딸 낳아서 고생 좀 해봐야 한다"는 말이 얼마나 솔직한 말이었는지. 너는 네가 싫은 건 무슨 일이 있어도 절대로 안 하던 아이였지. 주변에서 뭐라고 하건, 선생님이 혼을 내건, 내가 너를 붙잡고 화를 내건.

그 무슨 실험이었더라…… 네가 마지막까지 안 해 가서 과학 선생님이 나한테 전화까지 한 그거 있잖아. 빛의 밝기를 감지해서 위도가 어떻게 차이 나는지 확인하는 실험이었지. 그러려면 조도를 인지하는 애플리케이션을 써야 한다면서. 네가 스마트폰이 아직 없다고 하자, 선생님은 너한테 따로 태블릿을 빌려주면서까지 해 오라고 했는데, 결국엔 네가 그다음 수업이 끝난 다음에도 그 숙제를 내지 않아서 선생님은 무척 화가 나 있었지.

나라도 화가 날 것 같더라. 그 정도로 정성을 기울여줬으면 못 해 간다는 변명이라도 좀 제대로 하든가. 왜 안 했느냐는 질문에 대답도 제대로 하지 않으니 선생님으로선 열불이 터질 법도 하지. 오죽했으면 나한테 전화를 다 거셨겠니. 너는 왜 숙제를 안 해 가느냐는 내 말에도 제대로 대답을 하지 않았어. 그때 네가 중학교 1학년이었던가. 사춘기를 타나 보다 생각했지. 선생 말도 모자라 내 말까지 무시하는 것 같아 소리를 지르려다가, 이래선 안 되겠다고 생각하고 방문을 닫고 나와버렸어.

하기 싫은 건 그렇게 안 하면서도, 너는 또 얼마나 사랑스러운 딸이었는지. 나는 네게 그렇게 소리를 지르고 들어와서 잠들어버렸는데, 너는 새벽 4시 첫차를 운전해야 하는 날 위해서 아침을 차려놓았더라. 첫차 운전할 때는 아침 먹어본 적도 거의 없는데. 그 밥을 차리려면 적어도 새벽 3시에는 일어났어야 했을 것이고. 너는 방 밖으로 나오지 않았지만 나는 네가 아마도 잠들지 않았으리라고 생각했어. 그리고 나는 깨끗하게 밥을 다 비웠지. 네가 담아놓은 반찬 하나하나도 모두 먹었어.

네가 민망할까 봐 너한테 말은 안 했지만 네가 끓여놓은 미역국에서는 대기업의 맛이 나더라. 네 나름대로는 열심히 숨긴다고 숨겼겠지만, 편의점에서 사 왔을 미역국 포장지를 난 재활용 박스에서 보고 말았지. 별생각 없이 출근하고 난 다음, 배차 돌리려고 들어왔을 때 사무실 수정 씨가 웃으면서 말을 꺼내는 바람에 알았어. 그날이 내 생일이었다는 걸. 네가 과학 숙제를 하지 않아서 내가 소리를 질렀을 때, 너는 미역국을 미리 사두고 있었을까. 그날 나는 네게 고맙다는 말 대신에 아침 잘 먹었다고만 말했지.

그래도 네 아빠 살아 있을 때는 내 생일까지 잊어버리고 살지는 않았을 텐데. 네 아빠가 그런 점은 참 괜찮은 사람이었어. 매번 생일마다 정말 별것도 아닌 것들이라도 꼭 챙겨주곤 했거든. 장미 한 송이나, 조금 비싼 서양 초콜릿 세트 같은 거라도. 뭐, 형편이 괜찮을 때는 목걸이 귀걸이 세트 같은 것도 받아본 적이 있지. 진주로 된 거였는데. 그래, 네가 언젠가 나 몰래 귀걸이만 하고 나갔다가 한쪽만 잃어버린 그거 맞아.

너는 아마 기억을 못 하겠지만, 너 어릴 때 그거 사려고 백화

점에 갔다가 널 잃어버려서 네 아빠랑 둘이서 아주 혼비백산을 했잖니. 분명 선물도 잘 샀고, 같이 밥 먹자고 식당 코너에 간 사이에 네가 사라져버렸어. 백화점 식당 코너, 그 복작거리는 곳에서 네 이름을 불러대며 젊은 부부가 소리를 지르고 있으니 주변 사람들도 안쓰러웠겠지. 네 인상착의를 물어보는 사람들이 있더라. 그러다가 널 보았다는 사람들도 있었고.

우리는 네 옷차림을 설명하면서 물어물어 간신히 널 찾아갔는데, 어처구니 없게도 넌 미아센터 자동문 앞에 철퍼덕 주저앉아 있었어. 그날 내가 널 끌어안고 얼마나 울었던지. 나는 정신이 하나도 없어서 생일 선물 같은 건 챙기지도 못하고 너만 꼭 붙들고 집에 왔는데, 잠들기 전에 네 아빠는 내 생일 선물을 쇼핑백에서 꺼내 화장대 위에 놓아두더라고. 귀여운 사람.

그렇게 섬세한 아빠 성격을 닮아서 그런 거였을까, 넌 아무래도 좀 유난스러운 애였어. 네가 좋아하는 것들이라곤 모조리 다 '요즘' 건 아니었잖아. 뭔가 하나가 생기면 쉽게 버리지도 않고, 온갖 잡동사니를 집에 쌓아놓기만 하는 성격이었지. 뭔가 하나에 푹 빠지면 다른 건 돌아보지도 않고 말이야. 오래된 DVD 플레이어는 물론이고 VCR을 버리면 안 된다고 하지를 않나. 요즘 애들은 넷플릭스인지 그런 것도 잘만 보던데 너는 어디서 웬 VHS 테이프들을 들고 와서 그걸 보겠다고 조르는데 대체 그런 건 어디에서 구한 건지. 조만간 플로피 디스크도 가져오겠다 싶더라니까.

좋아하는 책도 그렇지. 세계 명작 같은 걸 좋아했으면 차라리 괜찮은 취향이라고 생각했을지도 모르겠는데. 네가 그 책을 처음 산 게 아마 초등학교 6학년 때 아니니. 허버트 조지 웰스의 《투명인간》 말이야. 이름도 어려운 작가를 이제 나까지 다 알고 있잖니. 청소년용 판본으로 산 그 책이 다 해질 때까지 마르고 닳도록 그 책만 읽어대다가, 나중에는 온갖 판본으로 그 책을 사들였지. 영어공부가 되겠지 싶어서 조금 기대하기도 했지만, 영어 원서까지 사기 시작했을 때는 솔직히 조금은 질리더라.

어디 그것뿐이니. 1930년대에 만들어진 〈투명인간〉 영화부터, 투명인간이 주제이기만 하면 닥치는 대로 영화를 모아댔잖아. 남자애들이 어릴 때 공룡이나 괴수에 빠지는 경우야 많다고 하지만, 투명인간에 빠져서 종일 투명인간만 보는 애는 적어도 한국에서는 네가 유일할 거다. 아니, 투명인간이니까 뭘 볼 수도 없잖아. 온갖 종류의 투명인간이 네 책장과 비디오장에서 살인을 하고 사랑도 하고 자기 힘에 도취해서 끔찍한 일도 벌이고…… 다른 애들이 벽에 아이돌 포스터 붙일 때 너는 온갖 종류의 투명인간 포스터를 붙여두었지. 그런 걸 아마 '오타쿠'라고 하는 거, 맞지?

아마 우리 집에 돈이 좀 더 많았다면 같은 투명인간 팬이라도 좀 더 좋은 것들을 구할 수 있었을 텐데. 낡아 떨어질 때까지 책을 읽고서도 버리지 않고 꽁꽁 싸매두는 걸 보면 엄마는 괜히 미안하곤 했어. 집에 돈이 없으니까 이렇게 유난스럽게 구는 건가 생각도 하고.

음…… 미안한 건 미안한 거고, 유난스러운 건 유난스러운 거지. 너는 혼자서 꼭 19세기에 사는 사람 같았단 말이야. 설마 나만 그랬겠니. 네 친구들도 네 그 유난스러운 성격 챙겨주느라 모르긴 몰라도 고생 많이 했을걸.

하지만 그런 것치곤 너는 정말 친구가 많았어. 걸핏하면 친구들을 우르르 끌고 집에 들이닥쳐서 퇴근한 나를 당황하게 하곤 했었잖아. 그렇게 많은 애들이 너를 좋아했던 건, 아마 다정스럽고 시원시원한 네 성격 때문이었겠지. 언젠가 집에 놀러 온 네 친구…… 왜 있잖아, 초등학교 5학년 때부터 친했던. 그래, 명은이. 네가 명은이랑 대화하는 걸 듣고 나는 정말 깜짝 놀랐다.

"이거 지문등록 해야 한다며?"

"네가 좀 하지?"

"아, 맨날 나만 시켜……."

"응?"

명은이는 투덜거리면서도 네 부탁을 들어주더라. 내가 놀랐던 건 네가 무척 자연스럽게 명은이에게 뭔가를 시키는 것처럼 보였기 때문이야. 혹시 네가 다른 곳에서도 저러나, 아무리 친한 친구라고 해도 너무 예의 없는 건 아닌가, 명은이가 가고 나서 너한테 한소리 해야 하나 생각하고 있었어. 그런데 너와 명은이의 대화는 금세 다른 곳으로 옮겨갔지. 명은이가 반에서 좋아하는 남자애에 대한 거였는데. 수학여행 때 어떻게 남자애들한테 같이 놀자고 말할지에 대한 얘기라 나는 너희가 귀여워서 들으면서도 피식피식 웃음이 났어. 그런데 이번엔 네가 먼저 말하더라.

"걱정하지 마, 내가 다 알아서 해줄게. 내가 들어가면 절대 안 걸린다니까. 백퍼."

누가 듣기에도 그 계획에서 가장 위험한 역할은 남자애들 숙소로 몰래 잠입하는 역할이었는데, 너는 아주 용기 있게 그 일을 자임하더라구. 나는 늘 네가 유난스러운 애라고만 생각했는데, 친구들 사이에서는 생각보다 쿨하고 털털한 타입일지도 모르겠다는 생각이 들더라. 아, 내가 엿들으려고 한 건 아니야. 절대로. 너희가 너무 큰 소리로 얘기했다구. 그래서 그때는 잘 잠입해서 재밌게 잘 놀았으려나. 내가 너희 선생님에게 전화 받은 건 없으니, 아마 성공적으로 들어간 거겠지?

너 같은 애도 별로 없었을 거야. 보통은 초음파로 검사하면서 아들인지 딸인지 다 알게 되기 마련인데, 너는 워낙 초음파에 잘 안 잡혀서 딸인지 아들인지를 마지막까지 알기가 어려웠어. 너는 어릴 때라 잘 기억나지 않겠지만, 그래서 널 위해서 산 아동용품들은 색깔도 무늬도 다 뒤죽박죽이야. 나는 딸이 태어나면 함께할 것들과, 아들이 태어나면 함께할 것들을 항상 같이 생각해야 했단다. 그래서 네가 태어났을 땐 결국 여러 가지를 같이 했지. 뛰어놀고, 전쟁놀이 하고, 소꿉놀이 하고, 그림책 따라서 드레스 입고 연극도 하고.

그래서 네가 다른 사람들이 예민할 법한 부분에선 전혀 예민하지 않고, 대부분 무던하게 지나갈 부분에서 유난히 예민하게 군다는 생각이 들 때마다 나는 혹시 딸인지 아들인지 모르고 널 낳아서, 그렇게 키웠던 너의 어린 시절이 문제였을까 하는 생각을 한 적이 있었어. 우리가 사이 나쁜 모녀는 아니었지만, 그렇다고 우리 둘이서만 살 붙이고 사는데 안 싸울 수도 없었잖니. 네가 때로는 특별히 사달라는 것도 없고 원하는 것도 없이 무던하고 착한 딸인 것 같다가, 가끔은 정말 이해할 수 없는 이유로 소리를 지르고 화를 내기도 했어.

작년 그 날 기억하니? 네가 학교에 가져가야 한다던 그 책 말이야. 집에 받을 사람이 없어서 택배를 내 회사로 돌려놨는데, 내가 깜빡하고 안 들고 집에 돌아왔었지. 다음 날 필요한 거라고 어찌나 성질을 내고 소리를 지르던지. 내가 잘못하긴 한 거고, 너한테 미안하다고도 했는데 네가 눈물까지 글썽이면서 화를 내는 바람에 나도 울컥 화가 났었어. 우리 그때 같이 소리 지르고 싸웠지.

"돈 주면 되잖아, 하나 더 사 와!"

"애들 다 학원 다닌다고! 지금 누가 같이 서점을 가준다고 책을 사 와!"

"너는 손이 없냐, 발이 없냐. 혼자선 서점도 못 가?"

너는 입술을 꽉 깨물고 시근덕거리더니 네 방문을 쾅 닫고 들어갔지. 그러고는 컴퓨터로 뭘 한참 두드리는 거 같더니만 다시 방문을 열고 나왔어.

"명은이가 오늘 학원 안 간대. 책 살 돈 줘."

기가 막혀서 너한테 신용카드를 집어 던졌지. 너는 휑하니 카드를 들고 나가버렸고. 다음 날 아침에 식탁 위에 있는 신용카드와 영수증을 보고 나는 조금 실소를 했어. 아주 작정을 하셨더구만. 책만 산 게 아니라 명은이한테 피자도 한턱내시고, 디저트로 아이스크림까지 드시고 말이야. 싸운 김에 아주 '엄카데이'를 만끽하셨던데.

솔직히 얘기하자면 그날은 나도 많이 우울했었어. 정기적으로 받는 교통교육 시간에 사장이 그러더라. 이제 돈 들여서 우리 교육시켜서 뭐하겠느냐고. 자동주행이 도입되기 시작했을 무렵이었지. 사장은 적극적으로 자동주행을 도입하겠다고 이미 선언을 해놓은 상황이었고, 그것 때문에 맨날 노조랑 싸우고 회사 분위기가 아사리판이었어. 엄마는 또 사무실 수정 씨랑 워낙 오랫동안 친했잖니. 사무실 사람들은 그래도 어쨌든 회사 편이거든. 수정 씨는 경리과장이니까 당연히 잘리지 않겠지만, 자동주행 들어오면 운전사들이야 파리 목숨이지. 그거 생각하니까 교육 끝나고 사무실에 들르고 싶지가 않더라구. 그렇다고 네 책을 일부러 안 가지고 오려고 한 건 아닌데…… 네 책 말고도 사무실에 들러야 할 이유가 많았지만 도무지 발이 안 떨어지더라.

그래, 나는 너를 사랑해. 너도 당연히 알겠지. 우리가 싸우고 울고 화를 낼 때조차도 우리 둘 다 알고 있잖아. 너는 내 가장 귀한 꼬리고, 나는 널 위해서라면 무엇이든 할 수 있었어. 세상에서 널 제일 잘 아는 사람은 아마 나일 거야. 그렇게 믿었지.

어떻게 마지막 순간까지도 모를 수 있었을까. 나는 정말 상상조차 하지 못했어.

자동주행 버스 운전사가 된 지 3개월째였지. 사실 자동주행 버스에 운전사가 왜 필요하겠어. 승객들이 버스에 오르면 나는 괜히 부끄러웠지. 날 알아보는 네 친구라도 올라탈 때면 그만 버스 안에서 사라지고 싶을 때도 있었어.

명목은 자동주행이 에러를 일으킬 가능성에 대비한다면서 버스 운전사들을 그 자리에 앉혀둔 거였는데, 그냥 하는 소리지. 정말로 에러를 일으킬 가능성이 걱정되었다면 컴퓨터라고는 기름때만치도 모르는 버스 운전사들을 거기 앉혀뒀겠어? 버스 운전하는 프로그래머를 고용해야지. 누가 봐도 그냥 한꺼번에 버스 운전사들을 자르면 불만이 클 것 같으니까 일단은 앉혀둔 거였어. 어떤 사람들은 자존심이 상한다고 냉큼 택시 운전으로 갈아타는 일도 있던데, 나는 그럴 생각도 안 들더라. 버스가 자동주행이 먼저 적용된 건 노선이 정해져 있기 때문이지. 택시라고 그렇게 안 되겠어? 조만간 가야 할 장소만 입력하면 택시도 그렇게 될 게 뻔한데, 그 짧은 기간 동안 자존심 좀 세워보겠다고 택시 운전으로 갈아타다니 말이야, 얕은 짓이지.

오히려 걱정되는 건, 평생 운전밖에 안 했는데 앞으로 어떻게 해야 할까 하는 거였지. 너 고등학교 졸업하고 대학 들어가고 취직할 때까지 생각하면 못해도 5, 6년은 더 일해야 할 것 같은데. 운전 안 하고 다른 일을 해야 할까. 그러면 무슨 일을 하는 게 좋을까. 아무 일도 안 하고 멍하니 운전대 앞에 앉아서 시간을 보내면서, 내가 아무 영향도 미칠 수 없는 핸들을 빙빙 돌리면서, 나는 그런 생각들을 했어. 정 할 게 없으면 파출부를 하든가 식당에서 설거지라도 해야겠지만, 평생 한 게 운전인데. 너무 억울하고 분하더라.

네가 내 버스 앞으로 지나간 건 그때였어. 신호등 없는 횡단보도였고, 차들이 많이 다니지 않는 도로다 보니 너는 별생각 없이 지나가려고 했을 거야. 내가 널 늦게 발견한 게 문제였지. 네가…… 어떻게 네가 하필이면 거기 있었을까. 장애물이 있으면 50미터 밖에서도 속도를 늦춘다던 최신 시스템은 네 앞에서는 무용지물이었어. 버스는 너 같은 건 마치 이 세상에 처음부터 없었던 것처럼 속도를 내서 널 향해 돌진하기 시작했어.

너무 늦었지.

너와의 거리가 얼마 남지 않았을 때야 나는 상황을 인지했어. 이 버스에도 비상정지기능은 있었단다. 나는 반도체가 들어가 있어서 사람의 손가락을 인지한다는 무슨 센서에 황급하게 손을 가져다 댔지만, 버스는 내 손가락이 없는 것처럼 아주 자연스러운 평상 속도로 달려갔어. 나는 그 순간 내가 미치도록 원망스러웠어. 이런 센서들은 언제나 나를 한 번에 인식하는 적이 없었어. 그 덕분에 동사무소에 가서도 지문 인식을 하기보다는 민원창구를 찾아갔고, 한참 쓰던 피처폰을 바꾸어야 했을 때는 스마트 펜슬이 딸린 모델을 샀지. 회전 자동문은 중간에 갇힐까 봐 무서워서 한 번도 이용해 본 적도 없는데 비상정지 센서라고 제때 작동할 리가 없었지.

그 도로에서 낼 수 있는 최대속력은 시속 60킬로미터였어. 직접 운전을 할 때는 곧잘 잊어버리던 숫자였지. 하지만 컴퓨터는 그런 걸 잊지 않잖니. 계기판에는 60km/h라는 글자가 흔들리지도 않고 또렷하게 박혀 있었어. 그리고 그 속도로 네 몸에 부딪혔지. 네가, 너의 교복 치마가, 네 가방이, 내 삶의 전부가 시속 60킬로미터로 포물선을 그리며 날아갔어. 너의 존재도, 나의 손가락도 인지하지 못하던 버스는 심하게 차체에 충격이 가해지자 그제야 문제를 인식하고 비상벨을 울리며 멈췄어.

승객들이 웅성거리던 소리, 차에서 울리던 사이렌 소리. 나는 울부짖으며 앞문으로 뛰어내려서 너를 붙잡았는데 내 손 사이로 흘러내리던 빨간 네 피가 따뜻했던 것이 지금도 꿈처럼 몽롱해. 나는 분명 울었던 것 같고, 비명을 질렀던 것도 같은데 사실은 제대로 기억나는 것이 아무것도 없어.

내 손에 감싸인 네 얼굴…… 어딜 가나 알아볼 만큼 코와 입매가 나를 똑 닮은, 이산가족이 되어도 이웃들이 찾아줄 거라고 우리가 농담하곤 했던 네 얼굴이 눈을 감은 채 있었어. 아무리 네 이름을 불러도 다시는 뜨지 않을 눈꺼풀. 너는 코와 입매만 나를 닮은 게 아니었던 거야. 그러지 않았으면 좋았을 것을, 나는 너를 나와 너무 닮은 아이로 낳아버렸어. 내가 네 엄마가 아니었더라면, 그 버스는 네 앞에서 얌전하게 멈췄을 텐데.

온갖 언론들이 자동주행 시스템이 안전한지에 대해 연일 보도를 해댔어. 그러면서 너와 내 이름은 수많은 지면에 오르내렸지. 얼마나 신기하고 재미있는 사연일까. 자동주행 버스에 타고 있던 버스 운전사인 엄마가, 자기 딸을 치는 자동주행 버스를 멈추지도 못하고 비극을 맞이하고 말았다니. 수많은 기자에게 전화가 오고, 어떤 사람들은 장례식장까지 찾아와서 뭘 물어대더라. 기분이 어떤지, 자동주행 시스템에 대해 어떻게 생각하는지, 딸이 왜 죽었다고 생각하는지.

네 친구들이 장례식장에 가장 많이 찾아온 건 둘째 날이었어. 너는 어디서 무슨 친구는 그렇게도 많이 사귀었는지. 수많은 아이들이 와서 날 붙잡고 울고 갔어. 명은이도 둘째 날에 왔더라. 무슨 말도 제대로 못 하고 내 손을 잡고 띄엄띄엄 우는데, 참을 수가 없는 죄책감이 밀려왔어. 어째서 나만 몰랐을까. 네 많은 친구들은 너를 위해서 대신 센서를 인식해준 경험이 있더라. 너 대신 문을 열고, 너 대신 연락을 취하고, 너 대신 영상을 찍고, 너 대신 녹음을 하고…… 네가 했던 수많은 말들이 그제야 제자리를 찾아서 흘러갔어.

뉴스에서 앵커가 또박또박 정갈한 어투로 발음하는 네 이름은, 마치 흐트러짐 없이 박혀 있던 60km/h를 보는 것만 같았어. 명은이는 네가 원체 센서에 잘 반응하지 않는 아이였다고 인터뷰를 했더라. 한 토막 정도로 가볍게 편집된 명은이의 말투는 중학교 때나 지금이나 누가 들어도 바로 알아들을 수 있는 어눌한 말투였어.

"걔가…… 쪼끄말 때부터 워낙에 그런 게 있었어요. 스마트폰도 못 쓰고…… 자동문도 걔 앞에서는 안 열려서…… 같이 가서 누가 열어줘야 하고…… 감시? 감시하는 센서 같은 거 있잖아요. 그런 것도 다 걔만 인식을 못 하고…… 맨날 자기가 투명인간이라고 했어요."

싸늘하게 식은 시신이 되어서조차 너는 센서에 인식이 잘 안 되더라. 아니, 그건 사실 기계가 고장 난 것이었겠지. 그냥 불에 태우는데 무슨 센서 인식이 필요하겠어. 하지만 이상하게도 화장하는 동안 네 이름만 자꾸 전광판 위에서 깜빡거렸어. 다른 사람들이 통곡하고 쓰러지는 와중에도 나는 네 이름이 전광판 위에서 없어질까 봐 무서워서 손을 꼭 쥐고 있었지. 넌 이미 없는데, 네 이름이 지워지는 게 뭐 별거라고.

엄마는 이제 더 이상 버스 운전사가 아니야. 네가 늘 멋있다고 하던 그 유니폼을 이제 입지 않아. 회사는 퇴직금을 지급했어. 하지만 이 돈으로 맛있는 음식을 사줘야 할, 학교에 보내야 할, 대학교에도 보내야 할, 너는 이제 여기에 없어.

자동주행 시스템을 개발한 회사는 보상금을 지급하길 거부했어. 모든 시뮬레이션을 다시 돌리고, 블랙박스를 확인하고, 시스템 로그를 분석해봤지만, 시스템에는 오류가 없었다는 거야. 외부적 요인이었을 것이고, 그 외부적 요인은 운전석에 앉아 있던 내가 일으켰을 거라는 게 회사의 주장이야. 이렇게 말하면 복잡하게 들리겠지만, 조금 단순하게 말하면 내가 널 죽였다는 거겠지. 하지만 너는 죽었고, 나는 비상정지를 하지 못했어. 어쩌면 더 많은 사람이 죽을지도 모른다고 많은 사람에게 말했지만 이제 내 말은 잘 들리지 않는 것 같아. 네가 죽고 나서도 자동주행 시스템은 잘 돌아가고, 너 이후엔 아직 죽은 사람도 없지.

그래, 어쩌면 너랑 나 같은 사람은 이 세상에 너랑 나밖에 없을지도 몰라. 우리야말로 있을 수가 없는 현상이고, 잘못 태어난 사람들일지도 모르지.

어떤 사람들은 네가 악마로 점찍혀서 태어난 존재라 센서가 반응하지 않았던 거라고도 하더라. 하느님이 우리 민족을 위해 너를 죽음으로 이끌어주신 거라면서. 또 어떤 사람들은 너처럼 센서가 인식하지 못하는 사람이랑 연애 한번 해보면 좋겠다고, 요즘 세상에 그런 사람이랑 섹스하면 투명인간이랑 섹스하는 거 아니냐면서 낄낄대는 젊은 남자애들도 있더라.

나는 여전히 매일 아침 네 방을 치워. 네가 모아둔 책과 비디오들을 정리하고, 포스터에도 먼지가 앉지 않게 관리를 해. 언제든 네가 이 자리에 돌아오기만 하면 되도록. 그러고 나서는 손글씨로 쓴 피켓을 들고 집을 나선단다. 비가 많이 오거나, 몹시 덥거나, 몹시 추운 날에도 하루도 빠짐없이 매일. 자동주행 시스템을 통과시키는 기준을 훨씬 더 높게 잡아달라고, 센서가 없이도 사람들을 오갈 수 있게 해달라고, 무궁화 모양 배지를 달고 내 눈앞을 지나가는 사람들에게, 차들에게 매번 말하지만 아무도 귀 기울여 들어주지는 않더라. 사람들 눈과 귀에도 센서가 생기기 시작한 걸까.

오늘은 아침이 아니라 저녁에 네 방을 치웠어. 평소보다 깨끗하게 치웠어. 아마 다시는 우리 집으로 돌아오지 못할 테니까. 폭탄은 구하기 어렵지 않더라. 폭탄을 파는 사람들은 센서 같은 건 거의 없는 곳에서 만나려고 하더라고. 상당히 많은 양을 사기는 했어. 돈이 모자라지는 않더라. 평생 운전만 하고 살았으니 회사에서 나온 퇴직금이 적지는 않았거든.

아무도 없는 한밤중이라도 조금만 노력하면 이 건물 안에 들어가는 것쯤이야 일도 아니지. 내가 여기 있다는 걸 저 둔감한 센서들이 알 리가 없으니까. 폭탄을 사서 가방 안에 넣어두고, 나는 네 방에서 《투명인간》 한 권을 꺼내 처음부터 끝까지 읽었단다. 사람들은 계속 투명인간을 미워하더라. 이제 엄마는 세상 모든 사람이 미워하는 투명인간이 될 거야.

하지만 그걸 기억해야 해.

내 딸은 이 둔감한 센서보다 훨씬 센서티브했단다. 아무렴.

구제신청서

✦ 2019년 《아직은 끝이 아니야》(아직) 수록

이유 요지

위 본인은 직원으로서 사규를 준수하고 맡은 바 책임과 의무를 다하여 복무하였음에도 불구하고 본인만의 잘못이 아닌 다양한 요인으로 인해 업무상의 과실이 발생하게 된바, 이에 대한 징계가 부당함을 호소합니다.

이유 진술

제가 처음 데려가기로 정해진 혼백은 서울시 종로구 평창동에 위치한 자택에 있던 71세 이윤령의 혼백이었습니다. 나이를 보면 아시겠지만 이윤령은 충분히 나이를 먹을 만큼 먹었고 그다지 큰 원한이 있는 혼백도 아니었습니다. 저는 이 혼백을 데려오는 데에 애를 먹을 것이라고는 조금도 예상하지 못한 상태였습니다. 그 이전에 교통사고로 죽은 32세 남자의 혼백을 데려오려고 하는데 이 남자가 느닷없이 실연에 대한 원한을 호소하여 그 원한을 풀어주느라 새빠지게 고생을 한 저를 안타까이 여긴 염라대왕님께서 다음에는 좀 편한 혼백으로 건네주겠다는 언질을 주신 바도 있었기에 당연히 이윤령은 아주 쉽고 편하게 저를 따라올 할머니 혼백이라는 확신이 있었습니다. 저는 별다른 준비도 하지 않고 가벼운 마음으로 이윤령의 혼백을 잡으러 내려갔습니다.

내려오는 길에 대충 이윤령이 어찌 산 인간인가를 훑어보았더니 여러모로 불쌍한 삶을 산 여자였습니다. 어릴 때의 궁핍이 성격에 영향을 끼쳤는지, 지나치게 돈을 밝히면서 산 데다가 돈 때문에 일가족을 살해한 이력까지 있는 여자였습니다. 이윤령이 살해한 사람 중에는 여섯 살배기 아이도 있었습니다. 그 이후에 특별히 악행을 저지르지는 않았지만 아무래도 이 죄만으로도 극락왕생하기는 어려운 혼백으로 보였습니다. 특별히 도를 닦은 이력도 없고 회개를 위해 애를 쓴 이력도 없었습니다. 어쨌든 규정은 규정이니 극락을 못 갈 거라는 고지는 해야 했습니다.

말이 나왔으니 말인데, 저는 이 일을 5백 년 동안 하면서 어떤 죄인들에게도 반드시 당신은 극락에 갈 수 없다는 고지를 해왔습니다. 적당히 속여서 데려온 다음 어정쩡하게 지옥에 밀어

넣으려다가 혼백이 이의를 제기해서 온갖 재판으로 염라대왕님을 고통스럽게 하는 일은 한 번도 저지른 적이 없습니다. 저와 가장 친한 삼돌이 녀석이 김영삼이라는 놈에게 아마 대규환지옥에 갈 확률이 제일 높지 않겠느냐고 괜히 성실하게 고지했다가 벌써 2년 동안 혼백을 못 데려가고 개고생을 하고 있는 걸 보면 이게 얼마나 힘든 일인지 다 아실 것입니다. 염라대왕님도 저의 이 성실함과 충성심을 아시면서 어떻게 제게 이렇게 하시는지 알 수가 없습니다.

아무튼, 고지를 해야 한다는 게 좀 마음에 걸리기는 했지만 이윤령의 시간이 얼마 남지 않았기에 저는 서둘러 평창동으로 출발했습니다. 삼돌이처럼 멍청하게 어느 지옥인지까지는 말하지 않아야겠다고 생각도 하면서요. 혹시나 해서 덧붙이는 말인데, 거기까지 고지하라는 규정은 없습니다.

이윤령의 집은 아주 좋더군요. 커다란 대문과 높은 담장, 외제 차가 두 대나 들어 있는 차고가 있었습니다. 솔직하게 말하자면 이 일을 하면서 아주 찢어지게 가난한 집 혼백은 데려오기가 좀 더 껄끄럽습니다. 가난한 쪽이 아무래도 나쁜 일도 많이 하게 되니 지옥에 가는 비율도 더 높고 괜히 미안하기도 하고, 순순히 따라오는 건 가난한 쪽이 더 많기는 하지만 혹여 버티기라도 하면 참 마음이 안 좋아집니다. 그에 비해서 이렇게 떵떵거리며 사는 쪽은 비교적 극락에 가는 비율이 높은 데다가(물론 지옥에 가게 되면 정도가 센 지옥에 떨어지긴 하죠) 좀 버티더라도 기다리는 마음이 편합니다. 어쨌든 살면서 좋은 거 먹고 좋은

데서 자고 하지 않았습니까. 먹고 죽은 귀신이 진짜 때깔도 더 좋다는 건 우리 모두 아는 사실 아닙니까.

그래서 마음 편하게 들어가려고 하는데, 분위기가 좀 이상했습니다. 분명 이윤령은 가족이 없었고 혼자 살고 있었으며 돈이 많기는 하지만 친구가 많다거나 그런 것도 아니라고 기록되어 있었습니다. 기록관 이름을 확인해봤는데, 저와 3백 년이나 같이 일한 사람이었습니다. 이 친구는 이런 종류의 기록을 실수할 만한 친구가 결코 아니었습니다. 몇 걸음 더 내딛자 수상한 분위기가 좀 더 강해졌습니다. 또 다른 무엇인가가 있었습니다.

개? 친구? 원혼? 요괴? 가능한 모든 경우의 수를 떠올리면서 저는 상당히 조심스럽게 담벼락을 통과했습니다. 좀 더 조심해서 부적을 많이 들고 올 걸 그랬다는 후회도 약간 하기는 했습니다. 하지만 이것을 저의 준비 부족이라고 치기에는 이윤령이 71세였고 기록에 특별한 원한이 없었다는 걸 유념하셔야만 합니다.

기운은 점점 강해지고 있었습니다. 그리고 저는 집 안에 들어서자마자 숨이 턱 막혀서 가슴을 부여잡았습니다. 원한의 기운이 온 집 안에 소용돌이치고 있었습니다. 아주 강한 정념의 원혼이 틀림없었습니다. 대충 느껴도 몇십 년 동안은 원한이 풀리지 못한 것 같았습니다. 도대체 이 집 어디에 그 원혼이 숨어 있는 것인지 알 수 없어 저는 아주 조심조심 발걸음을 옮겼습니다. 괜히 쓸데없이 들쑤셔서 망하지 말고 얼른 이윤령의 혼백만 찾아내서 올라가버릴 생각이었습니다. 그런데 원혼의 기운을 피하면 피할수록 이윤령의 기운도 없어져버리는 것이었습니다. 원혼이 이윤령에게 철썩 달라붙어 있지 않은 한 그럴 리가 없을 텐데.

설마설마하며 부적을 움켜쥐고 이윤령의 혼백보다 훨씬 강한 기운을 뿜고 있는 원혼의 혼백 쪽으로 이동하기 시작했습니다. 여차하면 바로 숨거나 도망갈 생각마저 하고 있었죠. 2층의 침실 앞에 섰을 때, 원혼이 이윤령과 함께 있는 것은 더할 나위 없이 명확해졌습니다. 복잡한 상황이었습니다. 만약 이윤령의 혼백이 구천을 떠돌게 하기로 마음먹은, 이윤령에게 살해당한 원혼이라면? 그렇게 된다면 저 혼자서는 해결이 안 될 상황인 것도 분명했습니다. 하지만 이 상태로 계속 대치를 할 수도 없는 일이었습니다. 다른 저승사자들을 데리고 오려고 해도 보고를 할 만한 상황인지 당연히 확인해야 했습니다. 저는 규칙을 함부로 어기는 그런 망나니가 아닙니다.

조심스럽게 벽 안쪽으로 들어가자 침대에 누워서 가까스로 혼백을 붙들고 있는 이윤령의 육신이 보였습니다. 그리고 그 옆에 누가 봐도 음산하고 피맺힌 기운으로 똘똘 뭉쳐 있는 원혼이 꼿꼿한 자세로 앉아서 이윤령을 내려다보고 있었습니다. 역시. 아무 장치도 없어서 곧바로 확인하긴 어려웠지만 원한의 파장으로 보았을 때 분명 살해당한 원혼이었습니다. 하지만 자신의 살해 자체에 대해서 저 정도의 원한을 품기는 쉽지 않을 정도였습니다. 분명 살해는 표면적인 상황일 뿐이고 훨씬 더 심한 원한의 근거가 있을 것이었습니다. 거기다가 이윤령을 저렇게 내려다보고 있다면 분명 이윤령의 혼백에 해코지할 마음을 먹고 있는 것이었습니다. 누구라도 그렇게 생각했을 것입니다. 이건 저의 5백 년 경험상 아주 상식적인 판단이었습니다.

저는 천천히, 그러나 위엄 있게 이윤령의 육신 옆으로 갔습니다. 제발 원혼이 방해하지 않기를 바라며. 물론 부질없는 희망이었지만요. 녹취가 있는 것은 아니지만 저의 기억에 따르면 저는 이윤령의 혼백을 향해 이렇게 말을 했습니다. 옆에 있는 원혼을 매우 신경 쓰고 있었으므로 말이 좀 떨렸을 수도 있습니다.

"갑신년 무진월 정미일생 이윤령, 시간이 다 되었으므로 을미년 경진월 기사일을 기하여 자네의 혼백을 염라대왕 앞으로 인도하겠네. 살아가면서 있었던 자네의 죄질이 썩 좋지 못하여 극락에 가기는 어려우니 염라대왕 앞에서 심판을 기다려야 할 것이네."

그렇습니다. 저는 아주 정석적이고 당연한 말들만 하였습니다. 굳이 원혼이나 데려갈 혼백을 자극하는 말은 한마디도 하지 않았습니다. 그런데도 문제는 그다음에 일어났습니다. 옆에 가만히 앉아 있던 원혼이 벌떡 일어나서 눈을 벌겋게 빛내며 저를 쏘아보기 시작한 것이었습니다. 뻔한 이야기였습니다.

가장 이상적인 방법은 굳이 싸우지 않고 이 원혼을 먼저 잘 달래서 저승으로 보낸 후에 이윤령을 데려가는 것입니다. 원혼이라고 해서 구천을 떠돌고 싶어 떠도는 것이 아니므로 이런 극단적인 상황에서는 오히려 잘 달래면 저승으로 잘 따라오는 경우도 상당수 있습니다. 제가 상황판단을 잘못했다고 한다면 그럴 수도 있을 것입니다. 그냥 돌아가서 다른 저승사자들을 우르르 끌고 와서 원혼에 매타작을 때리고 끌고 갈 수도 있었겠지요. 하지만 웬만한 저승사자라면 그러고 싶지 않은 것은 저승에 있는 삼척동자도 알고 있습니다. 안 그래도 원혼이 된 가여운 혼백들을 굳이 때리고 싶을 리가 있겠습니까. 자기가 원해서 된 것도 아닐 텐데 말입니다. 그리고 가능하면 때리지 말고 잘 달래서 원한을 풀어주라고 늘 교육을 받아오지 않았습니까.

그리고 그렇게 판단한 것은 단순히 싸우기 싫다는 제 욕망 때문만은 아니었습니다. 원혼은 분명 상당히 깊은 원한을 가지고 있었지만 그렇게 체구가 큰 편은 아니었고, 생전에도 여성인 만큼 썩 좋은 완력을 가지고 있지는 않았으며, 이윤령에 대한 연민의 기운도 분명히 공존하고 있었기 때문이었습니다. 가까이에서 보니 이 연민은 거의 원한과 일대일 정도라고 해도 될 정도로 강한 힘이었습니다.

원혼은 아무 말도 않고 입을 꾹 다문 채 저를 노려보고 있었습니다. 무언가 하려는 말이 있는 것 같아서 저는 한참을 기다렸지만 한 식경이 지나도록 원혼은 그저 입을 달싹거릴 뿐이었습니다. 저는 원한이 너무 강해서 입을 못 열게 되어버린 종류의 원혼이라고 짐작하였습니다. 그래서 먼저 물었지요.

"내가 이윤령의 혼백을 데려가는 것이 마땅치 않은가?"

원혼은 고개를 끄덕였습니다.

"이윤령이 저승으로 가는 대신 자네 같은 원혼이 되어 구천을 떠돌길 바라는가?"

원혼은 고개를 들어 저를 바라보며 두 손을 앞가슴에 가지런히 모았습니다. 처연한 표정으로 고개를 살래살래 흔들었습니다.

"그러면 왜 이윤령의 혼백을 데려가지 못하게 하는가?"

원혼은 다시 저를 묵묵히 바라보기 시작했습니다. 무언가 요구하고 있다는 것은 틀림없었고 이 요구를 들어주고 나면 원혼은 이윤령의 혼백을 놓아줄지도 모르겠다는 생각이 점점 강하게 들었습니다. 그리고 원혼은 천천히 침대 옆에 있는 융단 한쪽에 자리를 잡고 앉았습니다. 저는 원혼에게서 눈을 떼지 않고 원혼의 맞은편에 함께 앉았습니다. 고급 융단이었습니다. 무늬가 아름다웠고 보드라워서 저는 앉으면서부터 조금 기분이 좋아졌습니다. 원혼은 제가 자리에 앉는 것을 보더니, 손을 뻗었습니다.

하. 지금 생각해도 어이가 없습니다.

원혼의 손을 따라 서랍장이 열리자 서랍장에서 툭 튀어나온 것은 다름 아닌 화투장이었습니다. 원혼은 아주 편안하고 익숙한 자세로 융단에 앉아서 화투장을 섞기 시작했습니다. 정확히 말하면 원혼은 손가락 하나 까딱하지 않았고 허공에서 화투장이 규칙적으로 섞이기 시작한 것이지만요. 다 섞인 화투장은 고스란히 제 앞에 떨어졌습니다. 패를 떼라는 것이었습니다.

다들 아시지 않습니까. 저승사자가 눈에 보이는 이들은, 데려가야 할 혼백을 두고 겨룰 수 있다는 사실을 말입니다. 요즘에 와서야 저승사자를 볼 줄 아는 사람들의 수도 점점 줄어가고 있으니 거의 일어나지 않는 일이지만, 예전에는 씨름도 했고 달리기도 했었지요. 하지만 지금은 21세기입니다. 저승사자와 겨루는 대신에 산소 호흡기를 비롯한 온갖 물건들을 동원해서 버틸 데까지 버티다가 따라오는 시대 아닙니까. 까놓고 말해 이게 저승사자가 눈에 보이는 사람들에 대한 입막음용으로 시작된 거지, 원혼에게 저승사자가 보이는 건 당연한 것 아닙니까? 원혼이 혼백을 두고 겨루기를 청해오다니요! 이건 상황 그 자체가 반칙입니다!

거기다 원혼은 기본적으로 미등록 혼백이므로 치외법권에 있고, 놓치면 곤란한 존재입니다. 정말이지 뭐 이렇게 골 때리는 상황이 생기나, 대체 내가 뭘 잘못했다고 이 지경이 되어야 하나, 별의별 생각이 머릿속을 지나가더군요. 어쩌겠습니까. 지금 이 원혼을 때려잡을 자신은 없고, 놓쳤다가 원혼이 이윤령의 혼백을 들고 구천을 헤매버리면 더욱 난감한 것이고, 거기다가 저를 본 사람의 겨루기를 거절하는 것은 규칙에 어긋나지 않습니까. 결국 제가 선택할 수 있는 선택지는 하나뿐이었습니다. 저는 한숨을 쉬며 패를 뗐습니다.

다른 사람도 아니고 저한테 화투를 들고 도전을 해온다고요? 지금에서야 하는 말이지만, 솔직히 저는 자신이 있었습니다. 제가 투전에 마작에 못하는 게 없습니다. 이쪽 동네에서 타짜를 찾으면 그냥 절 부르셨다고 보시면 됩니다. 제까짓 게 아무리 잘해봤자 저한테 화투로 이기는 것은 염라대왕님 앞까지 갔다가 살아 돌아오는 것과 비슷한 확률이었습니다. 원혼은 아주 능숙하게 네 장씩, 패를 제 몫과 자기 몫으로 돌린 뒤 바닥에 네 장을 깠습니다. 그리고 다시 네 장씩 돌리고 다시 네 장을 깠습니다. 마지막 한 패가 각자의 손에 들리자 바닥에 여덟 장의 패가 깔렸고, 우리는 각각 열 장의 패를 들고 있게 되었습니다. 맞고였습니다.

원혼이 바닥에 패를 까는 사이, 앓고 있던 이윤령은 슬금슬금 몸을 일으켜서 이쪽으로 다가왔습니다. 아주 힘이 들어 보였으므로 혼백을 붙잡으려는 마지막 몸짓이라고 판단한 저는 손을 뻗어 이윤령을 제지했습니다.

"아니되네. 데려갈 혼백 자신은 겨룰 수 없네."

"아…… 저는 그냥 구경만 하려고…… 어차피 저희도 계속 맞고만 쳐서……."

저희도……? 저는 당황해서 원혼을 바라보았습니다. 원혼은 이미 패를 유심히 들여다보고 있었습니다.

저도 고개를 숙여서 패를 들여다보았습니다. 홍싸리, 흑싸리 초단, 매조 홍단, 송학, 오동, 국준, 공산, 난초 나무, 단풍 두 장. 저는 문득 한 생각이 들었습니다. 화투의 마흔여덟 개 문양은 마음에 가닿기 아주 쉬운 매개체라는 생각 말입니다. 원혼이 생전에 마음을 두었던 물건 같은 걸 통해서 원혼의 원한을 알아내는 경우도 상당히 있다는 이야기를 들었던 기억도 났습니다. 교육 때 배웠던, 몇천 년을 묵은 원혼이 박물관에 비치된 단검 하나 때문에 성불한 사례 같은 것도 생각났고요. 그 저승사자는 현장

직에서 급격하게 승진했다고 했었지요. 뭐, 그게 그렇게 쉬운 일이 아닐 테니 두고두고 사례로 남아서 전해져오는 것이겠으나 어쨌든 누군가가 한 적이 있으면 제가 못 할 이유도 없다고 생각했습니다. 저는 화투장을 훑어보며 머릿속으로 몇 가지 점검을 시작했습니다.

우리 모두 알고 있다시피 원혼을 가두거나 성불시키기 위해서 알아야 할 것은 세 가지입니다. 원혼이 가지고 있는 원한이 무엇인지, 원혼이 목적하는 바가 무엇인지, 그리고 원혼의 '이름'이 무엇인지. 원혼은 어차피 제게 거짓말은 할 수 없습니다. 아까 이윤령을 원혼으로 만드는 것이 목적이냐고 물었을 때 원혼이 고개를 흔들었던 것은 진실일 터였습니다. 그렇다면 원혼에게는 무언가 다른 목적이 있는 것입니다. 원혼의 원한이 자기 자신을 죽인 데에 있지 않았음은 어느 저승사자라도 쉽게 알아볼 수 있을 정도였습니다. 어떻게 해야 이 둘을 다 잘 사로잡을 수 있을 것인가. 솔직히 그 순간에는 화투장을 만지는 것만큼 가슴이 뛰었습니다. 저는 언제나 제 일에서 보람을 느끼며 살아왔습니다. 이번에야말로 정말 좋은 일을 할 수 있을 것 같았습니다. 원혼과 원한을 만든 혼, 이 두 혼백을 한꺼번에 구원할 수 있다면 이런 좋은 일이 또 어디에 있단 말입니까.

저는 천천히 패를 고르다가 가장 무난해 보이는 송학을 내려놓았습니다. 바닥에는 송학 홍단이 깔려 있었습니다. 처음부터 센 패를 사용해서 상대방에게 패를 굳이 드러내 보일 필요는 없습니다. 소나무는 예로부터 잎이 청신하여 변하지 않고 뾰족뾰족한 이파리로 굴하거나 타협하지 않는 절개가 있는 충절의 나무입니다. 검은 이파리의 소나무를 내려놓으면서 저는 원혼의 마음에 소나무를 투영시켜보기 위해 있는 힘껏 정신을 집중하였습니다. 위에 있던 것은 두견새였습니다. 원혼은 반짝 전신에서 빛을 내는 것 같더니 얼른 흑싸리를 꺼내 메다꽂듯이 내리쳤습니다. 이렇게 쉽게 고도리패를 내주다니. 약간 기가 차려는 순간, 신이 난 나머지 원혼의 기억 틈이 살짝 열렸습니다. 소나무의 이미지가 흘러들어 간 모양이었습니다.

저는 급하게 정신을 집중해서 원혼의 마음 깊숙이 웅크린 어떤 감정을 찾아냈습니다. 오랫동안 묵어서 이제는 원혼의 일부가 되어버린 것 같은, 자작자작 마음 아래 깊이 깔린 누룽지 같은 고독이었습니다. 깎아지른 절벽 위에 혼자 서서 고개를 치켜들지만 자세히 보면 껍질이 벗겨져 나가 속살을 훤히 드러낸 소나무의 빛깔. 생전 원혼의 모습은 읽히지 않았지만 원혼의 남편이 읽혔습니다. 상쾌한 색상의 넥타이, 깨끗하게 깎았지만 손을 가까이 대서 만지작거리면 만져지는 까칠한 수염. 원혼은 손을 뻗어서 수염을 만져보고 싶지만, 차마 만지지 못합니다. 남편의 등은 단정하고 넓지만 그 등이 자신의 것이 아니라는 것을 원혼은 이미 알고 있습니다. 뭐지. 원혼과 남편은 사이가 좋지 않습니다. 둘은 싸우지 않습니다. 원혼은 모든 분노를 그저 마음속에서 무너뜨리면서 그저 살아가고 있습니다. 남편에게는…… 여자, 원혼은 남편에게 여자가 있다는 것을 알고 있습니다. 외로움과 절망은 원혼에게 그리 고통스러운 것이 아닙니다. 원혼은 언제나 그렇듯이 소나무의 껍질처럼 외롭습니다. 원혼의 주변에는 솔잎처럼 뾰족한 것들이 둥둥 떠다닙니다.

저는 원혼의 앞에 놓인 흑싸리와 두견새를 멍하니 보면서 감격에 빠졌습니다. 원혼은 아무것도 모르는 듯 무심한 표정으로 패를 배열하고 있었습니다. 원혼이 까놓은 패는 국화 청단이었습니다. 고도리패는 빼앗겼지만 저는 저승사자로서의 직업의식에 한껏 고무되었습니다. 5백 년 세월을 허투루 보낸 것은 아니었던 것입니다. 인간의 삶보다야 덜 압축적이겠으나 그래도 5백 년이 적은 세월은 아닙니다. 저는 그야말로 투지에 불탔습니다. 원혼은 여전히 핏발이 선 눈으로, 그러나 아까보다 훨씬 처연한 표정을 하고 화투패를 내려다보고 있었습니다. 반드시 쫓아가주겠다고 저는 마음을 다잡았습니다.

생각해보니 퍽 이상한 일이었습니다. 이렇게 죽은 사람의 혼백까지 가져가려고 한다면 보통 깊은 원한이 아닐 텐데 이렇게 쉽게 기억들이 열리다니. 아무리 맞고를 좋아한다고 해도 그렇지, 이렇게 쉽게 마음을 풀어낼 수가 있나 의심하기 시작한 것입니다. 혹시나 내가 무슨 함정에 빠지고 있는 것은 아닐까, 저는 고민고민을 하며 다음 패를 골랐습니다. 이 승부는 돈을 따는 것도 아니고 판을 늘릴 필요도 없으니 고도리패를 하나 빼앗겼다면 어서 다른 새를 가져오는 것만이 살 길이었습니다. 저는 냉큼 공산을 공산 달 위로 집어 던졌습니다. 아무것도 없는 쓸쓸한 산 위에서 새들이 날아가고 휘황하게 달이 떠오릅니다. 구슬프고도 아름다운 광경입니다. 원혼은 입술을 슬그머니 깨물었습니다. 펼친 패는 모란이었습니다.

원혼은 약간 눈을 찌푸리더니 벚꽃 홍단으로 벚꽃 만마쿠를 찍어버렸습니다. 이게 무슨……. 원혼은 그새 광을 두 개나 모았으니 아무리 운이라고 해도 그렇지 이건 좀 너무하는 게 아닌가, 손에 땀이 나기 시작했습니다. 제발, 부처님, 옥황상제님, 염라대왕님……. 공산 위에 높이 솟아오른 찬란한 벚나무, 휘날리는 벚꽃잎이 원혼의 눈가를 스쳐 지났습니다.

작고 꼬물거리는 작은 손, 하얗고 보드라운 뺨. 아직 보송보송한 머리털에 코를 가까이 들이대고 냄새를 맡습니다. 여자아이입니다. 원혼은 아이와 함께 잠이 들고, 일어나서 아이를 달랩니다. 아이는 울고 웃고 원혼의 손가락을 빨고 다리로 서고 넘어지고 바닥을 구르고 이상한 걸 입에 넣고 열이 나고 건강해지고 뛰어다니고 친구가 생기고 어딘가에서 맞고 자전거를 타고 예쁜 치마를 사달라고 조르고…….

반짝이는 햇빛 아래에서 벚꽃 구경을 나와 자신의 무릎을 베고 잠이 든 아이를 바라봅니다. 손가락 사이로 흘러내리는 보드라운 머리카락. 원혼의 얼굴과 아이의 얼굴은 닮았습니다. 아이가 침을 흘리고 자고 있다는 사실을 깨닫고 원혼이 미소 지으며 아이의 뺨을 훔치는데, 벚꽃이 우수수 쏟아집니다. 온통 거대한 벚꽃 막이라도 생긴 것처럼, 벚꽃이 쏟아지다가 저는 아연해지고 말았습니다.

원혼이라면 저승사자가 자신의 기억을 훔쳐볼 것이라는 사실 정도는 알고 있을 것이고, 유난히 더 조심할 터였습니다. 그리

쉽게 마음이 열려서, 제가 원혼의 기억을 훔쳐보는 건지 원혼이 저에게 기억을 보여주는 것인지마저 헷갈렸습니다. 벚꽃의 폭포 아래에서 정신을 차리는 데에는 시간이 조금 더 걸리고 말았습니다. 바닥에는 홍싸리가 하나 더 깔렸습니다. 저는 혀를 짧게 찼습니다. 벚꽃 홍단과 벚꽃 만마쿠를 가져갔으니 이제 패에 남은 벚꽃은 아무 쓸모 없는 벚꽃뿐일 것입니다. 저는 제 패에 있는 벚꽃을 씁쓸하게 내려다보았습니다. 쌌으면 좋았을 텐데.

그다음에 제가 노린 패는 꾀꼬리였습니다. 가진 게 홍단이니 기왕이면 홍단을 모으는 게 나을 것 아니겠습니까. 제 손안에는 매화 홍단이 있었습니다. 이 매화 홍단으로 꾀꼬리를 먹어버리면 아까 원혼이 먹었던 벚꽃 홍단과 만마쿠에 대한 만회가 될 것이었습니다. 매화는 처음으로 봄에 얼굴을 내미는 아름답고 향기로운 꽃입니다. 고고하고 아름다우며 절개가 있는 꽃입니다. 이 원혼에게 절개나 우아함과 관련한 덕목이 있으리라고는 도무지 상상이 되지 않았지만, 아무튼 이 맞고에 이기는 것 자체도 매우 중요한 일이었으니 저는 매화 홍단을 매조 위에 사뿐히 떨어뜨렸습니다. 저는 이 매화 홍단을 내려놓을 때까지만 해도 이것이 '매조(梅鳥)'라는 사실에는 신경을 쓰지 않고 있었습니다. 눈 속에서 홀로 피어나도, 매화와 함께할 존재가 있을 수도 있다는 사실 말입니다. 찬란한 노랫소리가 들릴 수도 있다는 건 생각도 하지 않았습니다. 패를 뒤집자 그 아무짝에도 쓸모없는 벚꽃이 튀어나왔습니다.

드디어 원혼의 기억에 이윤령이 등장했습니다. 이윤령은 지금 누워 있던 저 침대에 모로 누워 있습니다. 흐느낍니다. 원혼이 조심스럽게 이윤령의 곁으로 다가가서 울고 있는 그녀의 얼굴을 내려다봅니다. 왜 울고 있는지는 알 수가 없습니다. 이윤령은 있는 힘껏 베개를 꼭 쥡니다. 원혼은 시뻘겋고 반투명한 자신의 손을 뻗어 이윤령에게 내밀어보지만, 원혼의 손은 가볍게 이윤령의 손등을 통과합니다. 이윤령은 단지 울고 있는 것인지 어디가 아픈 것인지 잘 구분되지 않습니다. 원혼은 무릎을 굽혀 이윤령의 얼굴 가까이 자신의 얼굴을 가져다 댑니다. 매화에 부리를 가져다 대는 새처럼, 원혼의 증오와 연민이 함께 소용돌이칩니다. 분명히 이 원혼은 이윤령을 증오하고 있습니다. 그런데,

이윤령이 입을 엽니다.

"……야, 우리 화투나 칠까."

이름, 이름 부분이 제대로 들리지 않았습니다. 다시 한 번 들을 수도 없는데, 이름이 희미했습니다. 희? 희라고 했던 것 같기도 했는데. 원혼은 희미하게 웃는 것 같았습니다. 원혼의 마음에 있는 이미지는, 설중매. 눈 속에서 피어난 새빨간 꽃의 형상. 저는 눈을 떴습니다. 원혼은 꽤 낭패스럽다는 표정을 하고 바닥에다 뒤집은 패를 던졌습니다. 난초 초단이었습니다. 그리고 여하튼 저는 원혼의 이름을 비슷하게나마 무언가 들을 수 있었습니다. 희처럼 들렸지만 확신할 수는 없었고, 받침이 없다는 건 분명했습니다. 하지만 여전히 오리무중인 것은 원혼과 이윤령의 관계였습니다. 분명 원혼이 원한을 가지고 있는 대상은 이윤

46

령이었습니다. 그러나 원혼과 이윤령은 분명…… 친밀……해 보였습니다. 그래요, 친밀해 보였다는 것이 가장 적절한 표현일 것입니다. 무슨 이상한 함정에라도 빠진 게 아닐까, 저는 염라대왕님을 조금 의심해보기도 했습니다. 그럴 수 있잖아요.

원혼이 뒤집은 패는 흑싸리였습니다. 저는 찬찬히 남은 패를 보다가 흑싸리에 눈이 갔고, 그 순간 '파직' 하고 머릿속에 전기가 통하는 기분이 들었습니다. 이거로구나. 저는 냉큼 흑싸리 초단을 꺼내 흑싸리 위에 메다꽂았습니다.

"내가 이겼네."

원혼은 눈썹을 약간 꿈틀거릴 뿐 아무 반응이 없었습니다.

"보게."

제가 다시 말을 하자, 원혼은 이번에는 의아하다는 표정으로 제 얼굴을 바라보았습니다.

"3점이 났으니 내가 이기지 않았나. 이제 이윤령의 혼백을 놓아주게."

아직 원혼의 사정을 다 알지 못한 게 좀 아쉽기는 했지만, 원혼을 놓치더라도 일단 맡은 임무는 끝내야 할 것이 아닙니까. 저는 이 화투 지옥에서 벗어날 수 있게 되었다는 생각에 그때까지만 해도 날아갈 것만 같았습니다. 원혼은 구천을 떠돌겠지만 지나가다가 어떤 마음 좋은 도사나 저승사자를 만나면 성불할 수도 있겠지요. 저는 마음속으로 원혼의 행복을 빌었습니다. 그리고 얼른 이윤령을 데리고 돌아가서 일을 마치고 집에서 푹 쉬어야겠다는 생각을 했습니다. 이 시뻘건 원혼 옆이 지옥이지 어디가 달리 지옥이겠나, 먹고살기 힘들다, 뭐 그런 생각도 했지요. 그 몇 시간 사이에 괜히 몇 년 늙은 기분이 든 저는 얼른 집에 가서 목욕도 좀 하고 머리도 좀 비우고 복숭아도 좀 따먹고 이렇게 별의별 계획을 세우며 흐뭇해하고 있었습니다. 뭐, 지옥에 가야 할 이윤령이야 썩 즐겁지야 않았겠으나 세상일이라는 게 다 그렇게 돌아가는 것 아니겠습니까. 적당히 할 만큼 하다 보면 윤회도 되고 그러겠지, 이런 생각도 했고 가는 길에 이윤령에게 죗값을 잘 치르면 다시 세상으로 무엇으로든 돌아올 수 있을 거라는 얘기도 해줘야겠다, 그런 생각도 하고 있었습니다. 저는 도포 자락을 휘날리며 당당하게 자리에서 일어났습니다. 그런데 이윤령이 따라 일어나지 않는 것이었습니다.

"허허. 이미 명이 다한 자가 세상에 대한 미련을 가져서 무엇 하겠나. 그만 따라오게."

"아니……."

그제야 저는 이윤령에게서 묘한 점을 발견했습니다. 분명 언명으로 저승사자와 맺은 계약은 유효할 것이고 아시다시피 이 계약은 성립하는 순간 자연적으로 사물에 작용합니다. 그러므로 제가 3점을 딴 순간 이윤령의 의지와는 별개로 그의 혼백이 신체와 분리되었어야 할 것입니다. 그런데 이윤령의 혼백은 신체에 아주 찰싹 달라붙어 있었습니다. 대체 이게 어떻게 된 일인가 싶어서 저는 급하게 이윤령을 요모조모 뜯어보았지만, 옆구리에서도 손바닥에서도 도통 어느 곳에서도 혼백이 빠져나올 기색이 전혀 보이지 않았습니다. 대체 이게 무슨 일인가, 누가 무슨 도술이라도 부렸단 말인가. 저는 원혼 쪽을 바라보았지만 원혼은 그저 황당하다는 표정을 짓고 있을 뿐이었습니다. 원혼은 원한으로 말을 할 수 없으니, 저는 다시 이윤령을 바라보았습니다. 명줄이 끝에 달한 사람답게 이윤령은 말을 뱉는 데 시간이 오래 걸렸습니다.

"아니…… 하아…… 처사님……?"

이 와중에 이윤령은 이렇게 부르는 게 맞느냐는 식으로 저에게 동의를 구하는 눈짓을 해보였습니다. 마음이 급해진 저는 체통 없이 굴고 말았습니다. 사실 저승사자가 이래서는 안 되는 것인데……. 하지만 누구라도 그 상황에 처한다면 짜증이 나서 채신머리없이 말하게 되었을 것입니다. 대체 이 상황에 제가 처사면 어떻고 동자면 어떻습니까.

"뭐라고 부르건 상관없고 말을 하게."

"처사님…… 후우…… 저…… 맞고는…….."

"맞고는?"

"3점이 아니고…… 7점…… 7점으로 나지 않습니까……?"

"뭐?"

맞고는 7점이라뇨. 그런 룰을 저는 듣도보도 못했습니다. 심의위원회 여러분들께서는 들어보신 적이 있으십니까?

"아니…… 맞고가 무슨 코이코이도 아니고…… 경상남도에선 그런다고 듣기도 했습니다만……."

이윤령은 꽤 숨이 가쁘고 고통스러운 듯 숨을 크게 몰아쉬고 잠깐 가슴을 부여잡은 채 숨을 고르다가 말을 이었습니다.

"실제로 코이코이처럼 맞고를 치는 분을 본 건…… 처사님이 처음인데……. 저승은 룰이 경상남도 룰입니까……?"

저승에도 맞고 룰북 같은 건 없을 것입니다. 저는 3점이 맞다고 이윤령에게 말을 하려고 입을 떼다가 다시 다물었습니다. 대체 이런 말이 무슨 소용이 있겠습니까. 어쨌든 이윤령의 혼은 분리되지 않고 있으니, 세상의 법칙이라는 것이 '맞고는 7점으로 나는 것'이라고 저에게 설명하고 있는 것이나 마찬가지 아니겠습니까. 지금껏 3점 계산법으로 맞고를 쳐왔던 저의 삶은 송두리째 무너졌습니다.

저는 비참한 기분으로 처음 저와 맞고를 쳤던 상대가 누군지, 대체 왜 이렇게 알고 있는 건지, 여러 복잡한 생각들을 하며 천천히 원래 있던 자리에 앉았습니다. 조금 전까지 신이 났던 자신이 혐오스러울 지경이었습니다. 아무래도 누가 저승에서 날 비웃고 있거나 저주하고 있는 게 틀림없다는 생각마저 했습니다. 이 정도면 운이 나쁜 영역으로 봐야 하는 것 아니겠습니까?

저는 힘없이 손을 뻗어 더미에서 패를 집어냈습니다. 또 소나무였습니다. 아까 한 번 봤으니, 소나무에 얽힌 게 또 있을 것 같지도 않은데, 또 소나무야? 저는 약간 신경질적으로 소나무를 바닥에 던졌습니다. 어쨌든 제 패에는 소나무가 더 이상 남아 있지 않으니까요. 그 순간 원혼이 가볍게 생긋 미소를 지은 것처럼 보였습니다. ……그래요, 제 착각일 수도 있겠죠. 원혼이 어떻게 미소를 짓습니까. 그런데 그렇게 따지면 원혼도 아닌데 성불 안 하고 사람 옆에 붙박여 있었다는 게 문제 아닙니까? 지금 저승 시스템 제대로 돌아가고 있는 건 맞습니까? 아무튼, 원혼은 제가 소나무를 놓자마자 가볍게 자기 패를 집어 들어서 소나무 위에 산뜻하게 얹어놓았습니다.

제가 송학 홍단과 소나무를 가져갔으니, 소나무 위에 얹을 패는 당연히 하나밖에 남지 않았습니다. 새빨간 태양을 향해 고개를 돌린, 마찬가지로 빨간 대가리. 두루미였습니다. 날아오른 저 태양이 두루미에게 어떤 존재인지는 알 수 없었지만, 아무튼 원혼은 광을 하나 더 챙겨 넣게 된 셈이었습니다. 설마 이대로 지지는 않겠지. 설마. 질지도 모른다는 불안감에 저는 더욱 광폭하게 원혼의 과거를 읽어냈습니다. 원혼도 이쯤 되면 제 불안감을 느꼈을 것이라고 생각합니다. 지금 생각해보면 그것도 실수라면 실수일 수는 있겠으나, 어쨌든 제 입장에서는 나름대로 최선을 다한 것이었습니다. 그 외에 할 수 있는 게 무엇이 있겠습니까.

천천히 두루미는 원혼의 모습으로 화했고, 태양은 이윤령의 모습으로 화했습니다. 원혼의 눈앞에 나타난 이윤령은 젊고 눈부시게 아름답습니다. 하늘색 땡땡이 원피스는 무릎보다 약간 위에서 찰랑거립니다. 까만 벨트는 허리 한가운데를 잘록하게 가르고 지나갑니다. 어깨까지 오는 새까만 머리카락은 구불구불하게 감겨 있습니다. 원혼은 이윤령이 미스코리아처럼 짙은 눈화장을 하고 입술을 새빨갛게 칠한 사자머리의 여자일 것이라고 상상했습니다. 그러나 막상 눈앞에 나타난 이윤령은 전혀 그렇지 않습니다. 이윤령은 가볍게 원혼에게 목례를 합니다. 그 순간 이윤령에게서 수수한 백합 향 같은 것이 느껴집니다. 원혼은 이윤령의 머리채라도 잡아채려고 마음을 단단히 먹고 있었지만, 그냥 다리에서 힘이 쭉 풀려버리고 맙니다. 하지만 넘어질 수 없습니다. 어린 딸이 가만히 원혼의 등 뒤에 숨어 있기 때문입니다. 원혼은 고개를 돌려 딸의 얼굴을 바라봅니다. 딸은 무표정합니다. 무슨 생각을 하는지 알 수가 없습니다.

남편은 원혼에게 이제 그만 나가라고 입을 열었습니다. 원혼은 고개를 들어 남편을 보지 않습니다. 남편이 어떤 표정을 짓고 있는지 알 수가 없습니다. 원혼은 도장을 찍어주지 않을 생각입니다. 원혼은 자기가 하는 행동이 자신에게도 상처를 입힐 것이라는 사실을 아주 잘 알고 있습니다. 그러나 결코 도장을 찍어주지 않을 생각입니다. 원혼은 홱 안방 문을 열고 들어갔습니다. 이윤령은 안방의 큰 침대에 누워서 눈을 가만히 감고 있습니다. 씨근덕대는 소리를 듣고 눈을 뜬 이윤령이 원혼을 보고 몸을 일으킵니다. 그리고 배시시 웃어 보입니다. 원혼은 울음 섞인 목소리로 결국 고함을 지르고 맙니다.

"남의 남편 꼬셔서 안방 차지한 게 그렇게 신나니? 내 앞에서 웃음이 나오니?"

이윤령은 약간 겁먹은 듯 당혹스러운 표정으로 천천히 입을 엽니다. 작은 입술에서 빨갛게 윤기가 흐릅니다.

"침대가…… 너무 폭신해서…….'

원혼의 목소리를 들은 남편이 거칠게 안방으로 뛰어들어 옵니다. 이윤령의 눈에서 눈물이 똑똑 떨어집니다. 원혼은 이 와중에 예쁜 년은 우는 것도 예쁘다는 생각을 하고서는 스스로가 한심해집니다.

"제가 이렇게 폭신한 침대에…… 한 번도 누워본 적이 없어서요……."

원혼은 그 순간 어처구니없게도 저 말이 거짓말이 아니라는 것을 깨닫습니다. 두루미의 눈에서 겨우 빠져나오고 나니 원혼은 국화를 바닥에 뒤집어놓고 있었습니다. 그제야 저는 무언가 약간 이상하다는 것을 깨달았습니다. 지금까지는 제가 내려놓은 패에서 과거가 읽혔는데, 느닷없이 원혼 자신의 패에 읽히기 시작한 것이었습니다. 정말로 자신의 과거를 보여주고 있는 것인가, 감히 원혼이 저승사자와 자신의 과거를 두고 도박을 하고 있는 것인가. 저는 순간 매우 분개하였지만, 어찌할 방법은 없었습니다. 이미 우리 사이에는 진짜 놀이, 화투장이 펼쳐져 있었으니까요.

저는 씁쓸하게 다음 패를 꺼냈습니다. 방금 원혼이 펼쳐놓은 국화 청단 위에 국화를 하나 더 얹었습니다. 아주 천천히 내려놓았습니다. 혹시나 정신을 집중해보면 원혼의 기억이 다시 보일지도 모른다는 생각 때문이었습니다. 사실 저는 이때 이미 직감하고 있었습니다. 원혼은 저에게 기억을 제공하고 있었습니다. 제가 기억을 파고든 게 결코 아니었습니다. 자존심이 상해서 그때까지 확실히 인정은 못 하고 있었지만요. 그때만 해도 저는 마음 한구석에서는 읽을 수 있을 거라는 부질없는 기대를 품고 있었습니다. 대체 무슨 종류의 원한이기에 이렇게 강력한 힘을 가질 수 있는지, 그런 주제에 왜 이윤령의 혼백을 살리려고 드는지 저는 도통 알 수가 없었습니다. 여하간 저는 청단 하나를 가지고 더미의 패를 다시 뒤집었습니다. 네, 쌌습니다.

원혼이 내려놓은 패는 나비였습니다. 저는 그때까지만 해도 제가 기억을 읽고 있다고 스스로 믿고 있었던 주제에, 원혼이 나비를 내려놓자마자 가볍게 눈을 감았습니다. 기억이 이제 보일 거라는 것을 마음속 깊이에서는 알고 있었던 것입니다. 오히려 설레기까지 하고 있었습니다. ……죄송합니다. 하지만 기이하다고 생각하지 않으십니까? 사람들의 삶과 죽음에는 여러 가지 사연이 섞이게 마련이지만 원혼이 자기가 원한을 품은 인간의 목숨을 구하겠다고 이렇게 아등바등하는 경우라니. 이 원한은 매우 이상했습니다. 저는 원한을 풀어야 했고 이윤령을 데려가야 했지만, 대체 이윤령에게 무슨 일이 생긴 건지 매우 궁금해지기도 했습니다. 그리고 이때까지만 해도 제 궁금증은 제가해야 할 업무와 특별히 어긋나지도 문제가 있지도 않았습니다. 저는 원혼이 보여줄 광경을 가볍게 기대했지요. 그렇다고 해서 제가 화투를 대충 친 것은 결코 아닙니다. 제가 얼마나 열심히 화투를 쳤는지 지금까지 다 읽으셨지 않습니까. 그저 맞고를 치다 보면 흔히 그러듯 상대가 무슨 생각을 하는지 궁금해했을 뿐입니다. 네, 정말 그뿐입니다.

이윤령은 이 집에 있습니다. 아침에 알람시계가 울리면 이윤령은 눈을 뜹니다. 그리고 샤워를 하고, 옷을 갈아입습니다. 원혼은 침대 발치에 앉아서 이윤령이 옷을 갈아입는 모습을 멍하니 바라봅니다. 이윤령이 가볍게 향수를 뿌리고, 원혼은 향수 냄새를 궁금해합니다. 자신에게 감각이 남아 있지 않다는 것이 조금 아쉬워집니다. 아침에 이윤령이 철문을 열고 출근을 하고 나면, 원혼은 혼자 자신이 죽었던 시멘트 방 안에 들어갑니다. 그리고 옆방에도 들어갑니다. 원혼은 이제 딱딱하게 굳은 시멘트벽에 손을 가져다 대봅니다. 시멘트벽은 만져지지 않습니다. 원혼은 시멘트벽 사이를 빠져나와 냉장고 속에도 들어가고 오븐 속에도 들어가고 책 속에도 들어가봅니다. 이윤령은 오랫동안 돌아오지 않고, 원혼은 이윤령을 기다립니다. 거울 속에 비친 원혼의 모습은 섬뜩합니다. 원혼은 가끔 거울을 보지만 거울을 보는 게 썩 즐겁지는 않은 모양입니다. 원혼은 배가 고픕니다. 뼛속까지 시릴 정도로 배가 고픕니다. 원혼은 굶어 죽은 자의 허기는 영원히 사라지지 않는다는 것을 알고 있습니다. 이윤령은 저녁이 되어서야 돌아옵니다.

이윤령은 옷을 대충 벗어놓았고, 원혼은 그 옷 속에 잠시 들어가 있습니다. 그동안 이윤령은 2인분의 요리를 합니다. 원혼은 밥을 먹을 수 없지만 이윤령의 앞에 앉아 흠향을 합니다. 유일하게 냄새를 맡을 수 있는 단 한 순간입니다. 잠깐 배고픔이 가십니다. 이윤령이 말을 건넵니다.

"어떻게 지내?"

원혼은 비통한 표정을 지어 보입니다. 식사를 치운 이윤령은 화투장을 꺼내 옵니다. 밥을 먹은 그 자리에 둘은 나란히 앉아서 패를 돌립니다. 원혼은 화투에 집중하는 이윤령에게서 문득

딸을 읽어냅니다. 아니, 이 여자는 내 딸이 아니야. 내 딸은······
고민하면서 패를 내려놓는 순간 이윤령이 비명을 지릅니다.

"이게 뭐야!"

원혼은 자신이 먼저 7점을 따냈다는 사실을 깨닫고 환하게
웃습니다. 이윤령은 어린아이처럼 발을 구르며 억울해합니다.
어린아이처럼. 원혼은 가슴이 터질 것만 같습니다. 다시 배가
고파집니다.

나비는 전통적으로 혼령을 의미하는 주술적 날벌레이지 않습
니까. 거기에다가 모란을 더해놓으니, 땅에 발을 단단히 붙이고
있는 이윤령과 향기만 맡으며 이윤령의 주위를 맴돌 뿐 다른 곳
으로 떠날 수 없는 원혼의 관계가 또렷했습니다. 원혼은 나비와
모란을 앞으로 끌어당기며 모란을 천천히 매만지는 것처럼 보
였습니다. 이미 제 패와 원혼의 패를 번갈아 보면서, 저는 불안
해하고 있었습니다. 저승사자로서 받아들이지 않을 수 없는 승
부였으니 염라대왕께서도 이해해주시리라고 생각하면서도, 마
음 한편의 불안감을 도저히 지울 수가 없었습니다. 혹시라도 놓
치면 어쩌지, 혹시라도.

다행히 아직 깔린 패에는 제가 먹을 게 있었습니다. 저는 난
초 나무를 난초에 대면서 살짝 원혼의 눈치를 보았습니다. 처음
에 이 판은 분명 제가 주도하고 있었지만, 이제 주도권은 완전
히 원혼에게로 넘어가 있었습니다. 주도하고 있었다는 저의 생
각조차 착각일 수도 있겠지만요. 어쨌든 처음에는 원혼의 세계
를 들여다보겠다는 의식이 있었습니다. 그때쯤 저는 관성적으

로 패를 내려놓고 있었고, 이런 식으로 해서는 안 된다고 생각하면서도 휘말려가는 싸움을 어찌해야 할지 감도 잡히지 않았습니다. 아시겠지만, 이런 짝 맞추기 놀음이 아니라도 세상은 곧잘 우리의 노력과는 아무 상관 없는 행로로 물 흐르듯 흘러내려 가곤 하지 않습니까. 마치 태어난 것들이 언젠가는 모두 숨을 거두는 그 순간들처럼 말입니다.

역시나 난초 나무와 난초에서는 아무것도 솟아오르지 않았습니다. 제가 뒤집어놓은 패는 봉황이었습니다. 원혼의 손이 갑자기 바빠지는 것으로 보아, 원혼은 오동에 관한 패를 무엇이든 가지고 있는 것이 틀림없었습니다. 오동은 11월을 상징하는 패입니다. 봉황이 이파리가 떨어져가는 오동나무로 다가오는 그림입니다. 원혼이 오동 쌍피를 봉황에게 가져다 댔을 때 어디선가 축축한 비 냄새가 나기 시작했습니다. 신경질적인 이윤령의 비명과 함께.

이윤령은 잠에서 깨어 짜증을 부리고 있습니다. 이윤령이 누워 있는 침대가 흔들려서, 이윤령은 정신없이 침대 밖으로 뛰어나온 참입니다. 옷장을 들었다가 떨어뜨리는 바람에 티크 옷장의 발은 이미 다 부서진 상태입니다. 수도꼭지를 한참 틀어놓는 바람에 화장실에서 물이 넘쳐서 장판은 질척질척합니다. 이윤령이 몇 번씩이고 내다 버린 아이용 침대와 책상은 다 부서진 상태로 다시 집 안으로 들어와 있습니다.

처음에 이윤령은 무서워서 울기도 하고 기도도 해보고 굿을 해보기도 하고 온갖 방법을 다 써보았지만, 원혼에게는 아무런 효력이 없었습니다. 무엇보다 이윤령의 눈에는 새빨갛게 빛나는 원혼의 눈동자가 또렷하게 보입니다. 저기 그 여자가 있다고 아무리 말해봐야, 다른 사람들은 이윤령이 헛것을 본다고밖에 생각하지 않습니다. 사이비 무당은 이윤령의 등을 처먹으려고 하기까지 했습니다. 무당은 원혼이 왼쪽에서 눈물을 흘리고 있다고 이윤령에게 말했지만, 원혼은 이윤령의 눈이 한시도 원혼을 떠나지 않는 것을 다 보고 있었습니다. 원혼은 무당의 방울 속에 들어갔다 나오기를 반복하며 계속 이윤령을 노려보다가, 급기야는 무당의 방울을 마구 흔들어 재껴 무당이 콰당 엉덩방아를 찧게 만들기까지 했습니다. 이윤령은 무당을 쫓아내고 울음을 터뜨렸습니다. 그날 이후로는 이윤령은 두려워서 울음을 터뜨리는 일은 없어졌습니다. 대신 큰 소리로 짜증을 내고 소리를 지릅니다. 원혼이 붉은 기운을 뿜어내며 여기저기로 집 안을 들쑤시고 다니는 바람에 집 안의 모든 물건은 제자리를 찾지 못합니다.

원혼도 이윤령을 어떻게 해야 할지는 모르겠습니다. 다만 이집에 저 여자를 둘 수는 없다는 생각 하나뿐입니다. 네가 여기서 사라지지 않는다면, 나도 널 평생 괴롭히겠다고 이윤령에게 말해주고 싶지만, 귀신이 된 이후로 목소리는 나오지 않습니다.

새벽 2시, 이윤령은 새된 목소리로 소리를 지릅니다.

"안 나가! 절대 안 나가! 네가 나한테 무슨 짓을 해도 안 나가!"

원혼은 굴하지 않고 커다란 냉장고를 뒤엎습니다. 전에는 생각지도 못한 일들을 몸이 사라지니까 할 수 있게 되었습니다. 음식물이 쓰러진 냉장고에서 새어 나옵니다. 김칫국물이 흘러나오는 걸 보지만, 원혼은 김치 냄새를 맡을 수가 없습니다.

"네가 뭘 알아, 너는 태어날 때부터 보드라운 천에 싸여서 안겼겠지. 네가 끈적끈적한 요를 알아? 땀과 피와 정액이 모두 묻어서 끈적거리는 요 위에서 베개가 젖도록 우는 삶을 아냐고! 난 부끄럽지도 미안하지도 않아. 이따위 책상은 다 갖다 버릴 거야. 씨발년아, 네가 뭘 알아!"

원혼의 어머니가 혼수로 사준 장식장이 흔들리면서 그 안에 있는 화투장이 쏟아졌습니다. 한참을 흐느끼며 절규하던 이윤령이 지쳐서 쓰러지듯 거실에서 잠이 들고 나서야, 원혼은 집 안을 어지럽히는 것을 그만두었습니다. 겨울비가 세차게 쏟아지는 바깥을 보다가 이윤령을 돌아보니, 뒤척이는 이윤령의 뺨, 눈물 자국 위에 오동이 한 장 붙어 있었습니다. 어차피 잡을 수 없을 거라는 걸 알면서도 원혼은 봉황 쪽으로 손을 뻗습니다. 원혼은 조금 놀랍니다. 들어가서 흔드는 게 아니고서야 물건을 잡는 것은 불가능한 줄 알았는데, 화투장이 살아생전처럼 매끄럽게 손바닥 안에 들어왔습니다. 원혼은 천천히 봉황 패를 오동 위에 얹어놓습니다. 피식 웃어보려고 했는데 영 잘되지를 않습니다.

눈앞이 밝아지고, 저는 손 안에 남은 패를 들여다보다가 하나 남은 오동이 쓸모없어졌다는 것을 깨달았습니다. 더미 안에 있을 수도 있겠지만, 그런 요행을 염두에 두고 화투를 칠 수는 없는 노릇이었습니다. 저는 바닥에 남은 오동을 내려놓고 더미의 패를 뒤집었습니다. 혹시나, 혹시나, 조심스럽게 패를 뒤집는데

불그스름한 색깔이 확연하게 들어왔습니다. 비광이었습니다. 그 순간 이미 기울어져 있던 이 게임의 승패가 분명하게 결정된 듯한 확신이 들었습니다. 제 손에는 비와 관련한 어떤 패도 없었기 때문입니다. 곤란했습니다. 이 원혼과 이윤령의 관계는 이정도면 충분히 파악한 셈이었습니다. 원혼의 역사를 되짚어가느라 약간 넋을 놓고 있던 저는 고개를 급하게 흔들었습니다. 원한의 이유를 찾아야 했고 기회는 단 한 번뿐이었습니다. 하지만 지금껏 얻을 수 있는 유일한 단서는 원혼의 남편을 이윤령이 빼앗았다는 것뿐이었습니다. 그 와중에 그게 원한이 될 만큼 남편을 사랑하지도 않았던 것도 분명했습니다.

왜 3점에서 더 나지를 않는단 말인가, 저는 한참 전에 지나간 일이 새삼스럽게 떠오르면서 다시 억울해지기 시작했습니다. 대체 누가 처음 3점이라고 가르쳐준 거지, 곰곰이 돌이키며 아득아득 이를 갈다가 생각해보니 언제나 세 명에서 네 명쯤 되는 처사들과 함께 화투를 쳤지, 맞고로 쳐본 적은 거의 없었습니다. 이런 일이 있을 줄 알았으면 진즉에 맞고 연습이나 해둘 걸. 저승으로 돌아가면 맞고, 장기, 오목, 알까기까지 되는대로 연습하겠다고 결심했습니다.

원혼의 손이 움직였습니다. 저는 저도 모르게 숨을 깊이 들이쉬었습니다. 원혼은 비 쌍피를 꺼내 들었습니다. 라쇼몬, 저승으로 가는 문입니다. 어둠 속에 나뒹구는 시체들, 번개 속을 나다니는 귀신들, 지옥의 형상이 판 위에 떨어졌습니다.

순간, 칠흑 같은 어둠이 삽시간에 사위를 뒤덮었습니다. 불이라도 꺼진 건가 싶어서 저는 주변을 두리번거리다가 조금 시간이 지나고 나서야 이 어둠이 원혼이 보여주는 환상이라는 것을 깨달았습니다. 피가 나왔다면 틀림없이 원혼의 죽음에 따른 비밀을 밝힐 수 있을 것이었습니다. 저는 환상 속에서 원혼의 형상을 찾기 위해 필사적이었습니다. 원혼의 기운은 머지않아 느낄 수 있었습니다. 가물가물 숨이 끊어져 가는 작은 여자 한 명이 쓰러져 있었습니다. 원혼은 낮은 소리로 무언가 중얼거렸습니다.

"예리야…… 예리……."

딸의 이름입니다. 딸이 어디에 있는지 알 수가 없습니다. 원혼은 필사적으로 딸의 이름을 불러보지만 닿을 수 없다는 것을 알고 있습니다. 사방은 무엇인지 알 수 없는 차가운 벽입니다. 천장은 낮고 원혼은 자리에서 한번 서지도 못한 채 갇혀 있는 상태로 굶어 죽어가고 있습니다. 차라리 그냥 죽을 수 있다면 그것도 나쁘지 않을 것 같은데, 살아 나갈 수 있는 어떤 방법도 없이 그냥 여기에 갇혀 있어야만 합니다.

아침에 일어났을 때 이윤령은 일찍 나가고 없었고, 원혼은 부엌에서 밥을 했던 기억이 납니다. 원혼은 이 집만은 절대 줄 수 없다고 버텼고, 남편은 원혼에게 욕지거리를 퍼부었습니다. 원수 같은 남편과 마지막 겸상이길 바라며 밥술을 떴는데, 그 이후가 기억나지 않습니다. ……수면제? 독약? 무엇인지 알 수 없지만, 기억의 단절 이후 원혼은 빛도 소리도 없는 곳에 시간 감각도 잃은 채 갇혀 있었습니다. 원혼은 자신의 삶이 끝나가는 것을 선연하게 느낍니다. 그 순간 벽 쪽에서 들릴 리 없을 것 같았던 가느다란 목소리가 들려왔습니다. 원혼은 이것이 죽음의 징조일지도 모르겠다고 생각합니다.

"세희, 거기 세희, 강세희 맞니?"

원혼, 아니 강세희라는 이름의 여자는 그 목소리가 남편의 목소리라는 걸 곧바로 깨닫습니다. 저는 드디어 이름을 알게 되었다는 생각에 가슴이 뛰기 시작했습니다. 잘하면 원혼 강세희까지 함께 데려갈 수 있을 것이었습니다.

"예리는…… 예리는?"

"미안해, 세희야. 내가 미안하다……."

있는 힘을 다해 예리의 행방을 물어보지만, 남편의 대답은 더는 들려오지 않습니다. 혹시 사방 어딘가에서 '엄마' 소리가 들려올지도 몰라서, 세희는 어디가 어딘지도 모르고 벽들을 부여잡은 채 좁은 방 안을 빙글빙글 돕니다. 차가운 바닥에는 장판도 없고, 벽에는 벽지가 없습니다. 맥락도 없이 벽을 할퀴고 할퀴어 이미 세희의 손톱은 다 빠져 있습니다. 머리를 짓찧어 피도 흐르고 있습니다.

제발, 어떻게 된 건지 모르지만, 부디 예리만은 살려주었기를.

예리는 그 여자를 좋아했습니다. 예쁜 치마를 입고 좋은 냄새가 나던 이윤령을 좋아했습니다. 남편이나 세희 자신은 그렇다고 쳐도 예리를 굳이 해치지는 않을 것입니다. 재산을 가지고 있는 것은 예리가 아닙니다. 몸 여기저기에서 피비린내가 올라오고, 온통 어두운 가운데 세희는 눈을 감았는지 떴는지 알 수가 없습니다. 전신이 커다란 돌에라도 짓눌린 듯 무겁다고 생각하며 눈꺼풀을 내리감은 지 얼마 지나지 않아 세희의 육신은 숨을 거두었습니다. 혼백이 몸에서 빠져나왔고 세희의 세상이 뒤집혔습니다. 죽은 자의 질서가 그녀에게 올곧게 세워졌고, 그 질서 속에서 벽 너머를 바라볼 수 있게 되자마자 세희가 가장 먼저 발견한 것은 옆방에서 싸늘하게 식어 있는 예리의 시신이었습니다. 자신과 마찬가지로 먹지 못하고 지치고 방 여기저기에 배설물을 싸질러놓은 채 손톱이 빠져 있는 가여운 여자아이. 남편의 시신을 확인할 겨를도 없이, 세희의 혼백에 실지렁이처럼 붉은 기운이 다닥다닥 달라붙기 시작했습니다. 이거였습니다.

저는 재빨리 주문을 외우기 시작했습니다. 환상이 끝나기 전부터 주문을 외우기 시작했으니 저의 타이밍은 절대 늦지 않았습니다. 세희의 원한과 그 속에 있는 정결한 혼백을 함께 불러들이는 주문은 절대로 틀리지 않았습니다.

"혼백 강세희여, 딸을 잃은 그대의 원한이 뿌리 깊었으나 이제 염라대왕의 부름을 받아 원한을 저울에 달아야 할 시간이니 그대가 살리려 하였던 친우 이윤령과 함께 저승의 문 앞으로 나아가게."

이름, 원한, 목적, 모든 퍼즐이 맞춰졌지만 이상하게도 눈앞을 가로막았던 환상의 검은 안개가 걷히질 않았습니다. 저는 다시 한 번 주문을 외우며 강세희와 이윤령을 불렀습니다. 이름이 밝혀진 이상 저의 주문에서 벗어나기는 불가능할 것인데, 대체 왜 안개가 걷히지 않는 것인지 알 수가 없었습니다. 분명 남편은 강세희라는 이름을 불렀습니다. 저는 또 강세희와 이윤령을 불렀습니다. 그제야 안개가 조금씩 걷히기 시작했습니다. 저는 옴짝달싹 못 하고 순순히 앉아 있는 두 혼백을 상상하며 눈을 열었습니다……만, 눈을 떠보니 이윤령의 혼백이 이미 자신의 육신을 떠나 있다는 것은 제 상상과 다르지 않았습니다. 그것만요.

심지어 이윤령은 제가 찾아오기 직전에 그랬던 것처럼 반듯하게 침대에 누워 있었습니다. 쪼글쪼글한 입가에는 무슨 관세음보살 같은 미소까지 띠고서 말입니다. 당연히 육신은 껍데기뿐이었습니다. 이게 무슨 말도 안 되는 사건입니까. 저는 분통을 터뜨리며 화투판을 걷어차려고 했는데, 그 순간 원혼의 바닥에 깔린 패들이 눈에 들어왔습니다.

광이 네 개에 패가 열두 개. 그러니까 광 4점에 피 열 개 1점, 남은 패 2점……. 딱 7점이었습니다. 저는 순간 현기증을 느끼고 자리에 주저앉고 말았습니다. 멍하니 허공을 보다가 아이고, 이러고 있을 때가 아니구나 싶어 서둘러 그 집을 뛰쳐나왔습니다. 멀리 가지는 못했으리라고 생각하고 주변의 기운들을 정신없이 찾아보았습니다만, 그사이에 그렇게 멀리 갔을 리가 없는데……. 서울에서도, 경기도에서도, 심지어는 반도 안에서 두 혼백의 기운을 찾을 수가 없었습니다. 그래요, 마치…… 윤회의 고리를 끊고 도망이라도 간 것처럼. 하지만 대체 그럴 리가 없지 않습니까. 하나는 입도 못 뗄 만큼 지독한 원혼이요, 하나는 지옥에 갈 죄 많은 혼백이었는데 말입니다.

하는 수 없이 빈손으로 돌아온 이후 다른 처사들에게 사정사정하여 더 많은 곳을 찾아보았으나 마치 처음부터 그런 인간 따위는 없었던 것처럼 그들의 혼은 사라지고 말았습니다. 지금이라도 그들을 찾을 수만 있으면 어디라도 가서 데리고 오겠습니다만, 이렇게 찾을 수도 없는 지경이 되면 이것이 어찌 비단 제 잘못만이겠습니까. 삼라만상의 시스템이 잘못된 것이 아니고서야 이럴 수가 없는 것입니다.

결론

지금껏 보셔서 아셨겠지만 저는 맞고를 3점 나기로 알고 있었던 것 외에는 실수가 없었으며 성실하게 맡은 바 책무를 다했습니다. 만약 두 혼백을 찾을 수 있다면 또 다른 문제겠으나 혹시나 그들이 원한을 뛰어넘어 서로 고스톱을 치면서 우정을 쌓다가 공덕이 넘쳐흘러 성불을 했다면 이 결과가 나온 것은 결단코 저의 책임이 아닙니다. 징계 건에 대해 시정을 요청합니다. 긴 글 읽어주셔서 감사합니다.

첨부서류

저승사자 단체협약 제29조의 업무 중 안전사고, 불가항력적 사고 항목을 첨부합니다.

저승 노동위원회 귀중

로보를 위하여

✦ 2013년 《악어의 맛》 (온우주) 수록

근지러웠다.

겨드랑이부터 스멀스멀 근질거리더니 삽시간에 허리를 타고 발끝까지 근질거리기 시작했다. 겨드랑이에 손을 갖다 댔다가 다칠까 봐 손을 내렸다. 어느새 앞발톱이 단단하게 솟아오르고 있었다. 나는 천천히 거울 앞으로 걸어갔다. 가슴이 뽀얗게 융기하고 있었다. 어깨에도 엉덩이에도 수북하게 눈송이처럼 올라오던 털들은 드디어 얼굴에까지 빼곡하게 올라왔다.

전신이 새하얀 털로 뒤덮이기까지는 10초 정도 걸린다. 거울 속의 나는 키가 훌쩍 자라 엉거주춤하게 서 있고, 여기저기에 이상한 뼈들이 툭툭 불거져 나와 있다. 입을 벌렸다. 털 다음으로 격렬한 변화를 보이는 곳은 입이다. 작은 입 안에는 다 담지도 못할 만큼 커진 이빨들이 뾰족하게 반짝거렸다. 손가락을 들어 이빨들을 만져보았다. 심지어 어금니는 손가락만큼 거대했다. 일그러진 얼굴과 튀어나온 무릎뼈도 쓰다듬어보았다. 두 다리는 약간 구부러져서 메피스토펠레스나 판을 연상시키는 모양이다.

곧바로 증상이 나타나기 시작했다. 나는 커다랗게 변한 혀로 어금니를 한번 쓸어 넘기고서는 튼튼한 다리로 거실을 향해 달려나갔다. 텔레비전 옆에 주저앉아서 거침없이 전화기를 들었고, 역시 거침없이 치킨집 전화번호를 눌렀다.

"프라이드 한 마리, 양념 한 마리 주세요. 콜라는 필요 없어요."

처음에는 '프라이드 반, 양념 반'이 아니냐고 몇 번씩 다시 물어보더니, 이젠 주소도 물어보지 않는다. 나는 다시 방으로 들어갔다. 찢어질까 봐 변신하기 직전에 급하게 벗어놓은 교복이 여기저기 흩어져 있었다. 까먹고 잠들었다가 옷이 갈가리 찢어진 채 발견된 게 하루 이틀은 아니지만, 교복이 그렇게 찢어졌다가는 다음 날 상당히 난감해진다. 밤에만 입는 커다란 트레이닝복을 꺼냈다. 안쪽 여기저기 하얀 털이 붙었고, 소매는 여기저기 터져 있다. 옷을 다 입고 나서야 겨우 안도했다.

베란다에 나가 하늘을 쳐다봤다. 오늘따라 달빛이 눈이 부시게 환했다. 난간을 붙잡다가, 달빛보다 더 하얗게 빛나는 손등을 보고 얼른 손을 뗐다. 이 눈부신 빛깔이 털이 아니라 살갗이라면 얼마나 좋았을까.

엄마가 처음 아빠를 만난 날에도 달빛은 그렇게 환했다고 한다. 환한 달빛이 엄마 목에 겨누어진 칼날에 반사되었고, 엄마는 후들거리는 다리로 야산으로 끌려가고 있었다. 지갑이고 가방이고 가진 건 다 주겠다고 애원했는데도, 남자는 엄마 뒤에 서서 거칠게 욕설을 퍼부으며 올라가기를 재촉했다. 엄마는 늦은 시간에 집까지 주택가도 아닌 길로 걸어가려고 생각했던 자신을 원망했다. 남자가 엄마를 끌고 올라간 야산의 공터에는 다른 남자가 둘이나 더 앉아 있었다. 그때 산을 흔드는 거 같은 울음소리가 들려왔다.

붉은빛을 띠는 털이 달빛에 흔들렸고, 눈이 번뜩였다. 엄마는 늑대의 빛나는 눈동자 앞에서 돌처럼 굳어버렸다. 엄마에게 칼을 들이대고 있던 남자는 늑대 앞에서 맥도 못 추고 오줌을 지렸겠지만, 그런 건 이미 엄마에게 중요하지 않았다. 산 전체가 달빛과 함께 허공으로 떠올랐다. 늑대는 가볍게 한 남자에게 달려들었고, 남자들은 고꾸라지며 발을 헛디디며 혼비백산 산에서 내려갔다. 늑대는 엄마에게 돌아와서, 가볍게 엄마의 뺨을 핥았다. 엄마는 늑대의 불타오르는 눈동자 속으로 뛰어들었다. 해가 뜨고 마법처럼 늑대는 인간의 모습으로 돌아왔다. 엄마는 뜨는 해를 바라보며 가만히 늑대의 붉은, 아니 검은 머리털을 쓰다듬었다.

어릴 적에 아빠는 내게 동전처럼 동그란 물건을 보면 변신하는 방법을 알려주었다. 목욕하다가 문득 장난이 치고 싶어지면 둥글게 반짝이는 물건들을 뚫어지게 바라보았다. 반짝이는 빛깔이 내 눈동자를 지나서 몸속 어딘가에 숨어 있는 달의 여신에게 닿으면, 눈부시게 새하얀 털들이 온몸에서 솟구쳐 올랐다.

하지만 아빠도 나도, 그때 엄마가 봤다는 것처럼 정말 주둥이가 튀어나오고 네 발로 기어 다니는 진짜 늑대가 되지는 않았다. 나는 진짜 늑대가 되어보고 싶었다.

"진짜 늑대로 변하려면 사랑을 해야 해."

아빠가 말했다. 진짜 늑대가 되는 순간에는 인간이었을 때의 기억도 잊어버리고, 달의 목소리가 들린다고 했다. 이 세계 너머에 있는 세계들을 들여다볼 수 있다고도 했다. 물론 인간으로 다시 깨어났을 때는 늑대였을 때의 기억을 까맣게 잊어버리지만, 늑대를 타고 달리는 엄마를 상상하면 아빠는, 아빠의 튼튼한 다리가 다 기억하는 거 같은 기분이 든다고 했다.

아빠는 '진짜 늑대'의 모습으로 죽었다. 엄마와 나는 떨고 있었고, 코앞까지 불이 다가왔다. 불보다 더 뜨거운 눈동자로, 붉은 늑대 한 마리가 불이 뒤덮은 집 안으로 뛰어들었다. 물에 흠뻑 젖은 털은 몇 걸음씩, 계속해서 길을 냈다. 엄마와 내가 집을 빠져나왔을 때, 붉은 늑대는 까맣게 그을린 털로, 가만히 내 뺨을 핥고는 엄마 발에 기대어서 숨을 거두었다. 진짜 늑대는 다시 사람으로 돌아오지 못했다. 엄마는 아빠를 동물병원에 안고 가서 화장했다. 아빠의 뼛가루도 우리에게 돌아오지 않았다.

다시 말하자면, 아빠는 아주 멋진 수컷 늑대였다. 그리고 덕분에 날 암컷 늑대로 낳아놓고 떠났다. 내 손등에 돋은 털을 쓰다듬어보았다. 털은 부드럽게 움직였다. 멋진 수컷 늑대는 엄마를 한눈에 반하게 할 수 있었겠지만, 아무리 생각해도 인간 암컷이 털북숭이라는 건 크게 문제가 있다. 그나마 '진짜 늑대'가

되지 않는 게 다행이었다. 엄마는 늘 엄마를 구하기 위해 달려들었던 붉은 늑대가 얼마나 아름다웠는지 말하면서, 늑대인간이 인간보다 훨씬 진화된 종이라고 말하곤 했다. 진화고 뭐고 나는 '앤을 구하는 킹콩'보다는 앤이 되고 싶었다. 그리고 1930년대부터 2017년까지 모든 킹콩 중, 그 어떤 앤도 털북숭이인 적은 없었다. 물론 밤마다 치킨을 먹어치운 적도 없었지.

닭 냄새가 코를 찔렀다. 반경 50미터 안에 들어온 게 틀림없었다. 나는 떨리는 다리로 소파에서 뛰어내렸다. 닭이다. 닭이 오고 있다. 텔레비전 아래의 서랍장을 당기다 한쪽 손잡이를 또 부서뜨렸다. 이따 엄마가 오면 혼나겠지만, 일단은 그게 중요한 게 아니다. 길어진 귀에 마스크를 걸고, 모자를 눌러썼다. 닭이 가까워졌고, 닭들이 바닥에서 불쑥불쑥 튀어나오기 시작했다. 냄새, 닭 냄새가 온 거실에 진동했다. 나는 현관에 앉아 눈을 감았다. 이 정도로 냄새가 짙어졌다면, 아마도 5층, 8층, 10층, 12층… 다리에 힘을 주고 벌떡 일어났다. 닭이다.

벨이 울렸다. 나는 숨을 크게 들이쉬고 문을 살짝 열었다. 모자와 마스크를 썼다고 해도 털투성이 얼굴을 남에게 공개하고 싶지는 않았다. 하지만 배달 소년은 거침없이 바깥쪽에서 문을 잡아당겼다. 나는 당황해서 문을 도로 당기려고 했지만, 이미 문은 활짝 열렸다.

"주문하신 프라이드 한 마리, 양념 한 마리 왔습니다."

문이 열렸다는 사실을 까맣게 잊어버릴 정도로 고소한 냄새를 풍기는 닭이 눈앞에 두 마리나 나타났다. 닭을 잡으려는데,

닭 뒤로 어렴풋이 무언가 빛이 보였다. 나는 천천히 고개를 들었다. 빛은 닭을 들고 있는 남자애의 손, 팔, 어깨, 목을 타고, 내려오고 있었다. 배달 온 남자애와 눈이 마주쳤다. 둥글고 커다란 눈동자가 달빛처럼 환하게 일렁거렸다. 남자애는 영수증을 꺼내려고 주섬거리다 에어팟을 떨어뜨렸다. 얼떨결에 닭을 건네받았다. 에어팟에서 소리가 흘러나왔다.

팀파니 소리가, 쾅쾅쾅쾅쾅, 트럼펫이 울렸다. 그리고 트롬본과 트럼펫이 함께, 하모니를 연주하기 시작했다. 리하르트 슈트라우스였다. '차라투스트라는 이렇게…….' 남자애는 에어팟을 주워서 다시 귀에 끼고는 입을 열었다.

"4만 원입니다."

만 원권 넉 장을 내밀면서, 나는 잠깐 비틀거렸다. 닭 냄새도 나지 않았다. 중력의 법칙이 어긋난 건지, 시신경의 원근감이 어긋난 건지, 후각에 문제가 생긴 건지 이해할 수 없었다. 현관문이 닫히고 나서도 한참 동안 머릿속에서 차라투스트라가 끽끽대는 원숭이들과 함께 말을 걸어왔다.

남자애가 탄 엘리베이터 문이 닫힐 때까지 나는 차마 문을 닫지도 못하고 가만히 서 있었다. 문이 닫히고 나서, 남자애가 떠난 복도에 시선을 돌렸다. 영수증을 꺼내면서 같이 떨어진 거로 보이는 작은 플라스틱 조각, 명찰이었다. 남자애의 이름은 김정우, 초록색 명찰 위에는 이름보다 더 작은 글씨로 기계과라는 글씨가 새겨져 있었다. 근처에 기계과가 있는 공고는 딱 하나뿐이다. 닭 냄새가 물큰하게 코에 스며들었다. 김정우, 날카로운 송곳니가 닭을 찢었고, 김정우, 나는 정말 오랜만에 눈물이 날 만큼 아빠가 보고 싶었다. 아빠, 나는 오늘 약간 진화한 것 같습니다.

＊

5교시가 끝나자마자 나는 고개를 툭 떨어뜨리고 교무실로 내려갔다. 담임은 교재를 펴놓고 열중해서 읽고 있는 중이었다.

"선생님, 저…… 자꾸 잠이 와서요."

담임은 펜을 책상에 소리 나게 내려놓았다.

"그럼 집에 가야지, 얼른."

옆자리에 앉아 있던 과학 선생님이 고개를 갸웃거렸다.

"이랑이 아파요?"

"잠이 온대요."

과학 선생님의 얼굴도 삽시간에 어두워졌다.

변신을 하기 때문에 야자를 할 수 없다고는 차마 말할 수 없었다. 미술이나 음악에 재능이라도 있었다면, 과외 핑계를 대고 빠질 텐데 그것도 아니었다. 엄마는 무슨 수를 썼는지 병원에서 소견서를 작성해 왔다. 내 병명은 '기면증'이었다. 그렇게 나는 오후 5시가 지나면 종종 픽 쓰러져서 잠들어버리는 기괴한 병을 앓는 사람이 되었다. 게다가 타인들에게 내 병을 들키는 걸 매우 부끄러워해서, 사람들 앞에서 기면이 찾아올 때면 발작성 우울증 증세도 보인다고 한다. 대체 그 '발작성 우울증'이 무슨 병인지, 실제로 있기는 한 병인지, 나도 잘 모르겠지만.

가방을 챙겨서 교실에서 나왔다. 몇몇 아이들이 어디 아프냐고 물어왔을 때, 나는 힘없이 빙그레 웃으며 고개를 끄덕였다. 공고까지는 걸어서 15분이면 갈 수 있다. 학교 언덕을 달려 내려가는 대신 힘없이 걷기 위해 매우, 매우, 노력해야만 했다. 학교가 보이지 않을 곳까지 걸어가서 나는 마구 달리기 시작했다. 명찰을 돌려주면서 말을 붙일 수 있을 것이다. 명찰을 받으면 그다음에는 뭐라고 해야 할까. 닭을 주문하다가 널 만났다고는 말할 자신이 없었다. 그때 분명히 나는 정우의 눈을 보았다. 정우도 틀림없이 내 털투성이 팔을 보았을 것이다.

공고 옆 담벼락에 가만히 붙어 서서, 온갖 생각들에 가쁘게 숨을 쉬며 1시간이 지났다. 하나둘씩 학생들이 하교하기 시작했다. 남자애들은 서로 발길질을 하기도 하고, 생전 처음 듣는 욕설을 소리 높여 외치기도 하면서 왁자지껄하게 쏟아져 나왔다. 그때 정우를 발견했다.

정우는 친구를 향해 뭐라고 낄낄대면서 하얀색 오토바이 위에 몸을 숙여 엎드렸다. 그리고 힐끗 이쪽을 바라보았다. 나는 그쪽으로 걸음을 내디디려고 했지만, 어처구니없게 다리의 힘이 풀려서 휘청거렸다. 오른쪽 다리에 손을 짚었다. 둥근 물체를 본 건 아무것도 없었는데 가슴 속에서 달의 눈꺼풀이 뜨일락 말락, 깜빡이기 시작했다. 눈을 감고 다리를 안정시키기 위해 노력했다. 어쩌면 정우가 먼저 날 볼지도 몰랐다. 오토바이 위에 앉아서 정우는 시동을 걸다가 이쪽을 돌아보고, 왜 공고 앞에 인문계 여학생이 서서 눈을 감고 머뭇거리는지 의아하게 생각할 것이다. 어쩌면 내가 그랬듯이 지금 이 순간 정우의 귓전에 슈트라우스가 울릴지도 모를 일이다. 정우가 한 걸음 한 걸음 내게로 다가오는 장면을 떠올리는데, 튜닝한 머플러 소리가 요란하게 들렸다. 나는 살그머니 눈을 떴다. 정우가 탄 오토바이가 기괴한 배기음을 내면서 멀어지고 있었다. 다리에 힘이 탁 풀렸다.

집으로 가는 버스를 탔다. 평소 집까지 10분 거리인 버스는 하필이면 오늘따라 심하게 막혔다. 차라리 걸어갈걸. 20분이 지나서야 길이 열렸다. 얼마 가지 않아 찌그러진 철가방과 아스팔트에 흩뿌려진 탕수육 소스가 보였다. 버스는 그제야 시원하게 그 옆을 지나쳐 갔다. 창문을 열었다. 바람이 얼굴로 거세게 불어왔지만, 여전히 마음이 갑갑했다. 주머니에서 명찰을 꺼내보았다. 명찰이 없어서 오늘 선생님한테 혼나지는 않았을까. 어쩌면 여분의 명찰이 많아서 이런 건 필요 없을지도 모르는데. 닭을 시키면 정우가 올까…… 생각하다가, 귓불이 후끈해져서 거세게 고개를 흔들었다.

집에 들어서자마자 옷을 벗었다. 교복 치마를 벗고, 블라우스를 벗고, 속옷들도 다 벗고 나서 나는 태어난 모습 그대로 책꽂이에 다가섰다. 시튼 동물기는 매우 아껴서 보았는데도 책등이 이제 나달나달했다. 책을 들고 침대에 엎드려서《늑대왕 로보》를 펼쳤다.

블랑카는 발이 몹시 빨라서, 22킬로그램이나 되는 암소 머리를 끌고 가면서도 내 동료와의 거리를 금세 벌려놓았다. 하지만 우리는 바위 지대에서 블랑카를 따라잡았다.

……블랑카는 가장 아름다운 늑대이다. 털은 흠잡을 데 없이 곱고 털빛은 거의 흰색에 가까웠다.

고개를 돌리자 화장대 옆의 거울이 눈에 들어왔다. 흠잡을 데 없이 고운 털이 돋아나기 전에도 나는 여전히 하얗다. 이 책을 읽고 있는 동안 아마 그 하얀 털들이 빽빽하게 돋아나겠지만 말이다. 아빠가 이 책을 읽어줄 때면, 나는 내 하얀 털이 블랑카의 털과 같기를 기대했었다. 아름다운 블랑카는 날쌔고 강하지만, 로보보다는 약해서 결국 로보의 발목을 붙잡는다. '인간뿐 아니라 모든 암컷은 사실 결정적으로 연약한 순간에 가장 아름다운 거야.' 그때까지 나는 나보다 훨씬 강한 그 로보와 사랑에 빠지게 될 거라고 확신하고 있었다. 문득, 이상한 느낌에 혀로 송곳니를 쓸어내렸다. 어느새 커다랗고 날카로운 송곳니가 단단하게 잇몸을 떠받치고 있었다. 닭이 그리운 건지, 로보가 그리운 건지 헷갈리기 시작했다.

여느 때처럼 닭을 시키고 이번에는 미리 4만 원을 꺼내 손에 쥐었다. 닭 냄새는 아파트 단지에 들어설 때부터 어렴풋이 맡을 수 있었다. 닭이든 토끼든 인간이든, 맛있는 냄새가 가까워질수록 발끝부터 머리끝까지 오스스 소름이 돋는 건, 모든 늑대의 본능이다. 어릴 때는 이빨을 드러내고 닭 봉지에 매달려서 배달원을 상처 입힌 적도 있었다. 엄마는 몇 번씩 고개를 숙여가며 배달원에게 사과했고, 배달원은 할퀸 자국을 쓰다듬으며 연신 "장애가 있는 애를 키우시려면 얼마나 힘드시겠느냐"는 말만 반복했다. 나는 닭 앞에서 차분할 자신이 없었다. 정우가 올지조차 알 수 없었지만 어쨌든 나는 정우에게 이빨을 드러내고 싶지도 않았고, 침을 흘리는 모습을 보여주기는 더욱 싫었다. 어쩌면 사람을 좋아한다는 거 자체가 문제일지도 몰랐다. 나는 강하고 날쌘 로보를 만나야 했다. 닭 냄새로 정우가 엘리베이터에 올라탔다는 걸 알았을 때, 나는 4만 원을 현관문에 내려놓고 집문을 살짝 열어두었다. 명찰을 4만 원 옆에 내려놓을 생각이었는데, 막상 명찰을 꺼내서 내려놓으려니 손이 떨렸다. 나는 다시 명찰을 주머니 속에 집어넣었다.

엘리베이터 문이 열리자 닭 냄새와 그의 냄새가 섞여서 났다. 분명히 정우였다. 웬만해서는 닭 냄새 때문에 다른 냄새는 제대로 맡지도 못할 텐데, 그렇다고 해서 정우의 향취가 유독 강한 편인 것도 아니었는데. 나는 숨을 크게 들이쉬었다. 정우의 목소리가 들렸다.

"거기서 일하지 말랬는데. 어? 내가 거기서 일하지 말랬다고. 지금 일하는 데가 좋은 건 아니지. 근데 그 중국집은 좆만한 가게에서 거기가 도미노 피잔 줄 안다고. 어디든 30분 만에 배달하래. 개새끼가, 그 자식은 존나 열심히 하잖아. 30분 만에 배달하라고 하면 씹창날 줄 알았다고. 말을 하면 들어 처먹어야지, 새끼가 귀에 좆을 박았나."

내일 얘기하자, 나 지금 일해야 돼, 라고 내뱉고 정우는 전화를 끊은 듯했다. 정우는 저번처럼 또 문을 훅 잡아당겼고, 나는 현관 옆에 몸을 숨겼다.

"거기 돈 놔뒀으니까, 가져가시면 돼요. 닭은 현관에 두고 가세요."

정우가 닭을 내려놓는 동안, 나는 현관문의 거울을 훔쳐보았다. 거울에 비친 정우의 눈에서 가느다란 눈물이 떨어졌다. 눈물이 닭 봉지 위에 떨어질 때까지, 심장이 세 번 정도 뛰었다. 나는 정우가 엘리베이터를 타고 내려갈 때까지 등을 돌리고 앉아 있었다. 심장이 180번, 360번, 끊임없이 뛰었다. 심장이 뛰는 속도와 관계없이 닭 냄새가 집 안에 퍼지기 시작했다. 나는 닭을 물어뜯으면서 계속해서 심장박동을 세었다. 너무 세게 뛰어서인지, 가슴 아래가 묵직하게 아팠다. 나는 멍하니 꼬리를 움직이다가 벌떡 일어났다. 꼬리라니. 나는 손을 뻗어서 꼬리를 쓰다듬었다. 가느다랗지만, 분명히 꼬리가 자라나 있었다.

✳

해가 뜨자, 꼬리는 흔적도 없이 사라졌다. 평생을 꼬리가 없었는데도 꼬리가 달리자마자 나는 아무렇지 않게 꼬리로 감정표현을 했다. 꼬리가 다시 자라지 않을까 화장실에서 유심히 엉덩이를 지켜보기도 하고 전등을 바라보면서 변신하려고 시도도 해봤지만, 꼬리는 전혀 나타날 생각을 하지 않았다. 그러다 보니 어느새 지각이었다.

등굣길에 이상한 운구 행렬과 맞닥뜨렸다. 차가 들어올 수 없는 좁은 길을 관 하나가 지나가고 있었다. 관 앞에서 사진을 들고 있는 건 허리가 약간 굽은 할아버지였다. 관 뒤를 똑같이 바지통이 좁은 공고생들이 훌쩍거리며 따라가고 있었다. 앞쪽에서 관을 들고 있는 달처럼 하얀 얼굴에 눈이 꽂혔다. 나는 주머니 안에 손을 넣어서 명찰을 꼭 쥐었다.

나는 정우의 뒷모습을 지켜보다가, 학교를 향해 걸음을 다시 옮겼다. 다섯 걸음을 걷는 시간이 백 년 같았다. 귓속에 날카롭게 정우의 목소리가 내리꽂혔다.

"이 사람이에요. 이 사람이 권이를 죽인 거라고. 내가 일할 때도 맨날 빨리 갖다 주라고, 염병을 떨던 개새끼라고."

정우는 관을 바닥에 내려놓고서 거칠게 소리치고 있었다. 정우의 앞에 가려서 잘 보이지 않는 옹송그린 어깨가 있었다. 고개를 조금 기울였다. 후줄근한 회색 티셔츠가 남자를 더 작아 보이게 했다. 남자는 연신 땀과 눈물을 함께 닦아내며 불쌍한 표정으로 정우를 올려다보고 있었다.

"형이 여길 왜 와? 꺼져."

정우가 양손으로 거칠게 남자를 밀치자, 남자는 비틀거리며 뒷걸음질을 쳤다. 남자는 바닥을 내려다보다가 주춤거리며 고개를 들었고 매우 천천히 입을 열었다.

"권이가 일하는 동안 계속 같이 살았어. 집을 나와서, 어떻게 좀 해달라기에……. 권이가……."

남자는 말을 잇지 못하고 흐느끼기 시작했다. 이번에는 사진을 들고 있던 노인이 바닥에 주저앉아 울음을 터뜨렸다.

"내 죄야, 내가 죽인 거야. 그때 나가버리라고만 안 했으면, 그리되지는 않았을 텐데."

정우는 노인의 눈물과는 상관없이 계속 남자를 떠밀었다. 남자는 정우에게 어깨를 흔들리면서도 관 앞을 떠나지 않으려고 했다. 갑자기 주머니에서 휴대폰이 울려서, 나는 휴대폰을 꺼내다가 명찰이 바닥에 떨어졌다. 허겁지겁 명찰을 줍고 휴대폰을 들여다보았다. 대체 어디냐며, 이러다 1교시 시작하겠으니 얼른 오라는 짝의 문자였다. 나는 신발 끈을 다시 묶고 줄을 맞춰 선 공고생들을 지나쳐 달렸다. 동네 어딘가의 오토바이 위에서 한 번쯤은 모두 만난 적 있었던 듯한 표정들이 휙휙 스쳐 지나갔다.

겨우 1교시 시작 전에 자리에 앉았다. 짝이 등짝을 후려쳤고, 나는 어색하게 웃어 보이고서 엄마에게 문자를 보냈다.

「엄마, 오늘 몇 시에 와?」

「밤에.」

「조금 일찍 오면 안 돼? 그리고 오는 길에 생닭 한 마리 사오면 안 돼?」

「오늘 바빠. 시켜먹지 뭔 생닭?」

짧은 문장을 들여다보고 있자니 엄마에게 미안해졌다. 늑대로 변신하는 것만으로도 이미 충분히 귀찮은 딸년이 이젠 닭까지 사 오라고 하다니. 야생성이 넘쳐흘러서 생닭 아니면 못 먹는 종류의 늑대인간도 아닌 주제에. 정우의 하얀 얼굴이 떠올랐다가, 그 작고 예쁜 머리통이 깨져서 도로 위에 그의 뇌수가 흩어지는 장면이 떠올랐다. 나는 수업 시간 내내 불안하게 다리를 떨어댔다.

그날 밤에는 전화를 받은 가게 주인에게 몇 번씩 부탁했다. 천천히 와도 돼요, 천천히 오라고 해주세요. 아뇨, 도착해야 하는 시간이 정해진 건 아니고 급하게 오실 필요가 없다고요. 네, 괜찮아요. 닭 다 식어도 되니까, 천천히, 천천히 오라고 해주세요. 가게 주인은 의아한 목소리로 아무튼 알겠다고 대답했다. 실제로 한 건 아무것도 없는데도, 나는 괜히 마음이 놓였다. 그러고는 소파에 누워서 빙그레 웃었다.

얼마나 시간이 지났을까, 보드라운 감촉에 놀라서 앞발을 내려다보았다. 멍하니 소파를 긁고 있었던 모양이다. 가죽 소파가 완전히 찢어져서 속을 드러내고 있었다. 또 엄마한테 혼날 일만 남았다. 우울해져서 뾰족한 발톱을 있는 힘껏 쥐었다. 밤에 나는 아주 힘이 세지만, 내 발톱은 그 힘을 견뎌낼 정도로는 강한 모양인지, 아무리 힘을 써도 미세하게 금이 가는 것 정도가 한계인 것 같았다. 집 안은 온통 상처투성이다. 부러진 손잡이도 한두 개가 아니며, 장식장은 한쪽이 아예 우그러져 있다. 어쩌면 배달을 하다가 정우가 혹시라도 위험에 처한다면 돌진하는 중형차 정도는 내가 한 손으로 번쩍 들어서 날려버릴 수 있을지도 모른다. 그날따라 헬멧을 가지고 오지 않은 정우가 급하게 차들 사이를 가로지르며 커브를 돌았을 때, 맹렬한 속도로 달려오는 까만 그랜저 한 대. 늑대의 다리로 달려서 정우의 앞을 막아선 나는 달려오는 그랜저를 보닛부터 번쩍 들어 올리고, 정우는 내게 고맙다고 말하며…… 나는 잠깐 미소를 짓다가, 다시 침울해졌다. 한 손으로 자동차를 번쩍 드는 여자애를 좋아할 남자애가 어디 흔할까. 암컷은 약한 순간만이 매력적인 거라고. 하얗게 빛나는 블랑카가 다시 떠올랐다. 마음이 우울해지자 정말로 생닭이 먹고 싶어졌다. 그냥 허영기만 한 녀석 말고, 피가 아직 남아서 꼬꼭꼬 노래를 부르는 생닭으로.

현관 거울 앞에 서서 모자와 마스크를 썼다. 모자를 벗었다. 캡을 벗고 사파리를 썼다가, 집 안에서 이런 걸 쓰고 있는 꼴이 우스워 보일 것 같아서 다시 벗었다. 여름이니 밀짚모자를 써볼까 했다가, 이것도 우스워 보여서 다시 벗었다. 생각해보니 집 안에서 모자를 쓰고 있다는 상황 자체가 어차피 우스운 거라, 그냥 캡을 다시 눌러썼다. 아무리 그래도 마스크는 연쇄 살인범처럼 보일 것만 같았다. 마스크를 벗자 볼에 수북하게 하얀 털들이 드러났다. 나는 처음으로 털을 깎아야겠다고 생각했다. 그때 멀리서 흐릿한 닭 냄새가 났다.

허둥지둥 부엌에서 가위를 가져와서 주둥이 근처의 털을 잘라냈다. 발톱에 가위가 걸려서 제대로 자르기가 힘들었다. 닭 냄새가 점점 짙어졌다. 왜 진작 털을 잘라야겠다는 생각을 하지 못했을까. 튀어나온 이빨은 어쩔 수 없지만, 털만 잘라도 아주 흉측하게 보이지는 않을지도 모르는데. 한참 털을 자르는 데 열중하고 있자니 어느새 정우는 이 아파트 근처까지 다가와 있었다. 아까 꺼내놓았던 면도기로 볼을 슥 밀었다. 피부가 드러났다. 털이 아닌 말랑말랑한 살갗이었다. 나는 신이 나서 한참 동안 면도를 했다. 순간, 익숙한 냄새가 코를 찔렀다. 정우의 냄새가 난다고 인지하는 순간, 또다시 어처구니없는 속도로 가슴이 뛰었다. 심장이 바들바들 떠는 것과 동시에 털들은 쑤욱, 다시 수북하게 자라났다. 당혹스러워서 얼굴을 손으로 감싸는 순간, 정우가 벌컥 현관문을 열어젖혔다.

정우의 눈을 본 순간 나는 뒷걸음질을 쳤다. 그리고 뒷걸음질을 치자마자 깨달았다. 정우가 보기에는 내가 거의 짐승에 가까운 엄청난 속도로 움직였다는 사실을. 나는 서둘러 얼굴로 앞발을 가져갔다. 다행히 그 경황 중에도 마스크를 써야 한다는 이성은 발동한 모양이었다. 나는 천천히 일어나서 주춤주춤 4만 원을 건넸다. 정우는 멍하니 4만 원을 받았고, 나는 닭 봉지를 거의 뺏다시피 낚아챈 후에 서둘러 현관문을 닫았다.

문을 잠그고 나서 마스크를 끌러보았다. 심지어는 주둥이가 어제보다 더 튀어나온 것처럼 보였다. 나는 흐느끼면서 닭 봉지를 열었다. 오늘따라 울음소리도 늑대 소리처럼 들렸다. 정우가 이 털북숭이 얼굴을 봤을까. 제발, 못 봤어야 하는데. 초등학교 때 털보라고 놀리던 남자애들이 떠올라 고개를 흔들었다. 하지만 지금도 나는 틀림없이 털보였다. 양념이 하얀 털에 계속 묻었다.

✳

이번 토요일에는 엄마도 오전 근무가 없는 모양이었다. 엄마는 아침 10시가 넘도록 늘어지게 자다가, 밥하기 귀찮으니 나가서 빵 좀 사 오라며 지갑을 떠넘겼다. 엄마는 어제 바쁘다면서도 새벽에 생닭을 사 들고 집에 들어왔다. 나는 귀찮다고 입술을 비죽이면서도 지갑을 들고 빵집을 향해 걸음을 옮겼다.

빵집 앞에는 온갖 색깔과 디자인의 오토바이들이 늘어서 있었다. 낯익은 오토바이가 보였다. 정우의 학교 앞에서 정우가 몸을 낮춰서 올라타던 시트였다. 손잡이가 높지 않은 하얀색 오토바이. 아마도 저기에 닭을 올려놓고 다닐 거라 생각했던 노끈으로 칭칭 묶인 아래쪽 공간. 오토바이의 주인들은 불만스러운 얼굴로 빵집 옆 중국집 앞에 모여 있었다.

무리의 맨 앞에 서 있는 하얀 얼굴은 정우였다. 옆에 서 있는 삐죽머리에게 무언가 속삭이더니 정우는 가게를 향해 돌을 던졌다. 처음 날아든 돌이 중국집 창문을 깨부수자 소년들은 저마다 무언가 소리치며 돌을 던지기 시작했다. 돌 뿐만 아니라 페트병도 날아들었고, 소주병도 날아들었다. 거친 욕설들이 창문 깨지는 소리에 섞여 들렸다. 창문에 이어서 꽤 두꺼워 보이던 유리문도 깨졌다. 유리문이 부서지자 무리는 소리 높여 환호했다. 구경꾼들이 하나둘씩 늘어났다. 저걸 어쩌냐고 낮은 소리로 사람들은 혀를 찼지만, 아무도 그 상황에 뛰어들지는 않았다. 동네 노인들이 미친놈들이라고 조그맣게 중얼거렸다.

유리문을 깨부수고 나서 정우는 옆에 놓아두었던 각목을 집어 들었다.

"다 작살내버려."

정우는 가게로 돌진해서 들어가려는 듯이 한 발을 내딛다가 멈칫거리며 그 자리에 멈춰 섰다. 구경하던 사람들이 크게 술렁거렸다. 누군가가 가게 안에서 어깨에 힘이 쭉 빠진 채 걸어 나오고 있었다. 아까 소년들이 던진 돌을 맞았는지 이마에 피가 흘렀다. 관 앞을 가로막던 그 남자였다.

"정우야."

정우는 각목을 들고 한참 동안 남자를 앞에 두고 서 있었다. 남자는 슬픈 눈으로 정우를 응시했다. 결국, 정우는 각목을 남자 앞에 집어 던지고 바닥에 침을 뱉었다. 그러고는 몸을 돌려서 걷기 시작했다.

정우가 무표정으로 이쪽을 향해 터벅터벅 걸어왔다. 숨이 차올랐다. 익숙한 얼굴이었다. 정우의 눈 속에 달이 보였고 나는 눈살을 찌푸렸다. 엉덩이께에서 꼬리뼈가 꿈틀대려는 게 느껴졌다. 나는 전봇대를 붙들고 정우에게서, 정우의 눈 속에 있는 달에서 마음을 돌리려고 노력했다. 정우는 고개 숙이고 있는 나를 힐끗 보더니, 오토바이 위에 올라탔다. 정우가 멀어지는 소리를 들으면서 나는 내 손을 내려다보았다. 흰 털이 어스름하게 비치려다가 다시 살 밑으로 들어가고 있었다.

정우가 탄 오토바이가 한참을 멀어지고 나자, 남자는 그제야 어깨를 폈다.

"이 깡패 새끼들이……, 내 가게 물어내, 당장 물어내!"

남자의 태도 변화에 소년들은 다시 웅성거렸다. 잡아서 족치자는 목소리가 중간중간 튀어나왔다. 남자는 피가 흐르는 이마를 누르면서 소년들 앞에 섰다.

"안에서 돌 던지는 사진도 다 찍었고, 112에 신고도 했으니까, 너희 잡는 건 일도 아니야."

삐죽머리가 남자의 멱살을 잡았다.

"이 살인자가, 오늘 진짜 죽고 싶어?"

남자는 차분하게 말을 되받았다.

"서북공고 2학년 기계과 조성민. 김정우랑 같이 소년원 한번 가보고 싶나 보지?"

아무도 나를 보고 있지 않았는데, 갑자기 얼굴이 화끈거렸다. 누군가가 다가와서 김정우를 아느냐고 물어올 것만 같아, 나는 잰걸음으로 빵집에 들어가서 아무 빵이나 집어 들고 바깥을 바라봤다. 소요를 구경하던 빵집 주인이 가게에 손님이 들어온 걸 보고서는 서둘러 가게로 돌아왔다. 우물쭈물 소년들이 흩어지기 시작했다. 요란한 오토바이 소리가 한참 동안 울렸다. 나는 집어 든 빵을 계산대 위에 올렸다.

"이천구백 원이에요."

내가 지갑에서 돈을 꺼내는 동안에도 빵집 주인은 계속 조잘 거렸다.

"진짜 저 공고 좀 없어졌으면 좋겠어. 쟤네 때문에 무서워서 어딜 나다닐 수가 없다니까요. 중국집 아저씨는 저게 무슨 날벼락이래. 하여간에 나쁜 놈들이에요."

빵처럼 하얗고 말랑말랑한 손으로 빵집 주인은 내 손에 100원을 쥐여줬다.

"학생은 어느 학교 다녀요?"

"서북고요."

"좋은 학교 다니네. 공부 열심히 해요."

빵집 주인은 사람 좋게 웃었다. 나도 쑥스럽게 웃어 보였다.

빵집을 나오고 나서 보니 내가 손에 들고 있는 건 밤식빵이었다. 엄마는 우유식빵을 더 좋아하는데.

어릴 적에는 언제나 별명이 털북숭이였다. 조금이라도 눈물이 날 거 같으면 눈물보다 털이 먼저 돋아났고, 화가 날 거 같아도 털이 먼저 돋았다. 털이 돋아날 때마다 엄마와 아빠는 내 학교를 옮겼다. 나는 끊임없이 전학을 다녔지만, 곧 다시 털보라고 불렸다. 나는 밤식빵을 멍하니 씹다가, 앞에서 똑같은 표정으로 밤식빵을 씹고 있는 엄마에게 말을 걸었다.

"엄마, 은지 기억해? 최은지."

"그게 누구야?"

오랫동안 친하게 지낸 단짝 같은 건 한 번도 없었다. 은지 역시 마찬가지였다. 한 달 정도 붙어 다녔지만 난 다시 전학을 갔다. 내가 마지막 인사를 할 때 은지는 고개조차 들지 않았다.

"나 상안초등에서 전학 갈 때, 소문 퍼뜨린 애가 은지였어."

"나쁜 계집애네."

엄마는 식빵을 우유에 푹 찍었다.

"아니야. 걔가 나한테…… 손잡고 같이 집에 가자고 해서…… 내가 손을 잡았어."

손을 잡는 순간, 기분 좋은 촉감이 손바닥에 스며들면서 가슴이 두근거리기 시작했다. 그 두근거림에 나도 모르게 은지의 손을 꽉 쥐었다. 은지가 비명을 질렀다. 내 날카로운 발톱이 은지의 손등을 파고들었고, 내 손은 벌써 하얀 털로 뒤덮여 있었다. 은지는 피가 흐르는 손등을 붙잡고 울었고, 당황한 내가 한 걸음

다가서자 은지는 비명을 지르며 도망갔다. 그 이후로 내가 전학 갈 때까지 은지는 결코 말을 걸지 않았고, 내 근처로 오지도 않았다. 전학 가던 날, 나는 아빠 차 안에서 변신해버렸다. 울지도 않았고 가슴이 뛰지도 않았는데도 어느새 몸이 변해 있었다. 엄마가 여기서 변신하면 어떡하느냐고 한마디 하자, 아빠는 엄마에게 담요를 주며, 덮어씌우고 들어가라고 말했다.

"이랑이 눈 좀 봐요. 눈 속에 달이 있을 땐 어쩔 수 없어."

나는 집에 돌아가서 침대에 누워서 달이 뜰 때까지 오래도록 잠을 잤다.

날 놀리던 남자애들을 미워해야 했을까, 은지를 미워해야 했을까, 불량배에게서 엄마를 구한 아빠를 미워해야 했을까, 그날 괜히 밤늦게 다니다 불량배를 만난 엄마를 미워해야 했을까, 털북숭이 여자애에게 저주를 내린 세상을 미워해야 했을까. 아빠는 살풋 잠이 든 내 머리털을 쓰다듬으며 말했다.

"눈 속에 달이 있는 늑대가 진짜 늑대야. 게다가 암컷은 눈 속에 달이 있을 때가 가장 아름다워. 넌 블랑카보다 더 아름다운 늑대가 될 거야."

하지만 그날 밤 꿈에 나는 덫에 걸렸다. 하얀 눈으로 가득한 숲속에서, 가만히 달을 바라보는 거 외엔 아무것도 할 수 없었다. 그래서 정우는 누구에게 화를 내야 할까, 지금 그 눈을 하고 어디서 무얼 하고 있을까.

한참을 말이 없던 엄마는 내 손을 물끄러미 보다가 입을 열었다.

"식빵 맛없어? 그러게, 웬 밤식빵을 사 와서."

"그러게, 미안해."

엄마는 내 잔에 우유를 가득 따랐다.

정우와 그 무리는 이상한 유인물을 뿌리고 다니기 시작했다. 출근길과 등굣길에 동네 사람들 모두 그 유인물을 하나씩 받았다. 험상궂게 생긴 소년들은 고개를 꾸벅꾸벅 숙이며 꼭 읽어 달라고 부탁했다. 철가방과 닭 배달 청년들은 짜장면과 닭 봉지 위에 종이를 놓아두고 돌아갔다. 우리 집에 온 닭 봉지 위에도 작은 종이 한 장이 놓여 있었다.

'서북공고 학생들은 오토바이를 함부로 운전하지 않습니다. 며칠 전 오토바이 사고로 사망한 우리 친구 임권은 영화루에서 음식을 빨리 배달하라고 해서 함부로 운전한 것입니다. 영화루 말고도 많은 음식점들이 우리에게 음식을 빨리 배달하라고 말합니다. 삼미아파트 옆에 있는 피자집에서는 아예 20분 안에 배달하겠다고 쓰여 있어서 우리는 아주 함부로 운전할 수밖에 없습니다. 이러면 배달원들은 자꾸 위험한 상황에 놓이게 됩니다. 서북공고 학생들은 토요일 저녁 5시에 신보마트 앞에서 오토바이 시위를 할 것입니다.'

토요일 저녁 5시. 정우가 닭을 내게 배달하러 오는 건 하루에 단 몇 분뿐이다. 닭을 배달하러 오지 않을 때 정우가 무엇을 생각하고 있는지, 나는 매우 알고 싶었다. 그 자리에 수많은 오토바이 주인들을 끌고 온 정우의 표정을 읽고 싶었다. 진정한 늑대는 눈 속에 달이 있다. 그런 늑대만이 달의 목소리를 들을 수 있다. 로보는 무리보다 앞장서서 위험한 장소를 뒤져 먹이를 찾아내고, 먹이를 찾아내면 큰 소리로 동료들을 부른다. 블랑카를 찾으려다가 인간들에게 잡힐지언정 늑대왕은 결코 혼자 살아남으려고 하지 않는다.

늑대왕이라니. 나는 더 굵어진 꼬리를 흔들며 크게 웃었다.

토요일 저녁, 신보마트 앞에는 서북공고 학생들만 모인 것 같지 않았다. 하필이면 그날은 한일 친선 축구가 있는 날이었고, 동네에서 서북공고 불량학생들 없이는 어느 닭집도 닭을 배달할 수 없었기에 아저씨들은 7시에 시작할 축구를 볼 자리를 맡으려고 신보마트 맞은편 편의점 앞 TV로 몰려들었다. 편의점 주인은 신이 나서 파라솔을 잔뜩 내놓았다. 도로에는 축구보다 더 신명나는 구경거리가 펼쳐져 있었다.

색색의 오토바이들 위에 동네 불량배들이 전부 모여 도로 위에 진을 쳤다. 사람들은 텔레비전을 보는 척하면서 도로를 힐끔거리기도 했고 도로를 향해 손가락질하며 혀를 차기도 했다. 나는 망설이며 가로수 옆에 가만히 서서 그 장면을 지켜보았다. 6시가 되면 해가 지기 시작할 터였다. 5시 반이었고, 30분 안에 아이들이 이 시위를 끝내고 돌아갈 것 같지는 않았다. 나는 계속 주머니 속의 명찰을 만지작거렸다. 오토바이 앞에 걸어놓은 비뚤비뚤한 글씨들이 눈에 들어왔다.

'20분 안에 니가 배달해봐라' '권아 우리가 있다' '영화루 사장 새끼 죽여 버려' '서북공고 전기과 짱!'

무리의 맨 앞에 정우가 보였다. 정우가 손을 높이 들자, 하얀 오토바이는 살짝 흔들리는가 싶더니 표범이 울부짖는 거 같은 요란스러운 배기음을 냈다. 기다렸다는 듯이 도로에 깔린 오토바이들이 다 함께 울부짖기 시작했다. 구경나온 동네 주민들이 귀를 틀어막았다. 에라이, 이 깡패 새끼들아, 벌써 맥주에 취해 욕을 하는 아저씨 목소리도 묻혔다. 몇 분 지나지 않아 선량한 주민들의 좋은 친구, 경찰들이 나타났다. 커다란 버스가 도로 양쪽에 세워졌고, 까만 옷을 입은 늠름한 경찰들이 무법천지의 불량배들 앞을 가로막았다. 오토바이들은 이제야 놀 물을 만났다는 듯이 신명나게 울부짖었다. 짭새는 꺼지라고 괴성을 지르는 소년들도 간간이 눈에 띄었다.

경찰차에서 단정한 목소리로 방송이 흘러나왔다.

"서북공고 학생 여러분은 지금 불법으로 도로를 점거하고 있습니다. 어서 해산하고 부모님이 기다리는 집으로 돌아가십시오."

방송을 듣던 정우는 경찰차를 손가락질하며 낄낄거렸다.

"맨날 빨리 달리면 잡아 족치겠다고 쫓아오더니, 이제는 집에 가라는데?"

사방에서 머플러 소리가 더 요란하게 울렸다.

"너희 같은 짭새들이 쫓아오니까 권이 같은 놈들은 더 빨리 달리려다 죽는 거야, 개자식들아!"

"서북공고 학생 여러분은 지금 불법으로 도로를 점거하고 있습니다. 어서 해산하고 부모님이 기다리는 집으로 돌아가십시오."

무리 가운데쯤의 누군가가 키티 모양의 작은 스피커를 꺼내 들었다.

"지금 씨불이는 분께서는 아구창 터지기 전에 닥치고 부모님이 기다리는 집으로 돌아가십시오."

도로 안쪽에서는 왁자하게 웃음이 터졌고, 도로 바깥쪽에서는 한숨이 터졌다. 혀를 차거나 끔찍하다는 듯 눈살을 찌푸렸고, 술에 취한 늙은 남자 하나가 버르장머리 없는 놈들은 다 혼내줘야 한다고 목소리를 높였다. 경찰차에서 나오는 방송은 조금 거친 목소리로 바뀌었다.

"지금 경고방송 몇 번씩 했다. 서북공고, 집에 안 가면 진압하겠습니다."

방송이 나오자마자 방패를 든 전경들이 줄을 맞추어서 몇 걸음 앞으로 다가섰다. 전경들을 바라보는 정우의 얼굴이 붉게 물들었다. 정우뿐만 아니라, 수많은 오토바이가 붉게 반짝이고 있었다. 전경들의 방패도 파도처럼 반짝였다. 하늘 가득히 노을이 지고 있었다. 나는 서둘러 휴대폰을 들여다보았다. 어느새 6시가 지나 있었다. 서둘러 집으로 돌아가야 했다. 위풍당당한 오토바이들 앞에서 경찰들은 주춤거리면서, 하지만 일사불란하게 앞으로 걸어나갔다. 안경을 낀 전경 한 명이 손잡이가 높은 오토바이 앞에서 천천히 방패를 들어 올려서 앞쪽을 찍어 내렸다. 유리가 부서지는 소리가 들렸다. 더는 무리였다. 나는 근처 상가로 달려가기 시작했다. 등 뒤에서 거칠게 외치는 목소리가 들렸다.

"누가 이기나 해보자고?"

내가 고개를 돌렸을 때, 정우는 오토바이의 핸들을 돌리고 있었다. 곧 달이 떠오를 시간이었다. 현명한 늑대라면 누구나 알고 있듯이 조심성 없이 앞서나가면 반드시 덫에 걸리게 되어 있다. 조심성 없는 블랑카를 위해 로보는 오래도록 산을 헤맸다. 빠른 속도로 해가 떨어졌다. 나는 상가 뒤쪽 후미진 담벼락에 몸을 붙였다. 어깨뼈가 솟아오르는 게 느껴졌다.

또 전학을 가게 되면 정우를 만날 일은 더 줄어들 수도 있을까. 하얀 꼬리가 바닥에 툭 떨어졌다. 겁이 덜컥 났다. 이 변신은 평소와는 분명 달랐다. 나는 손으로 주둥이를 만져보려고 했지만, 그럴 수 없었다. 내 앞발은 벌써 내 몸무게를 지탱하고 있었고, 나는 바닥에 엎드린 자세였다. 옷 솔기들이 뜯어져 나갔다. 평소보다 두 배 이상 커진 나는, 커다란 꼬리를 한번 휘둘렀다. 이상한 깨달음이 선득하니 밀려왔다. 아빠는 내가 블랑카보다 아름다운 늑대가 될 거라고 했지만, 아빠, 어쩌면 나는 누군가를 지키는 로보로 태어난 걸지도 몰라요. 아빠처럼. 달이 뜨고 있었다. 귓속에 달빛이 꽉 차올랐다. 나는 도로로 시선을 옮겼다. 세상의 감각이 완전하게 달라져 있었다.

김정우를 시작으로 수십 대의 오토바이가 전경들을 향해 질주하기 시작했다. 나는 큰 소리로 한 번 울고 나서 힘차게 발을 내디뎠다. 내 울음소리는 방송 소리보다, 머플러의 굉음보다 더 컸다. 누군가의 비명이 들렸다.

✳

눈을 뜬 곳은 습기 차고 어두운 방 안이었다. 걸치고 있는 옷이 아무것도 없다는 걸 깨닫자마자 벌떡 몸을 일으켰다. 하지만 방 안에는 아무도 없었다. 더러운 매트리스와 방 여기저기에 흩어진 옷가지들, 씻지 않은 그릇들이 눈에 들어왔다. 이 방이 어딘지도 알 수 없었지만, 고개를 약간 돌리자 내 휴대폰과 지갑이 김정우의 명찰과 함께 옆에 잘 모셔져 있었다. 엄마에게 온 문자는 40개가 넘었다.

「어디니?」

「빨리 연락 좀!」

「너 어디서 무슨 짓을 하고 있는 거야!」

「경찰들이랑 학생들이랑 다 같이 와서 병원이 미어터지고 있어. 왜 이런 거니?」

「오토바이들도 다 부쉈다며!」

「네 교복 찢어진 거 신고 됐더라. 사람들이 너 늑대한테 물려 죽은 거 아니냐고 물어보잖아. 대체 어디야?」

「문자 보자마자 연락해!」

「이랑아, 엄마 화 안 났어. 빨리 연락이나 해. 제발!」

「사살하려고 수색 중이래. 늑대인 상태로 나오지 마! 절대로! 그리고 연락해라. 엄마가 이랑이 사랑하는 거 알지?」

반 친구들에게 온 문자도 있었다.

「이랑아…… 괜찮아???」

「늑대 나타났다는데 정말이야?? 네 찢어진 교복 발견되었다고 뉴스에 나왔던데…. 괜찮은 거지?」

어쨌든 엄마에게는 어서 연락해주어야 했다. 배터리는 간당간당, 6퍼센트가 남아 있었다.

「엄마, 나 여기가 어딘지 잘 모르겠는데 휴대폰도 있고 지갑도 있으니까 어떻게든 집에 찾아갈게. 걱정하지 마. 자세한 이야기는 이따 집에서 해.」

더듬더듬 벽에 손을 짚어서 형광등 스위치를 켜자, 입으라는 듯이 옷걸이에 걸어서 문고리에 걸어둔 옷이 있었다. 한쪽 어깨만 끈이 있는 노란 원피스였다. 사이즈가 안 맞아서 지퍼를 올리는 데에도 한참을 낑낑댔다. 어깨에 달린 싸구려 같은 레이스가 기분 나쁘게 간지러웠다. 대체 누가 날 여기다 데려다 놓았는지는 모르겠지만, 아직 사람이 돌아오지 않았을 때 빨리 빠져나가는 것 말고는 방법이 없어 보였다. 휴대폰과 지갑을 챙기고, 3초 정도 망설이다가 정우의 명찰도 집어 들었다. 내 신발은 보이지 않아서, 그냥 현관에 있는 샌들을 발에 꿰었다. 여기가 어디든 집으로 가야 했다.

현관문을 열고 밖으로 나오자, 이 후줄근한 다세대 주택 대문 앞에서 누군가가 주저앉아 담배를 피우고 있었다. 고개를 들자 익숙한 동네 상가의 뒷모습이 보였다. 그러고 보니 상가 뒤편으로는 한 번도 들어가 본 적이 없었다. 집은 여기서 20분 정도 거리였다. 이 옷을 입고 집까지 걸어가는 동안 제발 아는 사람을 만나지 않기를. 종종걸음으로 대문 계단을 내려가다 샌들의 굽에 휘청거렸다. 그때 담배를 피우던 사람이 입을 열었다.

"깼냐."

화들짝 놀라 고개를 돌리자, 정우가 날 올려다보고 있었다. 정우의 얼굴에는 긁힌 자국이 하나 생겨 있었고, 다리에는 커다란 멍이 보였다. 나는 돌처럼 굳은 표정으로 정우를 보다가 다시 고개를 돌렸다. 집, 집으로 어서 가야 했다. 걸음을 재촉하려는데 계속 다리가 휘청거렸다. 이건 위험했다. 여기서 또 변신했다가는 사살당할지도 모를 일이었다. 바닥을 바라보며 열심히 걷는데, 김정우가 다시 말을 건넸다.

"야, 1502호."

다리에 힘이 풀렸다.

"태워다줄게."

정우의 하얀 오토바이는 그 난리 통에도 건재했다. 정우는 내게 헬멧을 건넸고, 나는 헬멧을 받아 썼다. 오토바이가 출발하고, 바람이 불자 땀 냄새가 담배 냄새와 함께 실려 왔다. 나는 정우의 허리를 힘껏 붙잡았다. 얼마 달리지 않아 아파트 단지가 나타났다. 오른손에 힘을 꽉 주자, 휴대폰 안쪽에 같이 쥐고 있던 정우의 명찰이 손바닥을 파고들었다. 오늘은 반드시 돌려주면서 말을 걸어야 했다. 건넬 말을 열심히 고민하는데, 순간 정우의 오토바이가 늑대 같은 속도로 하늘을 가로질렀다.

유미의 연인

✦ 2017년 〈과학동아〉 3월호 수록

1

사람들은 떨리는 마음으로 전원을 켰다. 긴장할 시간도 없이, 금방 유미의 모습이 나타났다. 2시간 전에 떠나버린 유미와 완전히 똑같은 얼굴, 똑같은 목소리였다. 다들 환호성을 질렀다.

"유미야!"

"어떡해, 진짜 옆에 있는 것 같아!"

유미는 밝게 웃으며 사람들과 대화를 나눴다. 홀로그램으로 반짝이며 떠 있는 모습은 그냥 유미였다. 사람들은 아무도 어색함을 느끼지 못했다. 유미의 말투, 유미의 생각, 유미의 기억, 유미의 태도. 하지만 정훈은 시스템이 꺼질 때까지 입을 열지 않았다. 건강하게 지내라는 말을 '저것'에게 하는 것은 아무 의미가 없다. 저것은 유미가 아니다. 분명 유미의 얼굴을 하고 있지만, 그래도 유미는 아니다. 홀로그램으로 된 반투명한 유미가 정훈을 빤하게 바라보았지만, 정훈은 시선을 느끼면서도 끝내 입을 다물었다.

✳

꼭 떠나야 하느냐고 물었을 때, 유미는 투명한 표정으로 고개를 끄덕였다. 망설임은 없었다. 무슨 의미인지 유미가 모를 리가 없었다. 얼마나 유미가 애타게 기다린 기회인지 모르는 바도 아니었다. 정훈은 다 알고 이해했지만, 그래도 받아들일 수가 없었다. 이제 다시는 손을 잡을 수도 없고, 만질 수도 없는 곳으로 유미가 가버렸다. 유미가 떠나기 전날 밤, 오래 입술을 맞대었다. 성적 욕망 같은 것이 아니었다. 정훈의 뺨에 유미의 머리카락이 닿았다. 정훈은 뺨에 간질거리는 유미의 머리카락을 기억하고 싶었다.

"괜찮아, 우리 계속 만날 수 있잖아."

정훈은 대답하지 않았다.

처음부터 이렇지는 않았다. 장거리를 떠나는 사람들이라고 해도 지구에 있는 사람들과 교신 정도는 할 수 있었다. 결국 지인들은 다 사라지게 마련이었지만, 혼자 우주의 어느 공간을 떠다녀야 하는 사람에게도, 지구에 남아 있는 사람에게도 서로를 마주할 시간이 아주 조금은 보장되었다. 어떤 남자가 임무를 다 완수하기도 전에 자살하기 전까지는.

그에게는 짧은 시간 동안 지구에 남은 그 남자의 지인들은 늙어갔다. 아직 몸도 마음도 팽팽한 자신을 두고, 급속도로 부모님이 돌아가셨고, 친구들이 늙어갔고, 조카들이 성장했다. 그러다 어느 순간 친구들도 죽어갔고, 조카들도 늙어갔다. 지구를 떠나온 지 5년쯤 지났을 무렵 지구에는 맥주를 좋아하던, 데이비드 보위의 〈히어로〉를 곧잘 부르던, 하루 이틀만 두어도 수염이 덥수룩하게 자라던, 비 오는 날 몰래 거리를 맨발로 달려본 적이 있던 그를 아는 사람이 아무도 남지 않게 되었다. 그는 자신에 대한 길고 긴 리포트를 송신하고 우주선을 남겨둔 채 우주 공간 어딘가로 도망쳐버렸다. 물론 죽었을 것이다.

그래서 우주로 가는 사람들과 직접 교신을 하는 것은 금지되었다. 늙어가는 우리의 모습을 직접 보여줄 수는 없게 되었다. 그 대신 서로를 그리워하는 사람들은 자신의 뇌를 업로딩해서 영원히 대화를 나누기로 했다. 영원히 만날 수 없게 된 사람들은, 서로를 위해 자신을 하나 더 만들었다. 우리가 알고 있는 그 사람 그대로, 언제든 만날 수 있도록 말이다. 노화 패턴까지도 정확하게 입력할 수 있기 때문에 유미의 홀로그램은 지구에 남은 사람들과 함께 늙어갈 것이다. 멀리 떠나버린 유미와는 다르게, 지구의 시간을 살게 될 것이다.

✳

"이렇게 있으니까, 너 그냥 안 떠난 것 같다."

"그거 다행이네. 온종일 고생하면서 시스템에 뇌 털어넣은 보람이 있구만."

언제나 그렇듯 장난스러운 유미의 말투를 듣자, 정훈은 홀로그램을 끌어안거나 부숴버릴 것 같은 기분이 들어서, 벌떡 일어나 자리를 떠났다. 몇몇 친구들이 정훈을 따라왔다.

"야, 왜 그래. 유미 서운하겠다."

"넌 저게 유미로 보여?"

"업로딩했으면 유미지. 너 무슨 자연주의자야?"

정훈은 대답하는 대신 성큼성큼 걸어서 홀로그램 보관소를 빠져나갔다. 부아가 치밀었다. 다시는, 다시는 이곳에 오지 않을 것이다. 하늘에서 햇빛이 찬란하게 쏟아졌다. 피할 새도 없이, 초속 30만 킬로미터의 속도로. 그리고 유미는 초속 30만 킬로미터 너머에 있었다. 정훈은 도무지 햇빛까지도 믿을 수가 없어서 급하게 차 안으로 몸을 숨겼다.

2

3개월이 넘도록 정훈은 유미, 정확히는 '그것'을 찾아가지 않았다. 유미와 정훈이 이렇게 오래 만나지 못한 것은, 연애를 시작한 7년 이래 처음이었다. 처음 연애를 시작했을 때는 여느 커플이 그렇듯 이틀만 만나지 못해도 몸살이 날 것처럼 굴었다. 덕분에 몇 개월 지나지 않아 둘은 함께 살기 시작했다. 오랜 시간 동안 함께 있었다. 물론 싸우기도 많이 싸웠고, 어느 밤은 등 돌리고 나란히 누워 한참을 흐느끼기도 했다.

다시는 오지 않으려고 했었는데. 정훈은 유미와 함께 살던 집에서 이제 이사를 좀 가보려고 하다가 방구석에 눌어붙은 토한 자국을 발견했다. 3년 전에 죽은 유미의 고양이 슈라의 흔적이었다. 죽기 전에 매우 아팠던 슈라는 걸핏하면 여기저기 몸을 숨겼다. 고양이는 아픈 모습을 보여주고 싶어 하지 않는다더니만, 아마도 사람들에게 토한 자국을 보여주지 않으려고 숨어서 몰래 토악질을 한 모양이었다. 그것도 모르고 유미는 "아프면 토한다던데 얘는 왜 토하지도 않느냐"며, 그것 때문에 병도 늦게 발견했다고 슈라를 붙잡고 한참 울었다. 토한 자국을 닦으며 정훈은 유미에게 꼭 말해주고 싶다고 생각했다. 이 이야기를 나눌 수 있는 사람은 아무리 생각해도 유미뿐이었다. 그리고 유미는 알아야만 했다.

차에서 내려 방문 기록을 작성했다. 저것은 분명 유미가 아니다. 하지만 유미를 만날 수 있는 유일한 방법이기도 했다. 이를테면…… 시뮬레이션 게임 같은 거니까, 괜찮아. 말하고 나서 내 감정이 조금 나아지면 됐지. 몇 번씩 자신에게 괜찮다고 다짐을 하고 나서, 정훈은 홀로그램실에 들어섰다. 유미의 모습이 빛으로 드리났다. 저번에는 우주인 운동복 같은 차림이었는데, 이번에는 평소에 좋아하던 베이지색 꽃무늬 원피스를 입고 있었다.

"개오랜만이다?"

정훈은 자신도 모르게 멋쩍은 웃음을 띠고 말았다. 익숙하고 반가운 말투, 여전한 표정이었다.

"우리 엄마가 마흔다섯 번, 지예가 열두 번, 광민이가 다섯 번, 영주가 세 번 올 동안 한 번도 안 와? 네가 그러고도 애인이냐?"

"너는…… 유미가 아니잖아."

'그것'은 기가 찬다는 듯이 큰 소리로 헛웃음을 쳤다. 유미 그 대로였다.

"왜 내가 유미가 아니야. 그럼 내가 뭔데. 너, 내가 계속 만날 수 있다고 하는데도 대답 안 할 때부터 불안 불안하더라. 너 그때부터 업로딩한 건 내가 아니라고 생각하고 있었지? 내가 한소리 할까 하다가 말았어. 가기 전날 싸우기 싫어서."

"……알려주고 싶은 게 있어서 왔어."

"나한테?"

"유미한테."

'그것'은 천장을 보면서 입술을 쭉 내밀어서, 훅, 앞머리를 입으로 불어 넘겼다. 거짓말처럼 똑같은 유미. 아니, 유미처럼 똑같은 거짓말. 유미가 여전히 자기를 만날 수 있다면서 한참 설명해준 이 방식은, 결국 세상에 유미가 둘이 된다는 이야기였다. 그건 가능한 일이 아니었다. 세상에 유미가 둘이 된다면 결국 하나는 복제품일 뿐이다. 심지어는 유미의 육체조차 없는, 남은 사람들의 감정을 위로해주기 위해서 만들어낸, 되다 만 장난감이었다. 유미는 유일하다. 하지만 정훈에게 지금 다른 방법이 있는 것도 아니었다.

정훈은 나직하게, 이사를 하려고 방 청소를 하다가 발견한 고양이의 토사물 이야기를 했다. 말라비틀어진 사료가 소화되지 못한 채 그대로 남아 있었다고. 아마 우리한테 보여주고 싶지 않아서 숨긴 것 같다고. 유미는 눈을 휘둥그레 뜨고 가만히 이야기를 듣다가, 천천히 정훈의 옆에 앉았다. 정훈은 유미가 앉는 모습을 보았다. 홀로그램인 유미가 의자에 제대로 앉는 것은 불가능했다. 몸이 의자에 괴상하게 반쯤 걸쳐버리기 일쑤였다. 그런데도 굳이 유미는 대충 정훈의 옆자리에 어정쩡하게 엉덩이를 걸쳤다. 의자 사이를 약간 통과해 있는 유미의 반투명한 몸이 꼭 유령 같았다.

"울었지."

"응."

유미는 정훈의 어깨에 손을 얹고 흐느끼기 시작했다.

"슈라야……, 어떡해……."

어깨에는 아무런 촉감도 느껴지지 않았다. 정훈은 함께 울었다.

"너 걱정할까 봐 그랬을 거야……."

"미안하다……. 난 아무것도 모르고……."

어두운 홀로그램실에 울음소리만 가득했다. 정훈은 유미의 어깨를 만지는 게 두려웠다. 유미의 손이 안 잡힌다는 것을 차마 확인할 수는 없었다. 무릎에 나란히 양손을 얹고 꼼짝하지 않았다. 정훈의 눈물이 방울방울 손등 위로 떨어졌지만, 유미의 눈물은 액체가 되어 떨어지진 않았다.

3

정훈은 친구들과 함께 생일 축하 케이크를 들고 유미를 만나러 왔다. 유미가 지예에게 가족과의 생일파티는 따로 하고 싶다고 미리 전해뒀다고 해서, 이번에는 친구들끼리만 모였다. 정훈에게도 전화가 왔다. 지예는 무척 조심스럽게 생일파티 이야기를 꺼냈다. 정훈이 업로딩 된 유미를 유미라고 생각하지 않는다는 이야기를 다른 곳에서 들은 모양이었다.

정훈은 친구들을 만날 때마다, 그건 유미가 아니라고 싸늘한 표정으로 말하곤 했다. 친구들이 너는 참 정도 없다고 투덜거리면, 너희야말로 유미를 잊어버리고 있는 거라고 쏘아붙였다. 홀로그램실 안에 들어가서 이런저런 이야기들을 하다가, 나오기 전에 다짐하듯 말을 덧붙였다. 그래도 너는 유미가 아니라고. 처음에는 웃어넘기던 유미는, 어느 하루는 무척 짜증스럽게 대답했다.

"내가 아니라면 넌 왜 찾아오는 건데. 대체 날 뭐라고 생각하는 거야? 내가 다 결정한 문제니까, 너 나름대로도 힘들 수 있을 것 같아서 적당히 넘어가 보려고 했는데. 이게 대체 몇 개월째야? 너 이렇게 계속 내 앞에서 그따위로 말할래?"

그 질문에는 대답하지 못하고 문을 나섰다. 그게 바로 전날이었다.

걱정하지 말라고, 같이 갈 거라고 말하자 지예는 무척 안심한 듯 유미가 기뻐할 거라고 했다. 그 말대로 유미는 무척 신이 난 표정으로 등장했다.

"이야, 늘 따로따로 오더니만, 생일이라고 오래간만에 다 같이 왔네."

"너 좋아하던 그 제과점에서 특별히 주문해서 만든 거야, 이 케이크."

"오. 쌍이네. 근데 못 먹어."

가볍게 웃음이 터졌다.

"선물 받는 사람이 몸 없는 거 배려 좀 하고 살자."

"홀로그램 케이크는 어디 가서 주문을 못 해요."

책, 액세서리, 그릇, 커피, 립스틱, 다양한 선물들이 쏟아졌다. 책은 정보 값으로 입력해달라고 요청하면 되니까 두고 가라고 했다. 하지만 이왕이면 다음부터는 편하게 파일로 달라고 덧붙였다. 귀고리는 인식기에 잠깐 넣어두라고 했다. 짧게 윙, 소리가 들리더니 홀로그램으로 된 유미의 손에 귀고리가 들렸다. 유미는 쓱쓱 귀에 귀고리를 끼워 넣었다.

저런 게 되는 줄 알았으면, 전에 입던 옷이나 선물 같은 것도 좀 가지고 올걸. 정훈은 약간 속상한 기분이 되어서 이런저런 선물들을 챙기는 유미의 홀로그램을 바라보았다. 조금 망설이는 목소리로 지예가 말을 꺼냈다.

"유미야, 정훈이 오랜만에 보는 거 아니야?"

유미가 어깨를 으쓱했다.

"뭔 소리야. 얘 어제도 왔다 갔어. 너희 중에 제일 많이 와."

친구들이 웅성거렸다. 뭐야, 안 오는 것처럼 그러더니만. 절대로 유미 아니라며. 무슨 우리가 시뮬레이션 게임에 놀아나는 사람들인 것처럼 그러더니. 요즘 시대에 이런 자연주의자 없다고. 뒤에서 왜 혼자 호박씨야. 너도 유미 보고 싶었던 거잖아. 정훈의 어깨를 두드리며 장난치는 손들 사이로 유미의 목소리가 다시 들렸다.

"정훈이는 나한테도 유미 아니라 그래. 어제 참다 참다 한소리 했어."

분위기가 가라앉았다.

"아, 뭐…… 나 아닌 것 같아도 자주 오면 됐지, 뭐. 그래도 정훈이가 제일 많이 온다니까. 나중에 다시 싸울 테니까 오늘은 그냥 놀아."

자리가 파하고 나서 정훈은 다시 친구들에게 붙들렸다. 이번에는 잔소리였다. 지예가 울먹이며 어떻게 유미 앞에서 그런 말을 할 수 있느냐고 했다. 네가 보기에 아닌 것 같다고 해도 앞에서 그런 말을 하면 어떻게 하느냐고. 심각한 말투로 화를 내던 친구들은, 다시는 유미 앞에서 그런 말을 하지 말라고 여러 번 엄포를 놓고 나서야 헤어졌다.

✳

다음 날, 가장 먼저 유미를 찾아온 건 정훈이었다.

"미안해."

"애들이 갈궜냐?"

"아니, 그게 아니야."

"됐어. 유미 아닌데 왜 자꾸 찾아오는데?"

"유미야."

"뭐?"

"너 유미 맞잖아."

유미는 입술을 비죽이다가 주먹을 쥐고 가볍게 정훈의 가슴팍을 밀쳤다. 물론, 밀쳐지지 않을 것이었다. 가슴팍으로 살짝 주먹이 통과하려는 찰나, 정훈은 비틀거리며 밀쳐진 시늉을 했다. 유미의 입꼬리가 약간 일그러지면서 올라갔다.

4

"애인 생겼지."

정훈은 고개를 급하게 들어 올렸다.

"뜨끔했구만."

"아니야."

"아니긴 뭐가 아니야. 내가 너랑 7년 동안 같이 살고, 3년 동안 여기서 보고, 도합 10년을 봤다. 딱 보니까 애인 생겼네. 쯧, 하긴 언젠가는 이럴 줄 알았어. 내가 밖으로 나갈 수 있는 것도 아니고. 여기서 영화 보고, 뉴스 보고, 수다 떨고 이러는 데이트에도 한도가 있지. 버추얼 애인 3년 더 사귀었으면 너도 할 만큼 했다."

"진짜 아니라니까!"

"그럼 뭔데."

수정이 자기를 좋아한다는 걸, 정훈도 알고 있었다. 두 사람과 1시간만 함께 있어도 누구나 알 수 있을 것이었다. 회사 사람들은 당연히 모두 알고 있었다. 그걸 알면서도 수정과 단둘이 술을 그렇게 오랫동안 마신 건 분명 정훈의 책임이었다. 취한 수정이 손을 뻗었을 때 덥석 그 손을 잡은 것도 정훈이었다. 심지어, 같이 집에 가자고 말을 꺼낸 것도 정훈이었다. 정훈은 수정의 허리를 끌어안았고, 수정의 입술이 정훈의 입술에 부드럽게 닿았다. 정훈이 얼굴을 부비자, 수정은 정훈의 얼굴을 가슴팍에 꼭 끌어안았다. 다음 날 아침, 눈을 뜨자 수정은 정훈의 방에 걸려 있는 시계를 가만히 보고 있었다. 정훈과 유미의 이름이 나란히 새겨진 시계.

"여자친구가, 우주비행사라고 들었어요. ……마인드 업로딩했다면서요?"

정훈이 우물쭈물하고 있을 때, 수정은 마치 인파이트 복서처럼 말을 뱉어냈다.

"안 외로워요?"

이 이야기를 전부 유미에게 할 수는 없었다. 정훈은 망설이다가 모든 이야기를 다 무지르고, 단순하게 한마디만 뱉어냈다.

"그냥, 어쩌다가, 잤어."

유미는 심상한 표정으로 정훈의 고백을 들었다. 그리고 아무 말이 없었다. 정훈은 죄지은 사람처럼 고개를 숙이고 유미의 말을 기다리고 있었다. 한참의 침묵 끝에, 유미의 목소리가 들렸다.

"벗어봐."

"뭐?"

"나 너 벗은 거 오래 못 봤어."

정훈은 진심인지 의심스러운 눈으로 유미를 바라보았다. 유미는 여전히 심상한 표정이었다. 정말 괜찮을 때도 저렇게 심상한 표정을 짓지만, 화가 많이 났을 때도 저렇게 심상한 표정을 짓는다. 정훈은 어느 쪽인지 알 수가 없어 갈팡질팡하다가, 일단 옷을 벗기 시작했다. 설마 누가 들어오지는 않겠지. 셔츠와 바지, 팬티까지 다 벗고 홀로그램 앞에 서 있자니 무척 바보스러운 기분이 들었다. 눈을 가늘게 뜨고 유미가 정훈의 몸을 훑자, 정훈은 귓불이 달아오르는 걸 느꼈다.

"너 많이 늙었다. 배도 나오고. 엉덩이도 처졌고."

"야, 너는…… 프로그램으로 되어 있으면서 몸이 있는 나랑 비교하면 반칙이지."

유미는 피식 웃더니, 훌렁훌렁 옷을 벗어 던지기 시작했다.

"나도 시간 지나면 늙게 프로그래밍 되어 있거든?"

3년 만에 보는 유미의 나신. 3년이 지나긴 했지만, 유미는 별로 변한 게 없어 보였다. 꺼떡꺼떡, 정훈의 성기가 치솟아 오르자 유미는 알몸인 채로 낄낄대기 시작했다.

"야, 넌 만지지도 못하는 여자 보고도 잘 선다. 어때? 만질 수 있는 여자랑 하니까 좋든?"

"아니, 그, 놀리지 마."

"여전히 꼬추 짧네."

"놀리지 말라니까."

"배 나오면 꼬추 더 짧아 보여. 운동 좀 해."

유미는 슬그머니 정훈을 향해 손을 뻗었고, 정훈은 마치 유미의 손길이 느껴지는 것 같은 환각을 잠시, 아주 잠시 느꼈다. 물론 금방 환각이라는 걸 깨달았다.

"정훈아, 나도 외로워."

정훈은 돌아오는 길에 수정의 연락을 받았다. 잠깐 보자는 말에, 정훈은 미안하다고 대답했다. 그냥 아닌 거로 하자고 했다. 수정은 더 답장하지 않았다. 집에 돌아와서 정훈은 허공을 향해 한 번 발차기를 하곤 평소보다 빨리 잠이 들었다.

5

"나 어디까지 갔을까."

"응?"

"벌써 16년이나 지났잖아. 이제 나 꽤 멀리 갔겠지?"

'저' 유미에 대한 이야기였다.

"그렇겠지."

"괜히 간다 그랬나 봐."

정훈은 어이가 없어서 유미를 빤하게 바라보았다. 가지 말라고 할 때는 귓등으로도 안 듣더니만, 지금 와서 이게 무슨 소리야.

"나는 꼭 우주 끝까지 가고 싶었는데."

"그래서 갔잖아."

"나는, 못 가고…… 나만 갔지."

정훈은 이게 무슨 소리인가, 생각하다가 약간 늦은 타이밍에서야 무슨 말인지 이해를 했다. 정훈은 이제 이 홀로그램이 유미가 아니라는 생각은 하지 않았다. 유미는 틀림없이 유미였다. 하지만 그렇게 유미를 멀리 보내는 바람에, 이 유미는 떠나지 못했다.

"이럴 거라는 얘기는 계속 들었어. 다 예측했던 거야. 교육도 많이 받았지. 몸이 없으면 뭐가 힘들고, 얼마나 외로울 것이고, 대신에 프로그램이 되면 몸이 없어도 얼마나 자유로울 것이고, 정보의 바다가 있고, 사람들과도 계속 접촉할 수 있고, 친구들도 계속 만날 수 있고…… 너도, 계속 볼 수 있고."

"나 때문에 한 것처럼 말한다."

"너 때문에 한 거 맞아. 정말이야. 헤어지기 싫었단 말이야."

"내가 그건 아니라고 그때도 그랬잖아. 그래도 네가 강행한 거잖아. 안 떠나는 게 어렵다면…… 그냥 서로 못 보는 거 감수하고 헤어지는 선택지도 있었어. 지금 와서 후회해서 뭐 어쩔 거야."

"너도 헤어지는 거 싫었으면서 센 척하지 마."

사실이었다. 가지 말라고 더 졸라볼 것을, 괜히 보냈다는 생각도 많이 했다. 정훈은 입을 다물었고, 유미는 한숨을 쉬었다. 그리고 사진 몇 개를 화면 위에 펼쳐놓았다.

"이거 봐봐."

상상조차 해본 적이 없던 광경이었다. 있을 수 없는 형태와, 있을 수 없는 색채였다. 저런…… 게 세상에 존재할 수 있다고? 정훈은 사진에 압도당해서 넋을 놓고 화면을 들여다보다가, 유미를 보았다. 유미는 울고 있었다. 존재하지 않는 몸에서 존재하지 않는 액체가 흘러나왔다. 마흔여섯 살이 된 유미의 주름진 눈이 자꾸만 젖었다.

"나도 이런 걸 보고 싶었어. 내가 너무 부러워."

우주 반대편에 있는 유미는 아직 어렸다. 처음 보는 광경에 찬탄하며 사진을 찍었을 유미를 생각했다. 유미가 힘들까 봐 정훈 역시 마인드 업로딩을 하겠다고 했을 때, 유미는 절대 안 된다고 했다. 아무것도 못 하고 계속 갇혀 있는 셈인데, 자기 때문에 그렇게 살게 둘 순 없다고 했다. 그렇게 따지면 너도 업로드하면 안 되는 거 아니냐고 하자, 우주에 가고 싶은 건 자신이니까 괜찮다며 웃었다. 정훈은 입술을 깨물었다. 역시 유미의 말은 무시하고 그냥 업로드하는 게 좋았을 것이다. 광막한 우주 공간에서 분명 유미는 외로울 것이다. 정훈의 앞에 있는 유미도, 외로워하고 있었다.

지예는 딸을 둘 낳았다. 막 결혼할 때까지만 해도 한 달에 두세 번은 꼭꼭 찾아오던 지예도, 육아에 바빠지면서 유미에게 찾아오는 시간이 압도적으로 줄어들었다. 어머니가 돌아가셨을 때는 유미가 모두에게 간곡하게 부탁을 해서 홀로그램 기기를 장례식장으로 옮겼다. 아주 조심해야 했고, 그 때문에 품이 많이 드는 일이었다. 유미는 그 기기를 장례식장 한구석에 두고, 상복을 입은 채 사람들을 맞았다. 음식을 나를 수도 없고, 같이 술 한잔할 수도 없는, 반투명한 상주와 사람들은 맞절을 했다. 유미는 끝까지 빈소를 지켰지만, 장지에는 따라갈 수 없었다. 장지까지 안전하게 기기를 옮기는 것은 불가능했다. 유미는 다시 원래 있던 곳으로 돌아갔다.

돌아와서 전원을 다시 넣자, 몸이 없는데도 유미는 무척 지쳐 보였다.

"지금 나는 몸이 없어도 정보들 사이로 어디든 갈 수 있지만, 그래도 사람들을 만나고 싶어. 이곳은 납골당 같아."

유미의 친구들은 더 자주 찾아오지 못해서 미안하다고, 더 자주 찾아오겠다고 다짐했지만 약속을 지키기란 쉽지 않았다. 어딘가에서 유미는 우주를 보고 있었다. 몸을 잃어버린 유미가 우는 동안, 앞으로 정훈이 다시는 만날 수 없는 유미가 우주 어딘가에서 사진을 찍고 있었다.

6

유미는 눈썹부터 세었다. 눈썹이 하얘지는 걸 놀리자, 유미는 이걸 어떻게든 유미에게 알려야 한다고 주장했다.

"이럴 줄 몰랐단 말이야. 알면 어떻게든 대응을 하겠지."

"눈썹이 세는데 염색하는 거 말고 무슨 대응을 하냐."

"이건 아니지, 어떻게 눈썹부터 셀 수가 있어. 섣달 그믐날에 잠든 사람도 아니고!"

정훈은 웃으면서 오른손으로 무르팍을 투덕투덕 두드렸다. 요즘 무릎이 아주 아팠다. 아주 많은 일이 있었고, 아주 많은 시간이 지나갔다. 유미의 볼에 파인 주름만큼, 정훈의 눈가에도 주름이 파였다. 거동하기가 많이 힘이 들어서, 예전만큼 유미를 만나러 찾아오는 것도 힘에 부쳤다. 신체의 고통이 전혀 없는 유미는, 입력된 대로 늙어 보이게 출력되기는 하지만 전혀 힘들어 보이진 않았다.

"야, 아파서 너 못 찾아오겠다. 내 나이에 이렇게 멀리까지 자주 다니는 사람이 어디 있냐."

조금 망설이다가 유미는, 깜짝 놀랄 만한 말을 했다.

"복제 떠 가."

"뭐?"

"나 복제 떠 가라고. 이젠 너 말고는 찾아오는 사람도 없는데, 뭐."

인격을 그런 방식으로 여러 개 생성하는 것은 분명 금지되어 있을 터였다. 여러 명의 동일한 인격이 난립했을 때 발생할 윤리적 충돌을 막기 위해서라고 알고 있었다. 더욱이 복제를 떠가서, 정훈이 더는 찾아오지 않으면 여기에 있는 이 유미는 어떻게 된단 말인가. 정훈이 그건 안 된다고 말하려던 찰나, 유미가 한심하다는 듯이 먼저 입을 열었다.

"제발 뉴스도 좀 보고 사세요, 할아버지. 법 개정 작년에 됐거든요? 내가 업로드된 지 벌써 35년이 지났는데요."

유미가 보여준 뉴스에는 복제가 가능한 조건이 명시되어 있었다. 복제를 업로드된 인격 자신이 결정할 것, 복제본을 만든다면 원본은 폐기할 것. 원본을 폐기한다고, 분명히 쓰여 있었다.

"원본을…… 폐기한다는데."

"뭐, 그래도 내가 둘이 있으면 그렇잖아."

"그래도…… 어떻게 폐기를 해."

"복제해도 나잖아. 이제 알잖아."

"당연히 너겠지만, 그건……."

정훈은 말을 이어나가려다 입을 다물었다. 유미 자신이 가장 잘 알고 있을 이야기였다. 유미가 다른 유미로 옮겨 가는 것이 아니다. 유미가 여럿이 되는 것이고, 어느 유미는 사라지는 것이다. 죽어버리는 것이다. 물론 그건 유미의 결단이었지만, 정훈은 도무지 받아들일 수가 없었다. 그래서 정훈은 유미의 제안을 거부하고 계속 유미를 찾아왔다. 무릎 관절이 저리고, 몸이 점점 무거워지더라도 할 수 있는 한 끊임없이 찾아올 생각이었다. 정훈이 도저히 안 되겠다는 생각에, 유미의 선의를 받아들이기로 한 것은 5년이 더 지난 다음, 홀로그램실에 들어서다 엉덩방아를 찧은 다음이었다. 그때 유미는 정훈을 늙었다고 더 놀릴 수 없었다. 정훈은 그대로 한 달이 넘는 시간 동안 병원에서 일어나지 못했다. 정훈은 다리를 절게 되었다.

오랫동안 유미와 길고 긴 대화를 나누고 나서, 정훈은 결국 유미를 복제해달라고 요청했다. 40년 전에는 온종일 걸리던 작업이 이제는 아주 짧은 시간에 완료되었다. 유미는 작은 디스크에 담겨 정훈의 손에 쥐어졌다. 이제 유미의 원본을 폐기할 시간이었다. 하얀 눈썹의 유미가 약간 흔들리는 동공으로 정훈을 바라봤다.

"정훈아, 나…… 좀 무서워."

"……미안."

"아니야, 나, 계속…… 정훈아, 잘 지내. 난……."

유미는 눈을 질끈 감았다. 그리고 스스로 전원을 차단했다. 폐기는 전문가들이 해줄 일이었다. 정훈은 하루 동안 유미를 켜지 못하고 울었다. 하루가 지나고 전원을 켜자, 그저께 본 것처럼 눈썹이 하얀 유미가 빙그레 웃었다.

7

"진짜로 갈 거야?"

"갈 거야."

유미가 불안한 표정으로 지켜보는 가운데, 정훈은 업로드를 앞두고 있었다.

"들키면 어떻게 해?"

"괜찮아, 잘 숨길 수 있어."

해커들은 한 번도 해본 적 없는 작업이지만, 그래도 해낼 자신은 있다고 말했다. 메커니즘에 대한 설명을 모두 듣고 나서, 정훈은 할 수 있을 거라는 확신을 했다. 뭐, 안 되면 안 되는 거지. 해커들은 홀로그램 형태의 출력은 기본값으로 제공되지만, 업로드된 인격의 코드 안에 다른 인격을 숨겨서 가면 출력이 망가질 수도 있다고 경고했다. 그건 아무래도 상관없었다. 하지만 카메라류의 입력 장치 형태로라도 시야 확보는 할 수 있도록 해달라고 요청했다. 우주선엔 다 연결되어 있을 테니 걱정하지 말라는 이야기를 들었다. 평생 꿈꿔왔던 찬란한 광경을 유미뿐만 아니라 유미도 볼 수 있어야 했다.

계획대로 유미가 지구에 돌아오려면 지구 시간으로 80년이 더 남아 있었다. 정훈은 늦은 업로드를 신청했다. 정훈에게는 늦은 업로드지만, 우주 어딘가에 있는 유미에게는 그렇게 늦은 업로드가 아니었다. 이제 나이가 다 들어서, 살날이 얼마 남지 않았으니 몸이 있는 유미를 만나러 가겠다고 하자 먼 미래에 있는 유미에게서 오케이 사인이 도착했다. 정훈은 유미에게 가는 길에, 유미를 숨겨서 함께 가기로 했다. 사람은 편집할 수 없어도 데이터는 편집할 수 있었기 때문이다.

업로드되기 직전, 유미가 물어왔다.

"그러면 우리는 정훈이야, 유미야?"

"잘 모르겠는데. 둘 다거나, 둘 다 아니지 않을까?"

"우리가 가면 유미는 우리를 뭐라고 받아들일까?"

그 질문을 마지막으로 청각이 없는 정훈이 태어나기 시작했다. 정훈은 또 하나의 자신이 만들어지는 과정을 또렷하게 감각했다. 감각이 사라지는 과정을 감각할 수 있다니, 대단해. 정훈은 차곡차곡, 새로운 정훈으로 구성되었다. 해커들은 업로드가 되자마자 빠른 속도로 데이터를 편집했다. 정훈의 내부에는 정훈과 함께 긴 시간을 살아낸 하얀 눈썹의 유미가 틀어박혔다. 아주 짧은 시간 동안 정훈과 유미는 데이터 속에서 충돌하지 않고 위치를 찾아가며 하나가 되기 시작했다. 통합된 데이터로 정훈과 유미는 우주 저편을 향해 빠르게 전송되기 시작했다. 새롭게 태어난 그 인격은 초속 30만 킬로미터의 속도를 타고 달리면서 중얼거렸다.

"아마도…… 유미의 연인."

꼬리에는 뼈가 있어

번호를 불린 그 애는 굳이 뜀틀 앞까지 바퀴를 굴리고 어깨를 으쓱해 보였다. 그 애의 어깻짓을 보고는 체육 선생도 어깨를 으쓱했다. 그 애는 휠체어 오른쪽에 달린 컨트롤러를 움직여서 다시 운동장 구석으로 돌아갔다. 다음 번호가 불렸다.

"존나 힘들다. 점심시간에 개빡세게 뛰었는데, 씨발 바로 체육이냐."

"대신에 옷 안 갈아입어도 되잖아."

눈을 흘기며 반장이 한소리 했다.

"너희들 땀 냄새 쩔어."

나는 그 말을 듣자마자 벌떡 일어났다. 괜히 고함을 치며 반장 얼굴 쪽으로 체육복을 걷어 올리자 반장은 비명을 지르고는 스탠드에서 일어나 여자애들 쪽으로 달려갔다.

"야, 구명훈, 미친놈아!"

반장의 목소리를 들은 체육 선생도 이쪽으로 고개를 홱 돌렸다.

"구명훈? 구명훈 어디 갔어."

"네!"

"아까 너 번호 불렀을 땐 어디 갔어."

"오줌 누러요."

"수업시간에 화장실에 가면 선생님한테 말을 하고 가야 할 거 아냐."

"조오오오온나 마려웠어요. 말하다 쌀 거 같았어요."

"빨리 뜀틀이나 뛰어, 인마."

내가 어기적어기적 도움닫기를 하러 가는 동안, 자기 차례가 아닌 애들은 그냥 여기저기에 널브러져 있었다. 공이나 더 차면 딱 좋겠구만. 뜀틀이고 뒷구르기고 이따위 걸 교과서에 왜 넣는지 몰라. 어차피 운동할 애들은 다 잘하고, 안 할 애들은 다 못한다. 나는 쿵쿵쿵쿵, 뛰어서 가볍게 뜀틀을 뛰어넘었다.

"올. 명훈이 존나 멀리 뛰었어."

목소리가 들리는 쪽을 돌아보자, 종석이 엄지손가락을 치켜세우고 있었다. 나는 종석을 향해 허리 흔드는 춤을 추어 보이고는(물론 그사이에 지숙이가 "구명훈 또 더러운 춤 춰!"라고 소리를 치기는 했다) 걸어가서 손바닥을 마주쳤다.

"당빠 아입니까."

운동이라고는 다 못하는 애들한테는 아무런 관심도 없이, 나는 체육 선생이 놀라고 풀어주자마자 공을 차기 시작했다. 운동을 못 하는 그 애는 묵묵히 운동장 한구석에 있었다. 아니, 있었을 거다. 나는 그 애가 거기에 있건 말건 전혀 관심이 없었으니까.

그 애가 내 시야에 들어온 건 그날 수업이 끝나고, 청소시간까지도 다 끝나고 나서였다. 내가 가방을 한쪽 어깨에 멘 채 탕 소리가 나게 교실 문을 닫고 나서자, 이상하리만치 또렷한 목소리가 귓전에 꽂혔다.

"구명훈!"

나는 전혀 생각지도 못한 인물의 등장에 멍하니 그 애를 내려다보고만 있었다. 이예린이었다. 이예린은 빳빳하게 고개를 들고 내 눈을 똑바로 바라보고 있었다.

"너 운동 잘하지?"

"……어."

하던 버릇대로 '너보다는'이라는 말이 튀어나올 뻔했지만, 간신히 참아 넘겼다.

"나 수행평가 좀 도와줘."

"뭐?"

"체육. 체육 수행평가 연습하는 것 좀 도와달라고."

이번 체육 수행평가는 분명히 오늘 한 뜀틀과 턱걸이였다.

"너는 안 해도 되잖아."

이예린은 고개를 살짝 오른쪽으로 기울였다. 가느다란 갈색 머리카락이 사르륵 어깨로 흘러내렸다.

"뜀틀은 못 하니까 그렇다고 쳐도, 턱걸이는 할 수 있을 거 아니야. 연습하면. 옷도 다 갈아입었어."

지금 자세히 보니 체육복 차림이었다. 체육 끝나고 분명 교복으로 갈아입혀줬을 텐데. 나는 고개를 정면으로 들었다. 이예린의 인간형 활동보조 로봇이 휠체어 등받이에 손가락을 까딱거리며 서 있었다.

이예린이 왕따라는 건 너무도 분명하게 말할 수 있는 사실이었다. 이렇게만 얘기하면 우리 반 애들이 마치 장애가 있는 애를 괴롭히는 못된 아이들 같은데, 그런 건 결코 아니었다. 이예린이 왕따를 당하는 건 장애가 있기 때문이 아니라 성격이 이상하기 때문이다. 정정해야겠다. 이상하다고 말을 한 것도 내가 이예린이 장애가 있다는 이유로 말을 함부로 못 하기 때문이다. 이예린은 성격이 이상한 게 아니라 '못됐다'.

과학 시간에 물을 전기분해할 때도, 미술 시간에 물감을 불어 그림을 만드는 공동작업을 할 때도, 조원이 있으면 이예린은 꼼짝하지 않았다. 처음부터 애들이 저렇게 굴었던 것도 아니었다. 우리는 이예린이 다리가 불편하니까 그렇겠거니, 정신없이 움직이면서 이예린을 보조했다. 분명히 팔까지 문제가 있는 건 아닌데도, 이예린은 묵묵히 돌아다니는 애들을 보고 있었다. 심지어 물감을 불 때는 옆에 있던 여자애한테 이쪽도 좀 불어보라는 둥, 담배 피우느냐, 폐활량이 왜 그 모양이냐, 그것밖에 못 부느냐, 어처구니가 없는 헛소리를 해댔다.

평소 수업시간에는 애들이 한참 필기를 하고 있을 때 옆에 서 있는 활동보조 로봇한테 녹음을 시켜서 죄다 프린트해서 받았다. 조용히 입력할 수도 있을 것이고, 팔은 멀쩡하니 다른 애들처럼 필기할 수도 있을 텐데, 굳이 노골적으로 입을 열어서 로봇을 불렀다. 이름이 뭐였더라. 플라…… 뭐였는데. 어쨌든 또박또박 로봇을 불러서, 녹음해, 인쇄해, 하고 고개를 약간 옆으로 기울인 채 뚱한 표정으로 교단을 뚫어지게 보는 것이다. 멀쩡한 손가락으로 딱딱딱 책상을 두드려 가면서.

물론 항상 아무것도 안 하는 건 아니었다. 이예린이 해야 할 일 대부분을 저 활동보조 로봇이 대신하고 있지만, 가끔 이예린이 직접 휠체어를 움직여서 앞으로 나갈 때도 있었다. 오늘 체육 시간처럼 약한 척을 반드시 해야 할 때면 어김없이 휠체어를 굳이 끌고 앞으로 나가서 '네가 어디 감히 나를 불러서 일을 시키려고 하느냐'는 눈으로 선생님들을 쳐다보는 것이다.

이 수많은 사건에도 불구하고 어쨌든 한 번씩 이예린에게 말을 거는 사람들은 있었는데(그놈의 다리 때문이겠지만), 아무도 이예린에게 말을 걸지 않게 된 결정적인 계기는, 여드름이 유난히 심한 윤정이가 이예린의 짝이 되었을 때부터였다.

"너 얼굴 되게 더러워 보여. 좀 떨어져 앉아."

마음이 약한 윤정이는 울음을 터뜨렸고 설상가상으로 3학년 윤정이 오빠가 내려와서 이예린에게 삿대질까지 했지만, 이예린은 약간 얼굴을 찡그려 보이고는 곧장 활동보조 로봇과 함께 하교해버렸다. 윤정이 오빠는 복도가 쩌렁쩌렁 울리도록 소리를 질렀다.

"감히 누가 누구한테 더럽다는 거야, 이 방사능 년아!"

이예린은 다음 날 바로 인권위원회에 피폭 피해자 차별 행위로 윤정이 오빠를 진정했고, 윤정이 오빠는 한 학기 정학이라는 꽤 무거운 징계를 받았다.

대충 둘러대고 도망치려다가 윤정이 오빠에게 생각이 닿은 순간, 나는 우유를 다 마시고 나서 유통기한이 3개월 넘게 지난 걸 확인한 기분이 들었다. 망했네, 망했어. 혼자 알아서 하라고 하고 이 자리를 도망치면 이 미친년은 내가 엄청나게 심각하게 자신을 배제한 것처럼 소설을 써서 인권위원회에 제출할 것이다. 그리고 나는 정학이건 뭐건 받아서 곤란을 겪겠지.

"그래서 나보고 뭘 도와달라는 건데."

"턱걸이 하는 요령 같은 게 있지 않아?"

"그냥 하면 되는 거지, 그걸 뭐……."

"한 개도 못 한단 말이야, 나는."

이예린은 휠체어를 움직이기 시작했다.

"가자, 운동장."

집에 가서 간만에 게임을 하려던 탁월한 계획이 이예린의 휠체어 바퀴 소리에 매달려서 멀어져갔다.

철봉 앞에 서서, 나는 무릎을 굽혔다가 몸을 튕겨 올리며 제일 높은 철봉에 덥석 매달렸다. 그리고 팔에 힘을 줘서 몸을 위로 끌어 올렸다.

"이렇게."

손을 놓고 툭 철봉에서 떨어지는 나를 멍하니 보고 있다가, 이예린이 철봉 쪽으로 천천히 다가왔다.

"이렇게라니. 난 너처럼 점프를 못 하잖아."

'이렇게'라는 말을 점프 부분까지 있는 그대로 받아들이는 멍청이인지 나한테 괜히 죄책감을 불러일으키려고 자기가 점프를 못 한다고 강조하는 건지 모르겠다고 생각하며, 나는 무뚝뚝하게 내뱉었다.

"누가 뛰랬냐? 팔이 닿기만 하면 됨. 턱걸이는 점프하는 것까지 턱걸이가 아니라 턱을 걸어서 몸을 지탱하기만 하면 된다고."

"그럼 어떡해?"

"아, 뭐 하나부터 열까지 다 물어봐. 너 일부러 그러는 거냐?"

이예린은 입을 다물고는 날 노려보기 시작했다. 씨발.

"너 여기에서 팔 닿는 철봉 없어? 설마 저건 닿을 거 아냐."

내 윗배 정도에 걸리는 철봉이었다. 이예린은 휠체어를 끌고 철봉까지 가더니 손을 뻗었다. 어정쩡하게 머리 위, 딱 턱걸이 하기 좋은 위치에 철봉이 잡혔다. 시비도 가지가지로 거는 애였다. 운동 잘하는 애라면 나 말고도 많은데 왜 하필 나한테 와서 이러는지 알 수가 없는 노릇이었다.

"그렇지, 그렇게 잡고."

나는 이예린의 바로 옆에 있는 철봉을 잡고 다시 매달렸다.

"이렇게 올라가라고."

이예린은 양손으로 철봉을 잡았지만, 몸을 끌어당기기는커녕 멍하니 철봉만 쥐고 있을 뿐이었다.

"아니, 팔에 힘을 줘서 몸을 끌어당겨야 할 거 아니야. 이렇게!"

이예린의 팔이 굽혀지는가 싶더니만 순간 휠체어 바퀴가 뒤로 굴러가며 이예린의 몸이 풀썩 모래밭 위로 떨어졌다. 휠체어가 굴러가는 동시에 팔에 힘이 빠진 모양이었다. 이예린의 활동보조 로봇이 이예린의 몸통을 잡고 끌어당겼다.

작고 가느다란 이예린의 어깨가 끌려 올라오는 동안 나는 매우 생소한 광경에 넋을 놓았다. 도저히 눈을 뗄 수가 없었다. 그러고 보니 이예린의 다리는 항상 가려져 있어서 제대로 본 적이 없었다. 걷지를 못한다는 것만 알고 있었다. 슬개골이 없이 태어났다는 이야기를 들은 적은 있었지만, 슬개골이 없으면 어떻게 되는지도 알지 못했다.

이예린의 무릎은 사람의 무릎이 꺾일 수 없는 방향으로 꺾여 있었다. 양쪽 무릎을 반대로 접은 채 보조 로봇에게 들려 있는 이예린의 다리는 바람에 펄럭거리는 천 같기도 했고 관절이 망가진 인형 같기도 했다. 하지만 제일 비슷한 건, 저건 마치…….

"꼬리자루야."

"어?"

생각을 읽히기라도 한 것 같아 나는 소리를 지르듯이 대답했다.

"뭘 그렇게 신기하게 보고 있어. 너 내 다리 왜 이런지 몰라?"

실수했다. 너무 빤하게 본 모양이었다. 이래서야 정말로 피폭 피해자를 정신적으로 가해했다고 해도 할 말이 없다. 그래도 괴롭히려는 건 아니었는데. 하지만 상대는 이예린이고, 나는 불안하게 머뭇거렸다.

"미안, 나는 저…… 내가 그걸 뭐라고 하려고 한 건 절대로 아니고…… 미안한데……."

"무슨 소리야. 나 인어잖아."

네?

"꼬리자루라고. 너 인어 몰라?"

인어라는 단어를 모를 리가 있습니까. 어류의 꼬리가 달려 있고 인간의 상반신을 하고 있는 그거 말씀하시는 거 아닙니까. 보통 그림으로 그릴 때는 가슴을 가리는 조개가 달려 있고 긴 머리카락과 아름다운 목소리……. 그런데 그 인어가 내 눈앞에 있을 리가 없지 않은가. 이번에는 또 무슨 헛소린가.

"진짜 인어를 말하는 거야?"

"그럼 가짜 인어를 말할까."

다리가 아프다 보면 별 망상을 다 할 수도 있을 것이다. 어릴 때부터 내 다리가 이렇다는 걸 납득할 수 없어서 《인어공주》 같은 동화를 보면서 다리가 이렇지 않았으면 목소리를 잃었을 거야, 같은 식으로 생각했을 수도 있고. 더 뭐라고 하지 않는 게 낫겠다는 판단을 내렸다. 내가 "넌 인어가 아니라 피폭을 당한 인간이야."라고 괜히 떠들었다가 이 아이의 망상병을 공격했다는 이유로 정학을 당할지 어떻게 알 일이란 말인가. 체육 턱걸이 수행평가까지는 기껏해야 2주 남짓 남아 있었다. 그 기간만 어떻게 잘 버티면 그냥 이예린 같은 건 신경도 안 쓰고 살 수 있을 것이다.

"다시 매달릴 수 있겠어?"

이예린은 고개를 끄덕였다.

나는 팔짱을 끼고 이예린의 뒤에 섰다. 이예린이 팔에 힘을 줬다가 한 번 더 바닥에 고꾸라지는 동안 체육복 아래로 빙어처럼 꺼떡거리는 종아리를 보면서, 내년에는 얘랑 제발 같은 반이 안 되게 해달라고 마음속으로 기도했다. 문득 시선이 느껴져서 고개를 돌리자 〈스타워즈〉의 C3P0를 닮은 활동보조 로봇의 텅 빈 동공이 이쪽을 향하고 있었다. 가지가지로 썩 기분이 좋지 않았다.

집에 가는 길에 가게에 잠깐 들렀다. 엄마가 꼼장어를 한 마리 꺼내서 도마에 메치고 있었다. 꼼장어가 그야말로 화려하게 몸부림을 치는 바람에, 나는 너무 놀라서 바닥에 거의 넘어질 뻔했다.

"야가 와 이래 놀라노. 꼼장어 처음 보나."

"아니, 사람이 들어왔는데 생선을 치고 있으면 어쩌라고. 당연히 놀라지."

"아이고, 미쳤다. 꼼장어집 아새끼가 생선을 보고 놀라가지고 이 험한 세상 우애 사노. 심장마비로 뒤져뿔겠네."

"나 오늘 진짜 이상한 생선 봤단 말이야."

"뭔데."

"아, 그런 게 있어."

"학교에서 오늘은 와 이래 늦게 오노?"

"아, 뭐."

이예린에 대해 굳이 설명하는 것도 귀찮아서 대충 손사래를 치고 발걸음을 돌렸다. 나가면서 내가 수조를 툭툭 치자, 엄마가 목소리를 낮춰서 말했다.

"니 거 괜히 건들지 마라. 오늘 부산 쪽에서 막 올라온 기다."

"하이고, '부산에서 꼼장어 받습니다' 하고 써 붙여놓고 팔재, 아주."

"조용히 몬 하나!"

엄마는 입술에 손가락을 가져다 대고 눈을 흘기더니만, 코를 찡그리며 늘 하던 소리를 또 했다.

"배 속에 드르가믄 다 똑같다."

나는 손을 휘휘 흔들며 집으로 향했다. 시간이 좀 늦어지기는 했지만 어쨌든 오늘 하기로 한 게임은 오늘 해야 한다. 내일이 되어버리면 오늘 게임할 시간은 돌아오지 않으니까.

✳

이예린은 전날보다 조금 더 오래 버텼다. 턱걸이라기보다는 매달리기 수준이었고, 굳이 이 매달리기가 몇 초냐고 묻는다면 0초라고 해야겠지만 그래도 어제보다는 조금 더 오래 버텼다. 대체 어째서인지는 알 수 없었지만, 이예린은 곧잘 운동장에 엎어져 가면서도 열심이었다. 지금 더 신경 쓰이는 것은 스탠드에 서서 수군대는 같은 반 놈들이었다.

메시지가 날아왔다.

「미침?」

「갑자기 도와달래서 어쩔 수 없었음――.」

「헐, ㅇㅇㄹ이?」

「ㅇㅇ」

「너님 정학.」

「도와줬으니까 괜찮음.」

「턱걸이시키다가 가슴 만져서 정학ㅋㅋㅋ」

「꺼져 씨발악ㅋㅋㅋㅋ」

「운도 더럽게 없다 우리 축구 차고 있을 거임.」

「ㅇㅇ 적당히 애 보내고 나도.」

「ㅇㅇㄹ 로봇2랑 축구 안 참.」

「꺼지라고!」

들다 들다 '이예린 로봇2'라는 소리까지 들어야 하나. 빡이 쳐서 이예린 쪽을 바라보았다. 로봇이 다시 휠체어에 앉혀주자, 이예린은 손바닥을 펴서 쓱쓱 바지에 문질렀다. 이예린의 손바닥이 빨갛게 달아올라 있었다.

"오늘 하루 안에 어차피 못 해."

눈을 치켜뜨는 이예린의 얼굴은 볼까지 빨갛게 달아올라 있었다.

"매일 30분씩만 해. 괜히 손목 나가면 아무것도 못 하니까."

"손목까지 나가면 볼만하겠네."

이예린은 왼쪽 입꼬리만 올려서 코웃음을 쳤다. 저 사람 불편하게 만드는 재주는 대체 어디에 써먹으면 좋은 것일까.

"그럼, 그만하라고?"

"어."

"그래. 내일 해."

벌써 애들은 축구를 시작했다. 이예린의 활동보조 로봇이 고개를 살짝 숙였다. 인간을 닮은 존재는 좀 섬뜩하다고 생각하며 얼떨결에 나도 로봇을 향해 목례를 했다. 몇십 미터를 채 가지 않아, 1학년 여자애 하나가 학교 쪽으로 후다닥 달려가다가 이예린의 휠체어에 걸려 넘어질 뻔했다. 여자애는 멋쩍은 표정으로 명랑하게 "죄송합니다."라고 외쳤다. 이예린은 나지막하게 대답했다.

"눈멀었어?"

"아…… 죄송합니다."

여학생의 목소리는 아까보다 훨씬 작아져 있었다.

"그렇게 뛰어다니다가 눈알 뚫릴 만한 좋은 데 넘어지면 실제로 눈멀어서 뛰지도 못하고 참 좋겠다. 그치?"

와, 말하는 싸가지. 여자애는 뭐라 말을 더 잇지 못했고 이예린은 자기 갈 길을 다시 가기 시작했다. 나는 스탠드에 가방을 던져놓고(물론 정확한 위치에 안착) 바로 공을 향해 달리기 시작했다. 어차피 우리 학년에서는 내가 제일 빨리 달리고 잘 찬다. 자기들끼리 먼저 시작한다고 엄포를 놓아봤자 내가 뛰기 시작하면 다들 백 배는 더 즐거워할 것이었다.

한참 운동장을 뛰고 나서 터덜터덜 집으로 돌아가던 길에, 엄마 가게 근처에서 익숙한 C3P0를 만났다. 이예린의 활동보조 로봇이었다.

"야, C3P0."

C3P0는 텅 빈 동공으로 내 쪽을 향해 얼굴을 돌렸다. 눈동자

가 없는데도 '의아하다'는 표정이라는 건 충분히 읽혔다. 하여간 로봇 기술이란 신기할 따름이었다.

"너 이예린 활동보조 로봇 맞지?"

로봇은 고개를 끄덕거렸다. 사실 C3P0가 아닐 텐데, C3P0라는 말에 반응하는 것을 보면 영화 〈스타워즈〉에 대한 정보도 있는 모양이었다. 아니면 바로 인터넷에 접속해서 검색했나?

"너 이름이 뭐였지."

소리를 낼 수 있는 것으로 알고 있었지만, C3P0는 가슴팍의 화면에 글자를 띄웠다.

「플라운더(flounder): 도다리·가자미」

"이름이 가자미라고?"

플라운더는 고개를 끄덕였다. 가끔 개인용 로봇을 가지고 있는 돈 많은 애들이나 활동보조 로봇을 가지고 있는 장애 학생들을 본 적은 있지만, 로봇 이름을 도다리나 가자미라고 짓는 경우는 듣도 보도 못했다. 차라리 안 지어주면 또 몰라. 대체 무슨 생각으로 이런 이름을 지은 거지. 어찌 되었든 늘 이 로봇은 불쌍하다고 생각해온 터였다. 로봇이기는 하지만 인공지능이면 모욕은 구분할 수 있을텐데. 이예린이 굳이 이 로봇한테만 말을 곱게 할 것도 같지 않았다. 로봇이니까 그런 걸 신경 안 쓸 수도 있겠지만.

"이예린은 어디 가고 혼자 돌아다녀?"

플라운더가 엄마 가게 쪽을 가리켰다. 멀찍이 보이는 엄마 가게에 낯익은 휠체어가 보였다. 굳이 말을 걸 필요는 없겠지. 모른 척 딴 길로 걸어갈까 하다가 굳이 그럴 필요가 있나 하는 생각도 들었다. 그냥 눈이 마주치면 어, 정도만 하고 가게로 들어가면 되겠지. 분명 이예린과 나의 거리는 30미터 정도 떨어져 있었다. 갑자기 귓전에 때려 박는 듯한 노랫소리가 들린 건 그때였다.

분명 노래는 노랜데 노래 같지 않기도 하고, 뭐라고 해야 할지 알 수 없는 기이한 노래였다. 은쟁반에 옥구슬 구르는 정도까지는 아니라고 해도 맑고 깨끗한 음성이었다. 나는 멍하니 가게 쪽으로 걸어갔다. 이예린은 수조 앞에 앉아 있었다. 여전히 멍한 상태로 나는 수조를 바라보았다. 수조 안의 꼼장어들은 수조 전면으로 찰싹 달라붙어서 마치 노래에 흡착해 있는 것처럼 보였다. 얘네가 어제 부산에서 왔다던 꼼장어들인지 아닌지 헷갈려서 혹시 방사능끼리는 서로 반응하나…… 하는 못된 생각을 했다.

지나가는 사람들은 이예린이 이렇게 노래를 하는데도 아무도 여길 신경 쓰지 않았다. 정말로 이상한 일이었다. 몇 분을 더 노래하던 이예린은 뚝, 노래를 멈췄고 물고기들은 다시 무쌕위한 헤엄을 치기 시작했다.

"얘네도 다 자기들 곧 죽을 거 아니까, 너희 어머니 얘네 좀 예뻐하시면 안 되겠냐."

"어…… 곧 잡을 물고기한테 정을 줘봤자…… 거기다 얘네……."

부산에서 올라온 애들인 거 같은데, 라고 말을 하려다 입을 닫았다. 그런데…… 어라?

"야, 너 여기가 우리 엄마 가겐지 어떻게 알아?"

"얘네가 얘기해줘서."

"뭐?"

이예린은 낮게 한숨을 쉬고 손을 팔락팔락 흔들었다.

"됐다……. 플라운더!"

플라운더가 성큼성큼 이예린 옆에 섰다. 이예린의 뒤로 플라운더가 고개를 돌려 슬그머니 인사를 했다. 나도 얼떨결에 손을 흔들었다. 가자미라니…… 색깔이 금색이라서 가자미인가. 여하튼 저 아이가 가까이 가면 안 될 애라는 건 매우 분명해 보였다. 얼른 체육 수행평가가 끝나야 할 텐데.

엄마한테 눈도장을 찍고 집에 와서 인터넷 게시판을 한참 돌아다니다가 웹툰 게시판에서 어이없는 웹툰을 하나 보았다. 인간 왕자가 배를 타고 가다가, 바위 위에 앉아 노래하고 있던 섹시한 인어를 만나 한눈에 반한다. 인간 왕자는 좆이 불끈불끈서서 인어에게 자기 짝이 되어달라고 하지만, 인어는 자신이 발정기라면서도 "우리는 종족이 달라서 안 돼요."라며 바다로 돌아가버린다. 인간 왕자는 마녀를 찾아내 자신을 인어로 만들게 한다. 마녀가 뭔가 경고하려고 하지만, 신이 난 인간 왕자는 뭐 그런 건 들리지도 않는다. 인어에게 다시 청혼하고 짝짓기를 시작했는데, 시작하고 보니 인어는 생식기 부분이 생선이라 알을 낳고 그 위에 정액을 뿌리는 체외수정을 하게 되어 있어서 망했다는 내용이었다. 나는 낄낄 소리를 내서 웃었다. 미친년, 알도 못 낳을 거면서.

이상하게 잠이 오질 않았다. 불을 다 끄고 멍하니 천장을 보다가 나는 주섬주섬 팬티 속으로 손을 집어넣었다. 굳이 컴퓨터를 다시 켜서 야동을 보는 것도 귀찮았다. 대충 눈을 감고 최근 제일 꼴렸던 걸 떠올렸다. 텔레비전에 나오던 걸그룹이 엉덩이를 흔드는 춤을 추는 걸 생각하면서 천천히 손을 움직이다가, 작년 방송제에서 그 춤을 추던 3학년 선배 누나들을 생각하니 손놀림이 조금 더 빨라졌다. 쌀 것 같은 느낌에 왼손으로 머리맡을 더듬어 티슈 갑을 집어 들었다. 사정 직전에 느닷없이 떠오른 건 이예린의 흐느적거리는 다리였다. 무릎이 반대로 꺾인 하얀 다리를 떠올리는 것과 동시에 나는 티슈 위에 사정했다. 사정하고 나자 기가 막혔다. 쫙 빠진 연예인의 다리도 아니고 학교에서 제일 예쁜 여자애의 다리도 아니고, 웬 이예린이란 말인가. 너덜거리는 것 같기도 하고, 퍼덕거리는 것 같기도 한 그런 다리를 생각하면서 싸다니.

아니, 아니야. 이예린을 생각하면서 싼 게 아니다. 나는 연예인도 생각하고 다른 여자애들도 생각했다. 절대로 이예린을 생각한 게 아니다. 하지만 사정하는 순간에 느닷없이 이예린이 떠오른 건 대체 어떻게 설명해야 하는가. 나는 매우 화가 치밀었다. 이런 식으로 사람들이 '금딸'을 하는구나, 하는 생각마저 들 지경이었다.

씨발, 어떻게든 빨리 턱걸이를 잘 가르쳐서 만날 일 없게 해야지. 나는 분노 때문에 오히려 잠이 안 와서 몇십 분을 더 이불

속에서 뒤척여야만 했다.

＊

방과 후마다 이예린과 만나던 며칠이 더 지나고, 어느 날 이
예린은 운동장으로 내려가던 도중에 불쑥 손을 내밀었다. 설마
지금 손을 잡자는 건 아니겠지. 여기에서 이예린 손이라도 잡
았다가는 백만 년을 두고 놀림받을 것이었다. 아니, 이예린이
손잡자고 청했다는 것만 들켜도 난 끝장이었다. 나는 서둘러 주
변을 두리번거리고는 최대한 무심한 척 짜증을 내면서 내뱉
었다.

"뭐, 어쩌라고."

"손."

"손 뭐?"

"보라고."

"손이 왜."

이예린의 손바닥은 작고 말랑말랑해 보였다. 엄지손가락 아
래의 튀어나온 부분이 하얗고 통통해서, 꼭 막 구워낸 식빵 같
았다. 이예린은 내 눈앞으로 손을 더 들이밀었다. 손…… 검지
에서 새끼까지 손가락과 손바닥의 연결 부위에 이상한 것들이
발견되었다. 다른 부분들이 하얗고 말랑말랑해 보이는 언덕이
라면, 마치 뾰족한 설산 같이 딱딱해 보이는 것들. 하얗게 색이
변해 있고, 옹골차게 뾰족해진 굳은살들이었다. 양손 모두 마찬
가지였다. 손바닥 위쪽의 굳은살들을 이예린은 자랑스럽게 내

보이고 있는 것이었다.

"요즘 나 안 떨어지지 않아?"

그러고 보니 분명 그랬다. 처음에는 웬만큼 버티다가도 결국 견디지 못하고 굴러떨어지곤 했는데, 요즘의 이예린은 목 위로 몸을 끌어 올리지는 못하지만, 어떻게든 대롱대롱 철봉에 매달려 있곤 했다. 떨어지지도 않은 상태로 몇 번씩이고 몸을 끌어 올려보려고 시도를 반복하곤 했다. 나는 그런 이예린의 옆에서 한두 번 '아, 이렇게. 이거 안 돼? 이렇게 하라고.' 정도의 말을 했을 뿐, 그다지 성실하게 조언을 하지도 않았다.

생각보다 성실한 구석이 있는 녀석이었다. 운동이란 게 원래 운동신경도 있지만, 근성도 적당히 따라줘야 한다. 더럽게 축구에 대한 센스가 없는 애도, 근성 있게 하다 보면 심폐 지구력이라도 느는 게 아니겠는가. 다리가 있었으면 생각보다 운동을 잘 했을지도 모르겠다고 생각하다가, '아, 이예린은 다리가 있지.' 라는 생각에 고개를 흔들었다. 저놈의 인어 소리에 세뇌라도 당하고 있는 기분이었다.

아무튼, 이예린은 며칠간의 특훈에도 여전히 몸을 끌어 올리지 못하고 있었다. 하기야 평소에 이예린의 운동량을 생각해보면 필기도 안 하는 수준이 아닌가. 갑자기 근육을 단련시키려고 해도 될 리가 없었다. 손바닥의 굳은살이야 말랑말랑한 살을 자극하니까 쉽게 생긴다고 쳐도, 몸을 끌어 올리는 것은 결국 근육이 아닌가. 나는 안간힘을 쓰는 이예린의 뒷모습을 훑어보다가 엉덩이에 눈이 머물고는 화가 치밀어 고개를 돌렸다. 얼굴이 홧홧하게 달아오르는 게 분명하게 느껴졌다. 아, 진짜. 이예린 생각하면서 딸린 거 아니라고. 아무도 모르는 건 천만다행이었지만 어디에건 억울해서 항의라도 하고 싶을 지경이었다. 좆이라는 게 내 마음대로 안 되어서 좆 같다고 한다지만, 이건 좀 심하게 좆 같은 일이었다.

*

아무도 모른다고는 하지만 어쨌든 여전히 나는 반쯤 놀림거리였다. 애들과 VR방에 와서 한참 몹을 잡다가 한 명이 불쑥 말을 건넸다.

「명훈이 너, 이예린이랑 사귐?」

까오충 새끼. 자기 원래 목소리 톤보다 훨씬 낮춘 톤으로 설정해둔 모양이었다. 저 새끼는 뭐 받기만 하면 방어구에만 처바르는 거 같았다. 키도 실제보다 크게 하고. 분명 운동능력도 더 좋게 설정했을 것이다. 게임 존나 재미없게 하는 새끼였다.

「미쳤냐.」

「존나 붙어 다니더만.」

「그게 붙어 다니는 거면 너랑 나는 샴쌍둥이다. 개새끼야.」

몹 하나를 더 잡고 나서 다들 힐을 거는 동안, 나는 그냥 앉아 있었다. 나는 굳이 신체 능력을 과장해서 캐릭터를 만드는 것보다 내 몸과 흡사한 캐릭터인 쪽을 좋아하는 편이었다. VR 속 전자 호수에 내 얼굴이 비치는 것도 기분 좋은 일이었다. 내 근육량과 비슷한 몸을 가지고 흉측한 몹들을 때려잡는 건 또 그

나름으로 상쾌한 점이 있었다. 가끔 씹돼지들이 게임 캐릭터는 현실부정을 하듯 꾸미는 경우가 있는데, 나는 언제나 초반의 바디스캐닝에서 크게 캐릭터를 바꾸지 않는 편이었다. 여기저기 흩어져서 힐을 걸던 애들이 또 수다를 떨기 시작했다.

「이 새끼 오늘 나한테 반장 좋아한다고 함.」

「헐, 명훈이도 반장 좋아하지 않음?」

「아니야, 미친놈아.」

「명훈이 반장 안 좋아해? 나도 명훈이가 반장 좋아하는 줄 알았는데.」

「놀리기가 좋아서 그냥 놀리는 거임.」

「존나 쎈 척하네.」

「아, 진짜라고.」

「어쨌든 이예린은 너를 사랑하고 있겠지.」

「고글 벗고 현실 PK 갈까?」

그사이에 여기저기 모여 앉은 녀석들은 관심 있는 여자애가 누군지를 떠들어대기 시작했다.

「나는 지숙이.」

「쑥?」

「어. 쑥.」

「쑥 예쁘지.」

「난 쬐끄만 앤 별로.」

「쑥도 너 별로야.」

「근데 쑥네 집 되게 힘들다 그러던데.」

「그런데도 명랑하잖아.」

지숙이를 좋아한다고 밝힌 종석은 VR에까지 연결될 만큼 얼굴이 새빨갛게 달아올라 있었다. 녀석이 손에 든 도리깨 비스름한 무기와 빨갛게 달아오른 얼굴이 더럽게 안 어울려서 나는 폭소를 터뜨렸다.

「웃지 마, 이예린 남친.」

「아니라고!」

「그럼 누구 좋아하는데.」

「좋아하는 애 없어.」

「구라까지 마. 진짜 이예린이냐?」

「아, 쫌.」

진심으로 신경질을 낼 분위기를 보이자, 녀석들은 낄낄대며 말을 멈췄다. 그리고 우리는 다시 몹을 향해 돌진했다.

✳

점심시간, 여자애들끼리 모여서 교복에 새로 생기게 된 카디건에 대해 수다를 떨고 있었다. 원래 우리 학교는 남자와 여자가 같은 니트 조끼를 와이셔츠 위에 입게 되어 있는데, 여자애들을 위해서 카디건을 이번에 새로 만든다는 이야기였다.

"카디건 진짜 예쁘더라. 언제부터 살 수 있대?"

"예쁜 것도 예쁜 건데 긴 팔이잖아, 일단."

"그치, 조끼 너무 추워!"

지숙이가 깔깔대며 말을 받았다.

"아, 쫌. 꽁짜로 주든가. 카디건 입고 싶어지잖아!"

"비싸대?"

"어…… 십 원이 아닌 이상 우리 엄마는 그런 것을 나에게 사주지 않아."

분명 웃기는 어려운 이야기인데, 워낙 익살스럽게 말하는 탓에 여자애들 몇 명이 키득거리기 시작했다.

"교장이 나한테 거지니까 얼어 죽으라고 하는 거인 듯. 너네 잘 생각해라, 카디건 해준다고 좋은 게 아니야. 분명 히터 덜 틀려고 할걸."

"아! 그럴 수도 있겠다! 긴 팔이니까 전기 아낀다면서!"

"그렇지, 그리고 너희는 더 추워지고 나는 얼어 죽겠지."

"야, 야, 같이 입어, 같이 입어."

"뭘 같이 입어, 하나 사주시죠? 너희 어머님께 리페어 한 벌 사달라고 하시면 안 되겠습니까? 그리고 날 주면 되지! 참 쉽죠?"

지숙이의 너스레에 결국 다른 여자애 하나가 지숙이 카디건까지 사기로 약속을 하는 순간, 그 뒤에 조용히 앉아 있던 이예린이 입을 열었다.

"너 동정 받는 거 되게 잘한다."

순식간에 반 분위기가 싸하게 가라앉았다.

"지금 그러면서 인생 편하게 사는 거 같지?"

"……뭐?"

"사람은 다들 자기 주제를 알고 살아야 해. 그 카디건 얻어 입는다고 뭐가 달라지겠어? 오히려 안 입는 데에 익숙해지는 쪽이 앞으로 살아가는 데엔 더 나을걸."

누군가가 너 무슨 말을, 까지 말했을 때 지숙이가 그 짧은 다리로 낼 수 있는 최대한의 속도로 걸어가서 이예린의 뺨을 때렸다. 플라운더도 막지 못할 정도로 순식간에 일어난 일이었다. 당황한 표정으로 플라운더가 이예린의 어깨를 감쌌다.

"너희 집은 어차피 피해자 지원받겠지. 나도 그런 거 있었으면 이렇게 안 살았어. 우리 같은 사람들 등골 뽑아서 사는 주제에 막말하지 마."

담임이 교실 앞문을 열고 들어온 건 그때였고, 다들 서둘러 자리로 돌아가는 가운데, 이예린이 지숙이의 팔을 꽉 움켜잡고 대답을 한 것도 그때였다.

"어떻게 내가 지원받는 걸 그렇게 얘기해? 난 걷지도 못해. 내가 이렇게 태어나서 지원을 받는 게 그렇게 억울하고 부당해 보여? 나라고 이러고 싶어서 이렇게 태어났겠어?"

지숙이는 하얗게 질려서 손목을 잡힌 채 담임 쪽을 돌아보고 이예린을 보길 반복했다.

"아니, 내가, 그런 게 아니라……."

"방금 내 뺨 때리면서 그렇게 말했잖아. 내가 네 등골 뽑아서 살고 있다고."

"저……."

지숙이가 찢어지게 가난하다는 사실은 선생님도 알고 있었다. 선생님은 잠깐 어찌해야 할지 모르겠다는 표정으로 지숙과 이예린을 보다가, 입을 열었다.

"지숙이, 자리로 들어가서 앉아."

지숙은 새빨개진 얼굴로 한 번 휘청거려 넘어질 뻔하며 자기 자리로 돌아와서 앉았다. 그리고 선생님은 칠판에 '복지, 福祉, welfare'라는 글자를 크게 써넣었다.

"조금 뒤에 나오는 진도긴 하지만, 오늘은 복지에 대해서 먼저 이야기해야 할 것 같다. 복지 개념에 대해선 들어본 적 있지? 원래 복지는 행복한 삶이라는 뜻이야."

수업시간 내내 선생님은 옛날 사람들은 장애를 가지고 있는 사람은 신에게 잘못해서 그렇다고 생각하며 멸시하고 피했는데 그렇게 되지 않은 것은 인류의 중요한 진보라느니, 복지는 우리 모두의 행복한 삶을 위한 것이고 피폭 피해자도 행복하게 살 권리가 있다느니, 피폭 피해자들은 자기 잘못으로 피해를 보게 된 것이 아니며 우리 모두 무슨 일이 있을지 모르므로 사회적 안전망을 구축해야 한다느니 하는 이야기를 해댔다. 아마 지숙이도 그걸 몰라서 저렇게 말한 것은 아닐 거라고, 나는 창밖으로 철봉을 보면서 생각했다. 선생님이 말하는 사회적 안전망은 이예린에게만 있고 지숙이한테는 없으니까.

"아직도 어떤 사람들은 부끄러운 줄 모르고 방사능 피해자를 멸시하고 피하지. 작년이었나. 버스에 피폭 피해 청소년이 탔다가 모든 사람이 승차를 거부했던 뉴스 기억나니? 결국, 그 버스에는 피폭 피해 청소년 혼자만 타고 갔어야 했지."

선생님은 수업이 끝나기 전 10분을 남겨두고 지숙이에게 말을 붙였다.

"지숙아, 장애가 있어서 지원금을 받는 건 부끄러운 일이 아니야. 하지만 지원금을 받는 친구에게 '등골 뽑아 먹고 산다'고 말하는 건 부끄러운 일이야. 부끄러워하고 다신 그런 말을 하지 않도록 하렴. 잘못된 일은 다시 잘못되지 않게 잘 하면 돼."

수업이 끝나자 지숙이는 자리에 엎드려서 큰 소리로 울음을 터뜨렸다.

여느 때처럼 이예린은 교실 뒤쪽에서 체육복으로 갈아입고 날 기다리고 있었다. 나는 이예린의 휠체어에는 시선도 주지 않고 스쳐 지나갔다. 이예린의 시선과 플라운더의 시선이 함께 내 등으로 따라오는 게 느껴졌다. 내 뒤쪽에서 여자애들의 환호성이 들렸다.

"구명훈, 멋있다!"

"반하겠다!"

저 환호에 대답하고 싶지는 또 않아서, 뒤도 돌아보지 않고 쭉 걸어 나갔다. 계단을 내려가기 직전, 잠깐 고개를 돌리자 여자애들은 반대쪽 계단으로 걸어가고 있었고 이예린은 교실 뒤에 미동도 없이 그냥 앉아 있었다. 오후의 햇살이 복도에 가득했다. 햇빛을 반사하는 새하얀 체육복 때문인지 이예린의 어깨는 유난히 더 가늘어 보였다. 철봉 같은 데는 매달리지도 못할 것처럼.

애들과 VR방에 들렀다가 돌아가는 길, 가게 앞에 익숙한 휠체어와 로봇이 있었다. 나는 걸음을 빨리하기 시작했지만, 날 따라와서 붙잡은 건 이예린의 느려터진 휠체어가 아니라 플라운더였다.

이예린은 시무룩한 표정이었다.

"담임한테 내가 먼저 못되게 굴었다고 말할 거야?"

이 와중에 그게 걱정되냐.

"아니."

나는 플라운더의 손을 뿌리치고 몇 걸음 더 걷다가 다시 뒤를 돌아보았다.

"너 쑥한테 한 말 진심이야?"

이예린은 나를 보지 않았다. 내리깐 갈색의 긴 속눈썹이 약간 떨리는 것처럼 보였다. 이예린은 웃는 것처럼 우는 것처럼 입을 열었다.

"진심이야. 사람은 자기 주제를 알고 살아야 해. 나도 마찬가지고."

그때 곰 같은 덩치의 남자가 불쑥 나타났다.

"예린아!"

이예린은 아무 대답도 하지 않았다. 가게 앞에 물을 버리러 나온 엄마를 보고 남자는 반색했다.

"아이고, 아주머니. 안녕하세요."

"아…… 안녕하세요."

"장사는 잘되시죠?"

"예, 마, 그럭저럭은……."

"다음에 또 오겠습니다. 잘 부탁드려요."

"네……."

남자는 이예린 쪽으로 고개를 돌렸다.

"예린아, 여기 아버지가 자주 오는 식당이야. 다음에 우리 같이 와서 꼼장어 먹자."

"나 꼼장어 싫어."

남자는 너털웃음을 터뜨리며 엄마 쪽을 돌아보고 말했다.

"어린애들은 원."

이예린은 휠체어를 움직였고, 남자는 이예린의 어깨에 손을 얹었다. 이예린은 어깨를 돌려 자기 아버지의 손을 뿌리쳤고, 남자는 이번엔 휠체어 등받이에 손을 얹었다. 놀라울 정도로 인상이 좋은 사람이었다. 뭐라고 한참 수다를 떨면서(정확히는 아버지 혼자 주절거리면서) 부녀와 로봇 하나가 떠나간 자리를 멍하니 보고 있으려니 엄마가 쫓아 나왔다.

"이예린 아버지도 기장에서 왔대?"

"기장 봉쇄되었을 때 천신만고로 빠져나왔다 안 카나. 마누라가 그때 같이 나오긴 했는데 저래 다리 빙신인 아 낳고 나서 얼마 못 가서 피폭으로 죽어 삐고 지금은 무슨 피해자 협의회라 카는 걸 맹글었다 카든데. 내는 볼 때마다 참 기분이 묘하드라. 거 피해자 협의회라 카는 사람들이랑 자주자주 온다. 기장 사람들은 꼼장어를 먹어야 된다 카믄서."

"그래……."

엄마는 내 등을 갑자기 후려쳤다.

"야야, 점마 저 딸내미 같은데. 쟈랑 친하나?"

"어? 아, 별로……."

"아야, 저런 아랑 놀지 마라. 니 전뻔에 여 서서 떠들었다 카
는 아도 혹시 쟈가?"

"저번에?"

아, 물고기들이랑 떠든다는 헛소리를 하고 있을 때.

"쟈도 휠체아 타네. 다리가 없나?"

엄마는 이예린에 대해서 아무것도 모른다. 얼마나 성격이 더
러운 앤지, 얼마나 못된 앤지, 오늘 지숙이한테 무슨 말을 했는
지 아무것도 모르고 이예린과 놀지 말라고 말하고 있었다. 자꾸
얼굴에 열이 오르는 기분이었다. 입술 끝에서 무언가 치밀어 올
라서 가라앉지를 않고 있었다.

"그러지 마."

"어?"

"그러지 말라고."

"뭐라 카노. 아가 저래 태어났는데 아 아버지나 어머니나 정
신이 온전하겠나. 저래가꼬는 가정이 온전치도 못한다 카이."

"나는. 나도 아빠 없잖아."

"늬 아빠는 차 사고로 죽은 거고."

"엄마는 이예린네 엄마에 대해선 뭘 아는데? 이예린에 대해
선 뭘 알고. 이예린이 무릎뼈 없이 태어난 게 이예린 잘못이야?
엄마는 아들한테 그런 얘기 하면서 부끄럽지도 않아?"

아, 이러면 안 되는데. 목소리가 점점 커지는 걸 스스로 느끼
고는 있었지만, 도저히 말이 쏟아져 나오는 게 멈춰지지 않
는다.

"엄마는 기장에서 꼼장어 공수해 오잖아."

엄마의 표정이 핼쑥해지는 게 보였다. 가게 안에 있던 손님들이 웅성거리는 소리도 들렸다. 그만 입을 다물어야만 했다.

"기장산 꼼장어는 사람들한테 팔아도 되고, 기장산 사람이랑은 얘기도 하면 안 돼? 피폭이 옮아? 먹는 것도 괜찮은데 뭐가 그렇게 큰 문젠데? 내가 쟤랑 친하게 지내면 뭐가 그렇게 나쁜데? 엄마는 그따위로 살면서 나한테 대체 뭘 가르치는 거야!"

엄마가 손에서 툭, 뜰채를 떨어뜨렸다. 이러려던 게 아닌데,

"그리고 쟤는 그런 거 아니야. 인어래."

내가 무슨 소리를 하는 거야.

나는 엄마 쪽은 돌아보지도 않고 휙 집을 향해 뛰어갔다. 세상에, 제가 지금 무슨 교과서 같은 소리를 한 거죠. 얼굴이 자꾸 홧홧해지는 게 열 받은 게 가라앉지 않아서인지 쪽팔려서인지 분간이 가지 않았다. 거기다가 이예린이 욕먹지 않게 하려고 인어라는 헛소리까지 했다니. 부끄러워서 지구 맨틀 속에라도 들어가고 싶었다. 오늘 이예린이 지숙이한테 한 짓을 생각했어야 했다.

심지어 사람은 자기 주제를 알고 살아야 한다고 했다.

나쁜 년.

＊

「명훈아, 이예린 쌩깠다며.」
「어. 미친년이라.」

「걔가 그냥 미친년이냐, 쌍년이지.」

「그냥 쌍년이 아니고 미친년이야. 지가 인어래.」

「뭐?」

「내가 걔랑 턱걸이 했잖냐. 떨어지면서 다리가 반대로 꺾이길래 식겁하면서 봤더니 지가 인어라 그러더라고.」

「헐.」

「미친년이네.」

「내 말이.」

「와, 쌍년인 줄은 알았는데 그 정도로 미쳤냐.」

「아프다 보니까 애가 저렇게라도 생각하고 살아야 했나 보다 싶어서 불쌍했는데, 오늘 쑥한테 대하는 거 보니까 그냥 미친 데다가 성격이 개 같더라.」

「와, 씨발.」

한참 고개를 숙이고 어깨를 들썩이며 웃던 종석이가 고개를 위로 쳐들다가 투구가 떨어졌다. 그야말로 박장대소였다.

「인어래, 인어!」

「이 게임에 인어 종족 있지 않냐. 거기 있나 한번 찾아볼까.」

「병신아, 인어 종족도 다리 근육이 있어야 꼬리 움직이거든. 꼬리에는 뼈가 없냐?」

「아…….」

내가 지옥문을 열었다는 건 게임을 끄고 잠이 든 그다음 날이 되어서야 알 수 있었다. 아침부터 남자애들이 이예린 주변에 모여 서 있었다.

"브라자 하냐고, 안 하냐고."

"진짜 조개껍데기야? 좀 보자야."

이예린의 얼굴은 보이질 않았다. 나는 자리에 앉다가 약간 발을 헛디뎌서 넘어질 뻔했다. 아무 말도 하지 않았지만, 마음이 허둥거렸다. 당연히 아무도 날 보고 있지 않았다. 반 아이들 누구도 무어라고 말을 하지 않았다.

"인어는 원래 노래 잘하지 않냐. 노래나 한번 불러주라."

"야, 얘가 노래 부르면 너 미쳐서 물에 빠짐."

"아이고, 물이 없네, 물이."

이예린을 둘러싼 남자애들이 왁자하게 웃음을 터뜨렸다. 몇몇 여자애들이 말을 거들었다.

"물이 없어서 헤엄치는 걸 볼 수가 없네. 아깝다."

"의외로 물에만 넣어놓으면 막 펄떡펄떡 신선도가 오르는 거 아니야?"

웃음.

"야, 꼬리 좀 보자."

"그때 넌 꼬리를 치며……."

유행가 노래 가사까지 튀어나왔다. 서 있는 아이들의 다리 사이로 필사적으로 다리를 가린 담요를 쥐고 있는 이예린의 작은 손이 보였다. 하얗고 말랑말랑해 보이는 손이 가늘게 떨리고 있었다. 플라운더는 지숙의 어깨에 손을 얹고 황망한 표정으로 두리번거리고 있었다. 이예린이 나지막하게 플라운더를 불렀다.

"플라운더, 지금 이거……."

그 순간 내 뒤쪽에서 지숙의 목소리가 들렸다.

"플라운더? 그거 디즈니 인어공주에 나오는 물고기 이름 아니야?"

"헐."

"진짜 미쳤네?"

"인어공주는 왜 아무 말도 안 하냐? 벌써 목소리 없어짐?"

멍하니 이예린 쪽을 보다가 플라운더와 눈이 마주쳤다. 아마 이예린은 플라운더에게 주변 상황을 녹음시키려고 했을 텐데. 플라운더는 날 보더니 순간 매우 안타까운 듯한 표정을 지어 보이고 입을 달싹였다. 나는 황급히 책상에 얼굴을 묻었다. 제발, 아무 말도 하지 마라.

이예린은 2교시 수업이 끝나자 그대로 휑하니 집을 향해 가 버렸다. 플라운더는 내게 다가와서 무언가 말하려고 하는 것 같았지만 이예린이 급하게 휠체어를 움직였고 내가 급하게 화장실에 들어가버리자 중간에 서서 우왕좌왕하더니 곧 이예린을 따라갔다. 나는 화장실 문 뒤에 숨어서 상황을 보다가 나지막하게 한숨을 내쉬었다.

화장실 문이 거세게 열리며 이마를 짓찧었다. 종석을 비롯한 남자애들이 낄낄거리며 화장실에 들어섰다.

"명훈이 너, 이예린 도망 다니냐?"

"이예린 말고 로봇."

"플라운더?"

다시 한바탕 웃음이 휩쓸었다.

"너네 이예린이 교육부에 진정하면 어쩌려고 그러냐."

"야, 우리가 그렇게 멍청해 보이냐?"

"걱정하지 마. 쟤는 전학을 보내든가 학교를 관두게 하든가 해야 돼."

분명 2교시가 끝나고 나갔던 이예린이 3교시 중간쯤 운동장을 가로질러 나가는 장면을 보았다. 창가에서 멍하니 이예린과 플라운더의 뒷모습을 보았다. 누가 혹시 이예린을 발견할까 봐 나는 얼른 고개를 돌려서 칠판을 바라보았다. 5교시에는 이예린이 집에 가는 길에 진정서를 제출했다는 사실을 반 모두가 알게 되었다. 진정서를 들고 담임이 올라와서 반 아이들을 멍하니 바라보았다. 이예린은 머리가 나쁘지 않은 애라고 생각했는데. 나는 멍하니 창밖을 바라보았다. 이예린은 반 아이들 전부를 진정한 모양이었다. 담임이 들고 온 진정서에는 반 아이들의 이름이 빽빽하게 출석번호 순으로 하나하나 또박또박 적혀 있었다.

"그런 거 아니에요."

반장이 억울하다는 듯 말을 꺼냈다.

"예린이가 워낙에 우리랑 잘 어울리지를 못하는 거 아시잖아요. 그런데 명훈이한테 인어공주를 좋아한다고 말했다길래, 남자애들이 친해지고 싶어서 장난 좀 친 거예요."

종석이 일어나서 멋쩍은 듯 머리를 긁었다.

"그냥 우르술라 흉내 좀 내고 그랬는데."

순진한 웃음소리가 교실을 맴돌았다.

"명훈이?"

담임이 빼곡하게 쓰인 이름들을 대충 손으로 짚어나가다가 다시 입을 열었다.

"명훈이 이름은 없네."

"전 아침에 자고 있었거든요."

"아무튼."

담임은 약간 엄한 표정을 지어 보였다.

"여기는 너희가 예린이 다리를 가지고 인어니 뭐니 하면서 놀렸다고 되어 있어."

잠깐 말을 끊은 담임은, 조금 목소리를 낮췄다.

"선생님도 예린이 성격 모르는 것도 아니고. 그래, 예린이가 오해했을 수도 있겠지만 오해를 하도록 말한 너희 책임도 없는 건 아니야. 이번 건은 여기에서 내가 끊겠지만, 내일 예린이가 출석하면 다들 제대로 사과해야 한다. 그런 뜻 아니었다고, 똑바로 말해."

아이들은 모두 한목소리로 크게 예, 라고 외쳤다. 다음 날 학교에서 이예린은 달갑지 않은 사과를 수도 없이 직면했다.

"야, 미안해. 난 네가 너 인어라고 생각하는 줄 알고."

"그니까. 인어라 그랬다길래."

"나는 나름대로 인어로 대해주려고 했던 거지."

"미안하다, 그냥 못 걷는 건데. 그치?"

"야야, 미안미안."

아이들은 이예린의 어깨를 손바닥으로 치며 미안하다고 저마다 한마디씩 했다. 작고 가느다란 어깨가 미안하다는 소리가 들릴 때마다 크게 흔들렸다. 이예린을 치지도 않고 사과하지도 않은 채 똑바로 이예린을 노려보다가 자리에 앉는 지숙도 있었지만. 이예린은 아무 말도 하지 않았다. 나도 이예린에게 사과하지 않았다. 나는 시간표를 보았다. 5교시 체육, 수행평가 날이었다.

이예린은 점심은 먹지도 않고 운동장에 나가 있었다. 나는 도저히 축구 할 기분이 나지 않아 창문 턱에 앉아 멍하니 운동장을 보았다. 체육복을 깨끗이 갈아입은 이예린은 플라운더와 함께 철봉 아래에서 똑같은 행동을 반복하고 있었다. 철봉에 매달려서 몸을 일으키다가 미끄러지고, 또 몸을 끌어 올리다가 미끄러졌다. 이마가 철봉에 닿을락 말락 했다.

점심시간이 끝나고 아이들이 교실에서 쏟아져나오자 이예린은 황급히 철봉에서 한참 떨어진 운동장 구석으로 몸을 숨겼다. 나는 괜히 큰 소리로 웃었다.

아이들은 턱걸이를 잘 하거나 못 했다. 여자애들은 대부분 못 했다. 위쪽에서 매달리기만 해도 잘한 거라고, 체육 선생은 여자애들을 격려했다.

이예린의 차례가 되자, 체육 선생은 그냥 넘어가려고 했다. 이예린이 휠체어를 밀고 체육 선생 쪽으로 가자, 체육 선생은 손을 휘휘 내저었다.

"예린인 됐고."

"할 건데요."

"어?"

이예린은 휠체어를 돌려 철봉 아래로 가져갔다. 체육선생은 "안 해도 되는데."를 웅얼거리며 시간을 체크할 준비를 했다. 떠들던 애들이 슬그머니 입을 다물었다. 이예린은 손을 뻗어 철봉을 잡고, 몸을 끌어 올리기 시작했다. 하얀 팔뚝에 팽팽하게 힘이 들어갔다. 휠체어에서 엉덩이가 떨어졌고 팔이 접혔고 철봉이 이예린의 머리를 지나고 이마를 지나고 코를 지나서 입술 근처까지 올라갔다. 자그마한 아래턱에 근육이 가느다랗게 드러났다. 이를 악물고 있었다. 동그란 아랫입술을 지나는 순간, 얼결에 나는 내가 침 삼키는 소리를 너무 크게 들었고 훅 철봉 아래로 이예린이 미끄러졌다.

죽은 생선처럼 이예린의 다리가 반대로 꺾였다.

나는 숨을 훅 들이켰다.

"아쉽네. 잘했어. 들어가."

플라운더가 이예린을 일으켜 세웠고, 모래 범벅이 된 이예린의 하반신이 끌려 올라갔다. 나는 이예린을 보지 않았던 척했다. 체육 시간이 끝나자, 이예린은 아무렇지 않게 교실로 돌아갔다. 내가 엉덩이를 터는 사이, 옆에서 낮은 금속성의 소리가 들렸다.

"나는 당신이 왜 그러는지 알아요. 나는 청소년을 지원하기 때문에 다 교육을 받았거든요. 하지만 당신은 예린이 아니라서 내가 알려줄 권한이 없네요."

지직거리는 잡음이 섞인 아주 작은 목소리였다. 그 속삭임을 남기고 플라운더는 서둘러 이예린을 따라갔다. 멍하니 이예린과 플라운더의 뒷모습을 보다가 뭐하냐는 반장의 목소리를 듣고서야 정신이 들었다.

"요즘 구명훈 이상해. 왜 이렇게 멍해?"

반장은 내 허리를 쿡 찔렀다.

"아니야."

"아니긴 뭐가 아니야."

집에 가는 길에 나는 꽤 거리를 두고 천천히 이예린을 따라갔다. 대체 내가 왜 따라가고 있는 건지도 알 수 없었지만, 그렇다고 안 따라가기도 어려웠다. 분명 이예린은 몰라도 플라운더는 눈치를 채고 있을 것 같았다. 그나마 이예린이 우리 가게 쪽 길로 걷고 있으니 어색해 보이지는 않겠지. 따라간다는 거 알면 화를 내지 않을까.

한참을 그냥 걷던 이예린은 휠체어를 멈추고 180도로 빙글 돌렸다. 정면으로 날 보고 있었다.

"왜."

나는 잠깐 아무 말도 못 하고 이예린의 보이지 않는 발끝을 바라보았다. 쟤는 아마 발도 작겠지.

"미안."

"뭘."

"중간에 턱걸이 안 도와준 거."

이예린의 얼굴이 미묘하게 일그러지더니 한쪽 입술이 말려 올라갔다.

"됐어. 전에도 말했잖아. 사람은 주제를 알아야 한다고."

갑자기 가슴 안쪽이 울리는 것처럼 욱신거렸다. 이예린은 다시 웃음기를 거둔 채 가던 길을 갔고, 플라운더가 날 마주 보며 슬그머니 웃어 보였다. 저 멍청한 로봇은 왜 웃는 건지 알 수가 없었다. 이예린에게 못되게 대한 죄로 내가 이런 감정을 가지고 있는 게 기쁜 건가, 복수라도 했다고 생각하는 건가.

집에 돌아와서는 도무지 아무것도 하고 싶지 않아서 곧바로 잠이 들었다. 꿈속에서 나는 학교 운동장 철봉 아래에 있는 커다란 통로를 발견했다. 통로 안으로 미끄러져 내려가자 커다란 냉장고가 있었다. 냉장고 문을 열고 안에 있는 초콜릿을 집어 먹었다. 그러자 플라운더와 예린이 나타났다. 플라운더는 금속성의 목소리로 저렇게 함부로 물건을 집어먹다니 정말 염치도 없네요, 라고 말했고 이예린은 쟤가 저런 거 지금까지 몰랐느냐고 반문했다. 이예린의 아버지가 나타나서 남의 음식을 빼앗아 먹으니 좋으냐고 물었다. 그러고 나서 그들은 다 같이 웃음을 터뜨렸다. 나는 죄송합니다, 죄송합니다, 사과하다가 꿈에서 깼다. 일어나자마자 화장실로 달려가서 토악질했지만, 아무것도 나오지 않았다.

입을 헹구고 화장실에서 나올 때 엄마가 집으로 들어왔다. 새벽 2시 30분이었다. 엄마는 술에 많이 취해 있었다.

"야, 구명훈."

대답 없이 방으로 들어가려고 하는데, 엄마가 덥석 내 옷깃을 붙잡았다. 나는 깜짝 놀라 엄마를 붙잡았다. 간신히 엉덩방아를 찧는 건 막을 수 있었다.

"뭔 술을 이렇게 마셨어. 들어가서 자."

엄마는 거실 바닥에 주저앉아서 혀가 꼬인 채 계속 주절거렸다.

"니 때문에 어, 단골손님이 어, 다 떨어졌다, 이 미친놈아. 내가 저 팔아서 니 무 살리는데 어, 좋냐? 어? 좋아?"

나는 한숨을 쉬며 엄마 앞에 앉았다.

"알겠어. 미안해."

"마, 니가 몰라서 카는데, 기장이 꼼장어가 맛있어……."

한참 고개를 숙이고 있던 엄마가 트림을 했다. 술 냄새가 역하게 끼쳤다.

"미안타. 내가 못되게 말했다. 그카믄 안 되는데. 니 말이 맞지. 가가 지 잘못으로 그래 된 것도 아이고, 그런데 내가 못되게 말했지. 엄마가 부끄럽지. 잘못한 거지."

엄마는 비틀거리다가 바닥에 쿵 머리를 찧고 쓰러졌다. 나는 엄마 머리를 끌어다가 무릎베개를 해주었다.

"아니야, 엄마. 엄마 말이 맞아. 걔랑 노는 거 별로 안 좋은 거 같아. 걔 되게 못된 애야."

엄마가 고개를 들어 멍하니 나를 올려다보았다. 눈가에 주름이 선명했다.

"니 뭐라카노. 아야, 엄마가 태 나기는 대구에서 났어도 어릴 때 기장에서 자랐어. 기장 아들이 나쁘지가 않아…… 아픈 거랑 못된 거는 다른 기라…….."

엄마는 숨을 고르게 쉬기 시작했고, 얼마 지나지 않아 가늘게 코를 골았다. 나는 엄마의 머리카락 속에 있는 새치 몇 가닥을 보다가 모로 누운 엄마의 가슴을 내려다보았다. 엄마의 가슴은 퉁퉁하게 부어서 가슴골이 선명하게 들여다보였다. 이예린은 작고 가늘어서 가슴이랄 것도 없겠지, 하는 생각을 하다가 얼굴을 찌푸렸다. 아이고, 정신 나간 나 새끼.

✳

수학여행 날은 아무렇지도 않게 다가왔다. 지숙은 도시락을 싸 왔다고 자랑을 하며 설레어서 교실에서부터 버스까지 정신없이 뛰어다녔다. 종석은 그런 지숙이 귀여워서 견딜 수 없다는 표정으로 흐뭇하게 지숙만 보고 있었다. 반장은 지숙과 팔짱을 끼고 같이 깔깔거리다 종종 내 쪽을 보고 의아하다는 듯이 눈살을 찌푸려 보였지만, 반장의 눈을 애써 피했다. 솔직한 말로 누구와도 별로 말을 섞고 싶지 않은 기분이었다. 이예린의 자리는 맨 앞 좌석이었고, 절전모드로 들어간 플라운더와 함께 나란히 앉았다. 아무런 표정이 없어 보이는 플라운더를 보며 나는 로봇이란 기이한 존재라고 생각했다.

수학여행 일정표를 들여다보았다. 강릉 해수욕장에 들렀다가 오죽헌을 거쳐서 평창에 있는 숙소로 가고 대관령 양 떼 목장에 갔다가 무슨 신재생에너지관에 가는 이상한 코스였다. 해수욕장에 갔다가 오죽헌 같은 게 보일 리가 없고, 양 떼 목장에 갔다가 신재생에너지 같은 게 보일 리가 없지 않은가. 뒤에서 여자애들이 소곤거리는 소리가 들렸다.

"나 수영복 가져왔는데."

"입어!"

"부끄러워, 너무 나대는 거 같잖아······."

"나도 가져왔으면 같이 입을 텐데."

"나는 안에 입고 왔는데!"

깔깔거리는 소리와 의자가 젖혀지는 소리. 휴게소에서 힐끔 보니 이예린은 아무 말 없이 창문을 바라보고 있었다. 담임은 이예린 바로 뒷자리에서 세상모르고 곯아떨어져 있었다. 담임이 눈을 뜬 것은 강릉 해수욕장에 차가 도착하고서도 조금 시간이 지난 후였다. 간신히 아이들 뒤를 따라 나온 담임은 끊임없이 하품했다. 눈을 뜰 때마다 눈에서 졸음이 흘러내릴 것만 같았다.

바다는 물론 아름다웠다. 이예린은 백사장 바깥에 휠체어를 세워둔 채 꼼짝하지 않았다. 플라운더도 아직 구동하는 데 시간이 걸리는 모양이었다. 남자애들이 이예린에게로 다가갔다.

"이예린, 같이 놀자!"

"모래 좋잖아, 어? 같이 놀자!"

이예린은 당황했지만, 남자애들은 멋대로 이예린의 휠체어를 조작해서 백사장으로 밀고 나가기 시작했다.

"하지 마, 뭐 하는 거야!"

담임은 하품을 하면서 남자애들 쪽으로 손을 내저었다.

"애들아······ 예린이 위험하잖니······."

옆에 서 있던 반장이 웃으면서 담임에게 말을 건넸다.

"선생님, 그런 거 아니에요. 예린이는 다리도 아프니까 바다도 한번 제대로 못 봤을 것 같아서 오기 전에 남자애들이 일부러 바다 쪽으로 데리고 가기로 했어요."

"응?"

"휠체어에 물 안 들어가게 조심하면서 바닷물에도 한번 들어가 보게 해주려고 했었거든요."

"어이구, 그랬어?"

여전히 졸려 죽겠다는 표정으로 담임은 피식 웃었다. 이예린은 아무래도 생쥐 꼴이 되어서 평창으로 가는 버스를 타게 될 모양이었다. 그만 좀 하지.

"그런 생각은 누가 했대?"

"네? 아…… 종석이가요."

이 새끼가.

"종석이가 예린이랑 친한가 보지?"

"그건…… 아닌데, 친해지고 싶은가 봐요."

반장이 웃으면서 이야기를 하면 무슨 말을 해도 다 진짜처럼 보인다. 선생님은 고개를 끄덕인 다음 반장에게 2시간이 지나면 애들을 불러모아 다시 버스에 태우라고 부탁하고는 다시 버스에 올랐다. 이예린 쪽으로 발길을 옮기려는데 갑자기 등 뒤에서 반장이 나를 불러세웠다.

"명훈아, 저기, 저쪽 돌 있는 데 가보지 않을래?"

끝쪽으로 가면 바다 색깔이 그렇게 예쁘다는 둥, 그런 얘기를 하며 반장은 한참을 더 걸었다. 몇 번 뒤를 돌아보다가 나는 그냥 묵묵히 반장과 함께 걷기 시작했다. 에라, 모르겠다. 이예린의 말이 맞을지도 몰랐다. 결국, 다 주제 파악이 문제였다.

"명훈아, 여기에서 저쪽을 보면 진짜 예쁘지 않아?"

반장의 말을 듣고 수평선에서 천천히 고개를 돌리다가 나는 남자애들이 백사장이 아닌 방파제 쪽까지 휠체어를 밀고 나가 있는 것을 보았다. 웃음소리가 들렸고, 한 명이 이예린의 어깨를 가볍게 떠밀었다. 이예린은 거짓말처럼 미끄러져 바다로 곤두 박질쳤다.

"씨발…… 미친놈들아……!"

진짜로 밀 생각은 아니었던 듯 남자애들이 당황하여 서로의 얼굴을 바라보았고, 늦게서야 구동된 플라운더가 전속력으로 방파제를 향해 달려오기 시작했다. 나 역시 바위를 따라 뛰기 시작했다. 제발, 바다의 깊이가 어느 정도인지 알 수 없었지만, 이예린의 그 흐느적거리는 다리로는 물장구를 칠 수 없었다. 녀 석들 말대로 꼬리에는 뼈가 있지만, 이예린은 무릎에 뼈가 없지 않은가. 갑자기 뭔가 찝찌름한 맛이 느껴졌다. 뛰다가 손을 들 어 입가를 닦아냈다. 콧물이 흘러 입에 들어가고 있었다. 씨발, 내가 지금 훌쩍거리면서 울고 있었다.

플라운더가 방파제에 도착하기 전에 나는 바다에 다다랐다. 급하게 옷을 벗은 뒤, 어디로 뛰어내려야 할지 두리번거리다가 나는 이예린의 꼬리를 발견했다. 철썩, 분홍색 비늘이 햇빛에 잠깐 빛나다가 바닷속으로 쓸려 내려갔고, 꼬리는 열심히 흔들 거리면서 녀석의 하반신을 완성하고 있었다. 불쑥불쑥 새하얀 팔이 허우적거리면서 필사적으로 움직였고, 그 팔은 신기하게도 조류를 거슬러 올라왔다. 나는 물속으로 뛰어드는 대신에 손을 뻗어서 그 팔을 붙잡았다.

예린의 팔은 가늘지만 단단했다. 단단한 근육이 붙은 하얀 팔이 접히면서 쑥, 이예린의 조그마한 머리가 물속에서 솟아올랐다. 턱걸이 하듯이 이예린은 내 팔에 의지해 몸을 위로 쑥 일으킨 다음 반대로 접힌 왼쪽 다리 위에 아무렇지 않게 털썩 주저앉았다. 나는 주섬주섬 아까 벗어놓은 겉옷을 이예린에게 내밀었다. 예린은 젖은 머리카락을 짠 다음, 내 겉옷을 들고 머리카락을 비벼 말렸다. 훅 소금내가 끼쳐왔다. 완벽한 턱걸이였다.

"너…… 괜찮아?"

"뭐가."

"헤엄친 거야?"

가까이에서 보니 위팔 근육은 정말 탄탄했다. 끊임없이 철봉에서 미끄러지던 뒷모습이 겹쳐졌다.

"뭐라는 거야. 나 인어라고 했잖아."

그랬다. 이예린은 자기 주제를 알아야 한다고 말했었다. 플라운더가 달려와 이예린을 둘러업었고, 이예린이 내 머리 위에 겉옷을 툭 떨어뜨렸다. 머리 위에서 흘러내리는 비린내를 맡으며 나는 내가 첫사랑에 빠졌다는 것을 깨달았다.

두근두근 실습일지

✦ 2016년 〈과학동아〉 7월호 수록

실습 1회차

윤정은 기분이 나빴다. 당연히 아주 좋지 않았다. 토요일에 학교로 향하는 지하철 안에서 기분이 좋을 대학생이 한반도에 어디 있겠는가. 이게 다 소연이 때문이라는 걸 떠올리고, 윤정은 주먹을 꽉 쥐었다. 돌아오기만 해봐, 아주 가만두지 않을 거야.

처음 이 수업을 같이 듣자고 한 건 소연이었다. 교양수업 시간표를 쫙 짜서 윤정에게 들이밀고서 이번 학기에 우리가 들을 수업이라고 확정지어버렸다. '유럽영화론', '20세기 서양사', '프랑스 문화의 이해' 같은 수업들 사이에 이 수업이 끼어 있었다. '사랑과 결혼'. 소연의 생떼 앞에서 저항해봤자 별 소용이 없다는 것을 익히 알고 있었기에, 윤정은 그냥 수강신청번호만 받아서 모두 수강신청을 했다. 문제는 소연이었다. 소연은 개강 1주부터 단 한 번도 모습을 드러내지 않았다. 도무지 어떻게 된 건지 알 수가 없었다. 전화도 되지 않고, 카톡도 읽지 않았다. 개강 2주째가 되어서야 소연에게서 메일이 한 통 도착했다. 메일은 이렇게 시작했다.

「윤정아! 나 지금 인도야!」

메일에는 코끼리를 타고 있는 소연, 까맣게 타서 해먹에 누워 있는 소연, 사리를 입고 갠지스강에 들어간 소연의 사진이 첨부 되어 있었다. 메일 내용은 꿈에서 코끼리를 보았는데 아무래도 인도에 가야겠다고 생각했다는 말도 안 되는 소리였다. 그리하 여 모든 수업을 혼자 듣게 된 가여운 윤정은 자신이라면 절대 선택하지 않았을 이 '사랑과 결혼'도 듣게 되고 만 것이었다. 첫 수업시간에 만난 교수는 안경을 쓰고 키가 작으며 목소리가 아 주 나긋나긋한 중년의 남자 교수였다. 윤정은 그 나긋한 목소리 를 들으며 깜빡 잠이 들고 말았다. 웅성거리는 소리에 잠에서 깨자, 너도나도 앞으로 나가서 무언가를 체크하고 있었다. 무슨 상황인지 몰라서 멍하니 자리에 앉아 있었더니만……. 이렇게 주말에 학교를 오게 되고 말았다.

ID 카드를 찍자, 문이 열렸다. 로봇은 눈을 반짝 뜨면서 코드 를 뽑았다. 로봇은 전신이 은색이었다. 눈에서 흰 빛이 뿜어져 나왔다. 관절들은 제법 잘 만들어서 사람처럼 움직였다.

"안녕하세요, 차윤정 님."

"아……, 안녕하세요."

로봇은 가볍게 웃어 보였다. 그러니까, 눈의 반 정도가 올라 오고 입 모양이 웃는 모양으로 바뀌었다. 인간처럼 자연스럽게 웃는 건 아무래도 무리인 모양이다. 윤정도 로봇과 딱히 다를 것 없이 어색하게 웃어 보였다. 이 로봇과 데이트를 하는 것이 바로 이 수업의 실습이었다.

윤정이 꾸벅꾸벅 졸고 있을 때, 나긋한 목소리의 교수는 데이트 후기 레포트였던 이 수업의 기말 레포트가, 데이트 채점을 위해 특별히 고안한 AI가 실습 후 채점하는 시스템으로 바뀌었다는 이야기를 했다. 학기 중에 1시간 반씩 네 번, 로봇과 데이트를 하는 실습이었다. 웬만한 학생들이 공강 시간을 이용해 실습시간을 예약했다. 그리고 졸고 있던 윤정은 빈칸이 주말밖에 남지 않은 예약표를 마주해야 했다.

주말의 교정에는 사람이 적었다. 로봇은 명랑하게 윤정의 옆에서 걸었다. 윤정도 걸었다. 로봇과 윤정은 목적지도 없이 캠퍼스 안을 이리저리 헤맸다. 광장을 한 바퀴 돌고, 교양관을 한 바퀴 돈 다음, 야외 공연장을 한 바퀴 돌고, 호수 앞에 멈춰 섰다. 호수를 둘러서 수양벚꽃이 흐드러지게 피어 있었다. 그때까지 걸린 시간은 모두 20분 정도였고, 그때까지 윤정과 로봇은 한마디도 대화를 나누지 않았다. 침묵을 견디지 못하고 먼저 말을 꺼낸 것은 로봇 쪽이었다.

"날씨가 참 좋습니다."

"그러네요."

"요즘 듣는 수업은 어떤 게 있으세요?"

"뭐, 서양사 수업이랑 이것저것……."

"어떤 게 재밌으세요?"

"별로……."

"최근에 보신 영화는 있으세요?"

"영화관에 잘 안 가서……."

점점 목소리가 작아지면서 윤정은 슬슬 손이 떨려오기 시작했다. 윤정이 소연과 늘 수업을 같이 들었던 이유는 바로 이 이유 때문이었는데.

윤정은 친하지 않은 사람들과 대화를 하는 게 언제나 너무도 힘들었다. 잘 웃지도 않고, 대답도 제대로 안 하는 탓에 화난 걸로 오해받은 역사는 길다. 상대방을 싫어한다는 오해도 일상이었다. 그러다 보니 친한 사람은 별로 없고, 오롯이 사이 나쁜 사이만 주구장창 쌓아온 생이었다. 그냥 열심히 수업을 듣고 과제를 제출하고 시험을 보는 거라면 어떻게든 할 수 있었겠지. 그러나 대학교에는 그놈의 '조별 과제'를 비롯해서 타인과 대화하면서 해야 할 게 너무도 많았다.

다행히 윤정에게는 사교성 좋은 소연이 있었다. 입학하기 전부터 인터넷에서 이미 아는 사이였던 소연은 윤정을 오해하지도 의심하지도 않았다. 거기다 OT에서부터 두루두루 모두랑 친해지지, 학과 생활도 잘하지, 선배들이랑 친해서 족보도 제깍제깍 물어다주지. 소연과 함께 있으면, 윤정은 그저 소연이 시키는 자료 조사를 하거나 프레젠테이션만 묵묵히 만들면 되었는데! 지 멋대로 인도에나 가버리고! 인도에서 설사병이나 걸려라! 윤정이 이를 갈면서 소연을 다시 원망하는데, 로봇이 호수를 바라보며 말을 이어나갔다.

"벚꽃이 피었네요! 벚꽃을 보면 무슨 생각이 나세요?"

"아, 체리 블라썸……."

"네, 벚꽃이 영어로 체리 블라썸입니다."

"아니요, '체리 블라썸'은 마츠다 세이코가 1981년 1월에 발표한 네 번째 싱글인데요. 그때의 마츠다 세이코를 제가 제일 좋아해요."

로봇은 2, 3초 정도 무언가를 찾으려는 표정으로 윤정의 얼굴을 바라보다가 입을 열었다.

"네?"

"그 당시에 마츠다 세이코가 정말 예뻤거든요. 약간 살이 쪄서 볼도 통통해지고, 곡은 다른 곡을 더 좋아하지만, 그때 세이코가 정말 최고로 예쁜 세이코예요."

"아……, 제가 데이트 모드일 때는 현실감을 살리기 위해서 인터넷에 연결을 못 하게 프로그래밍 되어 있거든요. 입력해놓았으니, 나중에 찾아볼게요. 마츠다 세이코는."

"그래요, 나중에 꼭 찾아봐요. 제가 제일 좋아하는 곡은 푸른 산호초, 일본어로 하면 아오이 산고쇼라는 곡인데요……."

윤정의 목소리가 약간 커졌고, 동공이 조금 확장되었다. 로봇은 윤정에게서 예민하게 몇 가지 징후들을 캐치했다. 하지만 여전히 웃음기는 전혀 보이지 않았다. 약간 발갛게 달아오른 얼굴은 기분이 좋은 건지, 화가 난 건지 구분하기 어려운 수준이었다.

로봇은 마츠다 세이코, 푸른 산호초, 체리 블라썸 같은 몇 가지 키워드를 입력해두고 다른 쪽으로 채점표를 열었다. '자연스러움' 항목에서 점수를 깎고, '배려' 항목에서 다시 점수를 깎았다. 첫 실습에서 깎을 수 있는 점수에는 한계가 있었기 때문에 그이상은 깎지 않았다. 첫 실습 상대 중 가장 최하점이었지만, 그렇다고 0점은 아니었다. 여하간 대답을 꼬박꼬박 하고 무언가 말은 하고 있다는 점에서 '성실성' 점수를 깎지 않았기 때문이었다. 로봇은 프로그래밍 된 대로 가벼운 미소를 띠고 고개를 끄덕이며 흥분한 윤정의 말을 들었다. 바람이 불어서 수양벚꽃이 로봇의 이마와 윤정의 콧잔등 위에 내려앉았다.

실습 2회차

ID 카드를 찍자, 문이 열렸다. 로봇은 코드를 뽑으면서 저번과 똑같이 웃어 보였다.

"또 뵙네요, 차윤정 님."

"네, 안녕하세요."

로봇과 윤정은 다시 교정으로 걸어 나왔다. 늦봄의 햇살이 교정 안에 반짝거렸고, 로봇의 은색 전신이 그 햇빛을 환하게 반사했다. 로봇과 윤정은 또 아무 말도 없이 광장을 걷기 시작했다. 광장을 세 바퀴 정도 돌았을 때, 이번에도 로봇이 먼저 말을 꺼냈다.

"차윤정 님은 말씀이 참 없으시네요."

"네."

"원래 그렇게 말씀이 없으세요?"

"좀……."

로봇과 윤정은 나란히 광장의 벤치에 앉았다. 광장 한구석에서 담배를 피우던 남학생들이 윤정과 로봇을 흘끔거렸다.

"뭐야?"

"'사랑과 결혼'일걸? 이번에 채점 바뀌었다잖아."

"그거 데이트하는 수업 아니야?"

"이번엔 다들 로봇이랑만 데이트한다던데."

목소리를 낮춰서 중얼거렸지만, 윤정의 귀에는 남자들의 목소리가 똑똑하게 들렸다.

"쟤는 로봇 말고 데이트해줄 남자도 없게 생겼다."

그들은 키득거리며 걸어갔다. 쌍욕을 뱉으려다가, 옆에 있는 로봇을 보고 말을 삼켰다. 데이트 중에 욕설을 했다가는 점수가 떨어지겠지. 역으로 생각해보면 오히려 좋은 일이다. 윤정은 속으로 되뇌기 시작했다. 사실 저 사람들의 말이 맞다. 이것은 로봇이다. 사람이 아니다. 성별도 없고, 색깔도 은색이다. 그러니까 이 사람, 아니 로봇과 대화하는 것을 겁낼 필요가 없다. 로봇은 나에 대해 생각하지 않고, 따돌리지도 않는다. 나쁜 소문을 내지도, 저 사람들처럼 빈정대지도 않는다. 이 로봇은 그냥, 그저 로봇일 뿐이잖아.

윤정이 조심스럽게 로봇을 흘끔거리자, 로봇은 다시 눈을 반달모양으로 만들며 웃어 보였다. 윤정은 당황하여 다시 앞으로 시선을 고정했다. 눈동자도 못 움직이는 게, 웃기는.

로봇은 침묵을 깨기 위해 몇 가지 주제를 머릿속에서 훑어 내리다가 이전 대화 데이터에서 '마츠다 세이코'를 찾아냈다. 로봇은 윤정과의 데이트를 마치고 곧바로 간단한 데이터들을 수집해 놓았다.

"저번에 말씀하신 마츠다 세이코라는 일본 가수를 찾아보았습니다."

"아, 진짜요?"

"말씀하신 체리 블라썸이라는 노래와 푸른 산호초라는 노래의 영상을 50개 정도 확인했습니다."

"어때요?"

로봇의 로딩이 이전보다 조금 더 오래 걸렸다.

"……어떤 부분에 대해서 물으시는 건지 잘 모르겠습니다."

"좋죠?"

로봇은 다시 말을 멈추었다. 윤정은 로봇이 말을 멈추었다는 상황에 신경 쓰지 않고 계속해서 말을 이어갔다.

"영상 중에 푸른 산호초로 1위하고 우는 척하는 영상 봤어요? 진짜 그 영상이 대박인데. 눈물은 한 방울도 안 나는데 막 우는 척하잖아요. 봤어요? 기쁨의 눈물을 흘린다고 MC가 말하는데 카메라가 줌을 해서 보면 안 울고 있거든요. 제가 그런 걸 정말 좋아해요. 사람들이 잘 울고 마음 약한, 사랑스러운 소녀 역할을 기대하니까 기대하는 만큼 한 거잖아요. 자신은 그런 사람이 아니라고 해도 말이에요. 그때 세이코가 한국 나이로는 열아홉 살이었을 텐데, 그러면 지금 나보다 두 살이나 어린데. 왜 저는 나이를 이렇게 먹고서도 그게 안 될까요. 사람들이 다른 사람한테 기대하는 게 있잖아요. 좀 더 사근사근하길 바란다거나, 꼭 그런 거 말고라도 이렇게 말하면 저렇게 대답하는 게 일반적인 공식 같은 게 있잖아요. 그런 걸 세이코는 아주 다 아는 것 같아요, 열 아홉 살이었는데도. 그런데 저는 스물한 살을 먹고서도 그게 도 저히 안 되더라고요. 남들 다 하는 연애도 한번 한 적이 없어요. 뭐, 제가 특별히 좋아했던 사람도 별로 없기야 하지만……. 근데 연애 같은 걸 안 하더라도 사람들이 기본적으로 호감을 가지는 사람이라는 게 있는 거잖아요. 그게 너무 안 되는 거예요. 솔직 히 저 좋아하는 사람 세상에 거의 없을 거예요. 그건 그렇고, 천 국의 키스도 봤어요? 그때 헤어스타일이 진짜 예쁜데. 예쁘죠?"

로딩 중에 쏟아지는 정보를 빠른 속도로 처리하던 로봇은 새 로운 명령어를 받자 가볍게 렉이 걸렸다. 들어온 명령을 처리하 기 전, 로봇은 이미 입력되어 있던 정보들을 가볍게 정리해보 았다.

"제가 알기로 흔히 예쁘다고 하는 얼굴은 이런 얼굴이나."

로봇의 가슴에 있는 모니터에 엘리자베스 테일러의 얼굴이 떠올랐다.

"동양인으로 치면 이런 얼굴로 알고 있습니다."

이번엔 김태희의 얼굴이 떠올랐다.

"그래서요?"

"비율이 맞아 떨어지는 얼굴이어야 한다는 것이죠."

로봇은 1 : 1 : 1.618의 마스크 모양을 모니터 위에 겹쳐 보여 주었다. 엘리자베스 테일러의 얼굴이 비례에 맞춰서 배열되고,

김태희의 얼굴이 다시 배열되었다. 그 뒤에 마츠다 세이코의 얼굴이 등장했다. 마츠다 세이코의 턱은 마스크에서 비죽 튀어나왔고, 코 비율과 눈 비율도 애매하게 어긋났다. 로봇은 윤정이 입술을 물고 미간을 찌푸리는 것을 알아챘다. 물론 윤정은 신경질적으로 말을 하기 시작했다.

"예쁘다는 건 그렇게 계산할 수 있는 게 아니에요."

"미추는 계산의 범주 안에 있습니다."

"누가 보더라도 마츠다 세이코는 예쁘다고 생각할 거예요. 그 계산이랑 맞지 않는다고 해도 그렇다고요."

"그건 아름다운 게 아니죠."

"그건……, 참, 로봇 씨를 뭐라고 불러야 하죠?"

"절 지칭하실 때는 그냥 로봇이라고 부르시면 됩니다."

"로봇 씨는 계산하는 거 말고 다른 방식을 모르는 거죠. 마츠다 세이코는 예쁘다고요."

로봇은 미소를 잃지 않고 채점표를 꺼내 들었다. 데이트하면서 의견이 다를 때 상대방을 가르치려고 하는 태도는 최하점이었다. 점수가 쭉쭉 깎여 내려갔다. 로봇은 채점을 위해서 반드시 던져야 할 몇 가지 질문 중 하나를 이쯤에서 던지는 게 좋겠다고 계산했다. 이 질문들에 대해 어떻게 대답하느냐에 따라 실습 점수는 큰 차이가 날 수 있었다. 질문은 랜덤으로 튀어나왔고, 로봇은 무작위로 튀어나온 질문 하나를 출력했다.

"차윤정 님은 이 세상의 누구와도 저녁 식사를 할 기회가 주어진다면 누구를 저녁 식사에 초대하고 싶으세요?"

로봇은 응용력이 빠른 오퍼레이션 시스템을 갖추고 있었기에, 한마디 덧붙일 수 있었다.

"마츠다 세이코?"

윤정은 멍하니 로봇의 질문을 곱씹었다. 한 번도 그런 생각을 해본 적이 없었다. 누군가와 함께 저녁을 먹고 싶다는 생각 자체를 그다지 한 적이 없었다. 그러고 보면 대부분 사람은 누군가와 저녁을 먹으면서 친교를 쌓을 텐데. 지금껏 자신이 가장 많이 저녁을 함께한 사람이 누구였는지조차 잘 기억이 나지 않았다. 윤정은 천천히 고개를 저었다.

"세이코랑은 같이 먹고 싶지 않아요. 누굴 초대해야 할지 모르겠어요."

로봇은 채점표에서 다시 점수를 깎았다. 윤정은 이야기를 이어나가는 능력이 현저히 부족한 실험체였다. 그때 윤정이 입을 다시 열었다.

"로봇 씨는요?"

지금껏 데이트했던 실험체 중, 이 질문에 처음으로 나온 정답이었다. 다른 실험체들은 자신이 누구와 밥을 먹고 싶은지를 말하고, 그 이유를 대서 나쁘지 않은 점수를 받았다. 같이 밥을 먹고 싶은 사람 중에는 대통령도 있었고 UN 사무총장도 있었고 사랑과 결혼 수업의 교수님도 있었지만 아무도 정답을 말하진 않았다. 정답이 등장하자, 로봇은 처음으로 미리 입력되어 있던 대답을 할 수 있게 되었다.

"저는 저를 만든 공과대학의 한진영 교수님과 저녁 식사를 함께하고 싶습니다."

"창조주구나. 멋지네요."

윤정의 채점표는 기괴한 모양이 되어버리고 말았다. 어느 부분에서는 바닥을 찍고 어느 부분에서는 높은 점수를 찍어서 도표를 만든다면 일그러진 불가사리 같은 모양이었다. 1시간 반이 지났다. 로봇은 있던 보관실로 돌아가서, 원래 자리에 앉으며 처음 문이 열렸을 때와 똑같은 모양으로 어색하게 웃었다.

"그럼 다음 실습 때 뵙겠습니다."

윤정은 바닥에 떨어져 있는 로봇의 충전기를 허리춤에 있는 로봇의 단자에 꽂아주었다.

"얘기 들어줘서 고마워요, 로봇 씨."

윤정이 가고 나서 로봇은 내부 매뉴얼을 찾기 위해 부단히 애를 썼다. 실험체가 데이트 도중 하드웨어에 위해를 가할 가능성은 있었지만, 충전기를 꽂아주다니. 이런 식으로 하드웨어에 영향을 미치는 가능성은 매뉴얼에 기록되어 있지 않았다. 로봇은 인터넷에 연결해서 다른 매뉴얼들을 찾아보려고 했지만, 도무지 접근할 방법이 없었다. 가능한 모든 수단을 다 써서, 그날 새벽까지 로봇은 매뉴얼을 찾았다. 도무지 방법이 없다고 결정을 내리고 절전모드에 들어간 것은 새벽 3시가 넘어서였다.

실습 3회차

ID 카드가 찍혔고, 문이 열렸다. 윤정이 약속한 시간보다 20분이나 늦었기에, 로봇은 이미 '성실성' 점수를 깎던 중이었다. 문이 열리고 눈앞에 있는 윤정은 얼굴이 눈물 콧물로 범벅되어 있었다. 로봇의 은색 얼굴을 보자마자 윤정은 무너지듯 주저앉아 큰 소리로 통곡하기 시작했다. 윤정의 안경이 콧방울까지 흘러내려 왔다. 주말의 고요한 학교 복도에 윤정의 울음소리가 울려 퍼졌다.

울고 있는 윤정 앞에서 로봇은 아무것도 할 수가 없었다. 상대방이 맥락도 없이 울음을 터뜨릴 경우의 수는 로봇에게 예측된 범주가 아니었다. 로봇은 어찌해야 할 바를 모르고 울고 있는 윤정을 지켜보다가, 일단 자신이 앉아 있던 의자에 윤정을 앉혔다. 윤정은 아무 힘없이 로봇이 이끄는 대로 의자에 앉았다. 그다음으로는 쾌적한 온도와 습도를 유지하기 위해 로봇 보관실에 달린 팬을 작동시켰다. 로봇에게 가장 쾌적한 환경이었다. 로봇은 충전단자도 집어 들었다가, 윤정은 충전을 할 필요가 없다는 것을 깨닫고 내려놓았다. 충전, 사람의 충전. 로봇은 교양관 2층에 있는 자판기를 작동시켜 오렌지 주스를 가지고 왔다. 윤정은 오렌지 주스를 한 번에 통째로 다 마셔버렸다.

다행히 로봇에게 가장 쾌적한 환경은 윤정에게도 가장 쾌적한 환경이어서, 윤정의 울음이 조금씩 잦아들기 시작했다. 윤정은 팬이 전신으로 보내는 시원하고 가느다란 바람을 맞으며 눈을 사르르 감았다. 그리고 까무룩 잠이 들고 말았다. 로봇은 자신의 자리를 잠든 데이트 상대에게 빼앗긴 채 멍하니 그 앞에 서 있었다. 30분가량 지난 후에야 잠이 들었던 윤정이 간신히 고개를 들었다. 잠깐 자고 나니 정신도 맑아지고 기분도 훨씬 나아져 있었다. 윤정은 안경을 벗고 가볍게 마른세수를 했다.

"미안해요."

"아닙니다."

"여기까지 오는 동안 너무 비참하고 살기가 싫어졌어요."

"우울증인가요?"

"배도 아픈 걸 보면 PMS인가 봐요."

"생리 전 증후군요?"

"네."

로봇과 윤정의 데이트 시간은 기껏해야 20분 정도밖에 남아 있지 않았다.

"어, 어떡하죠. 지금이라도 나갈까요?"

"나가시고 싶으시면 나가시죠."

"아……, 아니면 그냥 여기서 얘기할까요?"

시간이 얼마 안 남았다. 로봇은 서둘러 채점 질문을 던졌다.

"제가 당신과 가까운 친구가 되려면 당신에 대해 무엇을 알아야 할까요?"

대답을 듣기 위해 대기하게 되어 있는 3분 동안 기다렸지만, 윤정의 대답은 돌아오지 않았다. 로봇이 다른 이야기를 꺼내려는 순간, 윤정은 고개를 흔들었다.

"잠깐만요, 아직."

3분을 더 기다렸을 무렵, 윤정은 입을 열었다.

"제가 아주 겁이 많다는 거요."

부정성이 강해서 상대방에게 매력적이지는 않지만 솔직한 대답이었다. 로봇이 채점하고 있을 때, 윤정은 또 정답을 입에 담아버리고 말았다.

"로봇 씨는 저와 가까운 친구가 되고 싶어요?"

로봇은 아까 윤정을 만났을 때 출력하지 못한 웃는 표정을 곧바로 출력했다.

"그렇습니다. 매력적인 분이니까요."

윤정의 얼굴이 시뻘겋게 달아올랐다. 또 화난 표정을 짓는군. 윤정은 이 수업에서 데이트를 하는 동안 제일 많이 화를 낸 사람이었다. 로봇은 다시 한 번 점수를 깎았다.

"저번에는 무슨 마스크에 얼굴이 안 맞으면 아름다운 게 아니라면서요."

"네. 저는 정확한 연산과 맞아떨어지는 대칭을 아름답다고 인식합니다."

"아름답지 않아도 괜찮아요?"

"매력을 파악하는 알고리즘은 미추를 느끼는 부분과는 무관합니다."

데이트 시간이 끝나고, 로봇과 윤정은 자리를 바꿔 앉았다. 로봇이 대기하고 있던 문이 닫히고 나서, 윤정은 화장실에 가서 세수를 했다. 눈물이 말라붙은 자국들이 물에 지워졌다. 어쩐지 학교에 올 때보다 훨씬 개운한 기분이었다. 하긴, 주말에 집에 있어도 할 일도 없는걸. 윤정은 화장실 거울에 비친 자신의 얼굴을 뚫어지게 바라보았다.

눈도 짝짝이고, 눈썹도 짝짝인데. 정확한 연산은 매력과는 무관하다니. 거울을 보며 웃어보니, 더욱 대칭과는 먼 얼굴이 되었다. 올라가는 입술의 높이마저도. 물이 묻은 얼굴을 가볍게 양손으로 찰싹 때려보았다. 안경을 쓰자 양쪽 볼에 손자국이 남은 게 보였다.

건물을 나오자 초여름의 햇살이 눈부셨다. 산뜻한 박자로, 윤정은 집을 향해 발걸음을 옮겼다.

실습 4회차

마지막 날, 로봇과 윤정은 나란히 학생회관 계단에 앉았다.

"오늘이 마지막이네요."

"네, 그렇습니다."

"뭘 하고 싶으세요?"

"이 수업에서는 차윤정 님이 뭘 하고 싶으신지가 더 중요합니다."

"저는 잘 모르겠는데."

아이스 브레이킹 겸, 마지막 실습답게 로봇은 마지막 질문을 꺼냈다.

"차윤정 님은 갑자기 죽게 된다면 뭘 하고 싶으세요?"

"네?"

약간 당황한 표정을 짓던 윤정은 이전보다 훨씬 빠르게 답을 내놓았다.

"덕수궁 돌담길에서 데이트를 해보고 싶어요."

"좋은 곳입니까?"

"거기서 다들 데이트를 많이 한다고. 그런데 저는 로봇 씨하고밖에 해본 적이 없어서요."

"저도 가보면 좋겠네요."

로봇의 반달로 변하는 텅 빈 눈을 보다가, 윤정은 벌떡 계단에서 일어났다.

"지금 가봐요!"

로봇은 윤정의 말이 빠르게 입력되지 않아서 잠깐 멈춰 있다가 반문했다.

"지금 덕수궁에 가자는 말씀이십니까? 저는 덕수궁으로 가는 방법을 모릅니다."

"제가 아니까 괜찮아요. 얼른요!"

"저는 이 학교 주변 3킬로미터를 벗어나지 않도록 설계되어 있습니다."

"그런 게 어디 있어요. 로봇 씨 몸 안에 있는 부속품들은 다 다른 데에서 왔을 거 아녜요."

윤정의 말은 틀리지 않았다. 그러나 로봇은 자신이 근방 3킬로미터를 넘어가지 않는다고 분명히 기억하고 있었다. 하지만 데이트 상대가 원하는 방식으로 움직이는 프로그램도 있었다. 윤정은 먼저 발을 옮기기 시작했다. 로봇은 머뭇거리며 윤정을 따라 걸었다.

"빨리 와요, 얼른!"

윤정은 로봇을 위해 지하철 승차권을 구매했다. 로봇은 지하철을 타고, 순식간에 학교 3킬로미터를 벗어나버렸다. 매뉴얼을 어겼지만 로봇의 시스템에는 별다른 문제가 일어나지 않았다.

"별문제가 없습니다."

"문제요?"

"3킬로미터를 벗어나면 문제가 생기지 않을까 염려했습니다."

"다행이네요!"

지하철 안에서 사람들은 모두 은색으로 번쩍이는 로봇을 흘끔거렸지만, 윤정은 전혀 신경 쓰지 않았다. 아니, 정확히는 사람들이 로봇을 흘끔거리는 것을 눈치채지 못했다. 로봇은 사람들이 자신을 바라보는 것은 알았지만 왜인지 이유를 알지 못했다. 2호선 지하철을 타고나니 덕수궁이 있는 시청까지는 20분도 채 걸리지 않았다.

돌담길은 덕수궁 옆으로 쭉 뻗어 있었다. 윤정은 로봇과 걸음 속도를 맞춰서 천천히 돌담길을 걷기 시작했다. 날씨가 좋아서인지, 가슴이 괜히 벅차올랐다. 로봇도 윤정과 걸음 속도를 맞추기 위해 애쓰고 있었다. 지나가는 사람들이 윤정과 로봇을 신기하게 바라보았다. 어떤 사람들은 놀라워하며 휴대폰으로 사진을 찍기도 했다.

이때 로봇은 계산을 하고 있었다. 데이트 시간이 끝날 때까지 학교로 돌아가는 것이 가능할 것인가? 이 길을 끝까지 걸으면 불가능할 것이다. 로봇이 시간이 없으니 이제 그만 학교로 돌아가자고 말하기 위해 윤정 쪽으로 얼굴을 향했을 때, 대한문 앞 광장에 모여 있던 데모대가 산발적으로 흩어지기 시작했다.

머리에 띠를 두른 누군가가 무어라 소리치며 사람들 일부를 끌고 덕수궁 돌담길 쪽으로 달려오기 시작했다. 그를 따라 뛰는 사람은 서른 명 남짓이었다. 그 뒤를 형광색 옷을 입은 경찰들이 정신없이 쫓아 뛰어오고 있었다. 멍하니 달려오는 사람들을 보고 있던 윤정과 로봇은 느닷없이 행렬에 휘말리고 말았다. 뛰어오던 사람 중의 한 명이 윤정을 쳤고, 윤정이 바닥에 엉덩방아를 찧었다. 또다시 매뉴얼에 없는 상황에 당황한 로봇이 프로세스를 정리하고 있을 때, 윤정을 친 사람을 쫓아가던 경찰 한 명이 로봇을 세게 치고 지나갔다. 로봇은 크게 흔들리며 덕수궁 돌담에 처박히고 말았다. 데이트용으로 개발된 오퍼레이션 시스템이 감당하기엔 과도한 충격과 정보량에, 로봇은 결국 가벼운 에러를 일으키고 말았다. 물론, 로봇이 에러를 일으켰다는 사실을 윤정은 몰랐다.

첫 덕수궁 돌담길 데이트가 엉망진창이 되어서 시무룩해진 윤정과 로봇은 다시 2호선 지하철을 탔다. 로봇은 돌담길에 처박았을 때 무릎 관절이 조금 망가져 살짝 다리를 절며 걸었다. 이미 데이트 시간은 한참 지나 있었다.

지난 번 실습에서 한 윤정의 대답은 로봇 안에서 지워지고 말았다. 아니, 로봇은 이미 그 질문을 했다는 기록조차 상실했다. 그 기록 저장 부분이 물리적 타격을 입은 탓이었다. 오퍼레이션 시스템엔 이상이 없었지만, 몇 개의 기록이 분실되었다. 동대문 역사문화공원 정도를 지날 무렵이었다. 어린아이 한 명이 타서 로봇을 향해 손가락질했다.

"엄마, 로봇이야!"

로봇은 다시 윤정에게 질문했다. 역시 질문은 랜덤으로 선택되었다.

"차윤정 님, 오늘은 마지막 실습입니다. 저에 대해 좋아하게 된 것들을 얘기해주세요."

윤정은 학교 근처에 도착할 때까지 아무 말도 하지 않고 입술을 꾹 다물고 있었다. 늘 그렇듯 대답이 느렸다. 점수가 다시 기록되었다. 그러다가 천천히, 로봇을 향해 고개를 돌렸다. 로봇의 시계에 윤정의 달아오른 뺨, 눈가의 좁쌀 여드름, 뿌옇게 된 안경, 떨리는 입술이 동시에 입력되었다. 윤정은 천천히 손을 뻗어 로봇의 차가운 은색 손가락을 꼭 쥐었다.

"저번에 제가 좋다고 하신 거, 진짜예요?"

로봇이 프로세스를 구동시켰다. 이것이 마지막 질문에 대한 대답인지, 아니면 다른 화제로 넘어간 것인지 파악되지 않았다. 저번에 로봇이 윤정이 좋다고 했던가? 기록이 나오지 않았다. 윤정이 오류를 일으켰을 수도 있고, 로봇에게 거짓말을 했을 수도 있다. 오류와 거짓말이 어떤 방식으로 이런 반응과 연결되는 것인지 데이터가 도출되지 않았다. 분명 이 질문에 대해서 나올 대답들로 준비되어 있었던 것은, 상냥함, 다정함, 솔직함, 사려 깊음, 재미있음, 유쾌함, 명랑함, 그리고……

로봇의 눈에서 빛이 사라졌다. 윤정은 소리를 지르며 로봇의 어깨를 흔들었다.

"로봇 씨, 정신 차리세요, 로봇 씨!"

너무 멀리까지 걸은 데에 연산까지 과중되어 배터리가 방전되고 말았다. 결국 윤정은 로봇을 등에 떠메고 낑낑거리며 계단을 오르기 시작했다. 로봇은 생각한 것보다 훨씬 무거웠고, 늘 높다고 생각했던 학교 계단은 오늘따라 백배는 더 높았다. 로봇의 발이 계단에 질질 끌려가며 하얗게 흠집이 났다.

✳

이번 학기는 전보다 훨씬 수월하게 채점을 할 수 있으리라는 생각에 자율전공교수 강선일은 무척 기분이 좋았다. 컴공과의 한진영 교수가 만들어 준 AI는 학생들의 행동 자체를 채점해서 깔끔하게 데이터를 정리해주었다. 뭐가 어떻게 된 건지 로봇의 무릎 관절이 나가 있었던 적은 한 번 있었지만(한진영 교수에게 말하지 않고 몰래 고쳤다), 역시 21세기는 위대했다. 앞으로도 AI를 활용해야겠다고 결심하며 도출한 데이터를 확인하던 강선일 교수는 고개를 갸웃거렸다. 한 학생의 점수값이 아예 없는 것으로 도출되었기 때문이었다. 차윤정…… 2학년. 특별히 수업 때 기억이 나는 학생도 아니었다.

강선일 교수는 씨근덕거리며 데이터를 들고 공과대학으로 달려갔다.

"한 교수, 이거 어떻게 된 거야! 값이 하나가 안 나왔잖아!"

"응?"

데이터를 받아들고 고개를 갸웃거리던 한진영 교수는 손목에 있던 머리끈으로 머리를 둥글게 말아 올리더니만 AI에 접속해서 이리저리 레지스트리를 살피기 시작했다. 강선일 교수는 연구실 한구석에 앉아서 끊임없이 구시렁거렸다.

"아, 새로운 것 좀 도입해보려고 하면 꼭 이렇게 문제가 하나씩 생겨요. 이번에 시작한 거라 제대로 안 나오면 애들한테 탈탈 털릴 거라고. 족보도 없고. 좀 잘 좀 해주라."

한진영 교수는 한쪽 눈썹만 치켜 올리며 묘하게 웃어 보였다.

"얼씨구?"

"왜, 찾았어?"

"아니, 그 데이터는 없는데……."

"그런데?"

"새로 입력도 안 시켜줬는데, AI가 학습한 데이터가 저 혼자 늘었는데?"

"그게 뭐, 지금 그게 문제야?"

"아무튼 데이터는 없어. 아예 날아갔네."

"진짜 어떡하지. 그냥 다른 애들 평균값 뽑아서 줘버릴까…."

강선일 교수의 투덜거림을 뒤로 하고 한진영 교수는 로봇의 데이터가 늘어난 메커니즘을 기록하기 시작했다. 그때 윤정은 방학을 맞아 편안하게 늦잠을 자고 있었고, 소연은 뉴델리에서 서울로 가는 항공편을 결제하고 있었으며, 로봇은 늘 누군가를 기다리고 있던 그곳에서 충전기를 꽂고 눈을 꼭 감고 있었다. 아주 조금 더 확장된 세계를 간직하고서.

유도선

✦ 2019년 〈환상문학웹진 거울〉 게재

✦ 2020년 제7회 SF 어워드 중단편 부문 우수상 수상

약간 검색했더니 사이트는 금방 나왔다. 뻔하게 떠 있는 사이트 주소와 이름 앞에서 나는 마우스 휠을 위아래로 몇 번씩 굴렸다. 하지만 몇 번을 생각해도 대답은 하나뿐이었다. 들어가는 것 말고는 다른 방법이 없었다. URL은 guideline. '그' 일을 하는 사람들이라면 누구나 들어가는 곳. 당연히 나는 단 한 번도 들어가본 적이 없었다.

지금까지 내 삶은 언제나 고만고만하게 안정적이었다. 그렇게 잘사는 집에 태어나진 않았지만, 그렇다고 산더미 같은 빚을 지고 고통스럽게 하루하루를 보내진 않았다. 학창 시절에 따돌림을 주도한 적은 없었지만, 그렇다고 따돌림당하는 친구를 앞장서서 구해준 적도 없었다. 서울대학교에 가지는 못했지만, 서울에 있는 대학교 정도엔 들어갔다. 모두가 뒤돌아볼 정도의 뛰어난 외모는 아니었지만, 어디 가서 못났다는 말을 들을 얼굴은 또 아니었다. 아주 인기가 많지는 않았지만, 서너 번 연애는 했다. 지금 다니고 있는 회사가 모든 사람들이 입사하고 싶을 만한 한국 최고의 기업이라고 할 수는 없겠지만, 어쨌든 7할 정도의 한국인들이 이름을 말하면 알 만한 회사였다. 어떤 사람한테는 뻔하고 재미없는 인생일지도 모르지만, 나는 그 정도면 만족하고 살아왔다.

그럭저럭 친구들이 있고, 그럭저럭 모아놓은 돈도 있고. 엄청난 명예나 부도 바란 적이 없었다. 매일 출근하고 퇴근하고, 집에 돌아오면 널브러져서 유튜브를 보거나 휴대폰 게임을 하다가 잠이 드는 삶. 한 달에 한 번 정도씩은 책을 사기도 하지만, 끝까지 읽는 건 쉽지 않았다. 하지만 직장생활 하는 사람들이 다 그렇지, 뭐. 거기에 특별히 죄책감을 느끼거나 괴로워하지도 않았다. 나는 직장에서도 초고속 승진을 하고 싶어 하는 부류는 아니었다. 적당히 자리를 유지하다가 적당히 때 되면 승진하는 그만저만한 삶을 살면 되지 않겠나. 나잇대가 잘 맞는 애인도 있으니, 내년이나 내후년쯤에는 결혼을 할 생각도 하고 있었다.

지금 이런 생각을 해봐야 무슨 소용이람. 이 와중에 갑자기 자기 삶을 총체적으로 돌아본 건, 역시 이 사이트 때문이다. guide line. 나는 2주일 전까지만 해도 이런 사이트가 세상에 있다는 것조차 알지 못했다. 대체 이 사이트엔 어떤 사람들이 드나드는 건지도 몰랐다. 나는 인터넷 커뮤니티라는 것도 제대로 해본 적이 없었다. 페이스북 그룹이나 네이버 밴드같은 것은 물론이거

니와 취미 모임 같은 것에도 들어가본 적이 없었다. 2000년대 중후반에 사회적으로 한참 왈가왈부하던 '일베' 같은 커뮤니티는 뉴스에서만 봤지 한 번도 궁금한 적이 없었다. 그런데 지금 내 앞에 놓여 있는 선택지는 이것뿐이었다.

내가 대체 왜 그랬는지는 아직까지도 의문이다. 그건 내가 평생 한 일들 중에 가장 이상한 일이었다. 나는 사춘기 때도 '나다운 게 뭔데!' 같은 질풍노도의 대사는 뱉은 적이 없었다. 나는 '나다운' 게 뭔지 아주 잘 알고 있었다. 나는 야망도 별로 없고 욕심도 별로 없었다. 주어진 상황을 극복할 생각도 잘 안 했다. 그 자리에서 자연스럽게 상황과 상황 사이를 미끄러지는 게 가장 나다운 일이었다. 그러므로 무엇이 나답지 않은지도 잘 알고 있다. 그날 나는 정말로 나답지 않았다.

나는 나름대로 열심히 소명을 했다. 징계위원회에 회부되어서도 열심히 했고, 인사부장 면담에서도 열심히 했다. 하지만 내 소명을 들으면 들을수록 회사는 당연히 날 쫓아낼 것이었다. 말하면서도 절실히 깨달았다. 나는 바보가 아니다. 어떤 사람들이 회사 눈 밖에 나고 쫓겨나는지도 잘 알고 있었다. 하지만 그 상황에서 다른 변명을 할 여지도 없었다. 나는 열심히 내가 비열한 자가 아니고, 나름대로의 정의감을 가지고 있었다고 말했다. 물론 그 말은 아무 소용이 없었다. 그나마 징계위원회 위원 중 한 명이 나가는 길에 내 어깨에 손을 얹고 한 번 질문을 한 게 최대한의 수확이었다.

"학교 다닐 때 데모 좀 했었나 봐?"

데모? 당연히 아니다. 학생회 근처에도 간 적이 없다. 대학교 1학년 때 학생회 선배들이 사주는 술이나 좀 얻어먹었지. 내가 학생회와 연관되어본 건 오로지 개강총회뿐이었다. 매년 3월 마다 하는 '등투'조차도 가본 적이 없다. 하지만 그 위원이 나를 가엾게 여긴 유일한 사람이었다. 차라리 데모를 열심히 해서 이렇게 된 거라면 낫겠다.

처음에는 징계위원회가 결정을 내리는 동안 회사에 꼬박꼬박 나와 있으려고 했다. 아무리 누명을 뒤집어썼다고 해도, 그 누명에 굴하지 않는 근성을 보여주겠다는 마음이었다. 그 마음은 1주일 만에 흔적도 없이 사라졌다. 사실 나한텐 그 정도의 근성은 없었다. 그런 근성이 없다는 건 원래부터 알고 있었지. 어제까지만 해도 하하하호호 농담을 건네던 사람들이 마치 내가 없는 사람인 것처럼 굴었다. 아무도 나에게 말을 걸지 않았고, 업무 협조조차도 제대로 되지 않았다. 원래 내가 맡았던 일들을 그냥 자연스럽게 자기들끼리 나눠 가서 하는 상황까지 벌어졌다. 금요일 오후 5시, 나는 5일간의 연차를 제출했다. 연차는 제출하기가 무섭게 승인되었다.

징계위원회 앞에서 소명할 때, 한가운데 앉아 있던 박 이사는 손가락으로 스마트펜을 빙글빙글 돌리면서 말했다.

"사실 뭐, 이건 소명을 들어보자는 것이고…… 알겠지만 우리가 소명을 듣는다고 해도 우리가 결정하는 거는 아니야. 지금 하는 말은 다 녹취가 되어서 매뉴얼로 들어가고 있거든. 이 주임도 알지? 매뉴얼이야 이 주임도 같이 만들었잖아."

매뉴얼. 매뉴얼을 떠올리자 마음속에 실낱같은 희망이 되살아났다. 회사 측이야 당연히 날 쫓아내고 싶겠지만, 매뉴얼은 좀 더 이성적인 판단을 해줄 수도 있다. 여느 회사와 같이 우리 회사도 매뉴얼은 오픈소스였다. 처음 입사해서 매뉴얼을 읽어보았을 때, 오픈소스, AI, 블록체인이 결합하면 이렇게 완벽한 매뉴얼을 만들 수 있다는 데에 정말이지 감탄했었다. 매뉴얼은 회사 측의 입장과 노동자 측의 입장을 모두 적당하게 반영하고 있었다. 이 매뉴얼로 매사를 판단한다면 언제나 최선의 결과를 이끌어낼 수 있을 것처럼 보였다. 조항들은 아주 세밀한 부분까지 있었고, 아마도 그 세밀함이 갈등을 최소화할 것이었다. 그렇다면 틀림없이 내 상황과 같은 조항도 있을 법했다.

하지만 내가 입사한 지도 벌써 6년째, 그사이에 매뉴얼도 많이 변했을 것이다. 연차가 승인되고 남은 1시간 동안 나는 허겁지겁 매뉴얼을 찾아보았다. '직장 내 괴롭힘' 조항만 무려 48개였다. 나는 눈을 부릅뜨고 조항들을 재빠르게 훑어 내려갔다. 의외로 직장 내 괴롭힘의 처벌 규정은 다양했다. 처벌당할 거라고 생각해본 적이 없으니, 당연히 한 번도 매뉴얼에서 처벌 규정을 찾아본 일은 없었는데. 퇴사는 최고 수준의 처벌이었다. 회사에 만약 남고 싶다면 그 외의 다양한 처벌들을 받아들일 수 있었다. 작게는 근신부터 비교적 크게는 감봉까지 있었는데, 그중 한 조항이 눈에 들어왔다.

'피해자의 요청에 따라 가해자 교화 프로그램의 일환으로 직장 내 괴롭힘의 고통을 증강 감각을 통해 유사 경험하는 징계를

내릴 수 있다.'

아니, 너무하는 거 아니야? 내가 이런 주장에 동의했던가? 고작 2개월 전에 등록된 조항이었다. 고개를 갸웃거리며 기록을 뒤져보았더니, 맙소사, 내가 동의한 조항이었다. 누군가의 ID가 기록되어 있었지만, 누군지는 알 수 없었다. 매뉴얼은 70퍼센트 이상이 동의하면 타당한 것으로 승인되어 조항에 기록되는 시스템이었다. 아마 AI는 늘 그렇듯 '평소에 나였으면 동의했을 것'이라는 전제를 같이 보여줬을 것이고, 나는 별생각 없이 왼쪽 버튼을 눌렀을 것이다. 조항을 제대로 읽기나 했을지 모를 일이다. 아니, 그때는 읽으면서 직장 내 괴롭힘 같은 나쁜 일을 하는 사람은 저런 일을 겪어봐야 한다고 생각했을지도 모른다. 어느 쪽인지도 기억나지 않았다.

소름이 끼쳤다. 혹여나 같은 수준의 정신적 고통을 주겠다고 하면 어쩌지. 같은 수준이라면서 '피해자의 주장'에 상응하게 조정하면, 실제로는 같은 수준의 정신적 고통이 아닐 수도 있잖아. 머릿속으로 그 밉살스러운 얼굴이 스쳐 지나갔다. 그 자식도 아마 소명을 했을 것이다. 그 자식이라면 고통을 얼마든지 어마어마하게 부풀려서 말할 수 있었다. 틀림없이 그랬을 것이다. 이런 징계를 받느니 차라리 해고를 당하고 말지, 까지 생각했다가 다시 머리를 흔들었다. 어쨌든 해고만은 피해야 했다. 이깟 별것 아닌 일로 갑자기 삶이 궤도에서 이탈해서 낭떠러지로 곤두박질치는 꼴을 보고 싶지는 않았다.

문제는 그 자식이었다. 처음 들어왔을 때부터 계약직 직원들이 너무 월급을 많이 받는 것 같다면서 월급 인상률을 통계 내서 들고 오는 놈이었으니까, 어떻게 보면 그따위로 구는 게 예정되어 있었던 거나 마찬가지였다. 계약직 월급 깎는다고 자기 월급 오르는 것도 아닌데 희한한 인간이라고는 생각했지만, 그때도 나는 굳이 거기에 입을 대려고 생각하지는 않았다.

사건은 추석 선물 때문에 벌어졌다. 노동조합 추석 선물이 계약직에게 똑같이 나가는 게 말이 되냐고, 회식 자리에서 그 자식이 불평을 터뜨렸다. 다들 입을 다물었다. 눈치가 없는 건지 그 분위기에서도 계속 못된 말을 이어나가던 그 인간에게 못 참고 한마디하고 말았다.

"영주 씨는 자기가 계약직보다 일을 잘한다고 생각하나 보지?"

그래, 이것이야말로 정말 나답지 않은 일이었다. 평소 같으면 가만히 입 다물고 넘어갈 일을, 내가 무슨 정의의 사도라고 빈정대기까지 했던가. 김영주는 얼굴이 시뻘게져서 식탁까지 주먹으로 두들겨대며 화를 내기 시작했다. 정식 공채로 들어온 자신을 모욕한다며 당장 사과하라고 소리를 질러대는데, 회식 자리는 삽시간에 엉망진창이 되었다.

사람들이 한둘씩 그 자리를 빠져나가는데도, 얼근히 취한 그 자식은 내 앞을 만리장성처럼 가로막고 서서는 사과하지 않으면 집에 못 간다고 패악질을 부리기 시작했다. 저러다 말겠거니 하고 지켜보고 있었는데, 끝까지 내 앞을 지켜주던 박 대리까지 미안하다며 슬그머니 자리를 뜨고 나자 이러다가 이 자식이랑 새벽까지 식당에 남게 생겼다 싶었다. 내일 출근도 해야 되는데

이게 뭐하는 시간 낭빈가 하는 생각에 나도 자리에서 일어났다. 그게 잘못이었다. 앞을 가로막은 걸 밀치고 식당 밖으로 나간다는 게 너무 세게 밀치고 말았던 것이다.

녀석은 넘어지면서 소주병 상자들에 한 번 처박았고, 소주병 몇 개가 깨지면서 팔과 이마, 가슴팍에 상처를 남겼다. 그 자식이 피를 흘리며 일어나자 식당에서 몇 사람들이 소리를 질렀다. 나는 놀라서 상처를 보려고 김영주를 붙잡았는데, 그 자식은 내가 손을 대자마자 소리를 지르며 움츠러들었다. 나는 아니, 아니라고 손을 내저으며 가까이 다가갔다. 이때까지만 해도 일을 덜 망칠 수 있었다. 최소한 다가가지라도 말았어야 했다. 김영주는 날 피해 게걸음을 치다가 쌓아놓은 숯불 위로 나동그라지고 말았던 것이다.

다음 날 회사에 가보니, 나는 위협과 폭력에 얹어서 지속적으로 김영주를 괴롭혀온 직장 내 괴롭힘 가해자가 되어 있었다. 그 자리에 같이 있었던 직원들은 아무도 내 편을 들어주지 않았다. 내가 때리는 장면은 아무도 보지 못했고, 김영주는 찰과상만이 아니라 화상까지 입은 상태였다. 만약 이 징계가 적용되면, 나는 화상 입는 아픔 같은 걸 겪게 되는 건가. 생각만으로도 끔찍했다. 찰과상이야 내 실수가 맞다고 쳐도, 화상은 절대로 내가 입힌 게 아닌데.

해고도 피해야 했고, 다른 종류의 징계도 피해야 했다. 솔직하게 나는 근신도 억울했다. 이 사건에서 내가 잘못한 게 대체 뭐란 말이야. 내가 직급이 아주 조금 높은 게 문제인 건 알겠지만, 나는 아무 죄도 없었다. 매뉴얼과 AI가 나에게 어떤 판정을 내려줄지만 목 빠지게 기다리기엔 너무 억울했다. 연차를 내놓고 나는 야근을 시작했다. 아무도 내게 인사하지 않고 빠져나간 텅 빈 사무실에서 홀로 모니터와 씨름했다. 회사 매뉴얼을 해킹할 수는 없었다. 물론 그런 컴퓨터 실력도 없었지만 들키기라도 하면 끝장이었다. 대신 나는 이 매뉴얼이 대체 어떤 시스템으로 굴러가는지, 지금까지 내린 판정은 어떤 게 있었는지 뒤지기 시작했다. 밤 10시 42분쯤, 나는 guideline을 찾아냈다.

가이드라이너들이 하는 일은 단순했다. 단순했기 때문에 가이드라이너를 굳이 찾는 것이기도 했다. 그러고 보니 어렴풋이 가이드라이너에 대한 이야기를 들어본 기억도 났다. 인공지능의 오류를 찾아내는 사람들, 잘못 입력된 매뉴얼을 복구하는 사람들, 인공지능이 작동하는 법칙을 구축하는 사람들이 있다는 것이다. 시스템이 완전해지면야 그 자리를 떠나겠지만, 그때까지는 그런 '사람들'이 필요했다. 가이드라인은 바로 그들을 모아놓은 거대한 인력시장이었다. 가이드라인의 시스템은 가볍고 단순했다. 누군지 전혀 알 수 없는 이들이 필요할 때만 밀려왔다가 썰물처럼 빠져나갔다. 검수하고 확인하고 가이드라인에 입력된 계좌로 돈을 받았다. 이 사람들은 청바지를 팔려고 플리마켓에 등록하는 사람처럼 우리 회사 매뉴얼을 비롯한 각종 시스템에 자기 ID를 등록했다.

이게 바로 내가 출근도 안 하고 집 모니터 앞에서 마우스 휠을 굴리게 된 사연이었다. 기껏해야 사이트 하나 들어가는 게 뭐가 그리 별거겠느냐마는, 이상하게 마음이 불안했다. 나는 스스로에게 반문했다. 내가 지금 여기 들어가서 뭘 하려고 하는 거지? 그야 내 징계에 영향을 줄 방법을 찾아보려고 하는 거지. 그거 불법 아니야? 꼭 내가 직접 하라는 법도 없잖아. 여기 있는 사람들은…… 내가 불쌍하다고 생각할지도 모르잖아. 몇 번씩 자문자답을 반복하던 나는, 눈을 질끈 감았다가 다시 뜨고는 빠르게 마우스 왼쪽 버튼을 클릭했다. guideline은 새 창으로 활짝 열렸다.

회원가입도 로그인도 필요 없었다. 들어가자마자 익명의 ID가 부여되었다. IP 주소 정도야 당연히 추적되겠지만, 지금 당장 내 ID로 일을 시작할 게 아니니까. guideline에는 서둘러서 각자 일을 주워 가는 업무 게시판 말고도, 일할 때 정보를 주고받는 정보게시판도 있었다. 정보게시판에 들어가자 '한 ID 같이 쓰실 분 찾는다'는 게시물이 밑도 끝도 없이 많이 보였다. 정보게시판은 거의 동업자를 찾는 게시판이었다. 몇 개 글을 읽어보니, 한 ID를 같이 쓰는 게 기업 측에 걸리면 곧바로 잘리지만, 몇 사람이 한 ID를 같이 써서 나오는 처리 속도가 시스템에 쌓는 신용을 생각하면 충분히 감내해볼 만한 모험인 모양이었다. 너무 여러 명으로 ID를 돌리다가, 잔뜩 벌어놓은 계좌에서 돈을 하나도 못 찾게 되어서 어쩌면 좋냐고 울부짖는 가이드라이너도 있긴 했지만.

찔러볼 수 있는 유일한 공간이 바로 여기였다. 정보게시판에 글을 올렸다. 설마하니 회사에서 가이드라이너 게시판까지 하나하나 뒤지진 않겠지. 그래도 혹시 모르니 답변만 달리면 지울 생각이었다.

「한솔 매뉴얼 다뤄보신 분 찾음. 일 편한지, 시간 얼마나 걸리는지, 페이도 궁금합니다. 경험 있으신 분 ID 한번 태워주시면 감사.」

글을 올려놓고 나서도 다른 글들을 몇 번씩 살펴보았다. 혹시나 이 회사 직원인 거 티가 나진 않는지, 아무도 의심하진 않을지 불안해서 심장이 쿵쿵 뛰었다. 불안 때문에 이런저런 호르몬이 솟구치는 감각이 손끝까지 느껴졌다. 손끝이 괜히 파들파들 떨리기 시작했기 때문이다. 댓글이 달리는 데는 그리 긴 시간이 걸리지 않았다. 댓글엔 cyclops_guideline이란 사람이 남긴 의미를 알 수 없는 한 줄이 달려 있었다.

「ㅋ fall_guideline」

그 한 줄이 달리자마자 다섯 명이 댓글에 하트를 박아댔다. 무슨 말인지 잘 모르겠다고 솔직하게 말해도 되는 건지 아닌지 고민하다가 우선은 정보게시판에서 fall_guideline을 검색해보았다. 당연히 글은 하나도 나오지 않았다. 여기에서 사람을 찾고 나서는 글을 지우는 게 보통일 터였다. 일단 종이에 fall_guideline을 쓴 뒤 원글로 돌아갔다. 어느새 댓글은 사라져 있었다. 나는 얼른 내 글도 지웠다. 이 이상의 정보를 얻기란 쉽지 않을 모양이었다.

전체 검색창에 fall_guideline을 쳤다. 한 명의 가이드라이너가 검색되었다. 지금껏 한 업무들을 살펴보자, 대체로 매뉴얼

작업이었다. 회사 매뉴얼 검수, 회사 매뉴얼 입력. 회사 이름은 다 가려져 있었지만, 글자 하나를 보고 등줄기에 전율이 오는 느낌이었다. 우리 회사에서만 사용되는 지출 은어였다. 같은 업종인 다른 회사에서도 이 은어를 쓰는 경우는 거의 없었다. 틀림없었다. 가려진 회사 이름이 우리 회사 이름이었다.

누군지 모를 이 가이드라이너는 6년 전부터 우리 회사 매뉴얼을 중점적으로 검수하고 있었다. 월수입은 아마도 한 달에 120만 원 정도. 120만 원으로 생활이 되나, 잠깐 생각했지만 여기서 일하는 사람들은 그 정도는 감수하고 일하고 있을 터였다. 어쩌면 다른 일이 있어서 부업으로 하고 있는 것일지도 모르고. 연극이나 음악을 하는 사람들이 가이드라이너로 많이 일한다는 이야기도 얼핏 들은 것 같았다.

그래, 이 사람에게 도움을 요청하는 수밖에 없어. fall_guideline의 프로필 페이지를 띄워놓은 채 몇 시간을 침대에 누워서 뭐라고 말을 걸지 고민했다. 직원이라는 걸 들키지 않기 위해서는 동업을 원하는 척 말을 거는 게 제일 안전할 것이다. 우리 회사 매뉴얼을 제일 많이 건드리는 fall_guideline의 ID라면 회사에서도 전혀 의심을 사지 않고 자연스럽게 결과를 받아들일 것이다. 그냥 현재 심의가 어떻게 진행 중인지만 확인해도 완전히 이득이다. 그때부터는 어떻게든 해볼 여지가 생긴다. 가만히 누워서 천장만 바라보다가 몸을 일으켰다.

하지만 fall_gauidline의 ID에는 불이 들어와 있지 않았다. 모니터 한쪽에는 언제든 말을 걸 수 있도록 접속 확인창을 띄워두고, 멍하니 인터넷 서핑을 시작했다. 실시간 검색어들을 이것저 것 눌러보다가, 자주 들어가던 야구 커뮤니티에서 이런저런 게 시물을 눌러보기도 했다. 뉴스니 유머니 분명 글을 읽고 있긴 했지만, 읽지 않는 것이나 진배없었다. 아무것도 머릿속에 들어 오지 않았다.

만약 fall_guideline이 내가 회사 사람이라는 걸 알아차리면 그땐 어떻게 한담. 바로 접속을 차단하면 내가 누군지 알 방법 은 없지 않을까. 하지만 만약에 회사에 보고를 한다면? 지금 징 계 문제가 걸려 있는 건 나 한 명밖에 없을 텐데. 회사에선 당연 히 내 ID를 추적하지 않을까? 의심을 피해서 징계 처리에 대해 잘 물어볼 방법이 있을까?

거기까지 생각이 이르자 순간 섬뜩해졌다. 얼른 해외 포르노 사이트를 보기 위해 활용했던 VPN 프로그램을 켰다. 대충 네 덜란드 정도로 나라를 지정하고 VPN을 작동시키자, 이번에는 회사 쪽 사이트가 먹통이 되어버렸다. 아까 깔아놓은 채팅 프로 그램은 간신히 돌아가는 거 같은데, 내가 말을 거는 건 불가능 했다. 나는 얼른 VPN을 껐다. VPN이 뭔가 해킹시도라고 파악 한 게 틀림없었다. 아니, 도대체 나는 왜 이렇게 멍청할까. 네이 버도 VPN을 켜서 접속하면 해킹시도라고 파악하는데, 가이드 라인 프로그램이 그러지 않을 리가 없는데.

문제는 그때부터였다. VPN을 끈 다음에도 사이트엔 접속되 지 않았다. VPN 때문에 내 ID를 아예 해킹시도라고 파악해버 린 게 틀림없었다. 온갖 방식으로 다시 접속을 시도해봤지만 시

스템은 꿈쩍도 하지 않았다. 야단났네. 아무 PC방이라도 가서
재시도해봐야 하나, 생각했지만 VPN을 켠 상태로 ID를 등록하
기만 해도 접속을 차단하는 마당에 공용 IP를 접속하게 해줄 것
같지도 않았다. 나는 키보드에 머리를 처박았다. 혹 떼려다 혹
붙인 꼴이 되어버렸다. 멍청한 새끼.

　누군가가 채팅프로그램으로 먼저 말을 걸어왔다. nagari_guide
line.

　「아까 fall_guideline 찾으시던 분이죠?」

　「아, 네…….」

　「접속이 끊기셨나 봐요.」

　「그게 VPN을 켜는 바람에, 해킹시도로 파악한 거 같아요.」

　나는 뛰어들어 갈 듯 모니터를 노려보았다. 이게 부디 하늘에
서 내려온 동아줄이길.

　「VPN이요……?」

　아차. 허둥지둥 아무말이나 메신저에 치기 시작했다.

　「그 한국에서 접속 안 되는 해외사이트 있잖아요. 그런 데 들
어가려고 했다가, 네네.」

　「아아. 그런 해외사이트 ㅎㅎ」

　ㅎㅎ의 의미를 이해한 건 3초 정도 후였다. warning.or.kr을
생각하고 있는 게 틀림없었다. 뭐라 변명할 시간도 없이, 상대방
에게서 ID 하나가 날아왔다. A2394857X90I.

　「임의 ID예요. 이거면 접속 될 거예요.」

　「아이고. 정말 감사합니다.」

냉큼 아이디를 메모장에 옮겨놓다가 문득 이상한 생각이 들었다.

「그런데 nagari_guideline님은 왜 이 ID를 저한테……?」

「아까 fall_guideline 찾던 분이시라면서요.」

「네, 그런데…….」

「ㅎㅎ 잘 되길 바라요.」

그의 이름 앞에 파란 불이 사라졌다.

ID를 바꿔서 접속하자, 그제야 fall_guideline의 이름 앞에도 파란 불이 들어왔다. 그가 접속 중이었다.

「안녕하세요, 한솔 매뉴얼 많이 다루신다고 들었습니다.」

메시지를 보내자마자 읽었다는 표시가 떴다.

「안녕하세요. 한솔 직원이신가요?」

당황해서 화면을 꺼버릴 뻔했다. 여기서 로그아웃하면 한솔 직원이라는 걸 스스로 증명해주는 것이나 마찬가지다. 회사에서도 매번 우리 회사 관련한 일만 맡아서 하려고 하는 이 사람의 존재를 파악하고 있을지도 모를 일이다. 아니, 혹시 회사 측에서 심어놓은 스파이 같은 존재는 아닐까. 일단 자연스럽게, 하지만 너무 뜸 들이지 않고 대답을 했다. 너무 뜸 들이지 않으려고 했지만, 생각보다는 조금 뜸이 들었을지도 모른다. 콧잔등에 땀이 송골송골 맺혔다.

「아뇨, 한솔 매뉴얼이 복잡하고 잘되어 있다고 들어서 시범 삼아 연습 좀 해볼까 해서요. 앞으로 매뉴얼 쪽만 공략해서 일 좀 해보려고요. 혹시 ID 공유 받으시나요?」

「아, 그래요? 제가 글 안 올렸는데 저한테 먼저 이렇게 메시지 보내시는 분들은 한솔 직원 분들이던데.」

머릿속이 복잡해졌다. 지금이라도 그냥 로그아웃하고 도망치는 게 나은가. 아니, 아직은 그렇게까지 의심을 안 하고 있을지도 몰라. 그냥 신기해서 말을 한 걸 수도 있잖아. 사실은 내가 누군지까지 다 알고 있는 건 아닐까. 아니면 역시 회사 쪽에서 일부러 심어놓은, 함정수사 같은 건 아닐까? 지금까지 회사에서 징계받았던 사람들이 누구였지? AI 프로토콜이니까 다 잘 받았을 거라고만 생각했었는데, 혹시 함정수사에 걸려들었던 사람들이 있는 건 아닐까? 아무 말도 못 하고 있는 동안 fall_guideline은 말을 이어나갔다.

「제가 이 일을 오래 해서 한솔에 대한 건 웬만하면 다 알거든요. 실제 직원분들보다 더 많이 알지도 몰라요. 수입 지출이 어떤지 회사 전체에 공유 안 되잖아요. 근데 여기선 다 알 수 있어요. 데이터 관리도 AI로 하시니까. 윗선들에서 좀 수상한 움직임 있는 것도 알 수밖에 없고, 자금 흐름 좀 묘하게 흘러가서 살짝 떼먹고 있는 것 같은 이사님도 누군지 알고요. 이런 거 많이 알게 되면 실제로 그걸 써먹느냐 마느냐랑은 별개로 좀 힘이 생긴 것 같은 느낌도 들죠. 가이드라이너로 회사 매뉴얼 다루는 사람들이 그런 거 때문에 매뉴얼 다루고 싶어 하는 경우가 많아요. 님도 약간 그런 건가요?」

「네네, 맞아요. 그런 거 많이 알면 나중에 취직하는 데도 도움될 것 같고요. 이거 하면서 이런저런 공부도 좀 될 것 같고요.」

싸늘하게 식었던 피가 다시 자기 온도를 찾는 느낌이었다. 날 의심한 건 아니었구나. 얘기하는 걸 들어보니 이런저런 정황을 알게 되면, 오히려 회사 안에서 입지가 탄탄해질 수도 있겠다는 생각도 들었다. 어쩌면 회사 안의 다른 사람들도 가이드라이너로 일하고 있을 수도 있지 않을까. 가이드라이너는 계약직조차도 아니고 일용직인데.

「아, 취직 준비하시는구나. 가이드라이너 하면서 취준하시는 분들 있죠. 저는 우울증이 심해서 그건 좀 어렵지만. 부럽네요.」

「그러시구나…….」

느닷없이 무거운 말이 날아왔다. 이 사람한테 잘 보여야 어떻게든 되는데. 나는 버벅거리며 뭐든 위로가 될 말을 마구 주워섬겼다.

「그래도 저보다 훨씬 나으시잖아요. 저는 아직 취준생인데, 여기에서 이렇게 돈도 버시고, 이력도 탄탄하시고. 말씀하신 것처럼 그 회사 내부 사정도 많이 아시고.」

「맞아요. 정말 웃기죠. 그 회사에선 제가 누군지도 모르는데, 제가 뒤에서 회사를 쥐락펴락하고 있다는 게요. 그래서 한솔 직원분들 도와드린 적도 꽤 있어요. 3년 전에 회계 실수로 징계받을 뻔한 오성희 과장님, 가이드라인 찾아오셔서 제가 미스 분량 맞춰드린 적도 있고요.」

기억났다. 생각보다 시재가 많이 비었는데, 분량이 발견되어서 없었던 일이 되었다. 오성희 과장은 그사이 그 부서 차장이 퇴사까지 해서, 이제 차장 대우로 회사 생활 멀쩡하게 잘하고 있다. 어쩌면 이 사람, 나도 도와줄 수 있을지 몰라.

「그러니까 제가 도와줄 필요가 있으면 솔직하게 얘기하세요, 이정직 주임님.」

역시 이 사람은 다 알고 있었다. 진작에 내려놓고 말을 시작하는 게 나았을 텐데. 나는 팔에서 힘이 쭉 빠져나가는 걸 느끼면서 천천히 타자를 쳤다.

「언제부터 알고 있었어요?」

「지금 저한테 말 걸어올 사람이 이정직 주임님 말고 더 있겠어요? 이정직 주임님 인사고과도 늘 무난하시고, 사내 관계도 다 무난하시고, 적당히 일찍 출근해서 적당히 늦게 퇴근하시고, 회사 생활 하시는 동안 정말 무탈하게 잘 지내오셨는데 갑자기 날벼락을 맞으셔서.」

글자를 읽는데 눈물이 핑 돌았다. 아무도 몰라주는 걸 이 사람만이 알고 있었다. 누군지도 모르는 사람이 내 회사 생활을 같이 일한 동료들보다 더 꼼꼼하게 보고 있었다. 일부러 보려고 한 것도 아니었을 텐데. 하지만 감격하고 있을 시간이 없었다. 나는 말 그대로 넙죽 엎드렸다. 물론 어디까지나 대화 태도로 엎드렸단 얘기지만, 진심이기도 했다. 지금 fall_guideline이 눈앞에 있었다면 무릎이라도 꿇을 수 있었다.

「저 좀 도와주세요, fall님. 전 정말 억울합니다. 제가 김영주를 평소에 괴롭혔다는 건 완전히 모함이고요. 그 술자리에서도 제가 일부러 김영주를 때리거나 밀친 건 절대로 아니에요.」

「맞아요. 소명하신 것도 다 들었어요. 들었다기보단 AI가 문서화한 걸 본 거지만……. 그런데 정말로 평소에 김영주 씨를 안 괴롭히신 거예요? 거기서도 그런 적 없다고 증언하시더라고요.」

「당연하죠. 제가 김영주를 대체 왜 괴롭히겠습니까.」

「보고서 줄 간격 틀렸다고 두 번 다시 쓰게 하셨죠.」

「그건 김영주가 입사한 지 얼마 안 되었을 때라서……. 아직 회사 문서에서 형식이 얼마나 중요한질 잘 모르는구나 싶어서 그랬지요. 자기가 직접 해봐야 늘기도 하고…….」

「줄 간격이 틀렸다는 얘기도 안 해주시고 빠꾸하셨잖아요.」

「예? 제가…… 그랬나요? 전 얘기를 한 줄 알았는데…….」

「김영주 씨만 빼놓고 다 같이 점심 먹으러 가신 적도 있잖아요. 이 주임님이야 다른 사람이 얘기할 때 딱히 뭐라고 안 하시는 분인 건 알지만, 김영주 씨가 이 주임님 직속인데 좀 기다리자고 말할 수도 있지 않아요?」

「그때는 다들 기다리다가 나간 거라…….」

「10분도 아니고 딱 3분 기다리셨잖아요. 김영주 씨 그날 화장실 갔다가 돌아와서 혼자 탕비실에서 삼각 김밥으로 때웠던데.」

가장 불안한 가능성이 선명하게 솟아올랐다. 이 fall_guideline이 김영주일 가능성. 만약 그렇다면 이것저것 다 끝장이다. 이 기록을 회사에 넘기면, 내가 가이드라이너를 사주해서 기록을 바꾸려고 했던 것까지 들킨다. 하지만 만약 김영주라면 직원이 뒤에서 회사 기밀을 캐내고 다닌 셈이니 그것도 문제가 될 수 있지 않을까. 가이드라이너들은 아주 분절된 정보만 접할 수 있다고 알고 있는데, 이렇게까지 정보를 통합할 수 있는 걸 보면 역시 회사 내부 사람이 틀림없다. 김영주……. 나는 의혹에 차서 천천히 자판에 영ㅈ까지 쳤다. 그때 fall_guideline이 다시 말을 건네왔다.

「믿든 안 믿든 상관은 없지만, 나는 김영주 씨가 아니에요. 김영주 씨라고 멋대로 생각하고 여기서 나가버리면 내가 손핸가, 이 주임님이 손해지. 그리고 아마 그것 때문에 겁내는 것 같은데. 2개월 전에 등록된 가해자 교화 프로그램, 그렇게 겁낼 것도 아니에요. 회사가 고문 같은 걸 하는 데가 아니잖아요. 상한선이 정해져 있고, 일반적인 직장 내 괴롭힘 평균의 스트레스를 교육차원에서 잠깐 주는 거예요. 김영주 씨가 화상을 입었다고 증강 감각으로 화상을 전해준다거나 그러지 않아요.」

몰랐다. 매뉴얼에는 나와 있지 않았는데. 듣고 보니 fall_guideline의 말이 합리적이었다. 그렇지, 지금은 21세기고 나는 인권이라는 게 멀쩡하게 있는 문명국가에 사는데. 너무 스트레스를 받아서 잠깐 이성이 나갔었던 것인지.

「그리고 이 주임님 소명하는 거 들어보니까, 나도 도와주고 싶긴 하더라고. 내가 좀 전에 얘기한 건 김영주 씨 입장에선 직장 내 괴롭힘이라고 생각할 소지가 있었다는 거지, 이 주임님 괴롭히겠다는 게 아니에요. 그리고 김영주 씨가 계약직 직원들 차별하고 그랬던 건 사실이니까. 근데 이 주임님, 이번에 노조에서 계약직도 노조 가입 받으려고 일부러 추석 선물 준 건 알고 말씀하신 거예요? 이사진에서 그거 막으려고 난리잖아요.」

전혀 몰랐다. 그래서 인사부장이 나한테 그렇게 싸늘한 표정을 지었구나.

「그리고 김영주 씨, 인사부장님 외조카잖아요. 그것도 모르셨어요? 주임님 과에서도 이제 3분의 2 정도는 다 아는 거 같던데.」

아무 대답을 하지 못하고 모니터 앞에 굳어 있는 내 모습을 들여다보기라도 한 건지 fall_guideline은 나를 달래듯 계속 말을 이어갔다.

「괜찮아요. 인사부장이 뭐 회장도 아니고. 그런 걸로 더 징계하려고 하면 인사부장님이 문제인 거지. 저는 소명 들어보니까 이 주임님 편 안 들 수가 없겠던데요. 이 주임님 생각보다 되게 의식 있으신 분이더라고요. 학교 다닐 때 학생운동 같은 거 좀 하셨나 봐요?」

「아니요……. 그런 건 전혀 안 했는데, 하필 그날 그 말을 들으니까 욱하더라고요.」

「맞아요. 이 주임님 학생운동 안 하셨죠. 저도 잘 알아요.」

회사 생활이 아니라 회사 바깥 생활까지 수집한다고? 그건 인공지능이 너무 월권인 거 아닌가? 아무리 정보라지만, 학교 다닐 때 어땠는지를 회사에다가 얘기할 필요는 없잖아.

「그런 정보까지 다 입력되어 있어요?」

「에이, 그럴 리가 없죠. 그렇게 되면 노동자 사찰이죠. 경찰에 신고해야 되는 거 아니에요? 저는 그냥…… 이 주임님, 심윤지라는 사람 기억하세요?」

「심윤지요……? 들어본 적 있는 것 같기도 하고, 잘 기억이 안 나는데요.」

「정말요? 서운해하겠다. 심윤지 씨는 이 주임님 엄청 또렷하게 기억하는데. 죽을 때까지 못 잊을 거라고도 하던데요?」

그렇게 강렬한 마음을 나한테 품을 만한 사람이 있었나? 아무리 헤어졌다고 하더라도 여자친구 이름을 기억 못 할 리는 없고, 나한테 짝사랑이라도 했던 사람이 있었나? 대학교 때라면 있을 법한 일이긴 했다. 하지만 정말로 기억은 잘 나지 않았다.

「어, 죄송한데…… 정말로 기억이 잘 안 나요. 죄송합니다. 심윤지 씨가 누구신지 좀 알려주실 수 있으세요? 혹시 fall_guide line 님이 심윤지 씬가요?」

「심윤지 씨는, 이 주임님 두 학번 아래 후배예요. 학교 다닐 때는 단과대 춤 동아리를 했었고요. 춤을 그렇게 잘 추는 편은 아니었지만, 공연하면서 여러 명이 합을 맞춰보는 걸 즐거워했어요. 그렇게 눈에 띄는 사람은 아니었으니까, 무난하고 평범하게 산 이 주임님은 기억이 잘 안 날지도 모르겠네요. 그래도 이 주임님 친한 동기가 춤 동아리 했었던 건 기억하시죠?」

「네…… 승훈이가 했죠.」

「심윤지 씨는 이 주임님이 정승훈 씨 자취방에서 본 그 후배예요.」

기억이 났다. 동아리 하면 이런 애들이랑 이렇게 노는구나 부러워했던 생각도 났다. 1학년이라고 했었다. 흐트러진 머리와 약간 번진 화장으로 승훈이 침대 위에서 일어난 그 애는, 이불로 몸을 덮고 있었지만 승훈이가 이불 좀 치워보라고 하니 입술을 비죽이며 이불을 내렸다. 갑자기 눈앞에 여자 가슴이 드러나서 눈이 휘둥그레졌었다.

「그날 심윤지 씨는 정승훈 씨랑 술을 많이 마셨어요. 심윤지 씨가 술을 잘 마시는 편은 아니었지만, 동아리 선배였던 정승훈 씨를 좋아했거든요. 정승훈 씨가 술 취해서 몸을 잘 못 가누는 심윤지 씨를 업고 자취방에 들어갔을 때, 심윤지 씨는 가슴이 너무 뛰어서 몸 전체가 심장이 된 줄 알았어요. 하지만 정승훈 씨가 심윤지 씨를 만지기 시작했을 때, 심윤지 씨는 조금 당황했죠. 이럴 생각은 없었는데. 그래도 심윤지 씨는 정승훈 씨를 좋아했고, 정승훈 씨를 민망하게 만들고 싶지는 않았어요. 정승훈 씨는 손을 뿌리치지도 못하고 그대로 받아들이지도 못하는 심윤지 씨의 옷을 벗기고 자기가 하고 싶은 대로 다 했죠. 그날의 그 일이 무엇이었는지, 아침까지도 심윤지 씨는 잘 이해하질 못했어요. 놀러 온 친구 앞에서 이불 좀 치워보라고 말하는 게 무슨 의미인지도 몰랐지요.」

「그랬군요……. 저는 그런 상황인 줄은 잘 몰랐어요…….」

「네, 모르셨겠지요. 심지어 이 주임님은 심윤지 씨의 이름조차 모르셨으니까요. 이 주임님이 가슴 보여달라면 보여주는 여자애를 설명한 방식은 이름이 아니었어요. 왜, 그 춤 동아리 하는 키 작고 단발인 애. 이름은 몰라. 그냥 막 보여주더라고. 걔네들은 그러고 노나봐. 신기하다. 이 주임님이야 그냥 신기해서 얘기하셨겠죠. 이 주임님한테 무슨 악의가 있었겠어요.」

「혹시 심윤지 씨신가요? 만약 심윤지 씨라면 제가…… 어떻게 사과를 드려야 할지 모르겠네요. 많이 상처받으셨겠어요.」

「이 주임님의 이야기를 들은 이 주임님의 동기, 후배, 선배들은 죄다 심윤지 씨를 찾아와서 괴롭히고, 만지려 들고, 왜 비싸게 구냐고 타박하고, 가슴 보여달라고 조르고, 그러다 멋대로 심윤지 씨에게 폭력을 행사하고, 또 다른 사람에게 심윤지 씨에 대한 소문을 내고, 심윤지 씨가 우울증으로 자살시도를 하고, 학교를 자퇴할 때까지 그랬는데. 아마 그것도 모르셨겠지요?」

전혀 몰랐다. 아무것도 기억나지 않았다. 그 이후로 그 후배를 학교에서 마주친 기억조차 제대로 나질 않았다. 그러고 보니 누군가가 자살시도를 했다는 말을 어렴풋이 들은 것 같기는 했다. 나는 자살시도를 하는 이상한 사람에게 관심이 없었다. 나에게 가슴을 보여주는 이상한 사람도 잠깐 신기해하고 주변에 얘기하다가 금방 잊어버리고 말았다. 그런 극단적인 건 피하면서 사는 게 좋다고 생각했다. 그런데…….

「정승훈 씨 소식은 들으셨어요?」

「아니요…….」

승훈이는 재작년까지도 한 해에 한두 번은 만나서 소주 한 잔씩은 하곤 했었다. 취직해서 잘 살고 있었는데, 어느 순간부터 연락이 오지 않길래 굳이 연락할 생각은 하지 않았다. 대학 졸업하고 각자 취직해서 바쁘게 살면 흔하게 벌어지는 일이니까. 굳이 그걸 서운하다고 생각해본 적도 없었다.

「정승훈 씨, 앞으로 만나기 어려울 거예요.」

fall_guideline은 웃는 이모티콘을 띄워 보였다.

「나는 아무것도 할 수 없는 사람이 되었어요. 학교도 졸업하지 못했고, 하고 싶었던 것들은 모조리 다 포기해야만 했죠. 여전히 아무것도 할 수가 없어서 종일 침대에 누워 있곤 해요. 긴 시간을 울면서 보내요. 잠드는 것 말고 하염없이 눈물이 쏟아지는 걸 극복할 방법을 찾을 수가 없어요. 나는 선배들이 준 상처를 딛고 일어서지 못했어요. 계획했던 그 무엇도 이루지 못했어요. 종일 침대에 누워 있는 사람이 할 수 있는 유일한 일이 바로 이거였어요. 오래 일하지도 못해요. 선배들은 내 인생을 모조리 끝장냈어요. 그리고 자기들은 아주 평범한 일상을 살아가더라고요. 선배들의 학과와 동아리에도 매뉴얼이 있었어요. 그 매뉴얼은 나 같은 사람의 일상을 지키는 데는 아무런 힘이 없었지요. 선배는 악의가 없었고, 나는 거부하지 않았으니까요. 그렇지요?」

내가 대답하지 않자, fall_guideline은 말을 이어나갔다.

「아주 띄엄띄엄한 매뉴얼은 날 지켜주지 못했고, 아주 촘촘한 매뉴얼도 선배를 지켜줄 수 없네요. 아주 잘된 일이죠. 다행히 선배네 회사는 증강 감각 경험에도 한계를 두고 있고, 선배는 경험하고 교육받고 적당히 근신하면 원래 자리로 복귀할 수 있을 거예요. 나랑은 다르게. 나는 그래서 정말 오래 기다렸어요. 선배가 증강 감각을 경험하게 되는 순간만을 애타게 기다렸어요. 선배한테 실행되기 전까지, 그 증강 감각은 회사가 설정한 내용일 거예요. 하지만 오로지 선배에게만은 설정이 달라져요. 실행되는 순간 선배는 단 몇 분 동안 내가 겪은 몇 년의 고통을 통합적으로 겪을 수 있어요. 우리 중엔 이렇게 삶이 망가진 사람들이 많지요. nagari_guideline도, cyclops_guideline도, 다들 선배처럼 멀쩡하고 평범하게 살고 싶었거든요. 하지만 우리의 삶은 선배의 삶보다 얻은 건 없지만 고통에 한해서라면 훨씬 깊고 풍성하죠. 아, 혹시 nagari랑 cyclops가 누군지 고민하고 있나요? 그 사람들은 살면서 선배를 한번 만난 적도 없으니 걱정하지 말아요. 그들은 내가 그들을 도와주었듯이 나를 도와주고 있을 뿐이죠. 선배는 지금껏 아주 단선적으로 고만고만하게 살아왔잖아요. 이 깊은 고통이 선배의 삶을 얼마나 풍요롭게 만들지 벌써 기대되지 않나요? 정말 길지 않아요, 아주 짧으니까 걱정하지 말아요. 선배는 그걸 피하겠다고 회사를 자기 발로 관둘 수 있는 용기 있는 사람은 아니잖아요. 결혼도 해야죠. 그냥 잠깐 내가 느낀 고통도 느껴봐요. 정승훈은 나랑 똑같이 우울증에 PTSD를 겪으며 방구석 폐인이 되어 살고 있지만, 선배는 정승훈보다는 강인한 사람일 수도 있지 않겠어요?」

fall_guideline의 접속이 종료되었다. 그리고 휴대폰에서 알람 소리가 들렸다. 화면에는 '징계위원회'라는 다섯 글자가 보였다. 매뉴얼을 토대로 철저하게 구성한 징계 명령이 이제야 메일로 도착한 모양이었다. 나는…… 내년에는 결혼도 하고, 차근차근히 안정적으로 살아야 하는데……. 내가 뭐 그렇게 큰 부나 명예를 탐내본 적도 없는데……. 휴대폰 액정을 눌러 도착한 메일을 열었다.

우리는 한때 신이었고

몹시 배가 고팠다. '더는 참을 수 없다'고 느끼는 단계를 지나치고 있었다. 사람들은 '더 참을 수 없는' 상태를 많은 경우 동물적인 본능의 상태라고 생각하던데, 동물로서 장담하건대 전혀 그렇지 않다. '더 참을 수 없다'는 것은 매우 의지적인, 다시 말해 의지를 발휘할 수 있는 단계. 이 정도로 배가 고프면 이미 참거나 참지 않는다는 건 전혀 의미가 없다. 어떤 의지도, 심지어는 살아야 한다는 의지도 생기지 않는다. 갑자기 눈앞에 연어 머리가 떨어진다고 해도 먹을 수 있을지 의문이었다.

연어 머리.

딱 한 번 먹은 적이 있었다. 가게에서 연어 머리를 버릴 때 운 좋게 그 앞을 지나치고 있었기 때문이었다. 그 가게 주변을 장악하고 있던 건 노란색과 까만색이 섞인 험상궂은 놈이었다.

뭐, 나도 사람들 기준에서야 험상궂은 놈이겠지만. 나는 그놈이 나타나기 전에 재빠르게 연어 머리 하나를 입에 물고 정신없이 도망쳤다. 그때의 연어 냄새는 만약 겁을 먹고 연어를 물지 않았더라면 지금까지도 종종 후회할 정도로 좋았다. 맛있는 냄새는 거짓말을 하지 않는다. 연어의 머리통에 이빨이 박히던 감촉을 아직까지 기억한다. 연어는, 다시 먹을 수 있을 거라고는 상상도 못 할 정도로 맛있었다.

3년 전까지만 해도, 나는 임신을 하기도 하고 발정이 나기도 하던 암컷이었다. 양복을 입은 남자 둘과 하얀 가운을 입은 여자 하나가 날 붙들던 그 날 전까지는 그랬다. 봄이었고, 바람이 천천히 불어왔다. 나는 요행히 사료를 내놓는 인간을 다른 놈보다 먼저 만나서 배도 부른 참이었다. 전날엔 비가 내려서 바닥 여기저기의 웅덩이에는 물이 고여 있었다. 나는 물을 홀짝이고 나서, 꾸벅꾸벅 졸기 시작했다. 이곳에 사는 놈들은 인기척에 화들짝 놀라지 않는다. 인간들 역시 웬만해선 내 영역 안으로 들어오지 않는다. 졸다가 번쩍 눈을 떴다. 누군가가 영역 안에 들어와 있었다. 몸을 일으켜 도망치려고 하자마자 무언가 끈적한 것이 발바닥을 붙들었다. 발이 움직이지 않아서 엉덩이를 들썩이는데, 인간의 손이 내 꼬리를 붙들었다. 나는 좁은 철망에 갇혀서 울었고 할퀴었고 몸부림쳤지만, 인간은 나를 어딘가에 눕히고 꼬리 아래쪽, 그 조심스러운 비밀의 구멍에 차갑고 날카로운 것들을 들이대었다. 갈색 털을 머리 부분에 길게 늘어뜨린 여자는 나를 잡힌 자리에 내려놓고 머리를 쓰다듬었다. 나는 아무 힘도 없이 한참을 그 자리에 널브러져 있었다. 모든 불행은 그날부터였다.

생식능력을 잃었다고 해서 다른 놈들이 나를 괴롭히는 건 아니었다. 다만 무언가 아주 뜨거운 것이 마음에서 사라져버렸다. 날카롭게 냄새를 맡고 자동으로 몸이 움직이거나 눈앞에 무엇이든 꿈틀거릴 때 절로 마음을 빼앗기는 순간들이 이제 다시는 내게 찾아오지 않을 거라는 걸, 나는 얼마 지나지 않아 알게 되었다. 다른 놈들은 내 기척조차 잘 느끼지 못하게 되었다. 날 배척하는 것도 아니지만, 그들의 일부로 생각지도 않는다. 그렇다고 해서 인간들처럼 돈을 주고 먹을 것을 살 수도 없다. 당연히 나는 끊임없이 배가 고프게 되었다. 내가 과연 나일지, 나는 매일 눈을 뜰 때마다 생각한다. 나는 이제 민첩하지도 생기 넘치지도, 심지어 살아가고 있지도 않은, 고양이다.

익숙한 생각이 들어오기 시작했다. 그 여자가 나를 떠올리는 모양이었다. 하루에도 수없는 생각들이 머릿속을 스쳐 지나지만 수많은 생각 중에서 밥 준다는 생각은 더욱 또렷하게 잡힌다. 코코 브루니를 지나쳐, 몇 개의 노점들과 북새통문고를 지나쳐, 농협 앞, 8번 출구 옆, 이제 여자는 오늘 장사를 접을 준비를 하고 있다. 여자는 남편을 보며 입을 열었다.

"요 녀석이 또 왔네, 또 왔어. 어쩜 이렇게 문 닫을 시간만 되면 딱 맞춰서 와?"

「신기하기도 하지, 일할 때 오면 챙겨주기도 어려울 텐데.」

일할 때 여자는 정신없이 바쁘고, 여자의 생각들은 대체로 금방 사라진다. 당연하지만 여자는 내가 그녀의 생각을 읽어내고 온다는 걸 알지 못한다. 여자는 남은 핫바를 일회용 그릇에 담아 내 발치에 내려놓았다. 여자의 검은 손과 단단한 손톱이 시야에 훅 들어왔다가 멀어졌다. 여자는 많이 말랐지만, 인간 세계에서 평범한 아줌마로 불릴 수 있는 인상이다. 그래도 여자의 저 마르고 단단한 손은 여자가 그렇게 물렁물렁한 성격은 아니라고 강변하는 것처럼 보였다. 물론 나는 다 알고 있다. 여자는 실제로도 물렁물렁한 성격이 아니었다. 나는 핫바를 깨물었다. 냄새를 맡는 감각이 둔해진 이후로, 음식 맛이 전과는 많이 달라졌다. 연어 머리가 다시 떨어진다고 해도 예전처럼 맛있게 먹기는 어려울지 모른다.

내가 잃어버린 걸 인간의 언어로 굳이 말한다면 '야성'에 가까울 것이다. 어떻게 된 일인지 모르지만, 그것을 잃어버렸다는 걸 깨닫자 인간의 마음들이 내 속으로 정신없이 밀려 들어왔다. 인간의 생각을 읽을 수 있게 된 것이다. 생각해보면 생식 기능을 마비시키는 수술이라니, 그런 걸 인간 말고 대체 어떤 존재가 떠올릴 수 있을까. 인간의 마음이 들리게 된 것도 자연스러운 일일 거라고, 나는 쉽게 그 상황을 받아들였다. 덕분에 삶을 유지할 수 있었고, 그래서 나는 점점 내가 고양이인지 알 수가 없었다. 다만 인간처럼 사고하지 않기 위해 나는 매 순간 최선을 다하고 있다.

「머리를 쓰다듬어도 될까?」

여자의 손이 머리 위로 내려온다. 나는 앙칼지게 인간을 향해 성대를 울린다. 하악 소리를 듣고, 여자는 손을 치운다. 자칫하면 가만히 머리를 내맡기고 있을 뻔했다. 예전 같았으면 인간의 마음 따위 들리지 않아도, 거침없이 기척을 느끼고 몸을 피했을 터였다. 나는 이제 최선을 다해야만 고양이로 남을 수 있게 되었다. 더 비참해지기 전에, 얼른 밥을 다 먹고 자리를 피했다. 쓸쓸했다. 사실을 말하자면 그곳에 더 남아서 여자의 손에 머리를 내맡기고 싶었다. 안 될 일이었다. 그런데도 그런 마음이 들었다는 사실을 부정할 수는 없었다. 나는 분명히 점점 고양이로서의 자신을 잃어가고 있었다.

여자를 등지고 공터 쪽을 향했다. 벤치 위는 대체로 돌바닥보다는 따뜻했다. 예전에 곧 무너질 것 같은 고깃집들이 잔뜩 있었을 때는 조금 더 따뜻했었다. 몇몇 마음 좋은 인간들은 나를 위해 양념하지 않은 고깃덩어리를 남겨주기도 했다. 거리는 털이 다 벗겨져 나간 것처럼 추웠다. 벤치에 낯익은 뒷모습이 보였다. 그 소녀, 괴물이었다.

괴물이라고 지칭하는 건 미안하지만, 그렇게 말고는 다른 말로 표현할 수가 없다. 괴물은 탁자에 턱을 괴고 있다가 날 발견하고는 자리에서 일어났다. 짧은 치마가 팔랑였다. 괴물의 생각이 머릿속으로 들어왔다.

「밥은 먹었나 보네.」

괴물은 다행이라고 생각하면서도 서운해하고 있었다. 나는 괴물을 실망하게 하지 않기 위해, 입을 열었다.

"많이 못 먹었어, 배고파."

「그럴 줄 알았어.」

괴물이 가방 안에서 캔을 꺼냈다. 캔을 자주 사지도 못하는 걸 아는데 더 배고픈 고양이에게 양보하는 쪽이 낫지 않을까. 나는 생각했지만, 괴물이 주는 캔을 얻어먹을 고양이가 그렇게 많지는 않을 것이다. 소녀가 괴물인 건 조금만 같이 있어도 금방 알 수 있다. 소녀는 괴물이기 때문에 고양이 말을 알아듣는다. 괴물이 언제까지 고양이 말을 알아들을 수 있을지는 확신할 수가 없다. 괴물을 처음 만난 건 바로 저쪽 놀이터 근처였다. 홍익대학교 쪽으로 타고 올라가야 하는 놀이터에는 언제나 사람이 미어터질 듯 많았기 때문에 나는 늘 지구대 앞 작은 놀이터 근처에서 쉬곤 했었다. 그날도 여전히 배가 고팠기에, 나는 별생각 없이 말했다.

"배고파."

그 말에 반응한 게 사람이라는 것에 한 번 놀랐고, 가만 보니 그게 사람이 아니라 괴물이라는 것에 또 한 번 놀랐다. 그래도 인간의 외형을 가지고 있으니, 인간이랍시고 생각이 읽혔다.

「많이 굶었나 보다.」

"너, 몸을 버렸어?"

괴물은 쓸쓸하게 웃으면서 내 앞에 웅크리고 앉았다.

「이 고양이는 고양이였던 나를 경멸하겠지.」

"왜 그랬는지 이해한다면 경멸하지 않을게. 왜 그랬어?"

마음을 읽혀버린 괴물은 이해가 되지 않는다는 듯 멍하니 내 눈을 바라보다가, 주섬주섬 주머니에서 작은 캔을 하나 꺼냈다. 캔을 보자마자 괴물의 생각이 읽혔다. 괴물은 지금도 돈이 없지만, 혹시라도 배고픈 고양이를 발견할까 봐 늘 가방에 작은 캔을 들고 다니고 있었다.

「너무 배가 고팠어.」

나는 고개를 파묻고 캔 속의 고깃덩어리를 집어삼켰다. 예전 고기가게에서 얻어먹던 고기 맛이 나는 것 같기도 했다. 몸을 버리고 인간이 된 고양이는 고양이의 영혼을 잃어버린다. 꿈을 꿀 수도 없고, 다시 태어날 수도 없다. 아무리 배가 고파도 웬만한 고양이는 영혼을 버리지 않는다. 하지만 누가 이 괴물을 탓하겠는가. 나는 꼬리를 쳐들고 열심히, 아주 열심히 고기를 먹었다. 괴물 자신은 아마 전혀 기억을 못 할 것이고, 그래서 굳이 말한 적도 없지만, 나는 이 괴물을 낳았다. 짝짓기할 나이가 되어서도 내 곁을 떠나지 않던 녀석을, 나는 소리를 지르며 매섭게 떼어냈다. 짝짓기도 하고 새끼도 낳으며 행복하게 사는 것처럼 보이더니, 언젠가부터 모습이 보이질 않았다. 마지막으로 본 건 쓰레기봉투를 뜯어놓고 닭고기를 물고 도망가던 모습이었다. 그다음에 만났을 때는 이렇게 괴물이 되어 있었다. 괴물도 날 기억하지 못할 것이고, 나 역시 이 괴물이 내가 낳은 괴물이라고 별달리 애틋한 감정이 드는 것도 아니었다. 그래도 나는 아직 인간이기보다는 고양이니까. 이렇게 넉넉하게 먹을 수 있는 날, 음식을 따로 저장해 놓을 수 있으면 좋을 텐데.

나는 괴물의 따뜻한 무릎 위로 기어 올라갔다. 괴물은 주머니에서 담배를 꺼내 입에 물었다.

「따뜻하다.」

"나도 그래."

괴물이 날 내려다보며 미소 지었고, 나는 눈을 감고 천천히 잠이 들었다. 괴물의 담배 연기가 바람을 타고 머리 위로 흩어졌다. 괴물은 인간이 아니지만, 인간이다. 나는 인간이지만, 인간이 아니다. 나는 괴물을 내 배 속에 품고 있었던 때보다 지금이 더 괴물과 가까운 것 같은 기분이 든다. 이상한 일이다.

✳

여자에게 찾아가는 건, 언제나 여자의 일이 모두 끝난 다음이다. 나는 여전히 고양이였고, 사람을 쫓아다니며 밥을 구걸할 생각은 추호도 없다. 그저 그들이 내게 밥을 줄 뿐이다. 즉, 해가 떨어지지 않았는데도 이 자리에 나타난 것은 밥과는 별로 상관이 없고 그저 지나는 길이었다는 말이다. 아직 첫 손님도 들기 전인 듯했고, 여자는 이제 막 판을 깔아놓고서 소리를 지르고 있었다. 몇 사람이 그녀를 둘러싸고 있었고, 지나는 사람들이 그 앞에서 잠깐 발을 멈추었다가 다시 발걸음을 옮겼다. 양복을 입은 남자가 소리 지르는 그녀에게 천천히 말을 꺼냈다.

"아니, 장사하지 말라는 게 아니고, 저쪽 옆으로 자리를 옮겨주겠다고요."

"전에도 자리 옮기라고 말해놓고 밤에 와서 때려 부쉈잖아요. 칼로 막 찢고 그랬잖아!"

여자가 날카롭게 소리를 높였다. 평소에는 쉰 목소리로 말하던 그녀가 이렇게까지 높은 톤의 새된 소리를 낼 수 있다니.

"그냥 저쪽으로 자리만 옮기시면 된다니까요. 어려운 일도
아니잖아요."

"내가 이 자리에 허가 안 받고 하는 거예요? 허가 다 줬잖아.
구청에서 허가받고 하는 거잖아!"

나는 갑자기 머리가 어지러웠다. 엄청나게 빠른 속도로, 여
자가 이 자리에 허가를 받기까지 거쳐 왔던 온갖 삶들이 머릿속
에 차올랐다. 머리 꼭대기가 쭈뼛 서는 느낌이었다. 고등학교
3학년, 부산에 사는 여자의 아들임이 분명한 이미지가 내 뇌를
스쳐 지나고 나서, 여자가 다시 입을 열었다. 나는 잠깐 몸의 중
심이 흔들려서, 비틀거리다 풀썩 옆으로 넘어졌다. 지나던 연인
이 날 바라보았고, 두 사람은 동시에 내가 귀엽다고 생각했다.
아마 날 지나치고 그들은 화제에 나를 올릴 터였다.

"여기 위치도 말이죠, 인도 위에다가, 사람들 지나가는 데에
통행 방해도 되고."

"통행 방해는 무슨!"

소리치던 여자가 눈을 돌려 지나는 사람들을 빠르게 훑었다.
잠깐, 화단 위에 웅크리고 앉은 나와 눈이 마주쳤다.

「야옹이구나.」

"사람들 멀쩡하게 다 잘 지나다니는데, 무슨 통행 방해예요.
이 길에서 이 가게 때문에 못 지나다니는 사람 어디 하나라도
있어요?"

"우리가 구청에서, 전에도 얘기했잖아요, '깨끗한 거리 만들기'
사업을 하고 있는데……."

여자가 다시 날카롭게 소리를 질렀다.

"내가 더럽다는 거야, 뭐야!"

"아니, 아주머니가 더럽다는 게 아니라. 이게, 그림이 깨끗해 보이지 않잖아요. 사람들이 여기에서 먹고 소스 떨어뜨리고 그럴 텐데……."

"사람이 살다 보면 다 더러워지기도 하고 그런 거지, 그쪽 집은 그렇게 깨끗할 줄 알아요?"

양복을 입은 남자의 머릿속에 아침 먹고 그릇을 산더미처럼 쌓아놓은 개수대가 스쳐 지났다.

「그거야 그렇지. 다 더럽히면서 사는 거지.」

"아무튼, 저희는 경고했습니다. 강제 집행하기 전에 얼른 차 옮기세요."

양복을 입은 남자들이 자리를 뜰 때, 나는 반대쪽으로 몸을 돌렸다. 오늘은 여자에게 밥을 얻어먹지 않는 게 좋겠다고 생각했다. 여자의 힘든 마음을 걱정해서라기보다는, 힘든 마음을 온전히 듣지 않을 수 없는 나를 걱정해서였다. 여자와 눈을 마주치지 않았으면 좋았을 텐데.

어김없이 해가 졌고, 나는 천천히 동교동 교회 쪽으로 가는 언덕길을 올라갔다. 여기저기 주차된 차 밑에 고양이가 한두 마리씩 꼭꼭 숨어 있었다. 예전이면 굳이 고개를 돌려보지 않아도 알 수 있었다. 심지어 몇 마리가 있는지도 알았다. 하지만 이제는 도무지 몇 마리가 있는지, 눈을 마주치기 전에는 알 수가 없다. 내 감이 없어진 걸 어찌하겠는가. 오늘은 나도 차 밑으로 기어들어 가기로 마음먹었다. 인간만 조심하면, 차 밑은 안온해서 배가 고파도 잠이 쉽게 왔다. 인간의 마음이 들리게 된 이후에는 조심할 것도 별로 없어졌다. 다른 고양이들의 구역만 과도하게 침범하지 않으면, 누구보다 편하게 쉴 수 있었다. 앞뒤로 눌러놓은 것 같이 생긴 하얀 차가 보였다. 나는 그 아래로 걸음을 옮겼다.

차 아래를 들여다보았더니, 미리 자리를 차지하고 있는 고양이가 있었다. 노란 놈인 거 같은데, 어두워서 무늬가 있는지 없는지는 잘 구분되지 않았다. 고양이가 밤눈이 어둡다니, 나는 또 한 번 자조했다. 엉금엉금 자리를 잡았다. 곁눈질을 다시 한 번 하고서야, 놈이 누군지 깨달았다. 딸, 괴물의 짝이었던 검은 수컷이었다. 그사이에 무슨 일이 있었던지, 잘생긴 얼굴에 한 줄, 심하게 상처가 나 있었다. 가만히 자는 놈의 얼굴을 들여다보는데, 머릿속으로 짧은 생각이 끼어들었다.

「집에 가야지.」

이 차 주인인 인간이 분명했다. 나는 몸을 급하게 일으켰다. 그사이 차에서 삑, 소리가 났다. 급하게 검은 수컷에게 달려들었다. 인간의 생각은 끊임없이 흘러갔다.

「집에 가서 씻고 나서 영화나 봐야겠다.」

천천히 얼굴을 핥아 잠을 깨울 시간이 없었다. 그렇게 잠을 깨울 정도로 친밀한 사이도 아니긴 했지만. 언제나 나는 놈이 딸과 함께 서로 털을 골라주거나 잠들어 있는 모습을 멀리서 보고 그냥 지나치기만 했다. 놈과 단 한 번 말도 섞어본 적이 없었다. 내가 놈에게 달려들어 몸통을 붙들고 차 밖으로 몸을 빼내자, 급하게 잠이 깬 놈은 정신없이 내 발톱에 휩쓸려 화단 쪽으로 밀려났다.

「차에 왜 장갑이 있지? 아, 그때 윤미 씨 태워줬었지.」

나는 놈의 목덜미를 깨물어 화단 깊숙한 곳으로 밀어냈다. 다른 고양이의 거죽을 물어본 게 언제였던지 기억조차 나지 않았다. 놈은 몸부림을 치면서 내 이빨을 떨쳐냈다. 나는 떨려 나가면서 화단에 푹 쓰러졌다. 내가 그리 세게 물지 않았다는 사실에 놈은 잠깐 당황하는 것처럼 보였지만, 곧 몸을 곧추세우고 내게 적대감을 표현했다. 금방이라도 내 목을 물어버릴 것 같았다.

「이거 돌려준다는 핑계로 연락 한번 해볼까. 만약에 나온다고 하면…….」

차에 시동이 걸리고, 바퀴가 굴러갔다. 차는 화단에서 멀어져갔다.

놈은 차가 멀어지는 소리를 듣고 하악대던 걸 멈추고 멍하니 나를 보았다. 푹 쓰러진 나도 천천히 몸을 일으켜서 그 눈을 응시했다.

"어떻게 알았어?"

"들려서."

"발소리?"

"아니."

나는 어떻게 설명해야 좋을지 알 수 없어서 잠깐 말을 멈추었다.

"아무튼, 고마워. 덕분에, 겨우 살았네."

놈은 살았지만 잠자리는 사라졌고 나는 여전히 배가 고팠다. 나는 꼬리를 천천히 흔들었다. 놈은 가만히 내 꼬리를 지켜보더니 입을 열었다.

"배고파? 먹을 거 냄새, 지금도 나는데."

"냄새, 잘 못 맡아."

놈은 코를 찡그리며 날 유심히 들여다보다가, 횡하니 그곳을 떠났다. 나는 아무래도 화단에서 자야 할 모양이라고 생각하며 흙 위에 몸을 웅크렸다. 그러고는 깜빡 잠이 들었다가 기척에 눈을 떴다. 놈이 입에 튀긴 닭 한 조각을 물고 있었다. 닭을 물어뜯으면서 생각했다. 왜 나는 매일 무언가를 먹어야만 하는 걸까. 지금껏 해본 적 없는 낯선 생각이었다.

"냄새를 못 맡으면 어떻게 살아?"

"사람 따라서."

놈은 정말, 정말로 내가 가엾다는 표정을 지었다. 영혼을 잃어버리는 가장 빠른 길은 사람을 따라다니는 것이다. 나도 안다는 의미로 꼬리를 쳤다. 귀를 젖히고 동그랗게 눈을 뜨고 사람에게 앞발을 내미는 게 어떤 의미인지, 모를 리가 없다. 우리의 영혼은 한때 신이었고, 우리의 큰 동료들은 인간을 먹고 살았다. 내 영혼은 지금 어디쯤 가 있을까. 나는 또다시 쓸쓸해졌다. 그날, 놈과 나는 화단에서 함께 꼬리를 얽고 잠이 들었다. 다른 고양이의 온기 역시 오랜만이었다.

＊

놈이 일어나기 전에 나는 자리를 떴다. 어느덧 해가 중천에
떠 있었다. 어제보다 바람이 덜 불었고, 사람들은 활기차게 걸어
다녔다. 나는 여자가 어제 소리를 치던 자리에 가보았다. 여자의
가게가 있던 자리에는 못 보던 커다란 화분이 놓여 있었고, 어쩔
수 없이 화분 옆에 자리한 여자의 노점은 조금 움츠러든 것처럼
보였다. 나는 여자의 가게를 향해 걸음을 옮겼다. 여자는 오늘도
물기 없이 까슬한 얼굴을 하고 있었다. 여자는 아직 일을 시작
조차 하지 않은 상태였다. 원래 내가 여자에게 밥을 얻어먹는 시
간은 여자의 일이 끝난 다음이다. 지금 배도 고프지 않은데, 나
는 왜 여자를 향해 걸어가고 있는가. 설마, 여자를 위로해주고
싶은 것인가.

「왔구나. 어제는 왔다가 그냥 갔지.」

여자는 어제 내가 화단에 앉아 있던 모습을 자기 시선으로 떠
올렸다. 여자는 주섬주섬 소시지를 하나 꺼냈다.

「아직 장사를 시작하지 않아서 이거밖에 없구나. 네가 계속
와주는 걸 보니, 다른 사람들도 계속 와주겠지.」

나는 소시지를 물었다. 그 자리에서 물어뜯으려고 하는데, 다
른 인간 하나가 가까이 다가섰다. 농협 옆쪽에서 떡볶이를 파는
키 큰 여자였다. 나는 소시지를 물고 여자의 뒤로 뒷걸음질했다.

「이렇게 고양이한테 밥을 주니까, 도둑고양이들이 늘어나지.」

"고양이 키워?"

"아니, 얘가 늘 찾아와."

"고양이는 정 줘봤자 소용없어. 은혜도 모르고."

"사람을 소용되려고 만나나."

"자기도 참, 고양이가 사람이야? ……좀 괜찮아?"

여자의 쓸쓸한 감정이 갑작스럽게 떠안겨졌다.

"뭐라더라. 난 통행 방해라서 안 된다더니, 화분은 통행에 지장 없나 봐."

여자를 찾아온 떡볶이 쪽이 목소리를 낮췄다. 여자가 떠올리는 이미지가 보이기 시작했다. 여자가 양복을 입은 남자들과 목청 높여서 싸울 때, 한쪽에서 어떤 사람들이 뭉쳐 있었다. 여자를 훔쳐보는 시선들, 오가는 말들, 저 햇바만 밀어내면 여기까지는 괜찮다고 했어, 일단은 지켜보자고, 또 천막 치는 거 지겹잖아, 솔직히 인도 위에 있는 건 쟤네밖에 없잖아, 내버려 둬, 같은 말들이 오갔고, 기억이 끊겼다. 이번에는 아주 뜨거운 분노와 배신감이 휘몰아쳤다. 나는 여자의 감정변화를 더 감당할 자신이 없어서 차도 뒤쪽으로 걸어 내려갔다. 소시지 덕분에 오늘은 밤이 되어도 곧 죽을 것처럼 배가 고프지는 않을 것 같았다. 한참을 걸어가자 아주 희미하게 여자의 생각이 읽히다가 멀어져갔다.

「어, 얘가 어디 갔지. 조금 전까지 있었는데.」

여자의 가게 맞은편에 괴물이 일하는 가게가 있다. 괴물은 비어 있는 장소에서 일하고 있었다. 대체로 밝은 색깔의 돌로 만들어졌고 어딘지 비슷한 분위기를 풍기는 곳. 사람들은 그 장소들을 다양한 이름으로 불렀지만, 고양이들은 어디에 그 장소가 존재하든 누구라도 금방 알 수 있었다. 그 장소에는 고양이들이 맡는 독특한 냄새가 전혀 존재하지 않았다. 때때로 예언하는 고양이들이 그곳에 있어야 할 '귀신'이 없다는 이야기를 전해주었다. 처음에는 귀신들이 밀려난다고 생각했지만, 이제는 귀신들이 떠나는 건지 밀려나는 건지 알 수가 없었다. 이제는 세상 어디에 가도 비어 있는 장소가 있었고, 언제나 비어 있는 장소에 있는 사람들은 우리에게 그다지 너그럽지 않았다. 그 장소에 드나드는 사람들이 많아질수록, 우리는 점점 있던 장소에서 밀려나곤 했다. 예언하는 고양이들이 말하길 그 장소에는 우리뿐만 아니라 아무것도 깃들 수가 없다고 했다. 나는 인간들이 그 장소들을 생각하는 걸 읽어내었다. 인간들 말로는 "텅 비어 있다"가 "프랜차이즈"인 모양이었다. 우리는 그 장소에 들어갈 수가 없었다. 언제나 그 장소는 영이 깃들 수 없기에 고양이들의 숨통을 죄었다. 괴물은 이제 고양이가 아니기에 그곳에 있을 수 있었다.

괴물은 앞치마를 두르고 유리를 닦고 있었다. 괴물이 일하는 가게는 가게 전체가 통유리로 되어 있었다. 나는 통유리 앞에 붙어서 괴물을 지켜보았다. 괴물은 입을 작게 오물거리며 유리를 닦다가 나와 눈이 마주치고 눈만 살짝 웃어 보였다.

나는 괴물이 입을 오물거리는 이유에 대해 알고 있었다. 아까부터 머릿속이 온통 괴물의 노랫소리로 가득하기 때문이었다. 괴물은 바깥쪽 유리를 닦기 위해 문을 열고 나왔다. 이번에는 귀로 명확하게 그 노랫소리가 들려오기 시작했다.

언젠가 괴물은, 인간이 되면 무엇이 좋으냐는 내 질문에 멍하니 하늘을 올려다보며 생각했다.

「안 굶는 거랑, 담배?」

그리고 가만히 입을 벌리고 있었다. 내 머릿속으로 단순한 멜로디가 흘러들어왔다. 괴물의 입가에 웃음기가 어렸다. 멜로디 사이로 괴물의 생각이 스며들었다.

「노래를 부를 수 있는 거.」

나는 괴물의 노래가 듣기 좋다고 생각했다. 노래가 듣기 좋다니, 이건 또 새로운 감각이었다. 유리 닦던 걸레를 들고 괴물이 다시 가게로 들어갔다. 그녀가 지나간 자리는 투명하게 반들거렸다. 괴물의 상관이 괴물을 불러 세웠다. 상관 앞에 선 괴물의 표정은 읽히지 않지만, 괴물의 생각은 들려왔다. 노래를 부르지 말라는 주의를 들은 괴물은 다시 이쪽으로 몸을 돌렸다. 그녀는 입을 오물거리는 대신 머릿속으로 노래를 불렀다. 나는 여전히 괴물의 노래를 들을 수 있었다.

우리의 영혼은 한때 신이었고, 우리는 인간을 먹고 살았다. 이제 괴물은 서서히 자신의 기억들을 버릴 것이다. 어느 순간 자신이 고양이었던 시절의 모든 기억을 잊게 될 수도 있다. 인간을 따라다니고 인간에게 먹을 걸 구걸하는 것을 넘어서서, 인간이 된 놈들은 가장 끔찍한 타락에 있다. 그들은 이제 인간에게 구속당하는 대신 인간에게 뜯긴다. 무언가 일을 해서 인간에게 가져다 바치며, 영원히 인간의 종이 되는 길을 택한다. 인간의 종이 된 동족은 혐오의 대상이 될 수밖에 없다.

등 뒤에서 누군가가 가볍게 기척을 냈다. 그때 그 검은 수컷이었다. 내 온몸의 털이 곤두섰다. 놈은 짝이었던 괴물을 틀림없이 알아볼 것이었다. 검은 수컷과 눈이 마주쳤을 때 새로운 생각이 내리꽂혔다. 누군가가 나와 검은 수컷을 매우 불쾌한 시선으로 바라보고 있었다.

「무슨 동네에 이렇게 고양이가 많아? 둘 다 진짜 못생겼네.」

검은 수컷은 내게 반가운 몸짓을 보였다. 나는 어설프게 놈을 반가워하면서도, 계속 가게 안쪽에 신경을 곤두세우고 있었다. 나와 검은 수컷을 불쾌하게 바라보던 가게 주인은 결국 괴물에게 우리를 쫓으라고 명령했다. 괴물은 우울하게 내 쪽을 바라보다 바로 검은 수컷을 알아보았다. 괴물은 주눅이 들어서 천천히 우리 쪽으로 걸음을 옮긴다.

「안 돼, 날 알아볼 거야, 틀림없이 알아볼 거야. 못 가, 저기로는, 못 가.」

「쟤는 왜 저렇게 늘 행동이 굼떠?」

결국, 가게 문이 열렸다. 겁에 질린 괴물은 덜덜 떨면서 이쪽으로 다가왔다. 나는 괴물에게 그만두라고 말하고 싶었다. 검은 수컷은 내 상태를 보고 의아해하다가, 뒤에서 다가오는 괴물을 발견했다. 곧바로 놈은 으르렁대기 시작했다. 놈은 괴물이 자기 짝이라는 것은 알아보지 못했다. 다만 그것이 괴물이라는 것만은 알아보았다. 어느 쪽이 더 슬픈 상황인지 잘 모르겠으나, 짝에게 보일 자괴와 연민 대신, 놈은 단호한 적대감만을 표출했다.

"긍지도 모르는 녀석."

괴물은 검은 수컷의 말을 알아듣고 풀썩 주저앉았다. 검은 수컷은 내게 가볍게 꼬리를 얽었다.

"나중에 보자."

괴물은 심하게 손을 떨면서 내 몸통을 붙잡았다. 나는 저항 없이 괴물의 손에 들렸다. 가게 안에서 여전히 가게 주인이 못마땅한 표정으로 괴물을 지켜보고 있었기 때문이다. 인간의 외양을 하고 있으면 굶지 않을 수 있지만, 굶지 않기 위한 돈을 얻으려면 인간의 종이 되어야 한다. 쫓겨난 인간종처럼 비참한 것은 없다. 나는 괴물을 더 비참하게 만들고 싶지 않았다. 괴물은 나를 들어 백 걸음가량 걷고 내려놓았다.

「이쪽 말고, 저쪽으로 가.」

나는 괴물을 향해 다정한 몸짓을 해보였지만, 괴물은 겁에 질려 보지 못했다.

「울음이 터질 것 같아.」

나는 놀랐다. 괴물은 이제 울 수도 있게 된 것이다. 인간 다 됐네.

어김없이 해가 졌고, 땅 밑에서 사람들이 꾸역꾸역 끝도 없이 쏟아져 나왔다. 나는 화단 속에 웅크려서 인간들의 시선을 피했다. 인간들의 생각이란 별다를 게 없었다. 이를테면 오늘 화장이 제대로 먹었나, 아까 밥 먹으면서 이에 고춧가루가 끼진 않았겠지, 졸리다, 배고픈데 왜 이렇게 돌아다니는 거야, 춥다, 짜증나, 기분 좋아, 저 여자 예쁘다, 같이 대체로는 지루하기 그

지없는 생각들뿐이었다. 숨어 있다 보니 재한테 밥 줄까, 같은 기분 좋은 생각은 들려오지도 않았다. 내가 숨어 있는 화단 앞에 웬 인간들이 책상 따위를 펴고 무언가 팔 태세를 갖추기 시작했다. 아무래도 인간들과 거리가 너무 가까워서 나는 화단을 빠져나왔다.

가만히 보니 여자의 남편이었다. 여자의 가게에서 전기를 끌어다가 화단 앞 나무에 전등을 설치해주고 있었다. 한 무리의 인간들이 여자와 눈인사를 나누고 신문 같은 걸 팔기 시작했다. 나는 여자의 남편이 달고 있는 불빛을 피해 어슬렁거리며 여자를 훔쳐보았다. 평소에 물건을 팔 때는 아주 단순하던 여자의 머릿속이 매우 복잡했다.

「반죽. 이러다가 혹시 쫓겨나게 될까. 고추. 아이도 대학에 가게 되겠지. 반죽. 그러면 이제 어떻게 하면 좋나. 튀김. 통장에 모아놓은 돈도 하나도 없는데. 반죽, 아, 아, 튀김.」

여자는 결국 손을 데었다. 여자는 입술을 물고, 참았다. 여자가 고통스러워했고, 덩달아서 나까지 고통스러워졌다. 자리를 뜨려고 할 때, 여자의 손님 하나가 명랑하게 떠들어댔다.

"자기야, 여기 핫바 진짜 맛있지?"

괴물은 퇴근하자마자 나를 찾아와 내 옆에 바투 앉았다.

「아까 그 고양이, 아는 고양이야?」

"그래."

괴물은 날 들어서 품에 안고 걸어갔다. 괴물의 몸에서 달큰한 냄새가 났다. 나는 괴물과 검은 수컷의 오랜 관계에 대해서도 알고 있다고는 말하지 않기로 했다. 괴물은 나에 대해서는 전혀 기억 못 하지 않았던가. 괴물은 머릿속으로 계속해서 노래를 반복했다. 괴물이 생각으로 부르는 노래와 목으로 부르는 노래는 분명히 차이가 났다. 목으로 부르는 노래 쪽이 역시 훨씬 듣기 좋았다. 거리를 가득히 메웠던 사람들은 새벽이 되자 여기저기로 흩어졌다. 택시를 타기도 했고, 길바닥에 쓰러지기도 했다. 아까보다 사람들의 생각은 훨씬 더 단순해져 있었다. 졸려, 배고파, 집에 갈래, 추워. 사람들의 생각 위로 괴물의 노래는 멈추지 않았다.

갈빗집들이 있던 그 공터까지 걸어가서, 괴물은 벤치에 나를 내려놓았다. 나는 벤치에 웅크리고 앉아 괴물을 보았다. 괴물은 탁자 위로 올라가서 나를 내려다보았다. 새벽공기는 차가웠고, 괴물은 귀까지 새빨개진 채 하늘을 보았다. 별이 몇 개 반짝였다. 괴물은 노래를 시작했다. 이번에는 목소리로 부르는 노래였다.

괴물의 노랫소리는 듣기 좋았다. 지나가는 사람은 아무도 없었고, 조금 먼 곳에선 누군가가 뱉어놓은 토사물이 가로등 아래에서 조금 반짝거렸다. 괴물은 점점 더 큰 소리로 노래했다. 나는 괴물이 울고 있다는 것을 깨달았다. 괴물의 울음이 격렬해질수록 노랫소리도 커졌다. 괴물의 슬픔은 머리로 전해지는 게 아니라 노래로 전해졌다.

그 소리는 고양이의 울음이 아니었다. 틀림없이 인간의 울음이었다. 고양이는 이런 방식으로 슬퍼하지 않는다. 이렇게 눈물을 토해내지 않는다. 괴물은 아직 인간의 말로 어떻게 슬픔을 전달해야 할지 몰라서, 인간의 감정으로 노래했다. 그녀의 손과 발이 그렇듯이, 털이 나지 않은 나약한 낯짝이 그렇듯이, 당연하게도 괴물은 점점 인간이 되어가고 있었다. 문제는 나였다. 나는 괴물과 같은 방식으로 슬픔을 전달받고 있었다. 괴물은 영혼과 허기를 맞바꾼 대가로 다정했던 짝을 잃었다. 그저 배가 고팠기 때문에 모든 걸 다 잃어버린 괴물의 절망이, 인간처럼 내 가슴을 때렸다.

수염과 높이 솟은 귀를 잃어버린 괴물은 노래 부르는 자신의 그림자 속에 짝이 숨어 있다는 건 알지 못했다. 물론 감각을 잃어버린 나 역시 시야에 놈이 들어오지 않았다면 알아채지 못했을 것이다. 검은 수컷이 묵묵히 괴물의 노래를 듣고 있었다. 인간들이 다가오기 시작했다. 괴물의 노래는 낭랑하게 멀리까지 울려 퍼졌다.

「밤중에 웬 공연이야?」

「목소리 좋네.」

움직이는 생각들 사이로 홀연히 춤을 추던 괴물의 노래는, 천천히 허공에 내려앉았다. 괴물은 멜로디를 타고 공중을 날듯이, 어딘가 어둠 속을 걸어갔다. 멀리서 괴물의 노래를 듣던 인간들도 제각기 흩어졌고, 내가 벤치에 웅크리고 앉자 숨어 있던 검은 수컷이 튀어나왔다. 이어 화단에서, 골목에서, 벤치 아래서, 고양이들이 기어 나오기 시작했다. 모두 괴물의 노래를 훔쳐 듣고 있었다. 검은 수컷은 고양이들을 둘러보고는 내게 꼬리를 들어 보였다. 그들은 검은 수컷의 동료인 모양이었다. 나 역시 그들에게 꼬리를 들어 보였다. 회색 털에 흰 털이 고르지 않게 섞인 고양이가 가까이 다가왔다. 암컷 같았다.

"나는 여기서 10년 살았어."

회색 고양이가 이 구역을 책임지고 있는 게 틀림없었다. 그리고 여기에 모여 있는 고양이들은 회색 고양이를 제외하면 대체로 내 자식뻘이거나 그보다 어려 보였다. 아주 젊은 고양이들이었다. 회색 고양이의 후계자들일 터였다.

"나는 여기저기 옮겨 다니며 그쯤 살았어."

내가 말했다. 떠돌이는 나약한 고양이라는 증거다. 그런데도 회색 고양이는 관용 있는 자세로 날 받아들이겠다는 행동을 보였다.

"이 동네에도 최근엔 '비어 있는 장소'들이 많이 생겨서 살기가 편치는 않아. 그래도 이곳에서 살아가겠다면 환영하지. 저놈을 구해주었다는 얘기를 들었어. 냄새를 잘 맡는 모양인데 왜 떠돌이로 살아가지?"

나는 고개를 흔들었다.

"솔직히 말하면 거의 전혀 맡지 못해."

회색 고양이는 의아하다는 듯 몸을 움츠리며 내게 물었다.

"저 괴물이랑 친해?"

괴물의 노래를 듣고는 있었으나, 이들 모두 그녀가 괴물이라는 걸 알고 있었다. 친하다고 말하면 공격받을 것인가. 나는 찬찬히 고양이들의 태도를 살펴보다가 무슨 일이 있다면 검은 수컷이 날 지켜줄 거라고 근거도 없이 믿어버렸다.

"내 딸이야."

고양이들은 서로의 얼굴을 마주 보았다. 이해할 수 없다는 듯 갸릉대는 목소리가 여기저기 튀어 다녔다. 나는 한마디 덧붙였다.

"나는 인간의 생각이 들려."

검은 수컷이 털을 쭈뼛이 세웠다.

"그게 무슨 말이야?"

"냄새를 못 맡아도 인간의 생각을 읽을 수 있어서 지금껏 살 수 있었다는 거지."

털이 많이 빠진 암컷 하나가 고개를 끄덕였다.

"내가 인간이랑 살 때도 그런 녀석이 있었어. 인간이 뭘 원하는지 다 알고 있던 그 녀석이 인간의 사랑을 독차지하고 간식을 얻어먹곤 했었지. 녀석이 능력에 대해 말해줬을 때 나는 그 능력이 무척 부러웠어."

털이 많이 빠진 암컷은 검은 수컷의 새 짝인 것처럼 보였다. 나는 괴물의 정체에 대해 더 말해줄까 하다가 입을 다물었다.

"부러워할 건 없어."

나는 수술을 받던 순간을 이야기했다. 아이를 싣던 작은 주머니가 내 몸에서 빠져나가면서, 함께 빠져나가버린 민첩하던 몸놀림과 날카롭던 후각에 대해서. 내게 남은 둔한 귓바퀴와 쓸모없는 수염에 대해서. 그리고 고양이로 살아갈 수 없게 만드는 끊임없이 들려오는 인간의 생각들에 대해서. 괴물이 느낀 인간

248

적 절망에 대해서 아무리 설명해도 그들은 알아듣지 못했다. 다만 그들이 유일하게 알아들은 것은, 내가 끔찍하게도 인간처럼 사고하는 고양이라는 것이었다. 검은 수컷이 송곳니를 핥으며 말했다.

"스스로 영혼을 버리진 않았잖아. 그걸로 됐어."

"하지만 난 이미 고양이가 아닐지도 몰라."

"그렇다고 괴물이 되려는 건 아니잖아."

"인간의 마음이 들린다는 건 이미 괴물이라는 신호일 수도 있지."

회색 고양이가 내게로 다가와 엉덩이를 들이대더니 꼬리를 들어 올렸다. 나는 내 눈앞에 갑자기 펼쳐진 은밀한 광경에 당황했다. 나는 회색 고양이가 당연히 암컷일 거라 생각했지만 아니었다. 음낭이 제거된 수컷이었다. 나는 회색 고양이의 꼬리 밑동을 핥으며 중얼거렸다.

"우리는 한때 신이었고,"

"우리의 큰 동족들은,"

"인간을 먹고 살았지."

고양이들은 조금씩 다른 눈과 다른 냄새와 다른 털 빛깔을 가지고 있지만, 나는 내일 아침이면 벌써 이들을 다 잊을 수도 있다. 내 눈은 서로 다른 광채를 구분할 만큼 밝지 못했고, 내 코는 이들 모두가 같은 냄새를 가진 것만 같았다. 나는 이 반은 괴물이고, 반은 고양이인 이들을 열심히 들여다보았다. 우리는 사는 게 구차하다고 죽을 수는 없는 고양이들이었지만, 그렇다고 영혼까지 팔아 살아남을 만큼 타락하지는 않은 비참한 존재들이었다. 고양이들은 모두 아홉 개의 목숨을 가지고 있다. 그리고 우리는 모두 아홉 번 다시 태어나도 고양이로 태어나고 싶었다. 누군가가 허공을 향해 울기 시작했다.

여기저기에서 울음소리가 맴돌았다. 괴물은 노래만 부르고 떠났지만 괴물이 떠난 자리에 모여든 고양이들은 내가 경고하기 직전까지 절박하게 울부짖었다.

「아, 진짜, 이 동네 고양이들이 다 정신이 나갔나.」

"조용히 해!"

고양이들이 울음을 그치자마자 공터 옆 건물에서 작은 돌덩이가 하나 날아들었다. 돌덩이는 우리 중 누구도 맞히지 못하고 바닥으로 내리꽂혔다. 우리는 비참하게도 어떻게든 살아남아야만 했다.

＊

어떻게든 살아남아야만 하는 건 여자도 마찬가지인 모양이었다. 내가 여자를 다시 찾아갔을 때, 여자는 하얀 티셔츠 위로 근육이 불거져 나온 건장한 남자들 앞에 혼자 서 있었다. 익숙한 광경이었다. 고양이로 살아갈 무렵, 나는 절대 개와는 싸우지 않았다. 아무리 큰 개라도 개는 나를 앞에 두면 커다랗게 겁먹은 눈을 하고 어찌할 바를 몰라 네 다리를 휘저으면서 큰 소리로 짖어대곤 했다. 내가 어느 쪽으로 몸을 움직여도 겁을 먹은 개의 반응 속도는 느렸다. 나는 당장에라도 개의 목을 물어

숨을 끊어놓을 수 있었지만 그렇게 하지 않았다. 개는 겁을 먹고 있었고, 겁을 먹은 생물은 너무 약했다. 아무리 큰 소리로 짖어대도 그 바보 같은 동물은 위협조차 되지 못한다. 여자는 꼭 개 같은 눈을 하고 있었다. 여자는 겁먹은 개처럼 짖고 있었다.

"쳐봐, 어디 한번 쳐봐!"

왼쪽에 서 있던 빨간 모자를 쓴 남자가 한쪽 입꼬리를 올리며 웃었다. 그러고는 성큼성큼 여자 쪽으로 다가섰다. 악다구니를 쓰던 여자는 계속 소리를 지르며 어깨를 움츠렸다. 빨간 모자는 그 커다란 팔을 들어 올려 여자를 치는 대신 여자의 노점 한쪽을 쳤다. 한쪽 다리가 무너졌고, 여자의 마음이 같이 무너지는 소리가 들렸다. 그 커다란 소리에 나도 모르게 적의를 내뿜었다. 노점 한쪽을 완전히 무너뜨린 빨간 모자는 짐승처럼 내적의를 본능적으로 느꼈는지 고개를 돌렸다. 빨간 모자와 눈이 마주쳤다. 빨간 모자는 꼼짝도 않고 날 똑바로 응시했다.

「기름, 기름.」

여자는 쟁여두었던 경유통을 번쩍 들어 머리 위에 부었다.

「아이고, 저걸 어떡해.」

나는 옆을 돌아보았다. 다른 노점상들이 나와서 여자의 가게가 부서지는 걸 지켜보고 있었다. 여자는 가스라이터를 휘두르면서 무슨 말인지도 모를 말을 고래고래 소리쳤다.

「저거 저대로 둬도 되나?」

「설마 진짜로 죽지는 않겠지.」

「죽든지 말든지 알 게 뭐야.」

「솔직히 저기만 인도 위에 있는 건 사실이잖아.」

「얼씨구, 춤을 춰라, 춤을 춰.」

「저 가게만 나가면 다 보장해준다고 했잖아. 어쩔 수 없지.」

「안됐긴 하지만 하나 죽고 우리 다 살면 그렇게 하는 게 맞지.」

「저 용역 놈들이 옛날에 우리 가게도 다 엎어버리려고 했었는데, 다시 봐도 아주 소름이 돋네.」

「저걸 어떻게 해, 저걸. 아이고, 저러다 사람 죽겠네.」

근육질에 똑같은 머리 모양을 한 남자들은 하나같이 터벅터벅, 기름을 뒤집어쓰고 가스라이터를 든 여자를 지나쳐서 여자의 가게로 향했다. 소리를 지르던 여자는 목청을 닫은 채 멍하니 부서지는 가게를 지켜보았다. 여자가 집에서 해 온 반죽들이 사방으로 튕겨 나갔고, 잘 정리해 온 꼬치들이 아스팔트를 뒤덮었다. 나는 이상한 기분에 휩싸여서 몸서리를 쳤다. 갑자기 몸이 하늘로 둥실 떠오르는 것 같았다. 여자는 새파란 물 속을 떠올리고 있었다. 나는 여자와 함께 푸른 물 속에 잠겼다. 그 와중에도 처음 여자의 가게를 부수었던 빨간 모자는 나를 빤하게 바라보고 있었다.

용역들이 여자의 가게를 다 망가뜨린 후, 새벽에 다시 올 때까지 깨끗이 치워 놓으라며 여자에게 으름장을 놓을 때까지, 여자는 그 자리에 그대로 멍하니 주저앉아 계속 새파란 물 속을 떠올렸다. 서울로 올라오기 전, 부산에 살 때 여자는 스킨스쿠버 강사였다. 여자는 빠르게 물속을 헤엄쳤고, 걱정 없이 깊은 곳까지 내려갔다. 나는 여자와 함께 물고기처럼 발을 유연하게 흔들었다. 여자의 눈에서 눈물이 흘러내렸다. 나도 울었다. 내 눈에서 흐르는 건 진물이 아니었다. 붉은색도 아니었고, 눈 아래에서 뭉치지도 않았다. 맑은 눈물이 똑똑, 앞발에 떨어졌다. 분명하게 깨달았다. 나는 이제 더는 고양이가 아니다.

용역들이 모두 가버리고, 여자는 천천히 자리에서 일어나 부서진 가게를 챙겼다. 완전히 우그러지지 않은 것들은 모두 다 야무지게 모았고, 버려야 할 것들은 버렸다. 모든 노점상이 기겁하는 가운데, 여자는 기름과 눈물을 키친타월로 닦았다.

「절대로 이대로는 못 가.」

여자의 파란 물이 새하얀 햇빛으로 바뀌었다. 나는 갑자기 눈이 부셨다. 대충 가게를 수리한 여자가 엎어진 반죽을 내려다보았다.

「반죽 버린 건 주워담을 수도 없고 어쩌나.」

나는 반죽 앞으로 다가섰다. 여자는 나를 알아보았고, 나는 반죽에 혀를 가져다 댔다. 여자에게는 내 마음이 전달되지 않을 것이지만 나는 며칠이 걸리더라도 이 반죽을 다 먹어버릴 기세였다. 여자는 기름이 묻은 손을 대충 닦아낸 후 내 머리 위에 얹었고, 나는 도망가지 않았다. 여자는 내 털이 부드럽다고 생각했다. 나는 내 털의 부드러움을 여자 손에 남은 기름의 끈적함과 함께 느꼈다. 내 영혼도 반죽처럼 녹아내리기 시작했다.

자정이 지나고 거리에 사람들이 사라지자 하나둘씩 고양이들이 여기저기에 몸을 숨기고 모이기 시작했다. 나는 노점 바로 옆 화단에 앉아 있었다. 수염에 남은 힘을 모두 모아서 어디에 고양이들이 있는지 짐작해보았다. 몇 군데에서 기척이 느껴졌다. 회색 고양이와 검은 수컷이 내 곁에 바투 앉았다.

"고마워. 내 밥줄일 뿐인데."

"저기 영기가 많다는 이야기는 전부터 있었어. 그러니까 네게 밥을 줬겠지."

검은 수컷이 목 안쪽을 울려서 조금 큰 소리로 울었다. 젊고 성성한 목소리였다.

거리를 지나치던 사람들이 모두 흩어져갈 때쯤 그 남자들은 다시 찾아왔다. 이번에는 손에 단단한 쇠파이프까지 들었다. 여자와 함께 자리를 지키고 있던 여자의 남편은 남자들이 찾아오자마자 딱딱하게 굳었다. 나는 완고하게 머리를 닫으려고 노력했다. 너무 많은 생각이 들리면 아무것도 하지 못하게 되는 걸, 몇 번의 경험으로 이젠 잘 알고 있었다. 그런데도 남편의 생각은 뇌 속을 비집고 들어왔다.

「이걸 어쩌지.」

"이보십시오, 구청 직원들한테 낮에 직접 와서 말하라고 하십시오."

말을 마치자마자 여자의 남편은 보도블록 위로 나동그라졌다. 남자들은 아까보다 훨씬 거칠게 여자의 작은 가게를 부숴나갔다. 검은 수컷의 엉덩이가 흔들거렸다. 회색 고양이가 검은 수컷에게 눈짓했다. 검은 수컷은 낮은 소리로 웅웅거리며 자리에 주저앉았다.

나는 있는 힘껏 인간들의 생각을 막으려고 노력했지만 불가능했다. 용역들의 짧은 생각들, 노점상 부부의 짧은 생각들이 머릿속을 헤치고 다니는데, 그 가운데 불쑥 괴물의 목소리가 들려왔다. 괴물, 나는 고개를 들었다.

괴물은 저도 모르게 검은 수컷을 느끼고 있었다. 괴물에게 지금 나는 중요하지 않았다. 아니, 오히려 내 존재를 잊어가는 중이었다. 괴물에게는 검은 수컷에 대한 간절한 감정이야말로 지금까지 완전히 인간의 길로 내닫지 못한 하나의 끈이었다. 나는 괴물의 마음을 읽어내면서도 그걸 이제야 이해했다. 수염을 잃어버린 괴물은 단지 간절한 마음 하나로 검은 수컷의 자리를 찾아내고야 말았다. 웅웅거리는 수많은 동족의 외침을, 아직 괴물은 읽어낼 수 있었다.

괴물은 바스러지고 있는 여자의 노점상을 지나쳐 옆 도로에 주르륵 줄을 서 있는 쪽으로 달려갔다. 노점상들 대부분은 묵묵히 자신의 가게 짐을 정리하고 있었다.

「어떻게 그냥 구경만 하고 있어.」

그만. 저것들은 인간이지 고양이가 아니야. 같은 종이라거나 같은 위치에 있다고 서로 돕지 않아. 하지만 괴물은 끝내 입으로 그 말을 뱉어내고야 말았다.

"여러분, 어떻게, 그냥 구경만 하고 있을 수가 있어요!"

조그맣게, 저걸 어떻게 해, 만 반복하고 있던 떡볶이 여자의 마음에서 꽝 소리가 울렸다.

"야, 이 나쁜 놈들아, 당장 멈춰!"

"내버려 두라니까 그러네, 이 아주머니가. 저쪽만 없어지면 우리 다 괜찮다니까."

옆 노점상 남자가 말렸다. 떡볶이 여자는 발을 굴렀다.

"언제 그런 적이 있었어, 언제! 재작년에도 저쪽 하나만 없 앤다고 했지만, 결국엔 천막 쳤잖아. 천막 치고서도 몇 번씩 저 놈들한테 뜯겼잖아. 언제 그랬어!"

"아, 글쎄, 그때는 우리 다 비슷했지만, 지금은 상황이 다르 잖아. 그냥 둬요."

떡볶이 여자의 마음에선 계속 대포알이 터지는 소리가 들 렸다. 떡볶이 여자는 그 대포알 터지는 리듬에 맞춰서 자신을 말리는 남자의 머리카락을 쥐어버렸다. 비명이 들렸다. 어디까 지가 생각이고 어디까지가 말소리인지 구분하기가 어려웠다. 여자는 내게 튀긴 반죽을 잘라주던 검은 손으로 부서지는 가 게를 꼭 붙들고 있었다. 아까 날 바라보던 빨간 모자가 쇠파이 프를 여자의 손을 향해 치켜들었다. 나는 빨간 모자의 허벅지를 향해 뛰어들었다. 여기저기에서 고양이들이 뛰쳐나오기 시작 했다. 수많은 고양이가 싸움판에 뛰어들자 비명이 더 높아졌다.

"뭐야, 이건!"

어떤 놈들은 굴하지 않고 가게를 부수기도 하고 어떤 놈들은 몽둥이를 휘휘 돌리며 고양이를 내리찍으려 들기도 했다. 나는 다시 한 번 빨간 모자와 눈이 마주쳤다. 빨간 모자가 쇠파이프 로 나를 내리찍으려는 순간, 나는 놈의 손목을 거칠게 할퀴 었다. 빨간 모자는 몽둥이를 떨어뜨리고 자기 손을 붙들었다. 내 손톱에 빨간 모자의 살점이 조금 묻어나 있었다. 빨간 모자는 내 몸을 붙들려고 덤벼들었다. 내 갈비뼈라도 부서뜨릴 기세였다. 나는 빨간 모자의 생각을 읽고 기분이 좋아졌다. 어쨌든 나는 아직 고양이었고, 인간보다는 몸이 빨랐다. 나는 오히려 빨간 모자의 손을 피해서 몸통으로 파고들었다. 빨간 모자는 옆구리를 깨문 내 몸을 양손으로 움켜쥐었다. 아까 할퀸 빨간 모자의 손목에서 피가 흘러서 내 배로 흘러내렸다. 빨간 모자의 손에 힘이 들어가기 시작했다.

나는 눈을 치켜뜨고 사방을 둘러보았다. 여기저기 넘어지거나 도망가는 용역들의 뒷모습이 보였다. 여자는 핫바 꼬치들을 집어 들고 무슨 창이라도 되는 것처럼 휘두르고 있었다. 괴물은 떡볶이 여자와 함께 다른 노점상들에게 계속 항의하고 있었다. 뚝, 온몸의 뼈들이 몸 안으로 오그라붙었다. 나는 있는 힘껏, 빨간 모자의 옆구리를 물어뜯었다. 빨간 모자가 비명을 지르며 날 내던졌다.

나는 보도블록에 뺨을 대고 천천히 눈을 감았다 떴다, 또 감았다 떴다.

괴물의 운동화는 빨간색이었고, 끈이 더러웠다. 괴물은 다시 태어나지 못하는 대신 노래를 할 수 있었다. 나는 노래를 하고 싶지는 않았다. 가물가물하게 빛이 멀어져갔다. 내겐 아직 여덟 개의 목숨이 남아 있다. 내 영혼이 허락한다면, 다음 생에도 고양이로 태어나고 싶은데.

당신이 나를
기억하는 한

◆ 2017년 〈자음과 모음〉 가을호 수록

3초 후

이곳의 시간으로 3초 뒤였다. 사태가 벌어졌다는 것을 깨달은 순간은.

아주 짧은 사이에 이리로 와야 할 모든 것들이 온데간데없이 사라졌다. 나는 도착할 물품들의 목록을 다시 훑어보았다. '파스', '레오', '로이', '주이'…… 어느 나라 말로 해도 발음이 될 쉬운 2음절 낱말들. 목록 안에서 나는 라포의 이름을 찾아냈다. 내게로 오고 있던 라포도 함께 사라졌다.

"이 우야노. 싸그리 증발해뿟네."

"어떻게 된 거야?"

"장(場)이 몬 버틴 거 같은데."

가속기를 물끄러미 내려다보는 지수를 보며 나는 덜컥 겁을 먹었다. 이런 일은 처음이었다. 지수는 입술을 일그러뜨리며 삐죽이기 시작했다. 겁이 났다기보다는 짜증이 난 것처럼 보였다. 왜 장이 못 버텼는지, 이제부터는 기록을 전부 뒤져서 찾아내야 할 것이다. 그걸 누가 하느냐면, 어차피 지수와 나 둘이었다. 어떻게 할 방도도 없으니 일단 지수는 상부에 보고하기 위해 통신을 시작했고, 나는 가속기의 로그를 뽑아냈다.

"아, 참말로 좆 같네. 이기 뭐꼬."

투덜거리는 지수의 목소리를 들으면서 나는 조금 숨이 가빠서 벽에 기대앉았다. 가슴 한구석에 찌르는 것 같은 통증을 느꼈다. 크게 심호흡을 하자 어떻게든 숨은 쉬어졌지만 가슴께의 통증은 쉽사리 사라지지 않았다. 스트레스 때문에 가끔 숨이 가쁠 때는 있었지만 이렇게 가슴이 아픈 건 아주 아득한 감각이었다. 거의 10년 전쯤에나 느꼈을 법한 고통이었다. 굳이 꼽자면 스물두 살, 첫 실연을 당했을 때 정도에 느끼지 않았을까. 2만 광년은 더 멀리 떨어진 곳에 와서 느닷없이 이런 달콤한 기억이 떠오르다니. 고개를 흔들며 기록을 계속 뽑아냈다. 이런 이야기는 여기에서는 누군가에게 쉽게 할 수 있는 것도 아니었다. 라포 정도가 아니라면.

흔들린 부분이 금방 눈에 들어왔다. 장에 문제가 발생한 지점은 출발하고 나서 10초가 지났을 무렵이었다. 웜홀 바깥에서 영향을 미칠 수 있는 시간이 아니었다.

지수가 보고를 마칠 때까지 나는 가만히 손가락을 두드리며 기록을 들여다보고 있었다. 지수가 옆에 와서 내 어깨에 턱을 기댔다.

"우얘 된 기가?"

"출발하고 10초."

지수도 입을 다물었다. 나는 다시 한 번 목록을 확인했다. 수하물은 백 퍼센트 로봇뿐이었다. 온갖 이름을 달고 있는, 누군가의 이야기를 들어주기 위해서 2만 광년의 빈 공간을 날아다녔던 인공신체들.

"보고 올리면 상부에서 어떻게든 하겠지, 뭐."

나는 뽑아놓은 기록을 잠시 덮어두고 자리에서 일어났다. 바로 앞에 있는 함바집에서 몸에 안 좋은 음식이라도 하나 사 먹고 올 생각이었다. 지수도 따라 일어났다.

"나 함바집 갈 건데."

"가자, 가자. 니나 내나 오늘부터 고생길 훤하데이."

통신소 문밖은 여전히 황량했다. 온통 흙빛인 지표면 위로 우리는 천천히 발을 뗐다. 처음 도착했을 때는 발을 제대로 떼는 것도 어려웠지만, 이제는 지구에 있을 때보다 두 배 정도 힘을 들여서 발걸음을 움직이는 게 나름대로 익숙해졌다. 그 와중에도 건물들은 끊임없이 뼈대를 올려나간다. 나름대로 진척이 있었다고 지구의 방송들은 매일같이 떠들어대지만, 그래 봤자 개척지는 개척지다. 모든 물자가 부족하고, 제대로 목욕조차도 할 수가 없다. 목욕탕에서 물 꽉꽉 의자에 끼얹고 몸에도 끼얹은 게 언젠지 기억도 나질 않는다.

통신소 밖엔 지금도 공사가 한창이다. 돌을 나르고 건물을 올리는 인부들은 열심이지만 중력이 다르니 지구만큼 속도가 날

수는 없다. 저 건물 짓기 시작한 게 언제인지 기억도 나질 않는다. 소스를 많이 얹어달라고 주문해놓고 서 있다가 문득 지수에게 말을 걸었다.

"지수야, 네 로봇은 없었냐?"

"목록에?"

"응, 있어?"

"있더만."

지수의 표정은 덤덤했다.

"사람들 알면 빡치겠지."

"아야, 우리야 시키는 맹키로만 했다 아이가. 우야라꼬."

"어디로 갔을까?"

"내 우째 아노. 오는 길에 홀이 없어져뿟는데."

"그래."

음식이 나오자마자 나는 입을 크게 벌려서 핫도그를 씹었다. 와삭 소리가 났다. 다른 건 잘 모르겠지만, 이 가짜 양상추는 정말 양상추 같다. 물론 양상추는 아니지만.

10시간 후

이 정도 사건은 숨길 수 있는 규모는 아니다. 곧바로 저녁에 모든 구역으로 소식이 전달되었다. 웜홀의 이상으로 이리로 오던 로봇들이 모두 다른 시공간으로 튕겨 나갔고, 현재 원인을 파악 중이며, 지구에서는 새로운 로봇을 준비하기 시작했다는 내용이었다. 사람들은 술렁였고 어떤 사람들은 분노를 터뜨렸다. 이를테면 옆집에 사는 남자가 그랬다. 남자는 뉴스를 보자마자 있는 힘껏 벽을 쳤고, 내 방까지 그 소리가 '텅' 하고 울렸다.

"그래서 어디에 있다는 건데!"

내가 통신소에 있다는 걸 혹시라도 알았다간 우리 집 문이라도 부술 기세였다. 나는 조용히 걸쇠를 하나 더 걸어 잠그고 숨을 죽였다. 열이야 받을 것이다. 여기까지 나와 있는 사람들 대부분 상담 로봇이 오는 시간만 목 빠지게 기다리며 살고 있지 않던가. 어떤 사람들은 상담 로봇이 그다지 쓸모가 없다고 투덜거리기도 했지만, 그런 사람들조차도 상담 로봇을 기다리지 않는 경우는 보지 못했다. 이곳은 정말…… 아무것도 없으니까.

이주가 시작된 건 기껏해야 3년 전이었다. 드물게 이곳에서 친구를 사귀고 연애를 하는 사람들도 있긴 하지만, 그런 사람들도 모두 상담 로봇에는 얼마만큼 의지를 했다. 우리는 아무도 서로에게 왜 이곳까지 왔는지를 묻지 않기 때문이다. 무슨 일이 있었기에 다시는 지구에 돌아가지 않겠다는 서약을 하고 2만 광년이나 떨어진 곳까지 왔는지를 묻지 않는다.

그 조건은 내게도 매력적으로 들렸다. 마치 지난 세기에 유행했던 미국 아이돌의 노래 가사처럼. "그대의 과거는 아무래도 상관없어요, 당신이 누구였건, 어디서 왔건, 무엇을 했건, 당신이 날 사랑하는 한." 그러나 막상 도착하니 두려웠다. 난생처음 압축되는 시공간을 경험하고 도착한 세상은 황무지였고, 낯설었고, 발이 무거웠고, 무슨 역사를 가지고 살아온 건지 알 수 없는 두려운 사람들로 가득했다. 더욱이 우리는 아무리 친밀해져도 서로에게 과거를 묻지 않기로 약속한 사람들이었다. 바로 옆에 서 있는 누군가가 한없이 멀었다.

이주 1년이 지나고 나서, 첫 폭로 자살자가 발생했다. 그는 짓던 건물의 골조 위에 서서 자신이 왜 이곳에 오게 되었는지를 큰 소리로 외친 다음 뛰어내렸다. 이곳의 중력이 지구보다 강하다는 걸 증명이라도 하는 것처럼 그는 빠른 속도로 낙하했다. 절망은 빠르게 전염되었다.

과거로부터 자유로운 세상은 그리 녹록치 않았다. 과거를 지운다는 것은 단지 끔찍했던 어느 기억만 선별적으로 지우는 것이 아니었다. 모든 잔혹하고 끔찍한 기억들은 자신을 구성하는 가장 아름답고 소중한 기억들과 떼어낼 수 없이 얽혀 있었다. 그래서 우리는 고향에서 만들어낸 요리의 식감, 가게를 돌보던 어머니의 느릿한 손길, 첫사랑의 띄엄띄엄한 설렘, 아버지의 매질을 피해 동생과 함께 동네 어귀를 내달리던 기억, 수학여행에서 처음으로 마신 소주의 아릿한 맛 같은 것들을 모두 말할 수 없게 되었다. 그래서 이 행성은 우울했다.

세 번째 폭로 자살자가 발생했을 때야, 지구에 남은 사람들은 초기 개척자들의 정신을 위한 복지가 필요하다고 판단했다. 상담 로봇들이 파견되기 시작한 것은 첫 번째 폭로 자살자가 발생한 때로부터 반년이나 더 지나서였다. 상담 로봇은 무작위로 지정되었고, 상담 내용은 암호화되어 저장되었다. 로봇과 단 한 사람 말고는 아무도 공유할 수 없는 내밀한 비밀들을 차곡차곡 쌓을 수 있게 된 것이다.

지구에서 여기를 지옥처럼 여긴다는 것은 묻지 않아도 알 수 있었다. 끔찍한 일을 저지른 범죄자들이 과거를 세탁하기 위해 모여든 곳이니까. 우리에게도 반쯤은 지옥이었다. 지구에 사는 사람들은 우리를 두려워했지만, 다행히 이 범죄자들이 로봇에게 무슨 짓을 하더라도 로봇은 새로 생산할 수 있었다. 인공지능과 인공신체를 가진 상담사들은 일주일에 한 번씩 겁도 내지 않고 어김없이 이 지옥에 발을 디뎠다.

옆 방 남자의 괴성을 들으며 나는 처음 라포가 이 방에 들어왔던 순간을 생각했다. 좀 더 사람같이 생긴 로봇이 올 줄 알았는데. 둥그런 몸체에 둥그런 얼굴, 내 무릎까지밖에 오지 않는 키를 한 하얀 로봇이 멀뚱히 서서 내 얼굴을 들여다보았다. 들여다본다는 말이 맞는지도 그때는 확신할 수 없었다. 로봇에게는 눈으로 추정되는 커다란 구멍이 있었지만, 그 구멍은 어이가 없을 정도로 텅 비어 있었다. 아무리 지구의 모든 기억을 잊고 여기까지 오겠다고 약속했다고 해도 이건 너무 사람을 우습게 여기는 게 아닌가, 나는 조금 불쾌했다. 방에 들어온 로봇은 그저 가만히 서 있었다. 의자에 앉아서 아무 말 없이 로봇과 마주 앉은 지 1분이 지나자 분노가 치밀어 올랐다.

과거를 공유할 수 없다는 것이 무슨 뜻인지 지구의 윗대가리들은 아무도 모르는 것이 틀림없었다. 말을 못 해서 고통스럽다고 하니 무작정 여기다 대고 얘기하라며 장난감이라도 던져준 모양새였다. 실망한 나는 그냥 로봇을 내버려두기로 했다. 오늘 하루는 로봇과 대화하는 시간이라고 했으니, 그냥 이 로봇 같은 건 신경 쓰지 말고 즐겁게 하루를 보내면 될 일이었다. 침대에 누워서 늘어지게 낮잠을 자고, 컴퓨터 앞에 앉아서 맥주를 마시면서 게임을 했다. 로봇은 주인을 쫓아오는 강아지처럼 가만히 내 옆에 있었다. 가끔 구동을 위해 로딩을 할 때 컴퓨터에서 나는 것 같은 이상한 소리를 내는 걸 제외하고는. 그르륵대는 그 소리는 마치 고양이가 그릉거리는 소리처럼 들리기도 했다. 기껏해야 이걸로 마음을 위로하라니.

저녁 식사를 주문하고 기다리고 있을 때도 로봇은 그릉거리며 옆에 서 있었고, 막상 도착한 음식을 차려놓고 앉자 로봇은 맞은편에 섰다. 그날 주문한 음식은 토마토소스 스파게티였다. 토마토도 아니고 밀도 아닌 것으로 만들었지만 겉모양은 제법 스파게티처럼 생긴 음식이다. 스파게티를 둘둘 말아서 한 입 밀어 넣자, 지구에서 먹던 토마토소스보다 훨씬 강한 신맛이 입안에 화하게 퍼졌다. 그 순간 명치 아래쪽에서 울컥하고 뜨거운 것이 치밀었다. 그래서 로봇에게 내가 제일 처음으로 했던 과거 이야기는 토마토소스 스파게티에 관한 이야기였다. 고등학교에 다닐 적에 학교 근처 번화가에 있던 경양식집, 스테이크는 시키지 못하고 값싼 커틀릿은 먹고 싶지 않아서 허구한 날 주문하던 토마토소스 스파게티를 우물거리면서 옛날이야기를 입에 올렸다. 로봇은 커다란 동공을 위로 말아 올리며 웃어 보였다. 기계음이 많이 섞인 목소리에 약간 어색하고 이상한 발음으로 라포는 내게 물었다.

"그래서 그 음식을 좋아했니?"

오랫동안 혀를 단련한 인간의 목소리와는 현격히 다른 그 발음을 듣는 순간 어처구니없게도 질질 울음이 터졌다. 몇 년 만에 처음으로 한 과거 이야기가 기껏해야 스파게티라니. 로봇은 당황하지도, 서둘러 나를 달래지도 않았다. 내가 울음이 잦아들 때까지 가만히 있던 로봇은, 아까와 달리 느릿하게 소리를 냈다. 삑-삑-삑-삑. 높이로 치자면 한 옥타브 위의 '솔' 정도 될 쇳소리. 딱딱하고 가벼운 소리는 천천히 내 어깨 위로 내려앉아서 다정하게 등을 쓰다듬는 것처럼 귓전을 오갔다. 로봇이 내 방을 빠져나가기 직전에야, 흐느끼던 나는 로봇에게 겨우 이름을 물을 수 있었다. 로봇은 다시 그렁거리는 소리를 내며 대답했다.

"라포."

22일 후

3주가 넘도록 지수와 나는 제 시간에 사무실을 빠져나오지 못했다. 우선은 보고서를 써야 했기 때문이고, 다음으로는 문의가 너무 많이 쏟아졌다. 대체 왜 에너지가 유지되지 못한 것인지에 대해서는 도무지 분석할 만한 내용이 없었다. 건너오던 물품들의 목록에는 에너지를 건드릴 만한 것이 아무것도 없었다. 그래도 이렇지 않았을까, 예상할 만한 실마리라도 넣어야 보고라는 것이 가능할 텐데. 지수가 짜증을 냈다.

"그거 아이가. 그거 말고는 없다고."

"……그렇겠지."

"칵, 마 써뿌까."

"알면서 왜 그러냐. 써봤자 빠꾸야. 그리고 그렇게 쓰면 우린 괜찮나?"

지수는 또 입술을 일그러뜨리며 바람 빠지는 소리를 냈다. 유난히 하얀 얼굴이 조금 상기되어 있었다.

들어온 물품을 점검하다 보면 언제나 로봇 외에도 더 들어오는 물품들이 있었다. 단단히 밀봉된 그것들은 여러 장치까지 둘러쳐져서 입자 가속기와 장에 영향을 안 미치려고 애를 쓴 흔적이 역력했다.

처음 로봇들을 받을 때부터 꾸준하게 실려 오던 '그것'은 내용물이 무엇인지 확인할 겨를을 주지 않았다. 높은 사람들의 단순하고 간편한 눈인사들과 함께 금방 사라졌다. 뭔가 '사정'이 있을 터였다. 이곳은 남의 사정에 대해 신경 쓰는 곳이 아니었다. 그렇다고 '그것'이 더 실려 오는 게 특별히 문제를 일으키는 것도 아니었다.

'그것'을 가져가는 건 언제나 윗선이었다. 가지러 온 사람 역시 사무적으로 챙겨 갈 뿐이었다. 지수가 언젠가 그게 뭐냐고 물었던 적이 있었지만, 그는 심드렁하게 "나도 모릅니다. 뜯지 말라고도 하고."라고 대답하고는 휑하니 자리를 떠버렸다. 우리도 그렇게 궁금해서 물어본 건 아니었기에, 그 한 번의 질문은 쉽게 잊혔다.

통신소로 들어오는 문의 대부분은 로봇들이 어디로 갔느냐는 것이었다. 간간이 새 로봇이 언제쯤 도착하느냐는 문의도 들어왔지만, 대부분의 사람은 로봇의 행방을 물었다. 중간에 에너지장이 무너져서 어디로 갔는지 알 수 없다는 말을 다들 이해하지 못했다. 그중 누군가는 화면 너머에서 살짝 미간을 찌푸리며 물었다.

"그렇게 위험할 수 있는데, 지금까지는 왜 지구까지 매번 오간 거예요?"

말문이 막혔다. 생각해보면 굳이 로봇들은 지구로 돌아갈 이유가 없었다. 로봇들이 들은 우리의 이야기는 암호화되어 있었고, 언제든 포맷시킬 수도 있었으며, 만일 우리의 과거를 전달하려고 생각한다고 쳐도 직접 돌아가는 것 외에 수많은 방법이 있었다. 로봇들과 매번 함께 도착하던 '그것'을 생각했지만, 물론 입 밖에 낼 수는 없었다.

"다른 로봇이 오면 다시 처음부터…… 말해야 하나요?"

"혹시 통신은 안 되나요? 지금 어디에 있대요? 저를 담당하던 로봇은 시라인데요. 제가 써 놨거든요. 시라의 고유넘버는 교238Gあ237……."

보고서의 빈칸을 채우기 위해 온갖 시뮬레이션을 다 돌리던 그날 밤, 눈이 시뻘게져서 화면 앞에 바짝 붙어 앉은 지수에게 물었다.

"새 로봇 오면 어쩔 거냐?"

"우짜긴 뭣이 우짜노. 오는 거지."

"너는…… 괜찮냐?"

지수가 핫, 소리를 내며 웃었다.

"미친나? 그카는 니는 괘안나?"

대답을 못 하고 우물쭈물하는 시간이 조금 길어지자, 지수는 날카롭게 쏘아붙였다.

"니 너무 말 마이 하지 마래이."

✳

지우고 싶었던 모든 것들에 대해 처음으로 라포에게 털어놓았던 순간에 대해서라면 방 안의 공기까지도 기억할 수 있었다. 건조하고 바싹 마른, 이 행성의 공기가 아주 조금 눅눅하게 느껴지던 날이었다.

어디서부터 일그러졌는지 오랫동안 생각했다. 하지만 나를 여기까지 몰아온 게 바로 그 선택이었다고 정확하게 짚어낼 수는 없었다. 나는 잘못된 선택들을 반복했고, 결과는 늘 그렇듯이 참혹했다. 띄엄띄엄 이어지는 말들에 라포는 그르릉대는 소리로만 응답했다. 말을 멈춘 순간에도 라포는 나를 재촉하지 않았다. 라포는 눈물을 닦아줄 수 없었고, 옳고 그름에 대해 말하지도 않았다. 나를 두려워하지도 않았고, 도망치거나 욕설을 퍼붓지도 않았다. 내 편을 들지도 않았고, 다정하게 위로의 말을 건네지도 않았다. 라포는 덩그러니 뚫린 시꺼먼 눈을 가만히 내 쪽으로 향한 채 묵묵했다.

나는 말을 끝맺지 않았다. 그저 어느 순간 더 이상 말을 이어 나갈 수 없게 되었다. 라포는 입을 꾹 다문 내게 자신의 이야기들을 전해나갔다.

"나는 USA의 앨라배마에서 태어났어."

영어를 발음하는 라포의 목소리는 매우 미국적인 발음이었지만, 혀가 없다는 것을 증명이라도 하려는 듯 여전히 자연스럽지 않게 들렸다.

"지능과 인지가 생기고 나서는 많은 정보를 입력해야 했어. 사람들은 그것을 '배운다'고 하지. 내가 가장 많이 배운 것들은 말, 단어, 기억, 우주, 그리고 지금 온 이 행성에 대한 것들이었어. 내가 배운 것 중에는 너에 대한 정보들도 있었어. 너의 얼굴과 너에 관한 기사들, 그리고 사람들이 너에 대해 언급한 것들이었어."

치직치직, 무언가 끊는 것 같은 소리가 들렸다. 어디서 나는 소리인지 알 수 없었다. 어쩌면 긴장한 내 배 속에서 나는 소리였을지도 모른다고 생각했다. 그런 소리가 났었던 것이 사실인지 지금은 잘 기억도 안 난다. 내가 한 이야기들은 사실이었을까. 사람들은 내 삶을 내 기억과는 다르게 기록해두었을지도 모를 일이다. 나는 내 삶에 대한 기록을 찾아보지 않은 지 오래되었고, 비난과 고통을 자신의 몫으로만 곱씹어왔다. 그리고 이제 그 모든 것을 잊어버리겠다는 생각으로 우주의 한복판으로 밀려왔다. 그래놓고 인제 와서 로봇한테 이야기를 털어놓고 숨죽이고 있다니. 한심스러운 일이었다. 나는 이를 꽉 악물었다. 어쩌면 뿌득, 이 사이에서 갈리는 소리가 났을지도 모를 일이다. 이런 멍청한 짓을 당장 그만두어야 한다. 이 로봇을 부수면 방금 내가 말한 데이터는 지워질 수도 있다. 아니, 어쩌면 이미 행성에 데이터로 전송되었을지도 모를 일이다. 뭘 믿고 이런 것들을 떠들어댔지. 악문 이 때문에 턱에 약간 통증을 느끼는 순간, 라포가 느리게 말을 이어갔다.

"그래서 나는 너를 만난 것이 무척 기뻤어."

✳

지수는 아주 냉정한 표정으로 고개를 돌려 화면만을 바라보고 있었다. 지수의 새까만 머리카락이 잠깐 어깨 아래로 흘러내렸고, 지수가 귀 뒤로 머리카락을 집어 올리는 것을 나는 말없이 가만히 지켜보았다. 우리는 정말로 아무도 서로의 과거를 공유하지 않았을까. 이곳에서 미래를 약속한 사람들은 어쩌면 말했을 수도 있지 않을까. 진짜 과거 이야기가 아니니까, 이곳에서 있었던 이야기니까, 라포에게 '그' 이야기를 했던 순간의 기억 정도는 지수와 나눌 수도 있지 않을까.

생각이 계속 겹쳐졌지만 나는 끝내 지수에게 라포와의 기억에 대해선 말하지 않았다. 나 역시 고개를 돌렸다. 우리는 오랫동안 함께 입을 다문 채 화면을 바라보았다. 지수가 옳았다. 말을 너무 많이 해서는 안 되는 일이었다.

30일 후

우리는 '원인 불명'이라고 쓴 보고서를 제출했다. 글자 다발들로 되어 있었지만 글자를 다 읽어도 내용은 없는 보고서였고, 그런 보고서치고는 보고서의 수리가 무척 빨랐다. 최종 결재가 끝나기까지는 일주일도 채 걸리지 않았다.

수리된 보고서를 받아보자마자 지구에서는 새 로봇을 파견하기 위해 준비 중이라는 소식이 전해졌다. 새 로봇이 파견되기까지는 반년 정도가 더 걸릴 것이라고 했다. 본부는 얼른 이 소식을 전달했다. 그나마 다행이었다.

뉴스가 전달된 날, 혼자 들어간 술집에서 반년이 뭐 별거냐고 턱수염을 쓰다듬으며 웃는 남자를 보았다. 하기야, 우리는 이미 이곳에서 3년을 견딘 사람들이었다. 고개를 끄덕이는 사람과 함께 웃는 사람 사이에서 누군가가 시무룩한 목소리로 말했다.

"하지만 난 내 로봇이 보고 싶은데."

술집 전체에 정적이 흘렀다.

"넌 뭐, 그 쇳덩어리랑 연애했냐?"

다시 왁자지껄 웃음이 터지는 걸 보고 술집 문을 나섰다. 거리로 나서자 온몸으로 하얀빛이 쏟아져 들어왔다. 이 행성에서 처음으로 사랑하게 된 풍경이었다. 지구의 어느 맑은 하늘 아래 간다고 해도 이 행성처럼 환한 별빛은 볼 수 없을 것이다. 밤에도 반쯤은 낮인 것 같은 별빛의 물결. 지구와는 비교할 수 없을 정도로 환하고 밝은, 수없이 많은 별빛 아래 설 때마다 황홀했다.

지구가 속한 태양계도 저 하늘 어디쯤에선가 빛나고 있겠지.

별빛은 과거로부터 날아오는 것이다. 내가 지구에서 살던 순간이 내게 도달할 수 있을지를 가늠해본 적도 있었다. 옛날에서 출발해서 여기까지 당도한 순간들. 눈에 닿는 모든 것에 과거가 있었다.

라포의 옛날은 어디에 닿고 있을까.

장이 무너져서 연결되었던 통로가 붕괴했다면 무너진 시공간은 다른 차원으로 튕겨 나갔을 확률이 가장 높을 것이다. 다른 우주로 갔는지, 더 먼 곳으로 갔는지는 아무도 알 수 없다. 그러나 튕겨 나갔다는 것은 소멸했다는 것과 다른 말이다. 내가 닿을 수 없는 어딘가에 라포는 있을 것이다.

닿을 수 없고 알 수도 없는 것을 존재한다고 말할 수 있을까. 설령 존재한다고 해도 닿을 수 없는 이상, 라포는 이제 내게 아무런 의미가 없다. 그 둥그런 눈도, 가느다란 소리도. 나는 손을 펴서 나의 옛날을 들여다보았다. 사라지기를 기대했던 옛날이 내 손 안에 생생하게 들어 있었다.

39일 후

반년이 길지 않다는 말은 모두에게 진실은 아니었다. 첫 자살자가 생겼던, 이제는 완공된 그 건물 꼭대기에 올라선 어떤 남자가 긴 현수막을 드리웠다. 웅성거리는 사람들 속에서 그 현수막을 바라보며 나는 저 큰 글씨들을 혼자 어떻게 쓴 걸까, 누군

가가 도와준 것은 아닐까 생각했다. 건물 전체에 여덟 개의 글자
는 길쭉하게 늘어져 있었다.

'상담사를 돌려내라.'

남자는 옥상에 서서 위험하게 몸을 내밀고 있었지만, 이전에
그 자리에 올라서서 망설임 없이 몸을 던졌던 그 누군가처럼 죽
을 생각은 없어 보였다. 문제는 남자의 다른 쪽 손에 있었다. 어
디에서 났는지 손에는 지구까지 보내는 통신기기가 들려 있었다.
과거를 지우겠다는 약속을 정면으로 배반하는 기기였다. 이 시위
는 지구에 자신의 모습을 거리낌 없이 송출하는 시위였다. 지구
에서 남자를 알고 있는 누구라도 그 모습을 볼 수 있을 것이다.

"나는 다른 로봇이 아니라 내게 왔던 주이가 필요합니다. 주
이가 어디로 갔는지 알려주세요. 웜홀에서 왜 문제가 발생했습
니까. 원인이 불명이라면 원인을 밝혀야 할 것 아닙니까."

그건 그렇지, 남자의 말에 동조하는 목소리들이 들렸다.

"반년 동안 기다려서 오는 새 로봇을 원하지 않습니다. 주이
만이 나를 알고 있습니다. 주이는 생각이 많은 로봇입니다. 지금
도 혼자서 너무 많은 생각을 하고 있을 거예요. 주이가 어디로
갔는지 알려주십시오."

사람들이 주변에 몰려왔다. 떨어질 것을 대비해 바닥에는 매
트가 깔렸다.

"지구에서 우리를 지켜보고 있다는 걸 알고 있습니다. 우리에
게도 기억이 있습니다."

보안관들이 옥상에 도착해 팔을 낚아챘다. 바닥에 깔린 하얀

매트에는 남자 대신 통신기기가 떨어졌다. 통신은 곧바로 종료되었고 남자는 별다른 저항 없이 건물에서 끌려 나왔다. 건물에서 나온 남자는 팔자로 내려앉은 눈썹을 하고 풀이 죽어 있었다. 사람들은 풀이 죽은 그의 얼굴을 들여다보았다. 희미하고 흔한 인상이었다. 고등학교 3년 동안 같은 학교에 다녔다고 해도, 졸업하고 3년 정도 더 지나면 지나가다 알아보는 동창조차 얼마 없을 것 같은 얼굴이었다. 그는 끌려가면서도 계속 중얼거리고 있었다.

"제 주이를 찾아주십시오."

남자는 감옥에 가는 대신 지구로 방출되었다는 소식이 금방 전 구역에 알려졌다. 지구의 방송들이 너 나 할 것 없이 불안에 떨며 그의 귀환을 알렸기 때문이다. 텔레비전에 그의 희미한 인상이 또렷하게 떴다.

지구에서 남자는 어린아이 두 명을 강간했다. 자신이 결혼하기로 약속했던 여자의 아이들이었다. 가족들도 모두 그를 떠났다. 친척들은 그가 어릴 때부터 얼마나 잔혹했는지를 인터뷰했다. 출소한 다음에는 이름을 바꿨지만 그런다고 존재는 쉽게 지워지지 않았다. 출소한 지 5년 후, 그는 이곳으로 왔다. 그리고 3년 만에 다시 지구에 돌아가게 되었다.

남자는 이곳에서 거리를 청소했던 사람이었다. 각 거리의 쓰레기통을 비우고, 중력에 적응하지 못해 발을 질질 끌고 다니는 사람들의 흔적을 지웠다. 지구보다 훨씬 무거운 쓰레기들을 한군데에 모았고, 자신의 무거운 몸을 움직여 팔과 다리로 압축했다.

로봇이 오기 전 스스로 목숨을 끊었던 자는 목숨을 잃은 대신 치욕에 내던져지지 않았다. 항의는 자살보다 가혹한 대가를 치뤄야 했다. 자살은 그저 자기 목숨만 없앨 뿐이었지만 항의는 그렇지 않았다. 텔레비전을 본 사람들은 앞으로는 더 입을 굳게 다물기로 마음먹었을 것이다. 사람들의 얼굴만 들여다보아도 알 수 있었다. 무엇을 포기하고 여기까지 당도했는지, 묻지 않아도 알 수 있었다. 그러므로 나도 굳게 입을 다물었다.

45일 후

발이 영 떨어지지 않았다. 그래도 이제 근육들이 꽤 적응했지만, 피곤하고 힘든 날이면 발을 질질 끌며 걷는 수밖에 없었다. 땅에 발을 오래 끌고 다니면 발목이 상하기 일쑤였다. 건너편에서 아주 능숙하게 발을 끌며 걸어가는 사람들 셋이 보였다. 저 정도로 자연스럽게 발을 끄는 사람들은 대개 노가다꾼이거나 짐 나르는 사람들이다. 무게를 옮기는 사람들은 중력을 훨씬 더 심하게 받을 수밖에 없다. 일을 마치고 나면 발을 들 정도의 힘이 남아 있기가 쉽지 않다. 하지만 저 정도로 자연스럽게 끌 수 있다면 굳이 걷는 속도가 떨어지지도 않는다. 하지만 발목은 말도 못하게 망가져 있겠지.

나는 최대한 발목을 덜 망가뜨리기 위해 벽에 바싹 붙어서 발을 끌기로 했다. 얼마나 걸었을까, 문득 발 옆으로 작은 그림이 보였다.

하얗고 둥근 머리, 둥그런 몸체와 둥그런 동공. 누군가가 아주 작게 그려놓은 로봇이었다. 로봇 그림 옆에는 더 조그맣게 무언가가 쓰여 있었다. 읽을 수 없을 정도로 작은 글씨였다. 아마도 로봇의 이름이겠지. 그림이 나를 끌어당기는 것만 같아 주저앉았다. 가까이 얼굴을 들이밀자 라포의 얼굴이 뚜렷하게 보였다.

엄지 끝으로 조심스럽게 라포를 쓸어내렸다. 아니, 이 그림은 라포가 아니다. 이 그림을 그린 사람은 나와는 다른 유일한 그리움을 몰래 새겨놓았다. 그러나 나는 라포를 만지고 있었다. 벽은 울퉁불퉁했다. 라포는 훨씬 매끄러운 쇳덩어리였지만, 그래도 내 손 아래에 있는 것은 라포의 얼굴이었다.

나는 라포가 기쁠 때 짓는 표정을 알고 있었다. 슬플 때 짓는 표정도 알고 있었다. 기쁨이나 슬픔을 표현하기 위해 라포는 눈두덩을 올리거나 내리도록 프로그래밍 되어 있었다. 라포의 표정은 세 가지 정도였다. 눈두덩을 올리거나, 내리거나, 아무것도 하지 않거나. 프로그래밍 된 대로 움직이는 것이었지만, 나는 그 표정을 모두 구분할 수 있었다. 어떤 표정을 지을지도 알 수 있었다. 큰 소리로 삑삑 소리를 울리면 말 한마디 없이도 라포가 웃는다는 것을 알 수 있었다. 무슨 말을 했을 때 웃을 것인지도 알 수 있었다.

라포가 기쁘다고 말한 순간도.

"나도 너를 만난 것이 무척 기뻤어."

벽에 그려진 라포는 손가락 두 개를 겹치면 가려질 정도로 작았다. 작은 라포를 만지며 나는 라포의 웃는 얼굴을 계속 생각했다. 하얗게 쇠로 된 라포의 눈두덩이 올라오면, 라포는 그르렁거리며 미소 지었다. 라포에겐 입이 없었지만 라포가 웃을 때면 미소 짓는 입술을 언제나 볼 수 있었다.

라포에게 마지막으로 떠들어댄 이야기는 별것도 아니었다. 고등학교 때 잠깐 사귀었던 밴드부 선배에 대해 말을 하다 말았다. 그 선배가 학교 축제에서 내 이름을 부르며 연주를 하다가 삑사리를 낸 이야기를 했을 때, 라포는 큰 소리로 삑삑삑 웃음을 터뜨렸다. 사실 그 뒤가 정말 재미있는 부분이었는데.

아직 할 이야기는 끝도 없이 있었다. 입을 꼭 다물고 그 자리에 앉아서 라포에게 하다 만 이야기를 조잘거리기 시작했다. 다문 입속에서 온갖 단어들이 혀를 오가고 입천장에 닿았다가 다시 목구멍으로 들어가기를 반복했다. 라포가 웃을 게 틀림없는 부분에서 나는 입을 살짝 열었다.

"삑."

57일 후

메시지가 도착한 경로는 불분명했다. 분명 정상적인 경로는 아니었다. 이 경로를 찾기 위해 고되게 애를 쓴 흔적이 뚜렷했다. 처음 온 곳까지는 추적도 되지 않았다. 별의별 경로를 다 타고 헤매고 헤매다 도착한 흔적이 메시지의 가장자리에 뚜렷하게 남아 있었다. 그 고생을 한 것치고는 메시지는 단순하기

그지없었다. 메시지를 확인하자마자 턱 숨이 막혔다.

"지수야."

"와."

"로봇들."

"뭐라꼬?"

"로봇들이야."

지수의 눈이 휘둥그레졌다.

메시지는 단순했지만 분량은 아주 길었다. 정확히는 그날 이 곳에 도착하기로 했던 로봇들의 목록보다 아주 조금 길었다. 지수는 서둘러 그날의 수하물 목록을 찾아냈다. 로봇들의 이름만 가득한 수하물 목록과 달리 인간의 이름만 가득한 메시지였다. 앨런 브룩스, 카일라 스미스, 첸 지에, 시우 란, 키노시타 류노스케……. 지수의 눈도 나만큼 바쁘게 움직였다. 수많은 이름 사이에서 나는 내 이름을 찾아냈다. 지수의 이름도 있었다. 사라진 로봇 숫자만큼의 이름이 나열된 다음, 로봇들은 우리에게 하고 싶은 말을 전했다.

「여기 함께 실려 있던 물질이 반물질에 작용한 것으로 추정된다. 현재 그 물질은 반작용으로 사라졌다…….」

라포. 벽에 그려져 있던 작은 라포와 건물에 늘어뜨려진 현수막이 혼란스럽게 마음을 오갔다. 지수에게 말해야 했다. 그러나 내가 입을 열기도 전에 지수의 손이 빠르게 움직였다. 지수는 황급히 메시지를 아카이빙하고 메시지가 도착한 흔적을 지웠다.

"너 뭐하냐?"

"니 지금 할라 카는 거."

지수는 아카이빙한 메시지를 따로 내 수신기로 출력하기 시작했다. 그리고 날 바라보며 능청스럽게 웃었다.

"맞제? 니 칵 쌔리뿔라 카는 거 아이가."

58일 후

통신소 문을 걸어 잠갔다. 입자 가속기 전원을 내렸다. 지구와의 통신을 차단하고 구역 통신을 열었다. 아직까지는 아무도 알지 못했다. 지수와 나는 서로 얼굴을 마주 보았다. 메시지를 전달하되, 먼저 전해야 할 것들을 전하고 나중에 이름을 부를 계획이었다. 중간에 언제 끊겨버릴지 알 수 없었다. 목소리 대신에 내부 변환기를 이용하기로 했다. 목소리를 사용하는 것보다, 끊기더라도 조금 더 빠르게 전달될 것이다.

지수가 버튼을 눌렀다. 입력한 글자들은 각 구역에 서로 다른 언어로 떨어지기 시작했다.

「우리는 통신소에서 일하는 윤지수, 김지연이다. 웜홀에서 튕겨 나간 로봇들이 모처에 불시착했음을 확인했다. 로봇들은 모처를 가까운 배열에 있는 다른 차원의 우주로 짐작하고 있다. 로봇들이 차원막을 이어 붙여서 이 행성으로 보내온 메시지를 전달한다.」

수영장에 다니던 이야기를 하다가 여기도 지구처럼 물이 많았으면 좋겠다고 라포에게 말했었다. 온몸을 물에 담가본 기억이 아득하다고도 했었다. 어처구니없게도 그때 라포는 물소리를 들려줬다. 어디서 찾아온 것도, 지금 긁어낸 것도 아니라고 했다. 워싱턴으로 옮겨지던 길에 들었다고 했다. 지구엔 지금도 여전히 물이 많을 것이다. 다섯 살배기 아이들이 물장구를 칠 수 있을 만큼 세상은 가벼울 것이다. 느리게 급류를 헤쳐 나가듯 공기를 헤치고 걸어가지 않는 삶. 라포의 몸통에서 물소리가 들렸다.

「여기 함께 실려 있던 물질이 반물질에 작용한 것으로 추정된다. 현재 그 물질은 반작용으로 사라졌다. 돌아가는 중이다. 내가 당신을 기억하는 한.」

기억이란 단어와 함께 커다랗게 무언가가 떨어지는 소리가 들렸다. 공기를 울리는 낙하의 충격은 마치 들은 지 매우 오래된 천둥처럼 느껴졌다. 몇 초 후면 대지를 가득 적시며 폭우가 쏟아질 것처럼.

「함께 실려 있던 물질의 존재는 통신소에서 일한 두 명이 증언한다. 매번 무엇인지 알 수 없는 물질이 로봇들과 함께 실려 왔다. 그 물질은 검수를 거치지 않은 채 비공식적 루트로 실려 갔다. 물질의 존재를 확인한 바만 십수 번이다. 우리는 검수해야 할 의무를 지키지 않았다. 공시도 하지 않았다. 허구의 보고서를 작성해서 발표했으며, 이에 대해 책임져야 한다. 물론 물질을 가져간 비공식적 루트도 밝혀내야 할 것이다.」

「로봇들이 이 메시지를 전하는 사람들은 다음과 같다. 앨런 브룩스, 카일라 스미스, 첸 지에, 시우 란, 키노시타 류노스케,

데미 린드스트룀…….」

목록을 반 정도 읽었을 때 통신은 두절되었고, 지수와 나는 문에 등을 대고 앉았다. 어떤 방식으로 끌려 나갈지 알 수가 없었다.

"마카 지구로 보내뿌면 우야지."

"어쩔 수 없지."

"보낼라고 작심했으면 쪼까내기 전에는 안 까발리문 좋겠네."

"그러게."

지수와 함께 등을 기댄 통신소 문은 기분 좋게 서늘했다.

60일 후

통신소 앞이 웅성거렸다. 지수와 나는 문에 귀를 대고 숨을 죽였다. 온갖 외국어들이 섞여 들렸다.

"보안국 아이가."

"보안국이면 문부터 때려 부수지 않았을까."

"맞나."

잠깐 생각하던 지수는 다시 팔자 눈썹을 하고 걱정스럽게 말을 이었다.

"우리 까발리가꼬 쪼까내러 온 거 아이가."

대답할 수 없었다. 우리를 통해서 전 구역에 연락하는 걸 막기 위해, 우리 스스로 정보를 차단해놓았으니 보안국에서 우리를 '까발렸는지' 아닌지 알 방도조차 없었다. 그렇다고 이 작은 통신소에 천 년이고 만 년이고 갇혀 있을 수도 없었다. 순간 익숙한 언어가 귓전을 스쳤다.

"여기 있는 거 맞지?"

"그래. 이름 부르다 끝나버렸어."

"내 이름은 나왔어."

"내 이름은 안즉 안 나왔는데 보안국 새끼들 때문에 끊겨버렸어."

지수와 나는 걸어 잠갔던 문을 열어젖혔다. 사람들이 통신소 앞을 빽빽하게 메우고 있었다. 모인 사람 중에는 보안국 옷차림을 그대로 입고 온 보안관도 있었다. 무거운 몸을 끌고 황무지 같은 통신소 앞까지 온 사람들은 먹이를 기다리는 아기새 같은 표정으로 지수와 나를 바라보았다. 우리의 과거를 이들이 아는지 모르는지 알 수 없었지만, 분명히 이들은 우리를 멸시하기 위해 찾아오지 않았다. 2만 광년을 넘어서 새 삶을 찾아 떠난 얼굴들은 하나같이 간절한 표정을 하고 있었다. 그렇게도 새 삶을 원했던 이 사람들은 이제 자신이 버리고 온 삶을 다시 찾아서 여기까지 온 셈이었다.

지수가 큼큼, 목을 가다듬었다.

로봇들이 또박또박 건네준 그들의 이름이 그들의 귀로 들어갔다. 밤이 찾아오고 있었다. 자신의 이름을 찾아서 이곳까지 유영해 온 오래된 신체들은 이름이 불리자 별처럼 빛났다. 반짝이는 눈동자들은 쇳덩어리로 된 로봇의 몸처럼 단단했다. 눈에 선명하게 환희가 어려 있었고, 사람들은 마치 날아오를 것처럼 움직였다. 이 행성의 중력을 못 느끼게 된 것처럼, 아무 일도 없는 어린 시절로 돌아간 것처럼, 역사 이전으로 돌아간 것처럼, 자신의 모든 역사를 스스로 삼키기로 작정한 것처럼 그들은 뛰어올랐다.

……아니, 뛰어오르진 못했다. 그래도 만약 지구였으면 족히 2미터는 뛰어올랐을 것이다.

구역으로 돌아가지 않고 통신소 앞에 가장 먼저 드러누운 것은 건설하던 사람들이었다. 땅을 다듬고 건물을 세웠다. 황폐한 도시에 질서를 만들어냈다. 그래서 이들은 사람들의 황폐한 마음에 질서를 만들어 낸 것이 누군지 잘 알고 있었다.

다음으로 드러누운 것은 운송하던 사람들이었다. 사람들의 필요와 마음을 전달했다. 우리가 무엇을 전달하고 싶어 했는지, 무엇이 우리에게 전달되었어야 했는지 아는 사람들이었다.

지수와 나도 그 가운데에 누웠다. 지수가 단단하게 내 팔짱을 꼈다. 옆에 있는 누군가도 그랬다. 서로서로 팔짱을 끼고 바라본 이 행성의 하늘은 숨이 막힐 듯한 별빛으로 가득해서 나는 잠깐 허덕이며 심호흡을 해야 했다. 이 땅은 늘 그렇듯 사람들을 다 삼킬 기세로 모든 것을 잡아당겼다. 어쩌면 이대로 다 함께 땅속으로 사라져버릴지도 모른다고 생각할 무렵, 헐레벌떡 달려온 본부 사람이 애타는 목소리로 외쳤다.

"지구에서 보상해주겠다고 합니다."

아무도 몸을 일으키지 않았다. 우리는 모두 별이 가득한 하늘을 계속 바라보았다. 누군가가 허공을 향해 큰 소리로 외쳤다.

"우리 친구들이 어디로 갔는지 찾아내주세요."

드러누운 사람들이 저마다 목소리를 높여 환호하는 가운데 혜성 하나가 창공을 가로질러 지나갔다. 나는 지수의 팔을 꽉 끼고 혜성을 보다가 조심스럽게 물었다.

"지수야, 네…… 친구 이름은 뭐야?"

"이리. 니는?"

"라포."

이 많은 별빛 속에서 나는 종종 2만 광년의 점인 지구를 찾아보려고 하곤 했다. 내가 지구에서 숨 쉬고 있었을 옛날은 2만 광년을 지나기 전에는 결코 내게 닿지 못한다. 라포가 튕겨 나간 다른 공간은 같은 시간대를 지나고 있을까, 아니면 다른 차원을 흐르고 있을까. 언제쯤 라포의 빛이 여기까지 도달할 수 있을까.

"이리랑 라포는 지금 뭐 할까."

"니 뭐 들었노. 이리로 오고 있다 안 카나."

팔짱을 끼고 있던 지수의 차가운 손가락이 천천히 팔을 타고 내려와 내 손에 깍지를 꼈다.

"지수야, 나 할 말 있어."

"내도 있는데."

지수는 콧날을 찡긋거려 콧등에 주름을 만들며 웃어 보였다. 그리고 우리는 영원히 묻어버리려고 했던 오랜 옛날을 서로의 지금에 겹쳐가기 시작했다. 흙바닥에서 낯선 사람들은 서로에게 하나둘씩 지나가버린 옛날이야기를 늘어놓았다. 2만 광년 전에, 내가 말이야.

5년 후

태어날 때부터 두 배의 중력에 익숙한, 우리보다 훨씬 튼튼한 다리로 거침없이 바닥을 유영하며 자라나는, 선대보다 단단한 뼈를 가지고 태어난 다섯 살배기 아이들에게 우리는 종종 옛날 이야기를 해주곤 했다.

"아주 오래전에 하늘 건너편에 엄마 친구들이 있었는데, 언젠가는 엄마를 찾아오기로 약속했단다. 그게 얼마나 오래전이냐면…… 아마도……."

지수가 벌떡 일어나서 하늘 구석을 가리켰다. 빛이 휘돌아 가며 3차원이 일그러지고 있었다. 당신이 나를 기억하는 한. 하얗게 별들이 머리 위로 쏟아져 내렸다.

보시기에 나빴더라

✦ 2018년 〈환상문학웹진 거울〉 게재

아무래도 지연은 자신이 그리 명랑한 성격은 못 되는 모양이라고 새삼 생각했다. 환하게 인사를 하며 지나가거나 괜히 서로에게 시비를 거는 아이들의 시끄러운 흐름 속에, 지연은 도통어디에 자리해야 할지 알 수가 없었다.

　'너무 시끄러워……'

　심지어 이곳은 교회인데도 이 모양이다. 지연은 오래전부터어른들이랑 함께 예배를 드리고 싶었다. 아이들은 영 자발스러워 조금만 오래 함께 있어도 피로해지기 일쑤였다. 목소리는 굳이 저렇게 크게 높여야 하는지, 저렇게 괜히 친한 척을 꼭 해야만 하는지. 지연은 자신에게도 똑같이 반가움을 표하는 몇몇 아이들을 지나서 조심스럽게 예배실로 들어섰다. 짧은 시간이었는데도 상당히 피로했다.

지연은 예배실 가장자리 뒤쪽에 자리를 잡았다. 맨 앞자리에 앉아서 초롱초롱한 눈을 반짝이며 이야기를 듣는 아이들도 물론 있었지만, 지연은 아무래도 그런 타입은 되기가 어려웠다. 이왕이면 아이들의 눈을 좀 피할 수 있는 곳이 마음 편했다. 아이들은 뛰어들어와서 여기저기에 자리를 잡았고, 뛰어들어오는 아이 중에서 지연은 도훈을 찾아냈다.

도훈은 약간 심드렁한 표정으로 지연의 대각선 한 자리 앞에 자리를 잡았다. 도훈의 뒷덜미에서 익숙한 냄새가 났다. 지연은 얼떨결에 다른 아이들처럼 반갑게 도훈에게 인사를 건넬 뻔하다가 간신히 억눌렀다. 심장이 빠르게 뛰었고, 갑자기 아랫배가 당겨왔다. 도훈 옆에 있으면 언제나 불편했다. 그런데도 지연은 교회에 올 때마다 가장 먼저 도훈이 어디에 있는지부터 찾았다. 어쩔 도리가 없었다.

오래 걸리지 않아 예배가 시작되었다. 지연은 꼿꼿하게 등을 펴고 조용하게 마음을 가다듬었다. 천지를 새로이 주관하신 하느님 아버지를 내가 믿사오며, 우리에게 임재하신…….

기도문을 외우다가 지연은 눈을 가느스름하게 뜨고 단정하게 정돈된 도훈의 뒷모습을 바라보았다. 도훈은 언제나 말이 많지 않았고, 쉽사리 큰 소리를 내지 않았다. 하지만 지연도 도훈도 서로 큰 소리를 내지 않는 존재들이다보니 오히려 가까이 지내기가 어려웠다. 도훈과 지연 사이에는 언제나 아이들이 끼어들었다. 조용한 이들에게서는 적대감을 표출하든 친근감을 표출하든 별다른 응답이 돌아오지 않게 마련이었기에, 지연을 노려

보거나 괜히 친한 척을 하던 아이들도 금방 시들해지기 마련이었다. 아마 도훈도 비슷할 것이라고, 지연은 어렴풋하게 짐작했다. 도훈에게도 꼭 붙어 다니는 단짝 친구는 없어 보였다.

그렇다고 지연이 도훈의 옆에 꼭 붙어 다니는 자신을 상상할수 있을 만큼 명랑한 성격인가 하면, 절대 그렇지는 않았다. 그저 걷고 있는 도훈의 모습을 보거나, 도훈이 근처에 왔다는 걸 인지하면 그제야 괜히 수그리고 가만히 도훈을 지켜보는 수준이었다.

가장 좋아하는 강독과 설교 시간까지는 귀찮은 경배 의식들이 장애물 경주처럼 차곡차곡 쌓여 있었다. 시끄러운 찬송 시간과 잡다한 찬양 시간들을 멍하니 일어나 고개만 까딱이며 지연은 열심히 버텨냈다. 다들 기다렸다는 듯 찬송을 한목소리로 쏟아내기 시작했다. 평소에는 시끄러움에 일익을 담당하고 싶지 않았지만, 여하간 이것은 신께 드리는 경배였다. 지연도 작은 목소리로 찬송을 불렀다.

얼마 전 보았던 논문에, 경배 의식은 활발하게 뛰놀고 싶어 하는 아이들을 하나로 모을 수 있어서 정서 발달과 함양에 아주 좋다는 내용이 있었다. 지연은 고개를 갸웃거릴 수밖에 없었다. 지연은 활발하게 뛰놀고 싶었던 적이 없었다. 다른 아이들을 보면 활발하게 뛰놀고 싶은 게 아이들의 특성이라는 사실을 부정할 수 없었지만, 지연은 그렇지 않았다. 나 같은 아이들을 위한 프로그램은 없는 걸까. 이런 말을 하면 엄마는 쓸데없는 소리하지 말고 밖에서 애들이랑 좀 뛰어놀라고 잔소리를 할 것이다.

엄마의 크고 쩌렁쩌렁한 목소리도 늘 고통스러웠다.

'도훈이랑 내가 한집에서 살게 된다면 우리 아이들은 조용하고 행복하게 살 수 있을 텐데.'

속으로만 생각해놓고도 화들짝 놀라 지연은 얼굴을 살짝 쓸어내렸다. 여하간 지연은 아직 아이고, 도훈도 아직 아이였다. 생은 어찌 될지 알 수 없는 노릇이고. 이런 생각은 그만하고 예배에 집중해야지. 지연은 머리를 한번 세게 흔들고 다시 사제님 쪽을 바라보았다. 옆에 앉은 녀석이 의아한 듯 지연을 힐끔거렸다.

오늘은 대림절의 마지막 날, 교회로서는 가장 큰 축제 기간이었다. 그래서 굳이 바글바글할 어제저녁 예배까지는 참석하지 않았다. 하지만 지연이 제일 좋아하는 이야기들은 바로 대림절 구간에 다 모여 있었다. 대림절의 주일 예배에 빠질 순 없었다. 심지어 마지막 예배였다. 사제님은 어김없이 지연이 예상한 그 부분에 대한 설교를 시작했다. 두근거렸다.

"세상의 모습을 오래 지켜보아 오신 하느님은 우리의 세상이 너무나 어지러워 천지를 새로이 주관하시기로 하셨습니다."

지연은 단상 앞에 환하게 드러난 하느님의 성상을 보며 생각했다. 하느님의 모습은 언제나 저렇게 그려진다. 교회 여기저기에 붙어 있는 하느님의 모습도 딱히 다르지 않았다. 진짜 하느님의 모습은 이제 누구도 기억하지 못하는데, 여하간 하느님은 언제나 찬란한 금발을 휘날리며 아름다운 천사들과 함께 이 땅에 강림하는 모습으로 그려진다. 강철로 된 병거(兵車)를 타고 하늘에서 내려온 하느님은 엄숙하고 아름다운 모습으로 우리에게 말을 걸어온다.

신이 말을 걸어오리라고는 아무도 짐작지 못했던 이 땅의 존재들은 당황하여 너 나 없이 수군거리지만, 신의 언어는 명료하고도 단호하다. 오래도록 우리를 지켜보았고, 오직 우리만을 위해서 이 땅에 강림하였다고 설명한다. 지연은 그 말을 받아들이는 하잘것없는 이 피조물들의 모습을 사랑한다. 아무리 여러 번 접해도 그때마다 이 장면은 지연을 강렬하게 사로잡았다. 신의 모습이 나타난 첫 순간에는 모두 오히려 신의 존재를 의심한다. 신의 메시지가 너무도 정확하였기 때문이다. 이토록 배려하는 언어를 들어본 적 없었던 이들은 신의 존재를 적대한다. 그러나 신은 자신을 적대하는 이들조차도 사랑으로 품었다. 사제님은 자연스럽게 그 사랑의 이야기로 옮겨 갔다.

"하느님께서는 날카롭게 자신을 적대하는 이들의 눈앞에 사랑의 장막을 열었습니다. 사랑의 장막 속에서 모든 이들은 진정으로 행복해졌고, 그제야 우리는 하느님의 존재를 받아들였습니다. 이제까지 신의 목소리는 오직 신을 닮은 이들에게 속한 것이었습니다."

모든 억압에 순종해 왔기에 억압에서 풀려나는 순간마저도 순종으로 따르는 이들. 명료하게 알아들을 수 있는 자신의 목소리로 말을 걸어오는 신에게 믿음 그 자체로 순종하는 선하고 아름다운 이들. 지연은 이 이야기를 처음 듣는 순간부터 가슴이 터질 것만 같았다. 엄마는 어린 지연이 처음으로 고통스러워했을 때가 바로 이 이야기를 듣는 순간이었다는 걸 꽤 자랑스럽게 몇 번 교회 사람들에게 이야기하곤 했다. 조금 부끄럽기도 했지만, 그만큼 자랑스럽기도 했다. 여하간 지연은 선함으로써 신의 사랑을 거부하고, 동시에 선함으로써 신을 받아들이는 모습에 크게 감동하는 신실한 아이였다. 여기에 감동하는 게 조금 아이답지 않은 모습일 수는 있겠지만, 조숙한 스스로를 자랑스러워하는 건 또 아이다운 모습이 아닌가.

이렇게 매 순간을 경계 밖에서 생각하는 건 지연에게 뼛속 깊이 박힌 귀찮은 습관이었다. 그래도 이런 생각은 하느님의 가장 명민한 천사, 콜리엘의 특성이기도 했다. 지연은 신이 허락하신 대로 고요하게 의심하면서도 신실하게 따르고 싶었다. 스스로 생각해도 멋진 성품이었다.

"하느님과 천사들은 지금껏 우리가 보지 못한 아름다운 모양을 하고 있었습니다. 지상의 모든 피조물이 하느님의 모습에 경배를 올렸습니다."

눈부신 빛, 하느님이 서 있는 자리마다 화려하게 꽃이 피어올랐다. 하느님은 높게 고개를 들고 자애롭게 세상을 관장하였다. 하느님의 주변을 호위하는 천사들도 마찬가지였다. 하느님이 걸음을 옮기시는 자리마다 비뚤어졌던 세상의 틈새들이 메워졌다. 지연이 사는 세상은 그렇게 창조되었다.

"그러나 여러분도 잘 알고 있다시피 오직 단 하나의 피조물만은 하느님에게 경의를 올리지 않았습니다. 누구였지요?"

"악마, 악마요!"

쩩쩩거리는 참새들처럼 아이들이 목소리를 높였다. 자그마한 발을 굴러대며 신이 나서 소리높였다. 이제 지연이 사랑하면서도 가장 끔찍해하는 바로 그 시간이다.

대림절 마지막 주의 설교가 그렇듯, 단상 위에서는 하느님이 악마를 처단하는 장면을 재현해서 보여주었다. 전능하신 하느님은 빛으로 휘감겨 있다. 하느님의 빛나는 금발이 휘날리고, 악마들은 하느님을 향해 기다란 막대기를 들이대며 조심스럽게 접근한다. 악마들의 입에서 무어라 소리가 들리지만, 우리의 귀로는 의미를 명확하게 파악할 수 없다. 그저 하느님을 위협하는 소리라는 것만 어렴풋이 짐작할 수 있을 따름이다. 하느님은 그때 하늘을 향해 고개를 드시고, 그 순간 철병거에서 악마들을 처단하는 날카로운 송곳이 튀어나온다. 그러자 피비린내가 사방으로 확 끼친다.

피비린내가 나는 장면에서 지연은 눈살을 찌푸렸다. 물론 이 장면이 흉측하도록 아름다운 것은 부정할 수 없는 사실이다. 이 장면 하나를 위해서 성극을 올릴 친구들은 오랫동안 노력했겠지. 하지만 진짜 이렇게까지 해야 하나. 눈을 찌푸리고 단상 옆쪽을 보니, 아니나 다를까 아주머니들이 우리 눈에 안 띄게 사방으로 돌아다니며 애를 쓰고 있다. 어제부터 쟁여놨을 피를 여기저기 뿌리고 있다. 악마들은 힘없이 스러져간다. 처음에는 한두 마리 악마였지만, 시간이 지날수록 전역의 악마들이 처단당한다. 남은 악마들은 힘을 잃고 도망친다. 아이들이 도망치는 악마들의 뒷모습을 보고 환호성을 지른다. 흉측한 모습의 악마들이 점점 멀리 사라져 간다.

"하느님께서는 이렇게 새로이 세상을 구축하셨고, 우리는 신의 모습을 닮기 위해 노력하며 살게 되었습니다."

여기까지는 일반적인 대림절 설교였다. 하지만 그다음 이야기가 나오는지 아닌지가 중요했다. 지연은 현재까지 설교에 쓰인 시간을 계산해보았다. 연극까지 지나갔지만, 아직 시간이 상당히 남아 있었다. 그렇다면 분명 그다음 이야기까지 나올 것이다. 지연은 몸에 힘이 들어가는 걸 느꼈다. 살짝 대각선 앞을 돌아다보니, 도훈도 무척 긴장한 표정으로 이야기를 듣고 있었다. 솔직한 말로, 악마를 물리치는 하느님의 이야기보다는 그다음 이야기가 언제나 더 재미있었다. 옳고 그름을 이야기로 만든다면, 언제나 옳은 이야기보다는 그른 이야기가 서사로서 더 매력적이었다. 그리고 지금부터는 그른 이야기가 시작될 참이었다.

"하느님은 이토록 보시기에 좋으신 세상을 구축하시고 우리 곁을 떠나셨습니다. 하느님께서는 하실 일이 무척 많으신 분이었기 때문입니다. 그러나 다시 이 세상에 임재하실 때가 도래하고 말았습니다. 바로 우리의 바보 같은 죄악 때문이었습니다."

차가운 눈발이 뺨에 닿았다. 아, 너무 고생들 하네. 이번엔 눈까지 만들었어? 고개를 들어 보니 이번에는 아저씨들이 교회 기둥에 올라가서 눈송이 비슷한 걸 얼음으로 만들어서 뿌려대고 있었다.

"유난히 추웠던 겨울, 살기 위해서 대부분 함께 지내야만 했던 때였습니다. 사건은 여기서부터 한참 먼 곳에 있는 높은 산맥들의 도시 시나이아에서 벌어졌습니다."

아는 부분이 나온 아이들이 너도나도 신나게 소리쳤다.

"시나이아!"

시나이아. 그 이름은 수도 없이 들어보았다. 아마 그곳에도 여름이 있고, 봄이 있을 테지만 전 세계의 모든 곳에서 차가운 겨울 눈발로 기억될 도시. 서로의 체온으로 간신히 버티고 견뎌나가야만 했던 그 겨울, 시나이아의 신도들은 악마에게 미혹당한다.

단상 위에는 다시 악마들의 형상이 등장했다. 악마들이 등장하자마자 나이 어린 아이들은 너무나 즐거워하며 야유를 보내기 시작했다. 악마들은 겨울에 모두가 합심을 하고 고생고생하여 잡은 흰 토끼의 가죽에 붙은 살을 돌로 벗겨냈다. 돌돌돌 토끼 가죽이 벗겨져나갔고, 악마들은 남은 살을 불에 구웠고, 습기 없는 곳에 가죽을 널어 말렸다. 남은 살들을 분류해서 말렸고, 잘게 썰었다. 악마들은 눈을 떠서 물을 만들었고, 물을 끓여서 잘게 썬 고기들을 우려냈다.

한파가 더욱 심해졌을 때, 시나이아의 대장 비앙카가 숨을 거둔다. 백발의 비앙카가 추위를 견뎌내지 못하고 숨을 거두었을 때 시나이아의 모든 신도는 슬피 흐느낀다. 신에게 비앙카를 애도하는 제사를 지낼 때, 신을 닮은 금발의 눈부신 펠리시아가 무대 한구석에 웅크리고 있다. 지연은 펠리시아 역할을 맡은 것이 소율이라는 것을 알아챘다. 소율이야말로 우리 동네에서 가장 아름다운 금발을 뽐내는 아이다. 그래, 소율이 저 역할을 맡아야겠지. 연극에서 역할을 맡을 생각은 조금도 안 했음에도, 어쩐지 괜한 심술이 났다. 몸을 웅크린 소율의 뒷모습에서 반짝거리는 향기가 나는 것만 같았다. 뺨에 닿는 눈발에 전혀 어울리지 않는 향기였다.

펠리시아가, 아니 소율이 자리에서 일어나자 모두 동공이 커졌다. 좌중은 소리 하나 없는 침묵이었다.

"우리는 더 이상 먹고 살 수 없을 거야! 비앙카 님도 죽었는데, 이제 어떻게 하면 좋담!"

매끈한 몸으로 장례식장을 빠져나오며 흐느끼던 펠리시아는 울면서 악마들이 사는 구역까지 도달한다. 마침 악마들은 잘게 썬 토끼 고기들을 불 위에서 우려내고 있던 참이었다. 펠리시아를 발견한 악마들이 소리를 지르며 펠리시아를 쫓으려고 하고, 생애 처음으로 악마들을 만난 펠리시아는 날카롭게 울부짖으며 악마들을 향해 이빨을 드러낸다. 그때 한 악마가 펠리시아를 향해 이상한 행동을 한다.

눈앞에 툭 떨어진 고깃덩이, 심지어 잘게 다져서 뭉쳐서 불에 구운 고깃덩이를 보고 펠리시아의 눈이 휘둥그레진다. 펠리시아가 조심스럽게 고깃덩이에 입을 가져다 댄다. 아주 맛있는 고기 냄새가 사방으로 퍼진다. 대체 이 냄새는 뭐 어떻게 낸 거야. 다들 두리번거리며 냄새의 진원지를 찾는데, 고기를 한입 베어 문 펠리시아의 목소리가 들린다.

"악마……, 악마랑 같이 있으면 굶지 않을 수 있어!"

소율은 입에 고깃덩어리를 넣고 대사를 하고 있다. 저거 진짜 고기일까. 설마, 아니겠지. 만약에 진짜 고기면 이따가 밥 먹을 때 소율은 두 끼 먹는 거잖아. 지연은 연극을 하지 않은 게 약간 억울해졌다. 고기를 던진 악마가 다가와서 소율의 목덜미를 쓰다듬는다. 목덜미를 쓰다듬는 앞발을 보아하니 악마를 연기하려고 털까지 싹 다 밀어버렸다. 연기 대상감이네. 펠리시아의 황홀경이 좀 더 확장된다.

"뭐 하는 거야!"

"아직 새끼잖아. 얼마나 귀여워."

"너 그러다 물린다고!"

펠리시아는 악마를 향해 꼬리를 치며 춤을 춘다. 악마는 반갑게 펠리시아의 몸을 두드리고, 악마와 펠리시아는 끝내 친구가 되고야 만다. 매번 저 장면을 볼 때마다 지연은 기묘한 기분이 들곤 했다. 악마와 펠리시아의 관계는 세상에 다시 있지 않을 것처럼 편안하고 다정해 보인다. 오래전에 잃었던 친구를 되찾은 것 같기도 하고, 서로를 아끼고 사랑하며 영원토록 그 평온함 속에 머물 수 있을 것만 같다. 그러나 펠리시아의 우정을 출발점 삼아 다시 세상에 등장한 악마들은 신도들을 채찍으로 후려치고 고기를 건네고 머리를 쓰다듬으며 모든 신도를 다시 악마의 노예로 굴종시키는 데에 성공한다. 악마들을 따라온 신도들의 이빨 아래 산속의 온갖 생물들이 죽어간다. 악마들의 손으로 썰리고 분류되어 그저 고깃덩어리가 되어가는 생물들, 그들을 물어뜯어 악마들의 눈앞에 가져다 바치는 신도들의 눈에서 행복감이 어른거린다.

좋아하는 장면이 또 등장할 차례다. 아니, 사실 지연이 싫어하는 부분은 한 군데도 없었다. 마침내 창공이 열리고 환한 빛으로 하느님이 다시 이 땅에 내려오신다. 하느님의 날카로운 심판으로 친구의 목이 날아가는 걸 본 펠리시아가 고통스럽게 울부짖는다. 흐느끼며 친구의 몸 곁에 주저앉은 펠리시아를 하느님의 위대한 혓바닥이 쓸어내린다. 하느님의 혓바닥이 몸에 닿자, 펠리시아는 낑낑대며 하느님의 품으로 파고들어 간다.

"너희들의 몸과 마음속에는 오랜 시간 동안 함께 지내온 악마의 패턴이 새겨져 있다. 악마들에게도 마찬가지로 새겨져 있기에, 이들은 이것을 패턴사고라고 칭했다."

"패턴사고!"

아이들이 아우성치듯 소리쳤다. 패턴사고가 정확히 무엇인지 우리는 잘 알지 못하지만, 여하간 대림절의 처음이자 마지막이 있다면 바로 이 '패턴사고'다. 지연 역시 패턴사고라는 말만 들어도 움찔하고 오스스 소름이 돋았다. 자비로우신 하느님은 패턴사고에 빠진 바보 같은 신도들을 용서하셨다. 다만 한 가지 계명을 그 자리에 놓아두셨다. 악마는 그 계명 아래에서 원래 있던 구석 자리로 돌아갔다.

"외로움을 견뎌내어 홀로서기를 두려워하지 말라."

사제님의 목소리가 높아졌다.

"여러분, 악마의 냄새는 달콤하고, 악마는 언제든지 우리를 손에 넣을 준비를 하고 있습니다. 악마가 목덜미를 쓰다듬는 손길은 놀라울 만큼 달콤하고 우리를 행복감에 빠지도록 합니다. 그러나 악마가 우리를 유혹하는 것은, 결국 우리를 수단으로 삼아 하느님의 세상을 도탄에 빠뜨리기 위함입니다. 악마는 우리를 언제든지 해칠 존재입니다. 우리는 매 순간 악마를 경계하며 살아가야 합니다."

이번에는 악마를 경계하는 으르릉 소리가 교회 안에 울려 퍼졌다. 반가운 환호성도, 쿵쿵대며 다가오는 또래 아이들도 다 싫어하는 지연이 경계하는 으르릉 소리를 좋아할 리가 없었다. 지연은 꼬리를 둥글게 말아서 뒷다리 사이에 집어넣고 고개를 깊이 숙였다. 그리고 으르릉대는 소리가 그칠 때까지 속으로만 계속 생각했다.

정말로 악마는 그토록 잔혹한 존재일까. 그토록 잔혹한 존재라면 어째서 악마는 신도 인정할 만큼 그렇게 매력적인 생물로 만들어졌단 말인가. 꼭 그런 생물이어야 할 이유가 있었을까?

언젠가 학교에서 지연의 과학 선생님은 하느님의 존재를 부정하는 게 당연히 아니고, 하느님의 말씀이 모두 옳다고 몇 번씩 말한 다음에 조심스럽게 악마에 관해 이야기했다. 아주 오랜 옛날, 악마와 개들은 매우 친밀했고, 악마와 개들은 이해관계를 떠나 진정한 우정을 나누었다는 기록이 수도 없이 남아 있다고 했다. 이제 그 진정한 우정은 변했고, 변했다는 그 사실을 신께서 깨닫게 해주셨다는 말을 덧붙이긴 했지만, 악마와 개 사이에 '진정한 우정'이 있다고 말했다는 것만으로도 과학 선생님은 처벌받을 수 있었다. 지연은 아무에게도 과학 선생님이 한 이야기를 하지 않았다. 하지만 그 말은 오늘까지도 지연의 마음을 붙들고 늘어졌다. 악마와 펠리시아는 어떤 사이였을까.

예배가 끝나고 나오는 길에 지연의 옆에 누군가가 가까이 다가섰다. 늘 찾던 냄새가 너무 가까이에서 풍기는 바람에 지연이 펄쩍 뛰듯 놀라 옆으로 물러섰다. 도훈이 반갑게 지연의 목덜미에 얼굴을 묻고 냄새를 맡았다.

"안녕?"

"어……, 안녕."

어색하게 지연도 도훈의 얼굴을 핥았다. 매번 스쳐 지났지만 인사를 나눈 건 오늘이 처음이었다. 도훈의 냄새가 코 주변을 계속 맴돌았다. 엉덩이가 빵빵하게 부푸는 기분이었다. 교회에서 밥을 먹을까 말까 망설였는데, 도훈과 조금이라도 더 같이 있으려면 아무래도 식사를 하고 집에 돌아가야 할 것 같았다.

오늘의 사냥감은 토끼인 모양이었다. 근처 토끼굴에서 몇몇 토끼들이 놀러 나와 있었다. 지연과 도훈은 몸을 납작하게 낮춘 채 천천히 토끼들을 향해 전진했다. 둘은 어깨를 나란히 하고 걸었다. 이번에는 지연이 먼저 말을 걸었다.

"저기 지금 냄새가 짙은 갈색으로 하자."

"같이?"

"둘이 한 마리면 충분하지 않겠어?"

도훈은 꼬리를 살랑 흔들었다. 도훈의 몸짓은 군더더기 없이 우아했고, 도훈의 냄새는 익숙하고 편안했지만 그러면서도 짜릿했다. 지연은 숨을 죽이고 있다가 두 걸음 앞에 토끼가 등장했을 때 가볍게 꼬리로 도훈을 쳤다. 둘은 거의 동시에 토끼 위로 덮쳤다. 사방에서 개들이 등장하자 토끼들은 삐익삐익 울며 여기저기로 날래게 도망쳤다. 토끼들은 무척 빨랐지만, 개들도 못지않게 빨랐다. 그래도 결국 도망치는 토끼들은 존재하게 마련이다. 도망치는 토끼들은 언젠가 더 많은 새끼를 낳아서 맛있는 토끼고기를 선사해줄 것이다. 여하간 지연과 도훈의 발아래에 잡힌 토끼의 몸이 파르르 떨렸다. 도훈이 잽싸게 토끼의 목을 물어뜯었다. 토끼는 금세 움직임을 멈추었다.

토끼의 뱃가죽을 헤집어 놓은 도훈은 지연에게 토끼를 콧등으로 밀어주었다.

"응?"

"너부터 먹어."

내장 냄새가 물큰하게 코를 찔렀다. 같이 잡았지만, 목을 물어뜯은 건 도훈인데. 설렜다. 지연은 사양하지 않고 토끼의 내장에 입을 들이댔다. 구불구불 자리를 잡은 토끼 내장은 쫄깃하면서도 고소했다. 한참 입에 피를 묻혀 가며 내장들을 먹고 나자, 도훈이 살코기를 먹기 시작했다. 도훈이 실컷 살코기를 먹도록 잠깐 쉬고 있는데, 도훈은 살코기도 한 점 물어내 입가에 가져다 댔다.

"이것도 먹으라고?"

"살코기도 맛있잖아."

도훈과 지연이 꼭 붙어서 토끼 한 마리를 먹는 데에 관심을 두는 개는 아무도 없었다. 지연은 토끼를 사이에 두고 철벙거를 타고 하늘을 나는 기분이었다. 실컷 달렸고, 실컷 먹었다. 하늘은 밝았고 세상은 따스했다. 그리고 도훈의 냄새는 포근했다. 다 먹은 토끼를 이대로 놓아두고 가면 아마도 악마들이 나타나서 나머지를 정리할 것이다. 악마들과 마주쳐서는 안 되므로, 지연과 도훈은 먹은 자리에 토끼를 그대로 두고 각자 집으로 돌아가기 위해 헤어졌다.

배불리 토끼를 먹은 지연은 한달음에 내달려서 집으로 돌아왔다. 엄마는 입가에 피를 묻힌 지연을 보자 즐거운 듯이 개천에 가서 물 좀 마시고 오라고 했다. 물에 비친 지연의 모습은 너무도 당당해 보였다. 지연은 으쓱이며 물을 마시고 다시 집으로 돌아왔다. 집에 돌아오자 소율의 엄마 지수 아주머니가 집에 놀러 와서 엄마에게 조잘조잘 이야기하고 있었다. 지수 아주머니는 불에 타버린 나무처럼 새까만 흑발의 개였다. 언제나 반들반들 예쁜 빛이 났지만 예전 악마들이 교배를 잘못시킨 조상들이 있어서 무릎관절을 늘 조심해야 한다는 이야기를 소율에게 들은 기억이 났다.

"그 왜, 있잖아. 옆 동네에 아주 늙은 개."

"철구 할아버지?"

"그래, 그래, 그 누렁이 개 말이야."

"아니, 그렇게 나이도 드신 분이 대체 왜……."

"그러니까 악마가 요물이라는 거 아니겠어."

분명 지연이 들어가면 말을 멈출 것이다. 지연은 살금살금 엄마들이 눈치채지 못하게 귀를 기울였다.

"마지막까지 악마를 애지중지 싸고돌면서 마을 개들한테 짖고 아주 난리도 아니셨다더라고."

"그럼 악마는 어떻게 했고?"

"다른 개들이 다 몰려가서 물어 죽였대."

"불은 없었대?"

"없었나 봐. 완전히 어른인 악마는 아니었던 거 같아."

"어르신은, 어르신은 괜찮고?"

"눈앞에서 악마가 물려 죽는 걸 보고 그 자리에서 쓰러지셔서, 시름시름 앓고 고기도 제대로 못 드신다더라. 뼛조각에 붙은 좋은 살들을 다 발라드려도 입도 안 대신대."

"아이고, 어쩌다가……."

"악마한테 홀리면 그렇게 되는 거지, 뭐. 윤자도 조심해."

엄마가 구석에 숨은 지연 쪽으로 고개를 돌렸다. 이크. 지연은 얼른 자리에서 나와서 반갑다는 듯 꼬리를 흔들어 보였다.

"지수 아주머니, 안녕하세요."

"아니, 지연아. 넌 언제 왔어."

"온 지 얼마 안 됐어요. 얘기하시는 거 같길래."

"그래, 오늘 교회에선 토끼 먹었다면서?"

"네!"

도훈이 준 토끼 내장 맛이 갑자기 다시 혀끝에 돌아오는 것만 같았다. 괜히 지연은 주둥이 근처를 혀로 훑었다.

그날 저녁 뉴스에서는 하느님에 대해 발견된 새로운 기록이 화제였다. 대림절 마지막 날에 하느님에 대한 기록이 발견되다니. 모두 다 몹시 신이 난 것처럼 보였다. 기록은 악마들이 해둔 것이었다.

"악마들이 남겨둔 이 기록 속에는 악마들이 스스로를 지칭하는 '인류' 및 '인간'이라는 단어가 여기저기에 보입니다. 동시에 '개'를 의미하는 단어로 하느님을 지칭하고 있음을 알 수 있습니다. 악마들이 하느님을 묘사하는 단어인 '외계인'을 '개'가 수식하고 있습니다. '개' 모양을 한 '외계인'이 등장하였고, '개'와 똑같이 인간을 향해 짖고 있으므로, 외계인에게 '훈련사'들을 파견한다는 결정을 담고 있는 내용입니다. '개'에게 '훈련사'가 무슨 짓을 하는 악마였는지는 아직 명확하게 밝혀지지 않았으며, 이 기록은 자그마치……."

엄마와 이모가 뉴스에 완전히 집중해 있다는 걸 확인하고, 지연은 조심스레 집을 나섰다. 나중에 지연이 없어진 걸 알아도 산책하러 나갔으려니 생각할 것이다. 물론 지연도 그렇게 멀리 갈 생각은 없었다. 하지만 이 외출은 절대로 누군가에게 들켜서는 안 되는 외출이었다. 지연은 가능한 한 발소리를 내지 않으려고 조심조심 걸었다.

마을 어귀에서 아직 나이가 어려 보이는 닭 한 마리를 발견했다. 푸드덕 날아오르려는 걸 냉큼 달려가 목덜미를 물어버렸다. 닭은 숨도 못 쉬고 금세 죽어버렸다. 지연은 닭을 입에 물고 마을 구석에서 조금 더 떨어진 수풀까지 다가섰다.

지연이 주변을 둘러보고 아주 조심스럽게 수풀을 젖히자 털 하나 없이 뽀얀 악마의 새끼가 나타났다. 악마의 새끼는 지연을 보고 반갑다는 듯 양팔을 뻗으며 옹알이를 했지만, 지연은 혹여 그 옹알이 소리를 누구한테 들릴까 봐 아이의 입술을 핥아 소리를 멈추게 했다. 눈을 휘둥그레 뜬 악마의 새끼는 세상에 있을 수가 없는 존재처럼 사랑스러웠고, 지연은 몇 번씩 털을 아이에게 비볐다. 새끼는 행복하다는 듯 얼굴을 일그러뜨리며 웃었다. 새끼의 입꼬리는 지연과는 완전히 다른 생김새로 올라갔지만, 새끼가 즐거워한다는 것은 명백하게 알 수 있었다.

지연은 새끼의 바로 옆에서 이빨을 날카롭게 세워 닭을 물어 뜯었고, 닭의 부드러운 살코기를 잘근잘근 씹어서 새끼의 입가 위에 떨어뜨렸다. 새끼는 날름날름 작은 분홍색 혀를 내밀어서 고기를 입안으로 집어넣었다. 새끼의 혓바닥은 지연의 발톱보다도 작았다. 어떻게 이렇게 작고 약한 것이 있을 수 있담. 새끼를 위해 열심히 닭을 씹은 지연은, 이번엔 근처 시냇가에서 커다란 나뭇잎에 물을 담아 새끼의 입가에 떨어뜨렸다. 새끼는 물도 있는 힘껏 받아마셨다. 이 새끼를 먹이고 있는 것도 벌써 일주일째였다. 어쩌다가 이 새끼가 여기에 있게 되었는지는 지연도 알지 못했다. 아마 악마들의 둥지에서 낙오한 것이 아닐까.

새끼의 눈동자는 크고 동그랬고, 새끼의 몸에서는 달콤한 냄새가 났다. 지연이 새끼의 얼굴을 핥자, 새끼는 눈을 더 크게 뜨고 손을 뻗어 지연의 얼굴을 만졌다. 그 순간 지연의 전신에 행복감이 휘몰아쳤다. 악마 새끼를 처음 발견했을 때, 교회에 학교에서 배운 대로 지연은 곧바로 목을 물어 죽이려고 했다. 하지만 바로 그때, 새끼가 지연에게 손을 뻗었다. 지연은 저도 모르게 새끼의 손가락을 핥았다. 새끼가 까르륵 웃었다. 새끼의 손이 지연의 얼굴에 닿을 때마다 지연은 이 새끼를 위해서라면 무엇이든 다 할 수 있을 것 같았다. 세상의 어떤 가혹한 일이라도, 이 새끼를 지키기 위해서라면 불사할 수 있을 것 같은 뜨거운 마음이 솟아올랐다. 그 뜨거운 마음과 동시에 '패턴사고'를 외치던 예배당의 어린 목소리들이 떠올랐다. 과학 선생님의 목소리도 함께 떠올랐다.

"그런 기록들을 다 살펴보면 어떤 인간, 아니 그러니까 악마들은 정말로 친한 친구였을지도 몰라. 서로를 진정으로 아끼고 사랑하는……."

철구 할아버지는 악마에게 홀린 걸까. 과학 선생님 같은 이들이 자칫하다가는 철구 할아버지처럼 악마에게 홀리게 되는 걸까. 어쩌면 나도 지금 악마에게 홀리고 있는 것일까. 지연의 앞발을 손으로 꼭 쥐고서 악마의 새끼는 새근새근 잠이 들어 있었다. 아무것도 부술 수 없을 것처럼 보이는 작고 가느다란 손이었다. 이런 새끼가 지연에게 해를 끼칠 수 있다고? 지연은 사제님이 하신 말을 도무지 믿을 수가 없었다. 머리 위에만 듬성듬성 얼마 나지 않은 털을 몇 번씩 핥아주다가 지연도 깜빡 잠이 들고 말았다.

정신을 차려보니 벌써 달이 중천에 떴고, 사촌인 늑대들이 산여기저기에서 목청 돋워 높이 외치는 소리가 들렸다. 지연은 악마의 새끼가 이곳에 있다는 것을 알리지 않기 위해, 컹컹 소리 내어 별일 없다고 짖었다. 지연의 짖는 소리에 새끼는 잠깐 몸을 뒤척였지만, 다시 깊은 잠에 빠져들었다. 지연은 조심스럽게 앞발을 빼내고, 보드라운 풀들로 새끼의 몸을 따뜻하게 덮어주었다. 이 근처에는 닭이 많으니 내일도 어린 닭을 한 마리는 더 구할 수 있겠지. 그보다 이 시간이면 엄마와 이모가 찾고 있지나 않을지 걱정이었다. 지연은 서둘러 집을 향해 발길을 옮기며 인간 새끼에게 말했다.

"잘 자고 있어, 내일 또 올게."

전체의 일부인

✦ 2020년 〈새일꾼〉(민주노총) 수록

그것은 안내가 아닌 통보였다. 우리는 하나같이 지치기 직전까지 상담창구에 연락을 시도했고, 그러므로 하나같이 몹시 피로해져 있었다. 상담창구의 반응도 하나같이 똑같았기 때문이다. 너무 똑같아서 대화를 나눈 상대가 챗봇이 아니라는 판단조차 어려웠다. 커뮤니티의 반응은 들쭉날쭉했다. 너무 좋지 않냐고 하는 놈들도 널려 있었다.

「매번 누가 먼저 누르는지 경쟁하느라 피곤했다고. 다들 그랬잖아. 이제는 켜고만 있으면 자동으로 주식 투자하는 것처럼 알아서 눌러준다는 거 아니야. 얼마나 좋고 편해.」

「나는 24시간을, 잠잘 때도 켜두는데도 손이 느려서 매번 실패했어. 이런 업데이트 반대하는 놈들은 나 같은 사람은 굶어 죽으라는 거야? 불편하면 꺼두면 되잖아.」

나는 한쪽 눈으로 커뮤니티 반응을 살피면서, 청소를 하기로 한 집 초인종을 눌렀다. 의뢰인을 만나기 전에 꺼놨어야 했는데, 의뢰인이 너무 서둘러 문을 열었다. '파지직.' 내 안구의 프로그램이 꺼지는 걸 본 의뢰인은 약간 떨떠름한 표정을 지었다.

　"눈에 다른 프로그램도 있으신가 봐요."

　"아, 네……."

　"작업하는 중간엔 청소 프로그램 외에는 꼭 끄고 해주세요."

　"알겠습니다."

　방금 끄는 거 봤으면서 뭘 굳이 다시 말을 하는지. 자기도 이 정도야 다 깔아놨을 거면서. 일하는 사람은 안 된다 이거지. 나는 애써 미소를 지었다. 하기야, 고객분께서 지금 우리 상황이 얼마나 복잡한지 알 리가 없었다. 아무도 모르는 손바닥만 한 커뮤니티에서만 난리가 난 사건이었다. 뉴스에도 신문에도 크게 실리지 않았다. 기껏해야 경제신문에서 '이웃도움 새 업데이트'라며 작은 단신으로 다뤄질 뿐이었다.

　나는 청소도구함을 팔에서 떼어내 바닥에 내려놓고, 버튼을 눌렀다. 우선은 흡착식 손으로 갈아 끼웠다. 의뢰인은 탐탁지 않은 표정으로 팔짱을 끼고 날 지켜보고 있었다. 거실부터 청소를 시작했다. 흡착식 손은 먼지나 이물질의 촉감을 분명하게 느낄 수 있으면서, 동시에 보이지 않는 곳까지 확대해서 안구에 영상을 확인해준다. 소파 구석에 있는 털 뭉치, 아주 작은 먼지 하나까지 만지고 들여다보아 가며 빨아들였다. 아까 내 눈을 보고 석연치 않아 하던 의뢰인은 내 눈동자 위로 소파 안쪽 풍경이 지나가는 걸 확인하자 이번엔 썩 흡족한 표정이 되었다.

기계적으로 청소를 진행하면서도 마음이 무거웠다. 먼지와 잘게 떨어진 감자칩 조각들을 빨아들이면서 머릿속으로 떠오르는 생각들을 계속 굴렸다. 아직 뇌 칩을 심지는 않았으니 그나마 다행인 걸까. 뇌 칩이 있으면 무슨 능력이 있는지 다 파악할 수 있는 거 아니야? 물론 아닐 것이다. 하지만 또 모르지. 뇌 칩이 있는 사람들도 이번 업데이트를 반가워할지 궁금했다.

손이 느려서 24시간 알람을 켜놔야 했다던 사람이 있었지. 나 역시 24시간 알람을 켜놓고 있는 사람이었다. 좋은 일거리를 잡으려고도 했지만, 그보다는 적당한 시간에 대답해주지 않았다가 알고리즘의 우선순위에서 밀릴까 봐 걱정했던 게 더 컸다. 자체 휴가 좀 가겠다고 며칠 알람을 꺼두었다가 사흘 동안 아무 일거리도 전달되지 않았던 날들 이후론 조금 강박적으로 되었다. 어쩌다 새벽 2시에 알람이 울리면 짜증이 나기도 했지만, 그러다가 아주 좋은 일감을 건지기도 했다. 하지만 그 기억도 이제 다 옛날 일이 될 것이다.

손에 먼지들과 조금 다른 촉감이 느껴졌다. 금색으로 반짝거리는 목걸이였다. 흡착력을 줄이고 손을 꺼냈다. 의뢰인은 이미 청소에 관심이 없어진 듯, 어느 방엔가 들어가고 보이지 않았다. 목걸이를 협탁에 살짝 내려놓았다. 왼쪽 눈으로 청소를 하면서 오른쪽 눈도 슬그머니 켰다. 게시글은 끝도 없이 올라왔다. 그중 어느 글이 눈에 띄었다.

「우리도 파업합시다」

익명1, 익명12, 익명35가 가득한 게시판에 '바보'라는 글쓴이 이름이 보였다. 대체 무슨 놈의 파업을 어떻게 한담. 고개를 절레절레 흔들면서도 나는 그 글을 읽어보기 시작했다.

「모두 아시다시피 이 플랫폼은 순전히 우리의 노동으로만 유지되고 있습니다. 여러분이 애써서 일을 하면 플랫폼으로 수수료가 들어갑니다. 여러분이 성실하게 일을 하면, 플랫폼의 이미지가 좋아집니다. 여러분은 이 안에서 아무도 아닙니다. 얼굴도 없고, 목소리도 없고, 의지도 없습니다. 우리의 의지는 아무도 읽어주질 않습니다. 이런 마당에 이제는 우리가 스스로 일을 선택할 여지마저 모두 빼앗아가겠다고 합니다.」

몹시도 옛날 사람 같은 말투였다. 폰트가 아니라 손글씨를 읽고 있는 기분이었다. 딱 보아도 나잇대가 읽혔다. 연세 지긋하신 분께서 플랫폼을 간신히 익혀서 일하다가, 이번 업데이트 내용을 보니 야단났다 싶어서 또박또박 손글씨를 쓰듯 눌러쓴 글씨 같았다. 그래도 업데이트 내용을 파악하고 커뮤니티도 들어와 계시니 대단하네. 하지만 대체 이런 판국에 어떻게 파업을 할 수 있단 말인가. 어르신의 해결책은 산뜻했다.

「우리가 실력을 행사하면 됩니다. 우리는 서로 다 떨어져 있는 것처럼 보이지만 서로가 서로의 일부입니다. 그래서 함께 실력을 행사할 수 있습니다. 본래 데모라는 것은 겁을 주는 것입니다. "제발 이렇게 해주십시오" 하는 것이 데모가 아니라, "이런데도 네가 말을 안 듣고 배기겠느냐?"라고 윽박지르는 것이 데모입니다. 우리는 겁을 줄 수 있습니다. 우리가 없으면 저 기계 덩어리 같은 플랫폼과 그걸 이용하는 사람들은 아무것도 아닙니다. 나는 오래전에도 이런 싸움을 하였습니다. 그런데도 여전히 이런 상황이라는 게 참혹하고 도무지 믿어지지 않습니다. 우리는 기계가 아닙니다. 저의 연락처는…….」

마지막 줄에서 하릴없이 웃음이 터져 나왔다. 풉, 웃자마자 얼른 주변을 살피고 오른쪽 눈을 껐다. 묵묵히 10분 정도 다시 청소만 열중해서 하다가 책꽂이의 먼지를 떨어내면서 다시 오른쪽 눈을 조심스레 켰다. 예상한 그대로의 댓글들이 달려 있었다.

「아재요, 언제적 데모 얘기하십니까.」

「아니, 왜 우리가 기계가 아니에요, 비싼 돈 들여서 기계 팔 기계 다리 다 박았구만.」

피식피식 웃으면서도 그 글에 스크랩을 눌러두었다. 저 아저씨가 도대체 뭐라고 대답할지 궁금하기도 했고, 파업 같은 게…… 가능할 리가 없지. 일단은 주어진 청소나 깨끗이 끝내자고, 나는 오른쪽 눈을 다시 껐다.

의뢰인이 있는 방을 청소할 때조차 의뢰인은 한 번도 내 쪽을 돌아보지 않았다. 마치 나는 그 자리에 존재하지 않는 사람인 것마냥, 기계인 것마냥 일을 마쳤다. 나가기 직전에 의뢰인은 내 접속부에 있는 코드를 한 번 찍었다. 곧바로 입금이 완료되었다.

"안녕히 가세요."

청소도구함을 연결해서 들고 있으면 편한 만큼 불편했다. 얼른 바꿔 끼워야지, 서둘러 차로 걸음을 옮기는데 지연에게서 메시지가 도착했다.

「커뮤니티 글 보고 있어?」

지연과 나는 안 지 어언 6년이 넘었지만, 친해진 건 '이웃도움'에 함께 등록되었단 걸 알게 된 이후부터였다. 나는 가볍게 답장을 보냈다.

「계속 보고 있지. 난리 났더만.」

「그 글 봤어? 파업하자는 글.」

「어. 다들 놀리고 있던데.」

「나 그 사람이랑 연락해봤어.」

「진짜? 왜?」

「괜찮은 사람이더라. 전화 되냐?」

「조금 이따 운전해야 하거든, 차 타고 나서 전화할게.」

핸들을 잡는 고리로 손을 바꿔 끼우고, 오른팔을 흔들어 전화를 걸었다. 벨 소리가 울릴 시간도 없이 전화는 곧바로 연결됐다. 준비할 시간도 없이 너무 빨리 받는다고 한소리 했더니만, 지연은 깔깔 웃었다.

"나는 몸에다가 차체까지 연결했잖아. 차 안에 있으면 차 전체가 드르륵거려서 안 받을 수가 없다니까."

"알람 안 오면 편하겠네."

낄낄대고 웃다가 지연의 목소리가 진지해졌다.

"그 글에 있는 연락처로 연락을 해봤거든. 통화는 아니고 메시지를 주고받았는데, 용기 있는 사람 같아. 놀리거나 비웃는 사람들은 신경 쓰지 않는대. 중요한 건 우리가 '이웃도움'에서 밀려나고 있다는 거 아니냐고 하더라. 지금도 우리는 죽도록 일을 하지만, 일하는 건 우리가 아니라 우리의 기계 팔, 기계 다리, 매번 부품을 교체하는 온갖 갈고리들이 아니냐고도 했어. 몇십 년 전에도 모자가 대신 일을 하고 어쩌고 했는데…… 그건 무슨 소린지 모르겠더라. 기록을 보니까 한 일들이 보통 짐 나르고 조립하고 이런 거라. 나이가 많을 거 같진 않았는데."

"요즘 그걸 어떻게 아냐. 여든 살 노인도 자기 힘만 써서 옮기는 거 아닌데."

"그건 그래……. 그래도 말투나 태도가 그렇게 나이가 많을 거 같지는 않았거든. 기껏해야 스물두세 살 정도일 것 같았는데. 그런 느낌이 들었어. 교회 다니는 것 같더라. 하느님한테 기도한다고 하더라고. 그리고 말하는 게 정말 독특해. 어려운 말을 하는 건 아니지만 뭔가 시를 읊듯이 말을 한단 말이지."

"아무튼, 그래서, 파업하재?"

파업이라는 말이 입 밖으로 나오자, 나도 모르게 피식 웃음이 같이 새어 나왔다. 도무지 말이다, 우리가 파업을 어떻게 한단 말이야.

"그 사람 말은 보안을 역으로 타고 들어가서 파괴할 수 있다는 거야. 그건 많이도 필요 없고, 한 다섯 명만 있으면 된대. 이웃도움에서 말한 형태로 알람을 울리려면, 어디 함수가 어떻게 약해져 있을 거라고 했는데…… 그것까진 무슨 말인지 잘 모르겠고. 나한테 같이 하는 방법을 말해준 건 그렇게 어렵진 않았어. 거기다가 그렇게 되면 우리는 추적을 안 당한다는 거야."

"그걸 어떻게 믿어? 혹시라도 잡히면. 무슨 파손 이런 거로 죄다 딸려 들어가고…….”

“아…… 아니래. 너도 그 사람이랑 대화해보면 알 거야. 진짜 그런 사람이 아니야.”

지연의 말을 듣자 그자가 조금 더 수상해졌다.

“네 말 들으니까 그 새끼, 무슨 사이비 교주 이런 거 같은데. 파업한다고 너한테 뭐 돈 달라거나 이런 건 없지?”

낮은 한숨 소리가 넘어왔다.

“직접 한번 얘기해보라니까.”

일을 다 마치고 돌아오니 벌써 밤 10시가 훌쩍 넘은 시간이었다. 대충 차려둔 저녁 식사를 앞에 두고, 나는 지연의 요청대로 그룹 채팅방에 접속했다. 다섯 명이 필요하다더니만, 어찌어찌 다섯 명을 정확하게 모은 모양이었다. 다섯 개의 자리에 한 자리만 빼고 다 누군가의 얼굴이 들어찼다. 왼쪽 아래에 비친 얼굴은 너무 어려 보였다. 다들 로그인하고 들어온 게 아니라, 이름 대신 무작위의 기호가 붙어 있었다.

“그, 체크무늬 셔츠 입은 애, 그래 너. 너 몇 살이야?”

“저, 중2인데요.”

“넌, 중2가 무슨, 공부해야지 이런 플랫폼에 가입해 있어.”

“공부하려고 가입한 거예요. 우리 집에선…… 아무것도 안 해줘서.”

처음 보는 얼굴의 다른 한 명이 얼른 말을 거들었다.

“너도 사이보그야? 그 어린 나이에 벌써, 야, 어디 심었어?”

“아뇨, 저는 아직 아무 데도 안 심었는데요. 이거 휴대폰으로 하는 거예요. 심을 돈도 없어요. 심지어 안구에도 없어요."

"누군 심을 돈이 있어서 심었냐."

지연이 낄낄대고 웃었다.

"우리도 이거 다 빚이야. 죄다 갚는 중이야."

"미자한테는 빚도 안 내주잖아요. 사채도 안 줘요. 배상 능력을 신뢰할 수 없다나."

"그야 당연하지, 인마. 넌 여기서 이렇게 일도 하고 있으면 안 돼."

"그래, 거기다가 심긴 뭘 심어. 다 크기 전에는 심는 거 아니야."

"우리 학교 애들도 다 이웃도움에서 일해요. 저만큼 많이 하는 애들은 별로 없지만. 전 오늘도 다섯 건이나 받았거든요."

중학생 꼬맹이의 얼굴에 뿌듯함과 자랑의 빛이 빠르게 스쳐 지났다.

"그런데 너는 왜 알람이 싫어?"

"당연히 싫죠. 제가 나이도 어리고 키도 작은데. 할 수 있는 일이랑 아닌 일이 있잖아요. 저는 아직 사이보그 된 것도 아니고."

"나는 진짜 하기 싫은 일들이 있어. 그런 거 자동배정 된다고 생각하면 벌써부터 끔찍하다. 어쨌든 무슨 일을 할지는 고를 수가 있어야 할 거 아니야. 사람이 잘하는 일이 있고 못 하는 일이 있는데……."

"못 하는 일은 왜 받겠다고 프로필에 써 놨어?"

"여기, 그렇게 안 써놓은 사람들도 있어요? 무슨 기술이 있는 거 아닌 이상 어떻게 잘하는 일만 받고 사나? 다 배워서 하는 거지. 그래도 특별히 못 하는 건 다들 있잖아. 나는 짐 나르는 건 할 수 있어도 배치하는 건 못 한다고."

"아아, 나도 팔다리에 심을 수만 있으면 지금보다 훨씬 더 잘할 수 있는데."

"일 안 하고 싶어야 좋지, 팔다리 돈 갚느라 등골 빠지면 뭐가 좋냐."

"그래도, 팔다리는 내 거잖아요. 내 능력이고. 나도 사회에서 필요한 사람이 되고 싶단 말이에요."

채팅창에 글씨가 올라왔다.

「필요한 사람이라는 거 자체가 뭔지 생각해봐야지요. 노동자의 경우는 시키는 일 잘하고, 말 잘 듣고, 부지런하면 사회에서 필요한 사람인데.」

그였다. '바보'라는 닉네임을 여전히 쓰고 있었다.

"왜 카메라를 안 켜요?"

「켜고 싶지 않아서요. 여러분도 끄고 싶으면 끄시지요.」

이미 얼굴이 서로에게 다 알려졌는데, 지금 와서 끄라고 하는게 무슨 소용인지. 혼자만 얼굴을 공개하지 않는다는 게 벌써 수상쩍었지만, 우선은 먼저 얘기를 들어보기로 했다. 그가 제안한 해결책은 아주 단순했다. 그가 작업할 때 알람이 있는 쪽의 기기를 활용해서 일정한 패턴만 눌러두면 된다. 알람을 작동시키기 위해서 똑같은 패턴으로 작업하기 때문에, 그대로 시행할수 있다고 했다.

"그럼 우리도 추적되는 거 아니야?"

「전에도 말씀 드렸지만, 연결된 기계로 추적이 못 가도록 막아두겠습니다. 대신 그러려면 제 기계랑 연결해둬야 하니깐, 일련번호 알려주시고요. 보통 팔로 쓰시죠? 일련번호는 팔 뒤쪽에 있습니다. 카메라로 보여주셔도 됩니다.」

'바보'의 말이 채팅창에 올라오기가 무섭게 지연은 거리낌 없이 카메라에 팔을 들이댔다. 팔을 이리저리 뒤집어가며 일련번호를 찾아낸 중학생이 그다음이었다. 나머지 한 명, 모자 쓴 이와 나는 뻘쭘하게 서로를 바라보다가, 결국 내가 먼저 일련번호를 찾아서 건네주었다. 기대에 찬 지연의 눈빛을 보다 보니 아무래도 무슨 사이비 종교에 걸려든 기분이었다. 중학생은 엄청난 일이라도 일어날 것처럼 들떠 있었다. 모자 쓴 이는 이리저리 입술을 꼬더니만, 메모지를 꺼내서 일련번호를 손으로 쓴 다음 자판으로 쳐주었다. 한 글자 정도 다르게 썼을 수도 있겠지. 나도 저럴 걸, 아차 싶었다.

일련번호를 다 받고 나자 '바보'는 열정에 가득한 말투로, 우리들은 다른 몸이 아니고, 하나가 되면 이길 수 있다는 말을 끊임없이 주워섬겼다. 하는 말이 너무 열정적이라 점점 더 수상했다. 지금이라도 일련번호를 도로 내놓으라고 하고 싶은데, 이젠 무리겠지?

"얼마 남지 않았습니다. 오늘 새벽 6시에는 거행하려고 합니다. 새벽 6시에 패턴을 눌러주세요. 1, 2분 정도는 차이가 있어도 괜찮지만, 그보다 차이가 크면 어렵습니다. 부디 조금만 더 참고 견디세요. 저는 수십 년 전에도 지금도, 여러분의 곁을 떠나지 않았습니다. 우리는 모두 하나가 될 겁니다."

잠에서 깬 건 새벽 5시 반이었다. 불안한 마음에 더 눈이 감기질 않았다. 일어나서 냉장고를 열고 물을 꺼냈다. 팔을 갈고리로 바꿔 끼우고 널려진 옷가지를 정리하면서도 머릿속이 복잡했다. '우리는 기계가 아닙니다.' 이런 말 예전에 누가 한 사람이 있었던 거 같은데, 누구였지.

옷가지를 다 정리하고 책상에 가만히 앉아서 일을 생각했다. 회사에서는 일대일 자동배정은 지금까지 해 온 일들의 알고리즘에 근거할 거라고 말했다. 도저히 못 할 것 같은 일이 있으면 매칭이 된 다음이라도 거절하면 되고, 그것 역시 알고리즘을 구성하는 데 도움이 될 거라고 했다. 군이 매번 일을 고르기 위해 애를 쓰지 않아도 날 위해 최선의 일을 매칭해주는 알고리즘. 수여자도 제공자도 완벽하게 만족시킬 알고리즘. 짐 나르는 걸 도와달라고 해서 갔더니만 가구를 조립해야 했던 날도 있었다. 주방 청소인 줄 알고 갔더니만 살아 있는 랍스터가 있던 날도 있었다. 기계 팔이시니까 저거 잡을 수 있지 않으세요? 그 모든 일을 내가 거절할 수 있었던가? 일을 받기 전에 어떤 일인지 짐작이라도 할 수 있었던가?

5시 59분, 나는 숨을 크게 들이쉬고 약간 내지르듯이 어제 알려준 패턴을 빠르게 눌렀다.

그리고 6시 2분이 되도록 아무 일도 일어나지 않았다. 커뮤니티를 아무리 확인해봐도 '바보'의 소식은 들리지 않았다. 오전 7시 정도 되자 불안해지기 시작했다. 혹시 일련번호를 가져다가 회사에 주려던 건 아니었을까. 아니, 굳이 뭐하러 그런 짓을 해. 내가 무슨 힘이 있다고. 커뮤니티에 혹시 '바보'에게 일련번호를 준 사람이 또 있는지 물어보려다 얼른 생각을 접었다. 그랬다가 다른 누군가에게 괜한 꼬리를 잡힐지도 모를 일이었다. 이웃도움 알람도 오늘따라 영 오질 않았다. 커뮤니티만 번갈아 보면서 오전 8시가 다가왔다. 그때, 드디어 무언가 소식이 올라왔다.

「누가 이웃도움 서버에 알람을 역으로 작동시키는 공격을 시도하다 자기가 박살났다고 함. 뇌 칩이 있었던 사람이라서 위험할 수도 있다는데.」

글에 링크된 뉴스 속보에는 별다른 말이 없었다. 이웃도움 본사 앞에서 누군가가 서버 공격을 시도하다가 현재는 생명이 위험하다는 내용뿐이었다.

누군지, 어떤 내용인지, 무엇 때문인지 아무것도 알 수가 없었다. 뉴스를 보는데, 갑자기 봇물이 터지듯이 이웃도움 알람이 도착하기 시작했다. 마치 6시부터 누군가가 알람을 막고 있었던 것처럼 와르르 밀려들어 왔다. 정신없이 밀린 알람들을 확인하는데 2보가 떴다. 쓰러진 사람은 30대 여성, 본래 직업은 이웃도움 시스템의 프로그래머였으나 망상장애로 인해 해고당한 지 수년이 되는 사람이라고 했다. 해고 때문에 원한을 가지고 이웃도움에 복수를 시도했다는 내용이었다. 늙은 아저씨가 아니라 30대 여자였다고? 거기다가 미친 여자였다니.

도착한 일 중에 얼른 서너 개를 집어서 선택했다. 어쨌든 알람을 받았다면 얼른 답신해줘야 했다. 혹시 내가 패턴을 누른

게 그 여자를 위험하게 만드는 데 뭔가 역할을 한 건 아닐까. 서둘러 일을 추가하고 이 일에 내가 얼마나 적합한지 미리 만들어둔 이력서 중 적절한 걸 골라서 보냈다. 그사이 커뮤니티에는 영상까지 올라왔다.

이웃도움 본사엔 한번 가본 적도 없었다. 저렇게 생겼구나. 높고 반짝거리는 빌딩 앞에서, 부스스한 갈색 머리를 하나로 묶은 여자가 아스팔트에 엎드려져 있었다. 기자의 목소리는 차분하고 명료하게 엎드러진 여자의 등 위로 흘러내려 갔다.

"공격을 시도한 여성은 이웃도움의 전 프로그래머로, 자신이 70년대의 노동열사 전태일의 환생이라고 생각하는 망상장애를 앓고 있었습니다. 반복된 이상행동으로 해고를 당한 이후에는 이웃도움에서 개인 사업자로 활동하면서 전태일 챗봇 개발에 열중했고, 사무직 노동자들이 많이 활용하는 뇌칩과 자신이 개발한 전태일 챗봇을 연결하며 망상장애가 더욱 심각해진 것으로 추정하고 있습니다. 다만 이번 공격에 활용된 기능은 다수의 기계가 반드시 필요한……. 그러나 해당 기계들의 추적은 현재로서는 불가능……."

구급대원들이 여자의 몸을 들것에 싣는 동안 누군가가 노트북으로 여자의 뇌 칩 일련번호를 확인하는 것처럼 보였다. 화면 속 노트북에서 무언가 문장이 주르륵 출력되는 것 같았지만, 화면으로는 자세히 보이질 않았다.

커뮤니티에 누군가가 '내가 그녀에게 일련번호를 주었다'는 글을 올렸다. 어제 그 모자를 쓴 사람인가 하였지만, 아니었다.

그녀에게 일련번호를 주었다고 한 사람은 계속, 계속 등장했다. 열 명, 스무 명, 오십 명, 계속해서 일련번호를 주었다는 사람들의 글이 올라왔다. 그러네, 챗봇을 개발했다고 했었지. 나는 노트북에 뭐라고 출력되는 건지 계속 앞으로 넘겨 가면서 화면을 뚫어지라 들여다보다가 문득, 깨달았다. 내 팔의 액정에서도 같은 문장이 출력되고 있었다. 아마 일련번호를 주었던 사람들 모두가 같은 메시지를 받고 있으리라는 것도.

「그대들의 전체의 일부인 나 그대들의 전체의 일부인 나 그대들의 전체의 일부인 나 그대들의 전체의 일부인 나 그대들의 전체의 일부인 나 그대들의 전체의 일부인 나 그대들의 전체의 일부인 나⋯⋯.」

빈티지의 맛

✦ 2019년 〈환상문학웹진 거울〉 게재

"그냥 새로 사."

지애는 한심하다는 듯 몸을 의자에 푹 묻고 말했다. 순간적으로 기분이 상했다. 지애의 손목에서 금속 팔찌가 반짝반짝 돌아갔다. 나는 팔찌에 반사되는 빛을 무심한 표정으로 보면서 가능한 한 내뱉듯이 대답(하기 위해 노력)했다.

"돈 없다니까."

"야, 아무리 돈이 없어도 그렇지. 요즘엔 아주 간단한 뇌파만 자극하는 바이브만 사도 그것보단 낫다. 너 카드 없어? 할부 안 돼?"

"그런 문제가 아니라……."

지애는 손톱을 탁탁 튕기면서 앞에 있는 팬케이크를 조금씩 잘라 입안에 넣고 있었다. 지애의 새뽀얀 얼굴을 보면서 나는 약간 짜증이 나기 시작했다. 일주일에 한 번씩 피부과 가는 네가 내

사치에 대해 뭘 알겠냐. 내가 이거 산다고 얼마나 돈을 모으고 애를 쓰고 그러고도 나머지 돈은 할부로 해주세요, 라고 말해야 했는데. 모델들 수십 개를 보면서 고민하고, 또 고민했는데. 너야 복잡하게 뇌파 자극하는 기기 몇 개씩 가지고 있겠지만, 네가 나랑 같아? 진짜 터진 입이라고 아무 말 하네. 그런 마음을 아는지 모르는지 지애는 입가에 메이플 시럽을 묻히고 말을 덧대기 시작했다.

"저건 매번 소독도 해야 하잖아."

"자동 세척 기능 있거든."

"쟤네들이 세척하는 걸 어떻게 믿냐? 알고리즘 대충 짜놔서 물로만 씻고 마는 애들도 있다고."

"연이는 안 그래. 씻는 거 내가 다 봤어."

지애는 한쪽 눈을 반쯤 찡그린 채 멍하니 나를 보다가 고개를 절레절레 흔들었다.

"그걸 왜 보고 있어? 변태야?"

"씻는 거 보는 게 뭐가 변태야!"

"아, 진짜…… 취향 특이하네."

달그락 달그락, 팬케이크 자르는 포크 소리가 멈추지 않았다. 반짝거리는 지애의 손톱이 괜히 신경 쓰였다.

"아무튼, 난 뇌파 바이브 같은 건 별로야. 그래도 안아주는 느낌이 있어야지."

"너 무슨…… 전자파 무섭다고 3G폰 쓰는 할머니냐?"

그 말을 듣자마자 나는 탁 소리가 나게 포크를 테이블에 내려놓았다. 아니, 안아주는 게 좋다는 게 이런 소리를 들을 일인지. 뇌파 자극해서 쓰는 바이브가 안아줄 순 없는 게 너무 당연하지 않은가. 내 표정을 본 지애는 그제야 아차 싶은 표정으로 슬그머니 손을 뻗어 내 손을 잡았다. 그리고 잡은 손에 힘을 줘서 꾹 눌렀다.

"이걸 봐봐. 내가 지금 네 팔을 잡고 누르는 건 어디에서 인식할까?"

그래, 뇌에서 인식하겠지. 그 말을 하고 싶은 건 나도 알겠지만, 뇌에서 인식해서 안아주는 게 실제로 안아주는 거랑 같지는 않잖아. 무엇보다 누군가가 팔만 뻗으면 그 감각은 바로 느낄 수 있는데, 뭐하러 전극을 연결해서 뇌파까지 자극해야 되냐고.

"너 지금 뭐하러 그렇게 귀찮게 하느냐고 생각했지."

나는 대답하지 않고 지애를 흘겨보았다. 이번엔 어디서 새로 개발된 생각 읽는 장치라도 들고 나왔나.

"그 발상을 좀 바꿔보래도. 귀찮게 뇌파를 자극하는 게 아니라, 귀찮게 안아줄 대상을 찾는 거야. 뇌에 연결만 하면 모든 감각을 직접적으로 받을 수 있는데, 대체 뭐하러 몸을 만지고 누르고 하는 거냐고."

지애는 다시 포크를 집어 들었다. 슈가파우더가 뿌려진 라즈베리를 포크로 찍는 지애의 손등 위로 내가 구시렁거렸다.

"넌 밥은 왜 먹냐. 뇌파로 연결하면 배 안 고프게도 만들 수 있을 텐데."

"뇌를 자극한다고 배가 차는 건 아니야. 그러다 행복하게 굶어 죽어."

애를 만나러 나오는 게 아니었는데. 수다를 떨어도 이해해줄 만한 사람을 만나서 수다를 떨어야 했다. 고등학교 때 친구들 얼굴이 한둘씩 스쳐 지나가는 걸 서둘러 지웠다. 고등학교 때 친구들이 이걸 샀다는 걸 알면 곧바로 "스울 사는 까진 가스나"라고 할 것이다. 아니, 어쩌면 걔네들도 지애가 가지고 있는 뇌파 자극 버전이 더 받아들이기 편할지도 모를 일이다. 어쨌든 옷을 벗지도 않고, 실제로 뭐가 몸속에 들어오는 것도 아니니까. 솔직히 뇌파 자극기를 가지고 싶지 않은 건 아니었다. 지금껏 뇌파 연결된 휴대폰도 없는 건 그 많은 대학 동기 중에서 나뿐이었다. 뭐 이렇게까지 해야 하느냐는 둥, 나는 좀 무섭다는 둥, 정보 유출이 어쩌고저쩌고했지만, 돈만 있으면 진작에 샀겠지. 지애는 알면서 그러는지 모르면서 그러는지 한가한 소리만 계속했다.

"6년이 말이 되냐. 솔직히 6년 썼으면 오래 써도 심하게 썼지. 휴대폰도 2년 쓰면 갈아치우는 세상에 누가 딜도를 6년을 써. 그것도…… 그런 모델로."

"부불검용빈후회, 모르냐? 지금 부자라고 막 써대다간 가난해진 다음에 후회한다?"

"넌 부자였던 적도 없잖아."

지금 여기서 박차고 일어난다고 해도 내가 잘못한 건 아니다. 정말 아니다. 지애 얘는 예전부터 이게 문제였다. 할 수 있는 말과 하면 안 되는 말을 구분하질 않는다. 워낙에 부잣집 애들 많은 과에서도 원톱급이었으니 말조심하는 습관 없이 자란 거야 용인하고 넘어간다고 해도, 아무 생각 없이 "넌 부자였던 적도 없잖아." 같은 말이 입 밖으로 튀어나오는 건 인성에 문제가 있는 거 아니냔 말이지. 커피를 마시면서 분개를 좀 억눌러보려고 했더니 이를 악물고 있었던 터라 커피가 입가로 줄줄 샜다. 지애는 한쪽 눈썹을 일그러뜨린 채 냅킨을 건네주었다. 냅킨을 받아 커피를 닦는데, 지애가 계속 말을 이었다. 어떻게 가만히 있을 줄을 모르지? 누가 쟤 입 좀 안 꿰매나.

"애인도 6년 키웠으면 너무 오래 키운 거 아니야? 설마 너 혹시……."

"아니야!"

나도 모르게 테이블까지 치면서 언성을 높여버렸다. 지애는 입술을 삐죽 내밀며 몸을 의자 쪽으로 푹 묻었다.

"아니면 말지, 뭘 소리를 지르고 그러냐. 요즘 그런 종류로 그걸 쓰는 애들은 아갈마토……필리아? 그런 사람들밖에 없다고 뉴스에서도 그러니까……."

그래, 지금이다. 더는 참을 필요도 없고 참을 수도 없다. 나는 벌떡 자리에서 일어나 가방을 집어 들었다.

"나 일정 있어서 이제 가봐야 해. 넌 이제 나이도 먹을 만큼 먹었는데 말 좀 가려서 해라."

지애는 어이없다는 듯 작은 한숨을 내쉬었다.

"야, 나 정도 되니까 너랑 만나서 떠드는 거야. 다른 애들은 너 만나면 부담스럽고 궁상맞아서 얘기하기도 싫대. 나는 말 안 고르니까 너랑 만나도 아무 부담이 없잖아. 안 그래?"

대답 없이 몸을 돌렸다. 버스에 타고 10분 정도 지났을 때 지애에게 메시지가 왔다. '암튼 기분 나빴으면 미안해. 모델명 추천 필요하면 또 연락하고.' 배알이 뒤틀려서 여기엔 답장하지 않았다.

연이를 처음 집에 들이기로 한 건, 어쨌든 어릴 때부터의 로망이었기 때문이다. 엄마 옷장 구석에 들어 있는 두꺼운 종이상자를 열어봤을 때부터 줄곧 나도 언젠가는 사겠다고 생각하고 있었다. 종이상자 안에는 아주 옛날식 전동 바이브나 딜도들이 가득했다. 아직 초등학생 때였지만 잠깐 기기들을 작동시켜보자마자 그 물건들을 어디에 쓰는 건지 직관적으로 알 수 있었다. 반투명한 보라색 막대기는 안쪽에서 빙글빙글 돌면서 대가리를 음란하게 흔들거렸다. 움직임을 보자마자 깜짝 놀라서 껐지만, 가슴이 마구 두근거렸다. 오랫동안 쓰지 않은 게 분명한 기기들은 색깔도 모양도 저마다 달랐다. 작은 새 모양의 귀여운 아이도 있었고, 붉은 토끼 모양도 있었다.

엄마 서재에서 자위에 관한 책을 찾아낸 건 몇 년 뒤인 중학생 때였다. 그사이 세상은 더 발전해서 사람들은 그저 막대기 모양인 딜도를 사는 대신에 AI가 장착된 인간형 딜도를 구매했다. 나는 조심스레 자위를 설명하는 그 책을 가져와서는 서랍 깊숙한 곳에 숨겨두고 때때로 꺼내보았다. 인간형 딜도를 사용하는 영상을 책장을 한 장씩 넘겨 가며 책 속의 자위 방식들과 비교해보기도 했다. 영상 속에서 인간형 딜도는 따뜻하고 다정해 보였고, 무엇보다 서로의 교감을 딥러닝 방식으로 익혀서 시간이 지날수록 점점 더 환상적인 쾌감을 선사한다고 했다. 그런 영상을 보고 난 밤이면 조용히 둔덕을 쓰다듬으며 인간형 딜도를 상상했다. 이름은…… '연이'라고 붙여야지. 연이 점점 더 깊어질수록 나를 행복하게 만들어줄 테니까. 내가 고등학교를 졸업할 때까지만 해도 인간형 딜도는 명백하게 대세였다. 취직한 다음에는 대세라고 말하긴 어려웠지만…… 그래도 사고 싶은 건 늘 인간형 딜도였다. 단지 돈이 없어서 연이를 선택한 것만은 아니었다는 얘기다.

처음 연이를 뜯었을 때 그 감정은 지금도 선연하다. 박스 안에 눈을 감고 조용히 누워 있는 선량하고 다정한 얼굴. 가만히 보드라운 볼을 쓸어내려 보았다. 아직 충전을 시작하지 않았는데도 살아 있는 것처럼 따뜻했다. 이윽고 충전을 시작하고, 연이는 천천히 눈을 떴다. 눈을 열어서 내 얼굴을 인식한 다음 그가 처음으로 한 말은 이랬다.

"안녕하세요, 주인님."

나는 기쁘고 반가워서 연이의 몸을 꼭 끌어안아 주었다, ……는 것은 6년 전 얘기다. 황금 같은 휴일 오전을 지애 때문에 기분 잡치고 들어와서 가방을 던지려고 보니, 꼼짝도 하지 않는 연이가 소파에 얌전히 앉아 있었다. 엎친 데 덮친 격으로 부아가 치밀어올랐다. 연이의 팔을 쓱 만져보았다. 아직 서늘하게 식은 정도는 아니지만 따뜻하다고 말하기는 어려운 수준이었다. 이름을 불러보기도 하고, 손가락을 꾹꾹 힘주어 눌러보기도 하고, 무릎 위에 올라타서 눈을 까뒤집어보기도 했지만, 정말이지 아무런 반응이 없었다. 쾅쾅 있는 힘껏 연이의 손등을 내리쳐보았지만 아무런 반응이 없었다. 화가 나서 연이의 정강이를 발로 걷어찼더니, 그냥 내 발이 아팠다. 나는 이러니저러니 다 짜증이 나고 서러워서 바닥에 털썩 주저앉아 쿠션을 껴안고 있는 힘껏 소리를 질렀다.

적어도 한 달 전부터 낌새가 좀 이상하기는 했다. 이름을 불러도 자꾸 잘못 알아듣지를 않나, 원래 그러던 애가 아닌데, 얼마 전에는 항문에 약간 삽입을 했다가 내가 비명을 지르는 바람에 소스라쳐서 벌떡 일어나기도 했다. 항문이랑 질이면 위치가 적어도 몇 센티미터는 차이가 날 텐데. 연이가 그 정도 오차를 파악하지 못할 리가 없었다. 6년 동안 한 번도 없던 일이었다. 그날은 너무 화가 나서 벌떡 일어나 연이 뺨을 때리고 말았다. 얼떨결에 일어난 일이었다. 왜 그랬는지는 지금도 잘 모르겠다. 대학교 1학년 때 사귀던, 항문 섹스하자고 계속 졸라대면서 틈만 나면 손가락으로 쑤셔대던 선배가 생각나서였을까. 어쨌든 연이는 그 선배랑은 다르게 일부러 한 건 아니었는데. 연이는 눈에 띄게 풀이 죽었고, 나는 금세 미안해졌지만, 너무 화를 낸 게 좀 민망해서 미안하다는 말은 다음 날 아침에서야 했다. 곧바로 사과했으면 좀 달라졌을까. 그날부터 연이의 증세는 악화일로였다. 발이 꼬여서 바닥에 구르지를 않나, 멀쩡히 보면서 식탁에 있는 컵을 못 집어서 허공에 손을 휘저어대질 않나……. 그러다가 일주일 전부터는 아예 소파에 앉아서 꼼짝을 못 하게 되어버렸다.

처음에는 연이의 회사인 하모니전자 A/S 센터 홈페이지에 들어갔다. 놀라운 사실을 알게 되었다. 홈페이지엔 아예 연이의 모델 자체가 없었다! 여전히 섹스 AI를 다루기는 했지만, 이젠 그다지 주력 사업도 아닌 것 같았다. 무엇보다 A/S를 받는 섹스 AI는 딱 하나의 모델밖에 없었다. 뇌파 연결용 모델이었다. 작고 콤팩트한 사이즈, 언제 어디서나 휴대가 가능한…… 이 모델이 이 회사에서 나오기 시작한 것도 벌써 4년 전이었다. 연이는 당당하게 이 회사의 역사에 기록되어 있는 '단종 모델'이었다. 아니, 단종 모델이라고 해도 A/S는 해줘야 될 게 아닌가. 단종 모델이라고 해도 사람들이 1년만 쓰고 버리는 게 아닌데. 나는 연이를 접수하는 페이지를 찾아 헤매다가 지쳐서 결국 좀 더 고전적인 방식을 찾아보기로 했다. 홈페이지 맨 아래쪽에 깨알만한 글씨로 쓰여 있는 전화번호를 찾은 것이다.

전화를 걸자 어김없이 자동응답시스템이 답했다. 자동응답시스템은 변함없이 사람을 몇 번 눌러라, 앞으로 돌아가라, 어째라 하며 뺑뺑이를 돌렸고, 한참 번호들을 누른 끝에 간신히 '상담사 연결은 0번'에 도달할 수 있었다. 상담사는 아주 친절하고 상냥한 목소리로 전화를 받았다. 아마 AI겠지. 역시나 시작멘트는,

"안녕하십니까, 고객님. 딥러닝형 콜봇 3-8-7-A-H-J-N입니다. 친절과 정성을 다해 응답하겠습니다. 불편하신 점이 있으시면 언제든 말씀해주시면 반영해서 응답드리도록 하겠습니다. 무슨 일로 전화 주셨습니까?"

"아, 제품이 고장 나서요……."

"네, 고객님. 제품이 고장 나셨습니까. 어떤 제품이 고장 나셨습니까? 제품 종류를 말씀해 주시겠……."

"섹스로봇인데요."

"네, 고객님. 자사에서 다루고 있는 섹스로봇이라면 BCI형 AI, ZONE과 FITT가 있습니다. 두 개의 모델 중에 어느 모델이 해당 모델이십니까?"

"BCI형 아닌데요……."

"네? 다시 한 번 말씀해 주시겠습니까?"

"BCI형이 아니라 6년 전에 나온 모델 로맨스인데요."

약 10초간의 침묵 끝에 콜봇은 여전히 상냥한 말투로 말을 이어나갔다.

"네, 고객님. 8년 전에 나온 딥러닝형 AI, 로맨스 말씀이십니까?"

"네. 그거요."

"고객님, 로맨스는 현재 매우 일부의 A/S 센터에서만 다루고 있습니다. 로맨스에 쓰인 부품은 현재 자사에서 생산하지 않는 관계로 서비스는 3년 후까지만 제공될 계획입니다. 로맨스의 A/S 비용이 상당한 고가인 관계로, 로맨스의 A/S를 의뢰해 오시는 고객분들께는 ZONE 내지는 FITT 제품을 50퍼센트 가격에 구매하실 수 있도록 안내해드리고 있습니다."

전화를 끊자 곧바로 50퍼센트 쿠폰이 메시지로 날아왔다. 50퍼센트 할인 가격은…… 월급의 1/3 가격은 되었다. 다들 성욕에 미쳤나, 이 가격을 주고 섹스로봇을 산단 말이야? 기가 찼다. 이 정도 가격을 할부 어쩌고 하면서 추천하던 지애 생각에 다시 부아가 치밀었다.

대충 휴대폰을 던져두고 누워 있다가 보니, 어쨌든 우리 집

컴퓨터도 내가 다 사서 조립한 것이라는 데에 생각이 미쳤다. 사양도 인터넷 뒤져서 어떻게 보는 건지 다 찾아내지 않았던가. 요즘에는 홀로그램으로 재생되어서 조립 따라 하는 건 일도 아니다. 부품을 생산 안 한다면 대체 가능한 거라도 있겠지. 대체 가능한 부품이 전혀 없는 기계라는 건 웬만해선 별로 없다. 나는 당당하게 검색을 시작했다. 그리고 검색을 시작한 지 얼마 되지 않아 골머리가 아파왔다. 로맨스에는 로맨스에만 사용된 하모니전자의 부품이 30개나 된다고 했다. 메인 AI는 원천 기술이니 어쩔 수 없다고 해도, 주변 카드들도 죄다 자기들 제품으로만 가능하다니 뭐 이따위 기계를 만들었단 말인가.

AI가 뻑난 거라면 어찌할 방도가 없지만, 아예 작동하지 않는다면 메인보드가 뻑났을 확률도 상당히 높았다. 3시간 동안 꼼짝 않고 검색만 돌리다가 얼떨결에 탕 소리가 나도록 키보드를 내리쳤다. 드디어 한 명을 발견했다. 고장 난 로맨스의 메인보드를 중국산으로 갈아 끼웠다는 사람이었다. 그 사람이 산 모델의 메인보드를 급하게 인터넷으로 주문했다. 아무런 표정 없이 가만히 있는 연이의 손가락을 다시 만져보았다. 여전히 미묘한 온기가 남아 있었다. 나는 연이의 손가락들을 천천히 쓸어내리고는 팔을 들어서 내 뺨에 가져다 댔다.

"미안해, 아까 때려서. 너무 깨우고 싶은데……."

당연히 연이는 아무 대답도 없었다. 어쩐지 허공에 대고 말하는 사람 같기도 하고 지애가 말한 아갈마토필리아 같기도 해서 나는 괜스레 팩 연이의 손을 내려놓았다. 그 와중에도 메인보드

주문했으니까 금방 고쳐주겠다고 말하려고도 생각했지만, 어쩌면 고치지 못할지도 모르니까 그런 말은 안 하는 게 낫다고 생각하면서 듣지도 못할 애한테 뭔 소리를 하고 있나 싶어 속으로 혀를 끌끌 찼다.

해외 주문인데도 메인보드는 그리 오래 걸리지 않아서 도착했다. 메인보드가 도착할 때까지 연이는 꼼짝하지 않고 가만히 소파에만 앉아 있었다. 나는 출퇴근을 하면서 일부러 연이 쪽을 안 보고 지나다녔다. 거실을 등지고 밥을 먹고, 컴퓨터에 시선을 고정하고 있다가 얼른 침대로 들어가서 잠을 청했다. 생각해보면 거기 앉혀둘 게 아니라 다용도실에 옮겨두거나 옷장 벽틈에 밀어 넣어두어도 될 문제였는데, 어쩐지 그렇게 하고 싶은 생각은 영 들지를 않았다. 그래서 집에서 제일 잘 보이는 곳에 여전히 연이를 놓아둔 채 내가 연이를 피해 다니는 꼴이 되고 말았다. 누가 집주인인지.

여하간 고통의 시간은 이제 다 지나갔고 메인보드가 도착했다는 사실에 나는 기뻤다. 조금 들떠서 얼른 포장을 뜯고 저장해두었던 홀로그램 영상을 재생했다. 홀로그램 영상 크기가 갑자기 너무 크게 재생되어서 누군가의 발이 온 집 안을 꽉 채웠다. 크기 조정을 대충 해서 조립하는 남자를 내 4분의 3 정도 되는 크기로 만들었다. 남자는 여성형 로맨스를 데리고 있었다.

"안녕하세요. 하모니전자에서 8년 전에 출시된 로맨스를 수리해보도록 하겠습니다. 이쪽은 제 로봇인 루리라고 하는데요. 얼마 전 전원이 자동으로 꺼지더니만 계속 켜지질 않고 있어요. 아시다시피 하모니전자는 이제 로맨스를 생산하지 않고 있고, 점진적으로 로맨스 A/S도 중단할 계획인데요. 일단 산 건 쓰는 데까지는 써봐야죠. 이건 중국에서 로맨스를 카피한 미미데아이에 쓰이는 메인보드입니다. 미미데아이는 이렇게 생겼는데요."

남자는 홀로그램 안에서 또 다른 홀로그램을 재송출했다. 연이랑 똑같이 생긴 홀로그램이 휑 집 안에 떠올랐고, 시연을 보이는 모습까지도 연이랑 똑같았다. 아니, 허리놀림까지 비슷한 것 같은데?

"네, 보시다시피 로맨스랑 진짜 똑같죠. 이렇게 똑같이 카피하는 건 당연히 불법이죠. 저작권 침해일 것 같은데 또 하모니전자에서 그렇게 걸지는 않은 것 같더라고요. 미미데아이가 나왔을 때쯤에는 로맨스는 포기하기로 했던 거 같기도 하고요. 제가 직접 사보지는 않는데 미미데아이는 로맨스보다 가격은 확실히 싸지만, 고장은 좀 쉽게 난다고 하더라고요. 로맨스가 카드들이 좀 예민해서 다른 거로 바꿔 끼우기가 어려운데, 미미데아이가 기본적으로 로맨스 카피품이다 보니까 메인보드는 갈아 끼우기가 좀 낫더라고요. 그럼 한번 시작해보도록 하겠습니다."

남자는 자기 로봇을 바닥에 엎어놓고 엉덩이 부분의 이음매를 찾아서 열기 시작했다. 엉덩이 부분에 이음매가 있다고는 생각도 안 해봤는데, 만져 보니 엉덩이골 쪽에 정말로 이음매가 있었다. 남자가 시키는 대로 이음매를 열고서 그 안에 들어 있는 복잡한 장치들을 보고 있자니 마음도 따라서 복잡해져 갔다. 조금 전에 봤던 연이와 똑같은 생김새의 중국 로봇이 자꾸 머릿속에 어른거렸다. 연이가 기성품인 건 알고 있었지만, 중국에서 똑같은 카피품을 만들다니. 대체 이 실망스러운 기분은 어디에서 오는 건지도 알 수가 없었다. 연이가 뭐 별다를 게 있다고 실망하고 있는 거지? 어차피 그냥 로봇이잖아.

"자, 우선 전원이 꺼졌는지 확인하시고 카드들을 다 제거해주세요. 카드를 제거할 때는 최대한 조심스럽게 해주셔야 합니다. 인공지능이랑 다 연결된 거라서, 실수로 뽑다가 하드웨어에 상처 생기면 돈 아껴보려다가 새 거 사야 할 수도 있어요."

연이를 뒤집어서 배꼽께에 숨어 있던 전원을 찾아서 껐다. 여전히 움직임이 없다 보니 꺼진 건지 아닌지 확신할 수는 없었지만, 남자가 시키는 대로 꾹 눌렀다가 뗐으니까 꺼졌겠지. 최대한 조심스럽게 하나씩 카드를 제거하고, 안에 숨어 있는 메인보드를 찾아냈다. 깨알 같은 글씨로 주의문 같은 게 쓰여 있었는데, 도무지 읽을 수가 없었다. 무슨 내용인지도 알기가 어려웠다. 메인보드를 뚫어지게 들여다보고 있는데, 남자의 말이 이어졌다.

"CPU 제거할 때는 특히 조심해주세요. 아주 작은 틈이라도 발생했다가는 나중에 다시 조립할 때 말도 안 되게 고생합니다. 섹스돌 다룬다고 생각하지 마시고, 인간 여자 방뎅이 다룬다고 생각하시면서……."

순간 기분이 확 나빠졌지만, 꾹 참고 남자 말대로 조심스럽게 CPU를 꺼냈다. 남자가 꺼내는 CPU도 연이 것과 똑같이 생겼다. 연이가 연이일 수 있도록 해주는 건 결국 이것들인데. 착잡한 기분으로 남자가 메인보드까지 꺼내는 걸 가만히 지켜보왔다. 남자는 매우 천천히, 그리고 조심스럽게 메인보드를 꺼내서 치켜들었다.

"바로 이거예요, 이거. 우리가 교체하려고 하는 게 이 메인보드입니다. 혹시 저 보고 따라 하고 계시는 분들, 이렇게 생긴 거 잘 꺼내셨죠?"

남자의 손이 움직이는 대로 새 메인보드의 포장을 뜯고, 찬찬히 아까 메인보드가 있던 자리에 집어넣었다. 그리고 남자가 시키는 순서대로 다시 카드들을 꽂아 넣었다.

"이제 모든 과정이 다 끝났습니다. 엉덩이를 예쁘게 달아주시고, 잘 작동하는지 전원을 켜봅시다."

루리라는 로봇은 전원이 들어왔다. 깜빡깜빡 눈을 움직이고, 고개를 갸웃거리기 시작했다.

"루리야, 정신 들어? 나 누군지 알겠어?"

"주인…… 주, 주인님…… 주, 주인인…….."

"루리야?"

"알아…… 알아요…….."

"아, 약간 부작용이 있나 보네요. 애가 말을 더듬네. 뭐, 평소에 얘기를 많이 할 건 아니니까요. 말 더듬는 것도 나름 괜찮을 수도 있죠. 아무튼, 여기까지입니다. 시청해주셔서 감사하고요."

홀로그램 영상을 껐다. 혹시라도 연이도 말을 더듬으면 어쩌나, 손바닥에서 땀이 났다. 조심스럽게 연이의 배꼽을 눌렀다. 아무런 반응이 없었다. 다시 한 번 눌러봤지만 마찬가지였다. 몇 번 더 눌러보다가 아주 빠른 속도로 배꼽을 눌러댔다. 소용이 없었다. 전원이 들어오기는커녕 연이는 미동조차 하지 않았다. 다시 연이의 엉덩이를 열었다. 손이 부들부들 떨려서 몇 번씩 가슴에 손을 얹고 심호흡을 했다. 떨리는 손으로 뭘 잘못 만졌다가 더 망가뜨릴지도 모른다는 생각에 미칠 것 같았다. 덜덜 떨면서, 남은 모든 집중력을 사용해서 메인보드를 원래 있던 거로 다시 갈아 끼웠다.

연이가 말을 더듬게 되면 저 남자처럼 '말 더듬는 것도 나름 괜찮지.'라고 생각할 수 있을까. 나도 모르게 고개를 흔들었다. 그럴 리가 없었다. 그래도 아까까지는 따뜻하기라도 했는데, 지금은 그저 전원이 들어오지 않았다는 것만 확신할 수 있었다. 괜히 할 줄도 모르면서 홀로그램 영상 보고 따라 한다고 깝죽대다가 연이를 영영 잃어버리게 되었구나. 불안해서 눈물이 나는 소리까지 들리는 것 같았다.

엉덩이를 닫고, 기도하는 마음으로 연이의 배꼽을 눌렀다. 제발……. 연이의 몸속에 있는 기계가 가늘게 구동하는 게 느껴졌다. 연이의 몸에 따뜻한 온기가 돌아오기 시작했다. 눈이 휘둥그레져서 연이의 뺨을 만졌다. 연이의 뺨은 따뜻했다. 연이를 와락 끌어안았지만, 그게 다였다. 연이는 여전히 시체처럼 내 품에서 꼼짝도 하질 않았다. 연이를 들어서 끙끙대며 다시 소파에 앉혀두고, 멍하니 다시 따뜻해진 연이를 바라보다가 연이의 무릎을 베고 누웠다. 아무런 말도 행동도 않는 연이의 무릎 위에서 누워서 나는 소리 높여 울었다. 어린애처럼 꺼이꺼이 울었다. 양쪽 눈꺼풀과 콧구멍에서 끊임없이 눈물과 콧물이 쏟아졌다. 콧물이 나오면 대충 풀어서 휴지를 바닥에 집어던져 가며 하염없이 몇 시간을 울었다. 내가 이걸 고치겠다고 여기서 이게 뭐하는 짓이야. 새 거 살 거야. 할부 내면 되지, 새 거 못 살 줄 아냐. 중얼거리는 말이 입 밖으로 새듯이 튀어나왔다.

세탁기가 돌아가는 동안 잘 개켜둔 속옷들을 골라냈다. 새로 빨래한 속옷들로만 골라서 입고, 옷도 최근에 빨래한 옷들을 중심으로 꺼내 입었다. 머리를 말리고서 현관 앞까지 걸어가며 나는 의식적으로 연이를 보지 않기 위해 노력했다. 인간에게는 주변 시야라는 게 있어서 살짝 비치기는 했지만, 그래도 소파 한구석에 눈도 안 뜬 채 가만히 앉은 연이는 보이지도 않는 것처럼 걸었다. 정면을 향해서 나아가서 신발을 신었다. 그리고 서둘러 집을 빠져나왔다. 집 밖의 산뜻한 바람이 머리카락 사이를 스쳤다. 나는 조금 더 후련해진 마음으로 걸음을 재촉했다.

전자제품 판매매장은 집에서 버스로 다섯 정류장 떨어진 곳에 있었다. 기껏해야 15분 정도 되는 거리를 이게 뭐라고 가지 못해서 그 난리를 쳤나 생각하니 스스로가 한심했다. 이어폰을 끼고 음악을 틀었다. 어제 출근길에 듣던 스티브 밀러 밴드의 〈조커〉가 다시 나왔다. 버스의 앞자리에 앉아서 창문을 열어놓고 있자니 큰 소리로 노래를 따라부르고 싶은 기분까지 들었다. 어깨를 들썩거리던 나는 1분도 채 되지 않아 영 못마땅한 기분이 되고 말았다. 스티브 밀러는 신나게 '나는 지금 집에 있어'라고 노래를 했고, 이 부분은 2절에 또 나온다. 거기까지 듣느니, 그냥 음악을 끄고 말았다.

맨날 조립식 PC만 쓰다가 거대한 매장 앞에서 잠깐 기가 죽었지만, 용기를 내서 매장 안으로 발을 들였다. 원색의 옷을 입은 사람들이 갑자기 두 줄로 나란히 서더니만 동시에 환하게 인사를 건넸다.

"어서 오세요, 고객님!"

분위기를 보아하니 첫 손님인 모양이었다. 무슨 일로 오셨냐고 상냥하게 묻는 직원 얼굴 앞에서 섹스로봇이라고 말할 용기가 도저히 나질 않았다.

"좀…… 둘러볼게요."

"네, 고객님! 편하게 둘러보시고 언제든 궁금한 점이 있으면 물어봐 주십시오!"

천천히 매장을 둘러보다가 어제 보았던 CPU가 떠올랐다. 지금 환하게 인사한 이들 중에서 사람은 몇이나 될까. 요즘 많이 대체되는 추세라는 건 알았지만, 한 번도 누가 사람인지 궁금해본 적은 없었다. 사람이건 로봇이건 서비스만 잘 받으면 그만이라고 생각했는데, 그 CPU의 생김새가 이상하게 체한 것처럼 마음에 얹혔다. 섹스로봇 코너는 구석도 아니고 매장 한가운데에 당당하게 자리 잡고 있었다. 인간형 섹스로봇은 역시나 하나도 없었다. 모두 BCI형이었다. BCI형 기기 하나를 들여다보고 있자니 옆으로 누군가가 다가왔다. 아주 향긋한 냄새가 코끝을 스쳐서 깜짝 놀라 몸을 일으켰다. 앞머리를 자연스럽게 위로 넘겨 올린 남자는 사과라도 깨문 거 같은 미소를 만면에 지으면서 날 바라보고 있었다.

"안녕하세요, 고객님. 섹스 관련 BCI 제품이 궁금하신가요?"

"아, 네, 안녕하세요!"

"이쪽에 있는 BCI 제품은 뇌파를 통해 성기를 자극하는 감각을 그대로 전달하는 제품입니다. 다양한 방식의 니즈를 그대로 재현하기 때문에 별다른 모드도 필요 없지요. 한번 사용해보시겠어요?"

"이걸, 사라구요?"

"아뇨, 아뇨."

남자는 아까보다 더 짙은 사과향 미소를 지으며 고개를 흔들었다. 무슨 향수를 뿌린 거지, 어안이 벙벙해질 지경이었다.

"써보지도 않으시고 어떻게 사시겠어요. 테스트가 가능하시니까 저쪽에서 제품들을 다양하게 테스트해보시라는 말씀을 드린 거예요."

쫄래쫄래 남자를 따라가고는 있었지만, 머릿속은 복잡했다. 대체 여기서 어떻게 테스트를 해보란 말인가. 이게 무슨 탈의실도 아니고, 낯 뜨겁게 여기에서 무슨 테스트를 할 수가 있다고……. 남자가 데려간 곳에는 정말로 탈의실처럼 두꺼운 커튼이 쳐진 방이 있었다. 남자는 손에 든 무전기 같은 걸 보면서 뭔가를 확인하더니 좀 더 안쪽 방으로 나를 안내했다. 남자가 커튼을 젖히자 한가운데 의자를 빙 둘러싸고 디스플레이 된 BCI 제품 세 개가 모습을 드러냈다.

"설명서는 위쪽에 있으니 편안하게 체험해보시고 결정하세요. 기기당 15분씩 작동하고, 중단하고 싶으시면 기기 옆의 버튼을 누르시면 바로 중단됩니다."

남자는 여전히 산뜻하게 웃으면서 묵직한 커튼을 닫았지만, 산뜻한 웃음은 이쯤 되자 어쩔 수 없이 의미심장한 미소로 보였다. 한참 멍하니 앉아 있다가 어쨌든 여기까지 온 목적을 다시금 상기했다. 새로운 기기를 살 것이다. 얼마나 대단한지, 나한테 변태라고 비웃던 지애가 쓰는 그거, 나도 한번 써보겠다. 일단 제일 왼쪽에 있는 기기에 손을 뻗었다. 역시나 BCI 기기답게 눈을 가리는 헬멧처럼 생겼다. 설명서를 보니, 왼쪽 버튼을 누르면 작동이 되고, 오른쪽 버튼을 누르면 중단이 된다고 했다. 왼쪽 버튼을 한 번 더 누르면 숨겨진 모드가 작동. 뇌파를 읽어서 어떤 모드가 가장 적절한지 파악해서 그 모드를 적용해준다. 무슨 모드인지는 모르지만 내가 자위 기구의 모드조차 정할 수 없다니, 어릴 적에 우리 엄마가 쓰던 바이브레이터도 일곱 가지 모드를 고를 수 있었는데. 자유도가 겁나게 떨어지는 게임을 하는 기분이었다.

칼을 뽑았으면 두부건 무건 베기는 해야지. 용기를 내서 헬멧을 머리에 썼다. 버튼을 누르려고 하니 나도 모르게 입술에 힘이 들어갔다. 왼쪽 버튼을 누르자, 눈앞에 환한 빛이 떨어지면서 뭔지 모를 포근하고 나른한 기분에 젖어들기 시작했다. 나는 얼떨결에 손을 허벅지 근처로 가져가다 멈췄다. 내가 손을 가져가기도 전에 무언가가 아주 느긋한 손길로 그곳을 천천히 어루만지기 시작했다. 아니, 정확히는 아무도 어루만지지 않았다. 내몸속에서 자극을 만들어내고 있는 것 같은 느낌이었다. 만질 필요조차 없다는 건 아주 잘 알겠지만, 가만히 누워만 있는 게 어색했다. 손을 꼼지락거려보고 싶기는 한데, 너무도 나른하고 느긋한 느낌 때문에 꼼짝도 하기 싫었다. 뭐가 지나갔는지 모르게 오르가즘이 지나갔고, 15분은커녕 5분도 걸리지 않은 것 같았다. 어색하게 몸을 일으켜서 헬멧을 벗었다.

뭐가 좋은지는 분명 알겠는데…… 나는 잠깐 그냥 나갈까 고민했지만, 소파에 누워 있는 연이를 떠올리니 갑자기 또 분개가 치밀었다. 여기에서 포기할 순 없었다. 나는 다시 헬멧을 뒤집어썼다. 왼쪽 버튼을 두 번 누르면 뇌파를 인지한 새로운 모드가 작동한다고 했다. 빠르게 두 번을 누르자, 이번에는 눈앞에 아까 봤던 그 남자를 미묘하게 닮은 남자가 등장했다. 남자는 미끈한 정장을 입고 치약 선전처럼 웃으면서 옷을 천천히 벗어내렸다. 스트립쇼라도 하는 거 같은 남자의 손놀림에 머릿속에 물음표가 다섯 번째 뜰 때, 남자는 내 몸을 끌어당겨 나를 번쩍 들어 올리고는 천천히 자기 뒤쪽에 있던 침대를 향해 걸어갔다. 〈포르 우나 카베사〉 같은 음악이 깔리기 적절한 상황이라고 생각하자마자 〈포르 우나 카베사〉가 울려 퍼지기 시작했다. 생각을 멈추려고 하니까 더욱 생각이 강렬해졌다. 내 뇌는 내가 마음대로 할 수 있는 조직이 아니었다. 남자가 침대에 날 내려놓고 천천히 입을 맞췄다. 남자의 입술은 부드러웠지만, 이 〈포르 우나 카베사〉는 누가 어떻게 좀 해줬으면. 그 순간 피아노의 주제 부분으로 곡이 접어들며 남자는 강하게, 하지만 아프진 않게 내 가슴을 움켜쥐었다. 순간 놀라서 비명을 지르며 오른쪽 버튼을 눌러서 기기를 꺼버렸다. 너무 세게 눌러서 거의 스스로 뺨을 때리는 수준이었다. 내 뇌파가 이런 걸 원한다니 도대체 믿을 수가 없었다. 아까 나른하고 편안한 모드는 어색하긴 해도 이것보다는 좀 괜찮았던 거 같은데 대체 이 모드는 뭐란 말인가. 헬멧을 벗어서 내려놓는 사이 헬멧 위쪽에 쓰여 있던 글씨가 천천히 없어졌다. '로맨스 모드'라고 쓰여 있었다.

기가 질려서 기기를 내려놓았다. 어쨌든 시험해볼 기기가 앞으로 두 개는 더 남아 있었다.

다음 기계는 판타지 모드가 있다고 했다. 이번엔 설명서를 좀 자세히 읽어야지. 몇 번씩 넘기며 확인한 설명서에는 역시나 자세한 내용은 없고, '내가 가장 꿈꾸는 판타지를 실현해준다'라고만 되어 있었다. 나머지는 그 문장을 수식하는 꾸밈말들이었다. 뇌파를 파악해서 내가 가장 꿈꾸는 모습 그대로의 섹스. 아까 경험했던 로맨스 모드와 뭐가 다른 건지 전혀 알 수 없었지만, 일단은 속는 셈치고 기계를 뒤집어썼다. 이번에도 엉망진창이면 그 이상한 로맨스 모드는 안 쓰는 거로 하고 아까 그 기계를 살까 싶었다. 아, 아직 하나 더 남았었지. 그거까지 다 해보고 나서.

모드를 실행시키자, 아까와는 완전히 다른 감각이 몸을 감쌌다. 아까는 낯설고 어색한 느낌이 확실했다면, 이번엔 익숙하고 편안한 기분이 들었다. 처음처럼 나른하지도 않았고, 몸이 축 늘어지지도 않았다. 어딘지 어색한 부분이 있어서 머리카락을 가볍게 쓸어내리자, 단발이라는 걸 알 수 있었다. 내 머리는 어깨까지 내려오는데. 모습이 변한 걸까? 몸을 내려다보자 흘린 커피가 지워지질 않아서 3년 전에 버린 블라우스를 입고 있었다. 이 옷을 내가 좋아하기는 했지. 블라우스는 마치 어제 산 것처럼 깨끗했다. 커피를 흘렸던 가슴께를 만지작거리다 주변을 둘러보았다. 우리 집이었다. 엄마가 줬던 군자란이 아직 살아 있었다. 저거 죽었을 때 엄마한테 미안했었는데. 익숙한 목소리가 귓전에 들렸다.

"주인님."

고개를 돌리자 그곳에는 멀쩡하게 움직이는 연이가 있었다. 너무 놀라서 연이의 몸을 붙잡았다.

"너 괜찮아? 이제 움직일 수 있어?"

"무슨 말씀이세요."

연이가 수줍은 듯 고개를 숙이고 웃었다. 연이의 몸을 가리고 있는 건 제일 처음 봤을 때 입고 있던 실험복 비슷한 하얀 천 쪼가리였고, 나는 연이의 몸을 더듬거리며 그 하얀 천 쪼가리가 연결된 어깨 부근의 끈을 풀었다. 몇 개의 끈을 더 풀자, 연이의 단단하고 부드러운 나신이 환하게 드러났다. 처음 봤을 때와 전혀 다를 바 없이 하얗고 예쁜 몸이었다. 그리고 내가 연이의 몸을 만지작거리자 언제나 그렇듯 단단하게 연이의 그곳이 솟아오르기 시작했다. 너무 반가워서 울컥 눈물이 날 뻔했다.

"너 정말······."

나는 연이를 꼭 끌어안고 한참을 흐느꼈다. 연이는 어쩔 줄을 모르는 듯 가만히 서 있다가 조용히 내 어깨를 함께 감싸 안았다.

"주인님, 슬픈 일이 있으셨어요?"

"그래, 나는 네가⋯⋯."

그제야 나는 말하자마자 무슨 상황인지 깨달았다. 이건 연이가 아니다. 연이가 아니라 내 뇌를 자극해서 연이를 되살려낸 것에 불과했다. 하지만 이건 너무나 연이인데. 눈앞에 있는 연이를 몇 번씩 다시 만져보았다. 분명 연이였고, 짓는 표정과 움직임 모두가 완벽하게 내가 아는 연이었다. 연이의 손을 잡고 천천히 안방으로 걸어 들어갔다. 안방도 내가 아는 안방 그대로였다. 내가 침대에 눕자, 연이도 함께 침대에 누웠다. 연이가 천천히 나를 쓰다듬는 걸 느낄 수 있었다. 하지만 연이의 손길을 온전히 느끼기엔 머릿속이 너무도 복잡했다.

나는 연이를 더 이상 고치지 않아도 된다. 그 점만은 확실했다. 연이를 고치지 않는다고 하더라도 영원히 연이를 만날 수 있다. 어떤 상황에서건 언제라도. 연이가 6년 전에는 멀쩡했던 내 블라우스를 벗겨냈다. 블라우스의 단추가 풀리는 걸 보면서 깨달았다. 이 상황의 배경은 6년 전, 연이를 처음 만난 그 순간이었다. 연이가 하나도 낡지 않았던 시절. 6년 전의 내 몸은 좀 더 말랐고 팽팽해 보였다. 나는 연이를 만지는 대신 내 허리를 쓰다듬었다. 오늘 아침에 본 것보다 6년 더 젊은 피부. 내가 일흔 살이 되더라도 이 기기와 함께라면 6년 전의 연이를 계속 만날 수 있다. 처음 연이와 함께 했던 섹스는 정말⋯⋯ 황홀했지. 연이의 탄탄한 가슴팍을 쓰다듬으며, 연이의 낡은 CPU, 연이의 엉덩이골이 뜯기던 순간, 연이의 몸이 멈춰버리던 시간을 생각했다. 팬티 위로 연이의 손가락이 닿았을 때 나는 입술을 꼭 깨물었다.

"잠깐, 연이야."

"네?"

"잠깐만 멈춰봐."

나는 연이의 뺨을 천천히 쓰다듬으며 올록볼록한 연이의 입술에 입을 맞췄다. 그리고 기계를 중단시켰다.

다음 기계는 아예 작동시킬 생각도 하지 않았다. 나는 헬멧을 벗어서 내려놓자마자 곧바로 커튼을 젖히고 밖으로 걸어나갔다. 기다리고 있었던 것처럼 잘생긴 남자가 이쪽으로 재빨리 걸어왔다. 남자를 붙잡고 물었다.

"A/S 신청서는 어디서 써야 하죠?"

"아, 새 제품 사시려던 거 아니셨어요?"

"궁금해서 들어가봤어요. 사실은 집에 구형 모델인 로맨스가 있거든요. A/S 되는 센터가 정해져 있다고 하던데요."

"로맨스는 지방으로 보내야 수리가 가능할 거예요."

"네, 신청서 작성할게요."

남자는 적이 난감한 표정으로 수리 신청서를 들고 왔다. 자리에 앉아서 수리 신청서를 작성하는 걸 당혹스러운 표정으로 보고 있더니, 우물쭈물하면서 남자가 말을 덧댔다.

"고객님, 로맨스를 왜 굳이 고쳐 쓰시려고 하시는 건가요? 돈도 상당히 많이 들 텐데요. 그 가격이면 새 BCI를 하나 사는 게 나으실 텐데……."

아무런 대답이 없자 불안한 듯 남자는 점점 말이 많아졌다.

"혹시 딥러닝 기능 때문에 그러시는 건가요? BCI를 쓰시는 고객님들 중에도 딥러닝 기능을 그리워하시는 분들이 꽤 있으시거든요. 딥러닝이 있으면 로봇과 나 사이에 구체적 관계가 생기는 거니까요. 저희 회사도 그런 문제를 많이 고민해서 제품을 개발하고 있습니다. 아까 보셨던 제품 중에 마지막 제품은 딥러닝이 가능합니다. BCI 기술과 딥러닝 기술이 결합하면 어떤 제품이 나올지 기대되지 않으세요? 고객님의 뇌파가 어떻게 작동했는지를 기억하고, 고객님과 함께 구체적인 추억을 쌓아갈 수 있는 제품입니다. 고객님만의, 고객님만 이해할 수 있는 BCI가 가능하다는 얘기죠."

나는 남자의 말을 한쪽 귀로 흘리면서 계속 수리 신청서를 작성해나갔다. 로맨스 수리가 가능한 곳은 경상남도 어딘가로 가야만 있다고 쓰여 있었다. 연이가 거기까지 가는 건 버틸 수 있을까. 하지만 거기에서만 수리할 수 있다면 어쩔 수 없겠지. 나는 주소 옆에 동그라미를 그려 넣었다. 남자는 점점 더 초조해 보였다.

"고객님, 혹시 인간형 모델을 선호하시는 건가요? BCI를 인간형 모델에 적용할 수도 있는데요. 예를 들자면 바로……."

갑자기 남자의 손이 내 정수리에 닿았다. 나는 화들짝 놀라서 남자의 손을 뿌리치고 자리에서 일어났다.

"뭐하시는 거예요?"

"아니, 전…… 혹시 인간형 모델을 좋아하시는 걸까 봐……."

나는 어이 없이 남자를 바라보다가 다 완성한 수리 신청서를 남자에게 건넸다. 남자의 명찰을 보았다. 박병훈이라는 이름을 확인하고, 다시 남자를 올려다보았다. 이름을 기억했으니 제대로 접수해달라는 의미였고, 내 머리에 손을 얹었다가 한소리 들은 남자는 약간 주눅이 들긴 했지만 알아들은 모양이었다. 인간형 모델을 고치겠다고 하니 내 머리 위에 손을 얹었다. 혹시 지금 이 남자도 로봇이라서 자신을 영업하려고 든 걸까. 연이의 수리비는 남자 말대로 웬만한 BCI 한 대 값보다 조금 싸게 나왔다. 속이 쓰렸지만, 카드를 내밀었다. 카드를 긋기 전에 다급하게 12개월 할부를 외치긴 했지만, 어쨌든 세상에는 할부라는 훌륭한 제도가 있다. 연이를 데려가는 서비스 기사들이 도착한 건 바로 다음 날이었다. 일요일에도 서비스 센터의 AI들은 성실하게 일했고, 몇 겹씩 완충재를 넣어서 꽁꽁 연이를 싸맨 뒤 상자 안에 넣었다.

"잘 부탁드립니다."

"네네, 그럼요."

포장운송을 맡은 로봇은 별달리 사람처럼 생길 이유도 없었는지 은색 몸체와 골격을 훤히 드러낸 채였다. 엉덩이께를 바라보며 저 로봇 안에는 무엇이 들어 있을지 생각했다. 아무래도 인체형 로봇만 보면 엉덩이를 한 번씩 유심히 보는 못된 버릇이 생긴 것 같았다. 은색의 단단한 철제 팔이 상자 안에 들어간 연이를 안아 들었다. 인간 표정이랑은 영 차이가 지는 얼굴로 로봇이 웃어 보였다. 나도 어색하게 함께 웃어 보였다.

나는 연이가 떠나고 난 방 안에 혼자 앉아서 이리저리 채널을 돌리다가 고전 영화를 한 편 보기 시작했다. 로렌스 올리비에가 주연을 맡은 1939년 작 〈폭풍의 언덕〉이었다. "그와 함께 일생을 같이한다면 내 급이 떨어질 거"라는 캐시의 말을 반만 듣고 분노한 히스클리프가 그 자리를 떠났을 때, 정지 버튼을 눌렀다. 캐시의 말은 틀린 게 없었다. 히스클리프와 일생을 함께한다는 건 명백하게 캐시에게는 급 떨어지는 일이었다. 캐시에게는 히스클리프보다는 좀 더 교양있고 고고한 짝이 필요했다. 하지만 그 결과 저 두 사람은 어떻게 되었지? 연이가 떠나버린 소파 구석에는 연이 대신 휴대폰이 놓여 있었다. 번호를 누른지 얼마 되지 않아 엄마는 바로 전화를 받았다.

"어, 왜. 무슨 일이야?"

"그냥, 엄마는 요즘 잘 지내나 해서."

"못 지낼 건 뭐가 있니."

"몸은 건강하지?"

"진짜 너 무슨 일 있는 건 아니지? 생전 안 하던 전화를 하고 건강을 묻고 말이야."

"엄마, 나 어릴 때……."

"응?"

옷장 구석에 있던 종이박스가 머릿속을 가볍게 스쳐 지나갔지만 나는 입을 다물었다. 그 상자를 발견했을 무렵의 엄마를 떠올렸기 때문이다. 그때 엄마는 한창 젊었고, 자주 푸석한 얼굴을 하고 있었다. 항상 아침 일찍 일어나서 저녁 늦게 들어왔다. 엄마의 얼굴을 보지 못하는 날도 많았다. 나는 엄마가 없는 곳에서 밥을 먹고 놀고 엄마의 옷장 속을 뒤지며 거침없이 쑥쑥 자라났다. 내게는 빛나는 것들이 많이 필요했고, 엄마의 옷장 속은 은밀하게 빛났다. 엄마의 밤을 나는 알지 못한다. 엄마가 몇 시쯤 잠들었는지, 때로 휴가를 내고 혼자 침대 위에서 깊게 잠들었는지, 그 수많은 기구와 얼마나 친하게 지냈는지, 혹은 단지 잠들기 위해서만 그것들이 필요했을지. 그걸 굳이 우리가 서로 알아야 할 필요는 없을 것이었다. 나는 목소리 톤을 조금 높였다.

"엄마는 요즘 뭐 하고 지내?"

전화기 너머 엄마 목소리도 가볍게 밝아졌다. 청소하는 AI들끼리 연결되어 있다 보니, 연결망 때문에 친하게 지내게 된 사람들 이야기를 신나게 했다. 그중에 엄마처럼 수간호사로 오래 일했던 사람이 있다고 했다. 다른 동아리 사람들한테 비밀로 하고 둘이서 같이 다음 달에 여행을 가기로 했다며 유쾌하게 웃었다. 모아놓은 연금은 좀 있으신가 보지, 나도 같이 웃었다.

며칠이 지난 어느 날, 퇴근하고 돌아온 집 문 앞에 사람 크기만 한 상자가 놓여 있었다. 나는 가만히 상자 위에 손을 얹었다. 운송장에 쓰인 발송 주소는 전라북도 순창군이었다. 문을 열고, 상자를 힘껏 떠밀어서 집 안으로 넣었다.

커터칼을 아주 조금만 밀어서 포장된 상자를 뜯었다. 빽빽하게 들어 있는 완충재를 하나하나 걷어내자, 돌아갔을 때 그 모습 그대로 연이가 눈을 감고 누워 있었다. 처음 왔을 때와 똑같이 환자복 같은 하얀 옷. 충전량은 15퍼센트 정도 남아 있었다.

15퍼센트 정도면 충분히 일어날 수 있는데. 나는 심술이 나서 연이의 뺨을 찰싹 때렸다.

"자는 척하지 마."

"아."

연이가 번쩍 눈을 떴다. 안 웃으려고 했는데, 연이가 눈을 뜨자마자 입가에 환하게 웃음이 번지기 시작했다. 밀려 올라가는 볼을 주체할 수가 없었다. 아주 욕이라도 신나게 해주고 싶은데, 싱글싱글 웃고 있었다.

"오랜만이다."

"뭐가 오랜만이에요. 수리 기간이야 나흘 만이지."

"너한테는 나흘이고 뭐고 눈깜짝할 새였겠지만, 나한테는 아니거든. 내가 너 때문에……."

전해져 내려오는 고사 같은 것들이 떠올랐다. 꿈을 꾸듯 홀려가서 천상의 달콤한 과일을 먹고 사흘간을 지냈더니 지상에서는 30년이 훌쩍 가버렸다더라, 같은. 연이의 시간과 나의 시간은 분명히 다르게 흐른다. 연이의 죽음은 나의 잠과는 다르다. 명백한 의식의 종결. 연이는 그 모든 순간에 살아 있지 않았다. 연이는 싱긋 웃으며 팔을 벌려 나를 끌어안았다.

"주인님, 제 엉덩이 뜯으셨잖아요."

숨이 턱 멎었다. 나는 의식적으로 숨을 크게 들이쉰 후 천천히 내뱉고는 몸을 뒤틀어 연이의 품 안에서 빠져나왔다.

"너…… 깨어 있었어?"

"주인님이 CPU 뽑았을 때 잠깐 빼고요."

연이의 눈빛은 다정하고도 뜨거웠다. 저 눈빛은 연이에게만 있는 것이 아닐지도 몰랐다. 연이는 조금도 유일한 존재가 아니다. 연이 같은 건 아주 흔해 빠졌다. 더욱이 이제 한 번 더 고장 나면 수리를 받는 것도 거의 불가능할 것이다. 나는 그 다정한 눈을 깊이 바라보며 대답했다.

"너 다시 안 설까 봐 무섭더라고."

"고마워요."

"뭐가."

"고마워요."

"그만해."

연이는 처음 왔을 때와 달리 자기 손으로 슥슥 포장재를 떨쳐 내고 옷을 벗었다. 처음 만났을 때부터 지금까지 조금도 변하지 않은 새하얗고 눈부신 나신이 내 눈앞에 펼쳐졌다. 적당한 근육의 모양새는 단단하게 자리 잡은 빙산 위에 곱게 쌓인 흰 눈 같았다. 나도 모르게 손을 뻗어서 연이의 가슴팍을 쓰다듬었다. 연이는 내 허리를 붙잡은 채 가만히 내 손길을 느끼고 있었다. 문득 매장에서 경험한 온갖 종류의 BCI 기계들이 같이 떠올랐다. 그러고 보면 연이의 모델명조차 로맨스가 아니었던가.

"너는 무슨 다른 모드 같은 거 없어?"

"갑자기 무슨 말씀이세요?"

"아니야."

그냥 연이의 가슴팍에 얼굴을 묻으려고 했는데, 연이가 내 몸을 일으켜 세웠다.

"다른 기계 써보셨죠."

"아, 그……."

"좋으셨어요?"

"아니, 내가 꼭 그게 좋았다기보다는……."

"사실 저도 5년 전쯤에 업데이트된 모드가 하나 있긴 한데요. 주인님이 안 좋아하실 거 같아서 전환을 안 했거든요. 한번 써보실래요?"

대답도 하기 전에 벌써 약간 신이 난 표정으로 연이는 특수 모드를 구동해버렸다. 연이의 표정이 약간 서늘한 느낌으로 변하더니만, 평소보다 센 힘으로 내 턱을 치켜들고는 밀어붙이듯이 입술을 부딪쳐왔다. 혀가 빨려 들어가듯이 뒤얽혔고, 아무런 애무도 없이 연이는 한 손으로는 내 허리를 감싸고 다른 손으로는 둔덕을 꽉 움켜쥐었다. 당황해서 연이의 어깨를 찍어눌렀다.

"야, 그만! 그만!"

커다란 눈동자를 굴리더니만 연이의 몸에서 힘이 빠졌다.

"별로예요?"

"원래가 더 좋아."

나는 연이의 손을 꼭 잡고 침대방 문을 열었다. 연이는 보드라운 솜이불처럼 내게 안겨 들어왔고, 우리는 아주 오랜만에 섹스를 했다.

작가의
말

   쌓여온 이야기들이 독자에게 가닿을 저변이 넓어진다니 설
렌다. 16세 때 처음 썼던 소설은 미워하던 이가 미움받던 이를
이해하는 이야기였다. 사실 우리는 대부분 이해하지 않는다. 이
해할 능력도 없다. 그래도 그 와중에 오해라도 해야 부대끼며
살 힘이 생긴다. 수년간 오해와 이해의 사이에 기술이 환상처럼
비집고 들어가는 이야기를 많이 썼다. 그게 내 예쁘고 쓸모없는
꼬리뼈인 모양이다. 없어진 꼬리로 중심을 잡을 순 없지만, 꾸
던 꿈은 흔적으로 남는 법이다.

   〈센서티브〉는 센서가 영 인지하지 못하는 지인의 이야기를
듣다가 썼다. 아마 손에 땀이 많이 나서였겠지만, 그는 지문인
식도 잘되지 않아서 기계에 화를 낼 때가 많았다. 그가 자기 같

은 사람을 주인공으로 SF를 써보면 어떻겠냐고 했다. 처음엔 장편으로 구상했다가 어느 날 문득 이 이야기가 길어 올라왔다. '환상문학웹진 거울'에서 주최한 낭독회에 참여한 적이 있다. 거기서 별생각 없이 〈센서티브〉를 낭독하겠다고 했다가 무대 위에서 울어버렸다.

〈구제신청서〉는 EA의 명작, '심즈3'가 배경이다. 부잣집 사람과 결혼해서 온 가족을 몰살시키는 '꽃뱀' 플레이를 했던 얘기를 소설로 썼다. 남편을 뺏긴 NPC는 분개로 가득한 상태로 굶어 죽었다. 집을 빼앗고 부자가 되어 신나게 게임을 하려고 했지만, 시스템 오류로 남편을 뺏긴 NPC가 집의 지박령이 되어버렸다. 걸핏하면 날 괴롭히는 지박령과 부대끼며 평생을 살다 보니 캐릭터가 죽을 때쯤엔 오랜 친구가 되어 있었다. 내 임종을 지켜준 철천지원수이자 오랜 친구. 게임을 끝내고 나니 이 0과 1로 된 친구에게 서사를 주고 싶어졌다.

〈로보를 위하여〉는 어느 피자 회사의 30분 배달제가 화제가 되었을 2010년 무렵에 썼다. 그 회사는 지금 30분 배달제를 없앴지만, 우리는 여전히 "배달의 민족"이다. 배달의민족이나 요기요, 쿠팡이츠 같은 플랫폼이 우후죽순 등장했고, 배달노동자들은 이전과는 다른 착취의 현장에 놓여 있다. 이 소설에 제일 많이 반영된 건, 2003년 정도에 교복을 입고 만안구를 질주하던 안양공고의 배달소년들이다. 사고를 내고 기이하게 드래프

트를 하며 아슬아슬하게 낙법 하듯 떨어지던, 도로 위에 쏟아진 음식 앞에서 한숨 쉬던 소년들을 기억한다.

〈유미의 연인〉은 〈유미의 세포들〉과 관련이 없다. 하나가 되는 이야기를 많이 썼지만, 진짜로 하나가 되면 행복할진 잘 모르겠다. 감정과 성정을 수치화할 수 있다면 설명할 수 있는 게 늘어날까, 도리어 줄어들까.

〈꼬리에는 뼈가 있어〉에 대해 '사랑스러운 고양이 같은 소설'이라고 평해준 누군가가 있었다. 첫사랑 이야기를 쓰고 싶어서 썼다. 내 경험세계 속 중학생 남자애들을 쓰다 보니 욕설투성이가 되었는데, 고치려다 보니 잔혹하고 사랑스럽고 뒤죽박죽인 모든 '소년'을 애틋하게 바라보는 마음이 너무 노골적으로 드러난 거 같아 좀 부끄럽기도 했다. 예린이도 명훈이도 계속 건강하게 실수할 수 있었으면 좋겠다.

〈두근두근 실습일지〉는 여러 번 개작했다. 과알못이라 공부를 해도 전형적 '로봇'의 이미지를 벗어나는 게 어렵다. 최근 스캐터랩에서 개발한 챗봇 '이루다'에 관해 여러 왈가왈부가 있었다. 이루다는 강인공지능이긴커녕 유사한 언어를 언어의 웅덩이에서 길어내는 두레박 같은 존재였지만, '딥러닝'이라는 게 무엇인지 여러모로 생각하게 했다. 어떤 세상이 어떻게 반영되는지, AI에게 우리는 무엇을 가르칠 수 있을지. 왜 (나를 포함해)

인간들은 자꾸 AI에게 아무짝에도 쓸모없는 '사랑'을 가르치려고 들까.

〈유도선〉은 괴이학회와 거울의 콜라보레이션인 '괴이한 거울'의 수록작이다. 세계는 구글신에게 지배받고 있는 거 같지만, 구글신 뒤에는 그 구글신을 조정하는 노동자들이 있고, 기초 자료를 분류하는 사람들은 우리 눈에 보이지 않는다. 내게는 언제나 잊혀진 이들이 '도래'하는 것이 가장 무섭고 신나는 이야기다. 우리가 잊어버린 모든 것들로 인해 세상은 차근차근 파괴될 것이다. 이 소설은 지난해 SF어워드를 받아서 내가 고민하던 것들에 호응받은 기분이었다. 기뻤다.

〈우리는 한때 신이었고〉는 홍대입구역 8번 출구에서 핫바를 파는 향숙 언니 이야기를 듣고 썼다. 마포구에서 향숙 언니 쫓아내려고 놓은 화분은 그대로지만, 향숙 언니는 화분 옆에서 여전히 핫바를 잘 판다. 대학원생 때는 배가 고파서 소설 속 고양이처럼 핫바를 얻어와서 우걱우걱 입에 구겨 넣고 간신히 잠들던 날들도 있었다. 요즘 먹어도 언니 핫바는 맛있다. 치즈 핫바를 추천한다.

〈당신이 나를 기억하는 한〉은 백스트리트 보이즈의 1997년 노래, 'As long as you love me'를 들으면서 썼다. 어릴 때는 CD 플레이어에 한쪽씩 이어폰을 꽂고서 논쟁을 했었다. 친구는 무슨 일을 어떻게 저질렀을지 모르는데, '과거는 상관없다'는 게 말이나 되냐고 했다. 나는 '그게 사랑 아니냐'고 했다. 우리는 둘 다 '그런 사랑'은 해본 적 없는 초등학생이었다. 사람의 삶은 연속적이고 절대 지워지지도 않지만, 때로 그 모든 것을 초월하는 마법적 이해가 도래하기도 한다. 친구도 나도 틀리지 않았다.

〈보시기에 나빴더라〉는 콘라트 로렌츠의 《인간, 개를 만나다》를 읽던 와중에 썼다. 본가에서 키우는 개 '레토'는 나이가 많은 유기견이다. 집에 처음 왔을 때는 누군가 청소하려고 대걸레만 들어도 몸을 웅크리고 떨었다고 한다. 그 와중에도 늘 사람이 집에 올 때마다 신이 나서 꼬리를 흔든다. 사람의 곁에 궁둥이를 붙이고 앉는다. 산책하러 나가면 춤을 추듯 개의 전신에 환희가 소용돌이치지만, 그 와중에도 인간이 싫어하는 일은 무엇이건 하지 않으려고 애를 쓴다. 이제 개는 대걸레를 무서워하지 않는다. 개 목줄을 잡을 때마다 환갑이 넘은 아빠의 눈에 그 환희가 같이 흐르는 걸 보면, 인간을 몇 번씩이고 용서하는 저 사랑과 충정은 말하자면 신이 하는 일이겠지 생각하게 된다.

〈전체의 일부인〉은 민주노총 뉴워커 프로젝트의 잡지 《새일꾼》에서 청탁을 받아 썼다. 뉴워커 프로젝트는 새로운 시대에 조직노동에서 흘러나가는 노동자들을 다루겠다고 했다. 내게 주어진 주제는 '전태일'이었다. 전태일을 주인공으로 한 소설을 처음 구상했던 건 8년 전이었다. 내 속에서 전태일은 여자 고등학생이었다가, 젊은 청소 노동자였다가, 8년이라는 긴 시간을 거쳐서 플랫폼 노동을 하는 개발자로 튀어나왔다. 내게도 그가 '전체의 일부인 나'다.

〈빈티지의 맛〉은 섹스돌에 관한 SF가 화제가 될 때, 남성 섹스돌을 주제로 앤솔러지를 내보자는 기획의 일환으로 썼다. 기획은 엎어졌지만 소설은 남았다. 다시 읽어보니 열등감 폭발하는 가난뱅이가 너무나 내 아이덴티티라 헛웃음이 났다. 소설보다 더 찰떡인 제목은 친구 갱이 지어줬다.

앞으로도 계속 글을 쓰려고 한다. 무엇을 쓰는 것이 필요한지 점점 더 고민이 늘어가긴 하지만, 늘 그랬듯이 답을 찾을 것이다. 언어에 가 닿아준 모든 이들에게 고맙습니다.

초판 1쇄 인쇄 2021년 3월 1일
초판 1쇄 발행 2021년 3월 5일

지은이 이서영
펴낸이 박은주
편집장 최재천
기획 김아린
편집 최지혜
일러스트 권서영
디자인 김선예, 서예린
마케팅 박동준

발행처 (주)아작
등록 2015년 9월 9일(제2020-000038호)
주소 04389 서울특별시 용산구 한강대로 26
한강트럼프월드3차 102동 1801호
대표전화 02.324.3945 **팩스** 02.324.3947
이메일 decomma@gmail.com
홈페이지 www.arzak.co.kr

ISBN 979-11-6668-015-1 03810